アルベール・コーエン

紋田廣子 訳

ソラル

SOLAL

国書刊行会

SOLAL, 1930

by

Albert Cohen

Book design

by

ALFIREC

ソラル

あの女性《ひと》の思い出に

第一部

1

サルチエルおじは朝早く起き出《い》でた。とうの昔に現役を退いた工場の屋根に、その傾斜に沿って置かれた鳩小屋を、彼は数年来自分の住まいに充てていた。この小柄な老人は、以前は鳩の出入り口だった窓辺でハシバミ色のルダンゴトに念入りにブラシをかけ、神は我が力、我が物見の塔、神は我が力、我が物見の塔、とあらん限りの声で歌った。時折歌うのをやめて、ケファリニアの島に海風が運んでくる三月の芳香を吸い込んだ。そして、眉を顰めて彼の大事な仕事に再び取り組んだ。四時間後には、日課になっている彼の最愛の甥と散歩するのだと思うと嬉しくて、自然に口笛が出た。

　他のものは一切使わず、水で湿らせただけの両頬に研ぎ澄ませた剃刀を当てた。彼は元気一杯、立ち上がると慣れた様子でルダンゴトを着用に及んだ。それから握り拳を作ってしっかと腰に置き、壊れた窓ガラスに我が身を映してうっとりし、薄くなった綺麗な白髪の前髪にふくらみを付け、ビーバーのトック帽を傾いた鳩小屋風に斜めにかぶった。

　窓の前の屋根の上には彼の朝食が設えられていた。三枚の皿にはそれぞれオリーヴの実が一つ、玉葱が一つ、小さな正六面体のチーズが一つ乗っていた。彼はオリーヴを慎重に摘《つま》んで、古くなったパンの残りと一緒に食べた。フランス国歌を口笛で吹き、それからチーズに油を数滴垂らし、汚さないように左手でルダンゴトを護り、得も言えぬ香りを目を閉じて賞嘆した。皿の玉葱に蠅が一匹とまった。サルチエルおじは汚れた鱗茎《りんけい》を人気《ひとけ》の無い通りに投げ捨て、飲み物に祝福を与え、満足して和《にこ》やかに飲んだ。彼は掌に水差しの水を注ぎ、細面《ほそおもて》の生気に溢れた顔に振りかけてから、ぴんと張った肌を掌でゆっくりと撫で、閉じた目を開いて見慣れた世界を再び目にして深呼吸し、一張羅である大好きなルダンゴトがかなり濡れてしまったことには気付きもせず、心地よく息を吐き出した。

「我が方は準備完了だ、諸君」と老いた独り者は告げた。「しかし、こんなにも手早く洗ってしまったとは、いささか悔いが残る。明日、十分間、石鹸をつけて体を洗う。我ここに厳《おごそ》かにそを誓う。これでよし、わしには良心に疚しいところはない。さあ、行くとするか。ああ、花を忘れていた、良き一日を始めるには花は無くてはならないのだよ」

小柄な男は当然のごとく回れ右をすると、窓から屋根に身を乗り出してジャスミンの花を一房手折ると、ビロードの折り返し襟にピンで留め、O脚で支えている上半身を反《そ》らせた。彼は鏡の破片に映る己の顔を見つめ、来《こ》し方《かた》に思いを馳せた。これまで生きてきて五十五歳にもなるというのに、世間の役に立つことは何一つせず、虹色に輝くはずだったいろいろな仕事も次から次へとぽしゃり、すばらしい発明も彼を破産に追い込んだにすぎず、今や彼はルーペと極細の針を使って、栗の実や若鶏の骨に申命記《しんめいき》中の章句を刻むことで口を糊する羽目になっていた。彼は溜息をつくと、金褐色のストッキングと昨夜アイロンをかけた半ズボンを愛でることで自分を慰めた。

「わしの靴、もう一度その靴を見てみよう」

結構、結構、非の打ち所がないわ。バックル付きの靴はキラキラ光って、きゅっ、きゅっと音を立てて、ケファリニアの住人全部にこの靴が買い立てであることを知らしめるにちがいない。

「わしは、無論、美男子ではない、だが、見れば見るほど醜男でもないと思えてくる。公平でなくてはならぬ。なかなか好感の持てる顔をしておるではないか、生き生きしていて、柔軟で率直、しかも知性を備えておる。それに、おそらく茶目っ気さえもな。義兄のラビはひげを蓄えていない顔を曝すのは猥褻だと主張して、わしがひげを剃っているからというので、わしに誓わせようとする。わしの魂はあんたと同じくらい清らかだ、おお、優《すぐ》れて立派なガマリエル・ソラルよ、おお、ケファリニアにその本拠地があるイオニア七島共同体を統べるいと徳高き大ラビよ！顔に関しては、もしわしがサクソン人と同じようにするのが気に入っているとしたら、どうする？だが、わしは腹を立てはしない。ああ、それが我が心の甥への贈り物、ささやかな贈り物なのだよ。ソラル・デ・ソラル。あの子の名は、当然のことながら、名字と同じなのだ。当り前だ。それがしきたりなのだよ、諸君、この偉大な一族のな。（左頰にはソラル家に対する敬意の作り笑いを、右頰にはソラル家以外の家に対する軽蔑の作り笑いを浮かべた。）二世代毎にだが、一族の長の家に生まれた第一子は男子ならソラル・デ・ソラルと命名される。わしはこのしきたりが気に入っとる。わしはあの子をソル［Sol スペイン語で太陽］と呼ぶ。そう呼ぶ方が一層愛情を込められるのだよ。他の者たちも習慣であの子をソルと呼ぶが、わしには頗《すこぶ》る気に入らない。だがそう呼ぶのも当然だ、わしにもよくわかっておるのだ。この子の本当のお父ちゃんは誰か？　このわしじゃよ、あの子は自分の父親よりもわしの方をずっと好いておるからだ。あはっは、金持ちのお歴々よ、さあ、かかってこい、サルチエルは永遠の勝利者なのだ！」

　対抗者が目の前に居ないことに拍子抜けした彼は部屋を出たが、また戻ってきてベルガモットのエッセンスを数滴ハンカチに垂らして大急ぎで下りて行き、ヘブライ人区の人っ子一人いない通りで、ひっきりなしに大きな鉄製の懐中時計に目をやりながら、無聊《ぶりょう》に苦しんだ。

　サルチエル・ソラルとその甥はジャスミンの登り坂《モンテ・デ・ジャスマン》を苦労して登り、オリーヴの葉で銀色に輝く森の中をそぞろ歩いた。肩を保護するためだと言ってインドのショールを掛けているこの小柄でおかしな叔父を、大好きだというまなざしで子供は見詰めた。

「わかるかね、わしの鳩よ、今日の温度は零度より十度も高い。これで寒さも終わりだな」とサルチエルは満足気に言った。

　白目の老人が大仰な言葉で物乞いをしていた。ぞっとしながらも心を奪われている叔父を見て、ソラルは有りっ丈の小銭を盲《めし》いた者の手に置いた。その昔、行政長官が住まっていた城砦の周りには、糸杉たちが衛兵のように立っていた。ソラルとすばらしい外国の生活を隔てているのは穏やかな海だ。島は、今の今まで気付かなかったが、呆然とするほど美しい。

「ドームだ」サルチエルは誇らしげに指し示した。

　湾の向こうの遠くの丘の上にソラル家の弓形の館が海を見下ろして高く聳え、皮膚病を患っているかのような外観を呈する高層の家々が立ち並ぶゲットーを見守っていた。税関や継ぎを当てた服を着ているギリシア人、ゆっくりとした足取りのアルバニア人、服が垢光りしている司祭たちがそぞろ歩く港を、樫の木がゲットーから隔てていた。ソラルはピラミッド形のあばら家、階段を上り詰めた高処《たかみ》に建てられた小さな教会や礼拝堂、捩《ねじ》れた小路、アーケードの眺めに興味深々で、じっと見ていた。百メートル程の所でフランス領事館の旗が風に翻ってははたはたと鳴っていて、ソラルの期待に応えるように、そこから女神が現れた。若い女性に連れられた二人の子供は大声を上げ、男の子が女の子にボールを投げた。女の子はソラルに笑いかけた。

「あいつの投げ方ときたら、なってないや」とラビの息子は大きな声で言った。

「後生だから、黙っていておくれ！」サルチエルは甥の黒い巻き毛に遠慮がちに手を置いたが、甥はこれ見よがしの美しい眉を顰めて、遣る瀬無さそうにその場を離れた。「あの少年は領事夫人の年の離れた弟だ。ああいう人たちは権力者なのだ。少女はフランスの上院議員の娘だ。二人は明日の船でケファリニアを離れる、あの二人の子供たちはな。わかるな、わしは事情通だ。頼むから、まじめに聞いておくれ、我が子よ、そして、明日、お前は十三歳になることを忘れるでないぞ」

　ソラルは自分の知らない国から来たこの二人を見つめた。パリは大理石でできた巨大なホールで、さっきサルチエルがうやうやしく挨拶したあの女のような、金髪の女たちが歌っているのだ、と想像するのがソラルは大好きだった。

「あれがフランス領事夫人だよ」と小柄な叔父は得意そうに言った。「ヴァルドンヌ夫人だ。彼女はわしのことは知らない、わしも彼女のことは知らんのだよ」

　若い女が子供たちを呼んだ。

「オード、ジャック！」

　サルチエルは歩みを速めているソラルに追いつこうと駆け出した。ガチョウたちが重要人物を気取って通って行く。

「ご覧、わしの愛し子よ、ご覧、この鵞鳥たちはなんてきれいなんだろうね！」

　だが、家禽の美しさなど悪を払いのけるには無力で、その子供はフランスのリセの終業式で彼女を見かけて以来、彼女に恋し、女神モンパンシエと呼んでいた。彼は突然その女性に向かって駆け出した。彼は女性の服を上から下まで見終わると、金色の髪と皮肉の色を帯びた紫の瞳を恐ろしいものでも見るように、じっと見た。ヴァルドンヌ夫人は、ビロードの服を着た子供に瞳を凝らし、その手をネックレスに置くと糸が切れた。真珠が零れ落ちた。ソラルは屈んで拾い、にっこりして真珠を二粒差し出したが、不意に考えを変えると掌を閉じ、獲物を手にしたまま、啞然としている叔父の方に駆け寄った。彼は石を一つ拾って少女に狙いをつけたが、少女はヴァルドンヌ夫人に呼ばれて、とうとう走っていった。

「お前は気でも違ったのか！　何が起こった？　お前は領事夫人と話したのか？　それでなぜお前はオードちゃんを殺そうと思ったのだ？」

「僕は遊びたかったんだ」ソラルは穏やかな笑みを浮かべて言った。

　家では、ソラルは午後中『祝福論』を読んでいる振りをしていた。叔父が深い探るような眼で監視しているように思えたからだ。真珠を二粒奪ったのに、彼女はあえて返せとは言わなかった。彼女は苦情を言いに来るのかな？　彼女はあんなにも僕を見つめていた。彼女だって僕を愛しているのかもしれない。裸の女か。彼は顔を赤らめた。

　笑いを必死に堪えてラビの近衛兵がやって来ると、小さな花々で飾られ、縁は鋸歯状になっている長めの長方形の名刺をおじに渡した。サルチエルは、勿体を付けるにはフレームが鉄製の眼鏡をかけるにしくはないと思った。その眼鏡には、遠くまではっきり見えるサルチエルの視力を却って鈍らせる、かすり傷だらけのレンズが嵌っていた。彼は大きな声で読み上げた。

ピンハス・デ・ソラル先生の名刺
生まれは祝福されしフランスなれど、
ああ　嘆かわしくも　古《いにしえ》より
イオニアの海に浮かぶギリシアの島ケファリニアに
亡命せしソラル家に属す者にして
フランス国民、正規の身分証明書所持者、
〝誓ってもいい〟とか〝釘食い男〟とかの異名をとる
法律を熟知せる教授にして辣腕弁護士
法学博士にして無免許医者
秀逸なる契約書並びに
お前にはもはや死しかない！　ような毒殺協定の締結
裁判沙汰の捏ね返し屋とも呼ばれるこの男は理《ことわり》があろうが無かろうが、誰でも、何でも彼でも、木の扉でさえ監獄にぶち込む
午前六時から十一時にいずれかの裁判所の階段のステップに座っている
ケファリニア最高の法律顧問は誠実な男である
現金払いが望ましい
無学文盲の輩には上品な言い回しとは如何《いか》なるものかを説き聞かせる
現生は現金のことだとか、だ
支払いは食い物でも可
夜は家におる
他の仕事もやっておる　免状授与を頼めば得られたであろうが　この男には免状など有っても無くても猫の尻尾　名刺を破棄しないこと　この名刺はえらく金がかかっているからである
結核菌に冒されているにもかかわらず、頗《すこぶ》る付きの頑

強さを誇る肺にいくつもある空洞で反響する咳に露払いをさせ、ソロモンとマタティアスの二人の友人を従えての偽弁護士マンジュクルーの御入来だ。裸足の足指は大きく開き、毛むくじゃらで血管が浮き出、すっかり骨ばったどでかい両手の指をぽきぽき鳴らし、黒のフロックコートのボタンをはめ、おなじみのシルクハットを持ち上げ、耳元の鵞ペンの位置を直し、意味も無くせせら笑い、至急大ラビに話をしたいと言った。

　やけに背が高くて痩せ細ったマンジュクルーはまたの名を〝千三屋《せんみつや》の親分〟とか〝垢光り親父〟とも言い、抜け目はないがみすぼらしく、その空腹と喉の渇きは地中海の港という港に知れ渡っていた。ケファリニアの人間はその特異体質を当て擦り、彼のことを〝屁こき大将〟とも呼んでいたが、マンジュクルーはこの渾名をかなり得意がっていた。法律の実際的な運用に関する知識は持ち合わせているものの、この男は自分の技術に溺れ、訴訟を複雑化することに己の才能を用いはしまいかと卸商人たちは心配していた。彼は数人いる娘たちのことで悩んでおり、やきもちから自由な外出は絶対に認めなかったし、妻のことでも気持ちが休まる時はなく、毎週金曜日の朝、彼女が密かに犯したにちがいないしきたり違反やここ数年のうちに犯すかもしれないしきたり違反を前以て罰しておくと称して、躊躇《ためら》うことなく殴るのだった。（「俺は正義を好むからだ」と毎週この儀式の後で彼は言った。）

　マンジュクルーの職業は数知れず、どんな仕事にも手を染めた。医者としては輝かしい名声を得ており、大方の野菜や果物の持つ薬としての特性を詩に詠んでいた。（曰く、《玉葱は精子を増やし、下痢を抑える神薬なり。ぐらぐらする歯には即効薬なり》。）取り立てて光を当てていない野菜については、《屁を抑え、尿を促す》と言っていた。しかも、彼は眼科医であり、靴修理屋であり、ガイドであり、担ぎ人夫であり、ケーキ屋であり、不動産管理人であり、プロヴァンス語とダンスの教師であり、ギタリストであり、通訳であり、鑑定家であり、椅子などの藁《わら》の詰め替え屋であり、仕立屋であり、ガラス屋であり、両替屋であり、事故の証人も買って出た。古着屋、家庭教師、専門医、画家、獣医、音に聞こえた葡萄搾り人、犬の医者、即興詩人、恐怖の吸い玉取り付け人、シナゴーグの聖歌隊の先唱者、割礼を施す者、種無しパンの穴あけ屋、トランプ占い師、水先案内人、破産者、喧嘩の仲裁人、手品師、傲慢極まりない物乞い、歯医者、セレナード楽団並びに恋人略奪団の組織者、ファイフ奏者、墓掘人、モク拾い、虚弱体質で頭の鈍い九十歳台の人間には軍事税が課されるとして金を巻き上げる偽徴税吏、私立探偵、誹謗文の書き手、タルムードの家庭教師、動物の毛を刈る人、屎尿汲み取り人、諸々の救済基金申請者、コガネムシ駆除人、死亡通告人、ダイナマイト漁法者、破産した卸売り商の債権者、真っ赤な偽宝石の仲買人にして結婚仲介人、馬の歯を白くして高値で売りつける馬のぺてん師、ダニ退治屋、おもしろおかしい噺の雇われ語り手、と何でも御座れだった。それに、気のいい男で、できるときには大きな施しをした。

今を去ること二週間、彼は二十四時間だけ銀行家だった。サルチエルに出資させ、〝オリエント手形割引移動銀行株式会社〟を設立した。公証人の費用、協会と交わしたよくわからぬ要りもしない契約の登録で、彼は数時間でサルチエルの僅かな財産を遣い崩してしまった。サルチエルに残ったのは僅かにルイ金貨一枚だった。二人は銀行の本社であるガラス箱にその金貨を入れ、マンジュクルーがその箱を斜めがけにして持ち歩いた。だが、その翌日、偽弁護士は事業に捗捗《はかばか》しい進捗が見られないことに業を煮やし、株式会社の解散を言い出し、仲間に強引に貸借対照表を作成させ、会社の財産分割を強要した。

マンジュクルーは創意工夫に富んだ知恵者である。たとえば、ケファリニア中の子供たちに、君はいつか大富豪になるぞ、とこっそり耳打ちする。そうして子供らに彼の予言を覚えておくように、そして彼らが富み栄える日を迎えたなら、彼のことを思い出してくれと言う。こうして彼の希望のすべてを確率論に託し、将来の金づるを自分のために用意し、彼の若き庇護者たちが知の分野で、或いは商業の分野で発展を遂げ、いつか札束に黴をわかすような日が訪れた暁には、彼への感謝の表明をゆめゆめ忘れることのないようにと細かく気を使うのだった。とりわけ天分に恵まれた子供には二〜三チームを贈り物としてくれてやりさえしたが、そんなときには二万ドラクマの負債承認証書を出させ、この幼い手形署名者は二十年後大金持ちになった場合に返済することになっていた。こういう不確実な有価証券を譲渡せざるを得ない場合に備えて、彼は一種の奨学金制度である〈希望の奨学金〉なるものを設立していた。若き債務者が体力も知力も旺盛になると、債権者に追いまくられどおしのマンジュクルーは、その昔彼の眼鏡にかなった幼き者がサインした手形を売った。そこにはあきれ返るほどの途方も無い金利が付けられていたが、マンジュクルーの負債には到底足りはしなかった。マンジュクルーについては充分語ったから、このくらいにしておこう。

「ここへ入ってくるのになんでまた名刺が要るのだ？」とサルチエルがマンジュクルーに尋ねた。

「マルセイユの弁護士たちの間で最近流行ってるんだよ」にんにくを擦り付けた五百グラムものパンをオリーヴ油に浸して食い終わりながら、マンジュクルーは言った。「まあ名刺のことはおいとくとして、俺はラビに話があるんだが、その話ってのはな、最高も最高、素敵滅法なことだ。ラビにそれを御注進に及ぼうって訳だ、素敵滅法だぜ！」

彼は耳から生え出ている毛をカールし、頬骨のところで、熱を帯びて熱くなっている丸い部分をこすってから、ラビがバグダッドからやってきた同僚となにやら相談している部屋へ向かった。

「僕らは世界の本当の終わりを告げに来ているんだ！」まだ息を切らしているちんちくりんで太っちょのソロモンが言った。

「そうだ」倹約家のマタティアスはそう言うに止めた。

好人物だが人に恐れを抱かせる近衛兵のミハエルは、酒に別腹ありとばかりにこの日は大白《たいはく》を傾けていたから、トルコのメロディーを口ずさみながらソロモンのふっくらした腕を抓った。そうして、自分では悩ましげだと思っている声量豊かな声を自慢し、大きくて粋な口ひげをビロードの毛を潰すように撫で、その巨大な拳を、フスタネラの帯に斜めに差している金銀を象嵌《ぞうがん》した二丁のピストルの一丁に置き、丈夫な紐を思わせる首の筋肉を浮き出させた。

「どうなんだろうな、マンジュクルー」興奮にも誇張にも慣れきっているサルチエルは微塵も心を騒がせることなく言った。「オスマン－トルコ帝国の金で債権を持っているとすると、この債権はフランスのナポレオン金貨で支払ってもらえるのかな？　この契約書が十七世紀のもので、しかもバルバリ国で締結された契約で、契約書の署名が途中で変わっていたとしてもだ……」

気が付くともうマンジュクルーの姿は消えていた。ソロモンは其の一を識って其の二を知らず、空呑み込みして、世界の終わりを告げ続けていた。

「まあ一体どうしたというんだ。お前の言っていることはよくわからんのだよ。ちゃんと話してごらん」サルチエルは両手を火鉢にかざしながら言った。

「ねえ、僕をほっといてくれよ、ミハエル！」ソロモンは叫ぶように言った。「僕をひどい目に合わせて、あんたは何が楽しいんだ？　僕はあんたの友達だ、僕は一族の子孫だし、自分を護るのは自分しかいないんだ。あんたは強くて大きいし、僕はちっちゃくて弱いんだ。だから何がおもしろくてやってるんだ？　僕は抓られるのはいやだ、なぜいやかって？　抓られると痛いからさ」と彼はいつもどおり常識から断固たる調子で言った。「話せとおっしゃるんですか、おじさん？　じゃあ話します。こういうことです。フランス大使館の通訳とつながりのあるマンジュクルーが、明日領事夫人が僕らのラビ殿に会いに来るということを知ったんです。ええ、そういうことなんですよ！　僕らは大急ぎでやってきたんです」

ソラルは素早い動きでタルムードの頁をめくっていた。彼女は真珠の玉を盗まれたと文句を言いに来るに決まっている。しめた、また彼女に会えるんだ。サルチエルおじはこのような知らせを聞くときには総司令官風な佇まいにしくはないと思った。

「続けよ、親愛なるソロモン」

ところがソロモンはそれだけしか知らなかった。台所で叫び声が響き渡った。一番年寄りで、年のせいで頭が少々おかしくなっていた女中のフォルチュネがフランク族の女がじきに来るのだと知り、窓辺へ行き、束ねていた髪をほぐして大声を上げた。「助けて、ユダの男たち、私たちは殺される！」

やっとマンジュクルーが戻ってきた。サルチエルは右耳に付けた金の輪を回し、二本の指をチョッキに突っ込んだ。しかし、偽弁護士は何も明かさず、友人をちょっとばかり辱めてやろうとして、黙っているようにとラビから命じられていると主張した。彼は、お父上がお待ちになっておられる、とソラルに言った。

ガマリエル・ソラルの息子に対する態度はいつもと変わらず、準備しておくようにと言い置いた聖書釈義の勉強の成果を、バグダッドの同僚に読んであげたらどうかね、と彼にたずねた。ラヘル・ソラルは動くのも大儀そうな幼虫みたいなずんぐりした女で、ずるそうなその目は恐怖と欲望で光っていて、夫と息子を代わる代わる見つめていた。ソラルは従い、精彩のない声で読んだ。化粧を施したような反り返ったひどく長い睫毛を下げてフリンジのようにし、その間から父と母を見詰めて二人の考えていることを当てようとし、夜の褥の中での父と母の忌まわしい姿を追い払おうとした。

「いつもより勉強はよくやっているな」とガマリエルは言った。

だが実際には、息子はタルムードを実によく勉強している、言うことなしだとの判断を下していた。彼はバグダッドからやってきた巨漢の同僚に咎めるようなまなざしを投げながら、ソラルに決疑論に関する質問をいくつか、同僚は卑下も自慢の中《うち》とばかりに慎み深く、だが、不機嫌そうに瞼を閉じ、ソラルの返答をしっかり記憶し、ガマリエルの息子より自分の息子の方が優秀だと内心で声高に叫んだ。ヴァルドンヌ夫人の来訪で引き起こされるスキャンダルは頭から離れることはなかったが、それでもソラルは英知と鋭敏さで質問に答えた。もしかしたら、彼女は彼に思いを寄せていて、それでやって来るんじゃないのか、苦情を言いに来るんじゃないだろう？　もっと後になってからだけど、彼女を誘拐してやる、この女を、そうして、イタリアへ連れてゆく！　だけど、裸の女を、皆どうするのかな？　彼はまた赤くなり、不安になって唇を噛んだ。

2

その翌日、サルチエルおじはもっと早く起きた。その日の朝執り行われる甥のバル・ミツバの儀式「宗教上の成人式で、男子が十三歳を迎えると祝われる」に遅れることは絶対にあってはならないと思っていたからだ。甥もとうとう十三歳になったのだ。彼はソラル・デ・ソラルのために、大事な務めを果たさねばならないと思っていた。世論の多様な変化を注意深く観察し、贈られる物品に限なく目を通し、友人は無論のこと、我が敵にもわしが浸っている至福を、ラビの邸で用意される豪華な酒飯を事細かに書き送ってやらねばなるまいて。彼は羨ましさでさえない顔、顔、顔を想像してはほくそ笑み、そういうことは悪魔の所業にも悖《もと》ると思いつつ、これも愛すべき老人の為せる業だと肯《うけが》うのだった。

儀式は九時開始となっていた。午前六時には海沿いの小道ジャスミンの登り坂の上り口に彼はいた。朝の爽やかな空気の中で甲高い声が響いた。

「おい、サルチエルの大将！　何か知らせでもあるのか？」

　緑色の帆布で作った服のウエストを革帯で締め、先端が鉄鉤で終わっている切断された腕を振って挨拶している男に、彼は目を凝らした。マタティアス・ソラルだ。彼は〝松脂噛み〟とか〝どけち等の親分〟、島の石鹸工場にソーダを運んでいるところから〝はしけの持ち主〟とも呼ばれているのだが、碇を下ろしてサルチエルに合流するとその手を握った。片隅にあるものまで見逃すまいといつも横目をし、何事も聞き漏らすまいとする両耳は張り出していた。

「わしにかまわないでおくれ、兄弟よ、心配事が山ほどあるのだからな」満悦顔でサルチエルは言った。

　マタティアスはランティスクの樹脂を一方の頬からもう一方へ移し、赤毛の山羊ひげを撫でた。いかにも油断も隙も無さそうな目をしている。

「南無三宝、南無三宝、大変だな、おじ貴！　その心配事とやらは一体なんだい？　まさか金の問題じゃあああるまいな」

「十三歳になったんだよ。テフィリンを着けられるのかなあ？　イスラエルではもう一人前の男だ。ああ、心配事だらけだよ！」サルチエルは好人物らしいその顔の、ぴんと張った肌に偽りの心配事で小じわを刻んで、答えた。

「おめでとう」とマタティアスは言ったが、その青い目はすべてお見通しだった。「ソラル・デ・ソラルに健康と力と生命《いのち》を！」

「もういいから、わしをほっといておくれ、マタティアス。お前は六％の利息で金を貸しているが、お前は悪い人間じゃあないとわしは常々言っておる」

「どうして六％なんだ？」七・一五％以下では金を貸さないマタティアスは、気を悪くして言った。「俺のことで悪い評判を立てるようなことはしなさんなよ」

　清涼飲料売りを生業《なりわい》としている肥って小柄なソロモンは百メートル程離れた所にいた。ふっくらした腹を前に突き出し、細長い皮紐で固定した巨大な粘土製の壺を負い、銅製の二つのゴブレットを打ち合わせて、なかなか現れない客に呼びかけた。黄色い短い上着にふくらんだ赤い半ズボンのこの詩人は、朝に陶酔し、自分だけのために大きな声で言った。

「アプリコット水とちっちゃなレモン入りソーダ水だよ！　僕のレモンソーダ水は春の恋のごとくさわやかだ。僕のアプリコット水はガゼルの目のようで、しかもシュラムの乙女［旧約聖書「雅歌」七章一節に〝もう一度出ておいで、シュラムの乙女、もう一度出ておいで、姿を見せておくれ〟と詠われている］の唇のようだ！」

　二人の親友に気付くと、ひげの生えない善良そのものといった顔がぱっと明るくなり、雨受け鼻がうごめいた。彼は丸くふくらんだ脚と裸足の小さな足の力を精一杯使って走り、二人に追いついた。

「おお、サルチエルおじさん、そこにおられたんですか？」とすっかり息を切らせながらも礼儀をわきまえた口調で懇《ねんご》ろにたずねた。「飲んでください、どうぞ、アプリコットジュース入りのさわやかな水を一杯。そしてマタティアス、あんたもだ、一杯飲んでくれ、只だからさ。それから僕も飲もう、神がそう思し召すなら！　こうして一緒に飲むなんて、言うことなしだね。僕たち幸せだね！」

　いかにも水をたっぷり使ってグラスをすすいでいるかのように見せかけ、オレンジの葉一枚でグラスを拭い、愛想よく幸せを願いながら、金色に輝く液体をグラスの縁までなみなみと注いだ。

「ありがとう、ソロモン」とサルチエルが言った。「さあ、この紙巻タバコをお取り、今夜吸うといい」

「ところで、世界はどうなっているんですか？」ソロモンは小さな手を無邪気に回しながらたずねた。

「非常に良くないのだよ、我が友よ、わしは頭が痛くなってくる、この嘆かわしい時代のことを思うとな」サルチエルはこの一片の雲もない、連延《れんえん》たる壮麗な蒼穹が裂ける光景を思い描きながら言った。「わしにはすばらしいことがあるんだよ、そいつをすっかり忘れていた」

「夢の中で読んだ宝くじの番号？」友人の持つカバラの知識を尊重しているソロモンは罪のない閃きで聞いた。

「宝くじなんてもんじゃない！　鱈貯蔵所の海外支店がスピッツベルゲンにあるのだが、その経営をやってくれと頼まれたんだよ」とサルチエルは信じやすい水売りを見据えて言った。

　取るに足りない小銭でも見つからないともかぎらないと期待するマタティアスは、側溝に目をやりながら、サルチエルおじはその嘘と阿《あ》房臭《ほうくさ》い話を何処で仕入れてきたのだろうと考えていた。

「しかしなあ、わしはわしの島とわしの友達と別れ別れになりたくなかったから、断ったんだよ。しかも神とわしはこの地で生きとるのだからな」

「でもそれは延期しただけでしょう、おじさんは明日発つんだ」〝詩に別才あり〟はソロモンのために在るような辞句、日常と懸け離れた状況を思うだに詩情が溢れてきて、羨ましさで目を輝かせながらソロモンは言った。

「ああ、そんなことはどうでもいいんだよ、他にもいろいろある。たとえばセイロン、セイロンだ。セイロンにはな、親愛なる友よ、真珠が枡で量るほどあるんだよ。こんな具合だ。お前は潜る。お前は真珠を売る。二十フラン金貨百枚の値がつく。お前はタバコを一本吸う。潜った後でな。こうしてお前は金持ちになり、幸せに暮らすというわけだ」

疑い深いマタティアスでさえ、こんな結構な話には、戯言だとわかっていても、耳を傾けざるを得なかったが、それでも無意識に自分の財布の口が閉まっているかどうかは確かめた。

「お前さんの言うとおりだよ、おお、友人サルチエルよ」と彼はため息をついた。

ソロモンは興奮のあまり、その短く刈り上げた小さな頭と反抗的ですぐに反《そ》り返る額近くの髪の生え際を夢中で擦った。

「あんたが潜るだって！」と彼は呆気に取られて言った。「あんたは真珠を採る。二十フラン金貨百枚だって！ 千本もの紙巻タバコだって！ そうしてあんたは生涯幸せに暮らせるんだ！ 真珠採りをしたいのは僕の方だよ、セイロン、幸福の国だ」（そうして、大勢の床屋のはさみに抵抗してきた額髪を責めさいなみながら、いつも肌身離さず携行している小型の手帳に数字をしたためた。）

「それにな、セイロンの浮かぶインド洋にはダイヤモンドやルビーが入っている牡蠣が見つかることも時にはある。ビュロもいる、まあ、言ってみれば海のカタツムリってところだが　その貝殻はサファイアでできているのだよ。それからラカマラルディニスファロンフっていう小さな玉もある、これはお前たちも知っていようが、貴石の中の貴石で、ごく稀にしか見つからないんだよ」

「僕たちも知ってるよ」とソロモンは鸚鵡返しに言った。（しばらく間を置いてから）「本当を言うと、僕はその宝石のことはほんの少ししか知らないと言う方がむしろいいかもしれない」と俯《うつむ》いて付け加えた。

このように、気の毒なサルチエルは彼のしがない友人たちの前で輝こうとし、眼中人無しの義兄に酷い扱いを受けている自分を慰めていたのだ。

「だからさ、相棒、あんたの旅の一つなりと話してくれよ、だがな、法螺の吹きすぎはご免だぜ」とマタティアスは山羊ひげを撫でながら頼んだ。

サルチエルは小さなネジをとりだし、懐中時計のぜんまいを巻いた。

「我が名誉にかけて誓ってもいい、もう七時だぞ、我が友どちよ！ 成人式は九時に始まるし、領事夫人は今日の午後お出ましになる。まあ、とにかく座ろうではないか、神とその選民との契約の子らよ、二分間だけ話そう」

ソロモンはいつものように、今日はもう充分働いた、疲れた、過労で若死になんて真っ平だ、仕事はまた明日やる、しかも二十サンチーム残っている、これだけあれば、二日間は幸せに暮らせる、とすっぱりと言った。それで彼は水の壺を近所の家に預けに行った。間もなく〈慈悲深き婦人たち〉という名の修道院の階段に座っている友人たちに合流し、炒ったヒヨコ豆が入っている円錐形の紙袋を取り出した。三人は階級性、上席権、将軍たち、政治、大臣たちを話題にした。彼らはこういう主題が大好きだから、話し始めると議論は際限もなく続き、やがて口論となり、終いには罵り合いになるのだった。

「この愚父にしてこの愚息ありか、お前なんぞ癩病になっちまえ。大臣の顔を拝んだことが一度だってあるか？」

「ああ、きざなじいさまよ、会ったことはあるよ、おおありこんこんちきさ」

「じゃあ、お前、大臣は五十万ものチップを受け取るってことも知ってるか？」

「僕は知ってるよ、でも百万なんだよ。僕は詳しいでしょう。さあ、干葡萄を食べようよ」

「ありがたい、お前は三百年も生きるだろうよ。さあ、アーモンドをお取り」

彼らは幸せで、あと二人、つまりマンジュクルーと強き男ミハエルだが、この二人の友達がこの場に居ないことだけが惜しまれるのだった。

「僕らは五人とも互いに大好きなんだ！」ソロモンは揉み手をしながら宣言した。「断頭台に上がっても、僕らは僕らの友情を捨てたりなんかしないんだ！　僕は厳かに誓う！　僕らを結んでいるのは友情だ。諺にもあるように、僕ら五人は手の指みたいなものだ。本当の友人なら、そのうちの一人の不幸に泣き、もう一人の喜びに笑顔になるんだ。僕ら五人が皆一緒にいるとき、腕を組み合っているとき、散歩しているときほどすばらしいことが他にあるだろうか。僕が皆に天国で相見《あいまみ》えますように、おお、僕の友人たち！　僕の言ってることは正しくない？（「正しいよ」と他の二人は言った。）そして僕ら皆がソラル家の人間なんだ、五人とも皆！　なんて大家族なんだ、僕らは！」

実際五人の友人たちを結んでいるのは遠戚関係だ。彼らはソラル家の分家の出身で、フランスの諸地方を五百年もの間渡り歩いた挙句、十八世紀末、ギリシアの島ケファリニアへやってきて住み付いたのだ。分家のソラル家では代々フランス語が話されていた。しばしば古風な言い回しが現れる彼らのフランス語は、島にやって来るフランス人旅行者を笑わせた。しかし、愛する国と高貴な言葉への彼らの忠誠振りには人の心を打つものがあった。五人の友人たちは冬の夜にはヴィヨン、ラブレー、モンテーニュないしはコルネイユを一緒に読んで、《優雅な言い回しを忘れないように》していたが、そんな時サルチエルやソロモンの目には感動と懐かしさから涙が浮かんだ。確かに五人の友人たちはフランス国民であることに誇りを持っていた。もっともケファリニアの一部のユダヤ人もそうであったが。マタティアス、ソロモン、サルチエルは懇願したにもかかわらずさまざまな理由で兵役が免除されたが、一方ミハエルとマンジュクルーはマルセイユの第百四十一歩兵部隊で兵役を終えたのを鼻にかけていた。近衛兵は凜々しい鼓笛隊長、マンジュクルーは厳しい伍長だった。

　この五人は島のユダヤ人をギリシアに隷属する人間どもだと見下していたが、彼らは彼らでソラル家の本家に幾分嫉妬心を抱いていた。ソラル家の本家はスペイン出身で、十六世紀初頭にケファリニアにやってきた。本家で家長の座についているのはラビのガマリエルだが、この家族の創始者はバビロニアのユダヤ教を正式に代表する者で、大昔から代表者は〈四散のプリンス〉なる称号を持っていた。富豪で、ヴェネチア、カイロ、ナポリに豪邸を所有し、有名人や冒険好きが輩出したこの一族には、その先祖に偉大な医者、哲学者（そのうちの一人は有名である）、天文学者、宮廷人、詩人、馬上槍試合に巧みな騎士もいた。ガマリエルの図書室にはカスティリアのアルフォンス王の総理大臣であり、イサベラ女王の友人だったドン・ソラル・ベン・ガマリエル・ソラルの肖像画がかかっている。

「少し前からだけど、僕たちは人呼んでフランスの益荒《ますら》男《お》たちだってことが僕の耳に入ってきている」とソロモンが言った。「焼餅やいてるんだよ、だってさ、僕らは内内ではマスカットブドウのような僕たちの遥かな祖国、その国の快い言葉で話し、僕たち皆で財産を分け合い、マタティアスは別だけど、僕たちの一人が破産すれば、それは僕たち四人が貧乏神に取り付かれたってことだから、その人を救うためにあちこち駆けずり回って何とか解決策を見出そうとする。この僕は皆が命令してくれさえすれば、僕の友人たちのために一肌脱ぐよ！」

《我々にはかけがえのない愛しいソロモンがいます。神よ、我々がソロモンといつまでも一緒にいられますよう守らせ給え》とサルチエルは呟いた。

「今更何を言う、わしらの友情はとこしなえに続く、わしらは兄弟以上に愛し合っておる」とおじは言った。「覚えているかい、ソロモン、タルムード学校のことを？ お前は五歳で、わしは二十五歳だった。お前はいつもびりっけつだったな」

「で、おじさん、あなたはいつも一番だった！」ソロモンは誇らしげに顔を上げて言った。「さあ、これから、よろしかったらあなたの話をしてください、お願いします」

　サルチエルは、地位も名誉も無い、取るに足りない連中と彼が係わり合いになることを義兄が快く思わないのを知っていたから、誰か一人でも名士の姿が視野に入ればまずいと思って目を凝らした。安心すると、ソロモンの円錐形の袋の中身を空にしてから、こんな風に話し始めた。

「おお、イスラエルの末裔たちよ、おお、愛しき者たちにして我が忠臣たちよ、おお、我が人生と我が運命《さだめ》を共にする者たちよ、まずは永遠なるものの御名を讃えよう、なんとなれば神は唯一にして寛大なればなり！ 次にわしがお前たちに言わなきゃならんのは、お前たちも知っておろうが、スピッツベルゲンは寒いということだ」

「へえ！」とソロモンはヒヨコ豆を摘みながら大声をあげた。「じゃあ、僕は勘違いしてたんだ。そんならこの寒さで震えちゃう国は一体何処にあるんですか？」

　彼は短い脚を組み、暖かな空気を満足気に吸い込んだ。サルチエルはこの無知な小男をじろっと見て、スピッツベルゲンはイギリスの片隅にある、と答えた。

「ステアリング・ポンドの国だ」と、この分野の専門家としてマタティアスは重々しくうなずいた。

「英国銀行とは誰も戦えないよね？」とソロモンはそばかすはあるが、ひげの生えないその丸顔をこすった。「僕はフランスの方が好きだな」

「フランス万歳、フランスに栄えあれ、なぜならフランスは世界一美しい国だからだ。その国語をいつも話すことにしよう。一方、英国《アングルテール》［フランス語ではAngle-terre〝地球の隅〟の意］だが、あえて言おう、その名が示すとおり世界の隅っこにある国だ」とサルチエルは言った。

「で、あんたはそのスピッツベルゲンとやらへいつ行ったんだ？」疑わしいと思ったマタティアスは聞いた。

「わしの人生のほんの五三日《ごさんにち》にだ」とサルチエルは素っ気なく言った。

「それで、そこでは人々は何をしてるんですか？」サルチエルの返答にすっかり満足したソロモンはたずねた。

「何もしない。寒い日もあれば、暑い日もある。真夜中に輝く太陽の下で、お前は鱈を食うのよ、そういうことだ」

　サルチエル・ソラルは間違いが元で実際にスピッツベルゲンへ行ったのだ。彼の他は皆、この遥かな国の大地を実際に踏んで、そこで体験する冒険を自慢話のネタにしようと目論んでいる輩ばかりだった。そこで、彼は真実だけを話すことにした。

「わしは端からアルゼンチンへ行くつもりだったんだよ。ところがだ、旅行会社の窓口に居たのがたまたまモアブの子孫の奴めで、そいつは我らが聖なる民族に百％混じりけなしの憎しみを抱いていたから、わざとわしに行く先の違うフリゲート艦に乗るように指示したのだ。だからあのアルゼンチン［フランス語ではArgentine＝アルジァンティーヌ］に行けるはずはないじゃないか……」

「銀《ぎん》［argent＝銀の意］の国、いやさ金《かね》［argent＝お金の意］の国でもある」とマタティアスはソロモンに説明した。

「まさにそのとおりだ。それで〝ティーヌ〟はアルゼンチンの〝可愛らしさ〟を表すために付けられているんだね」

「アルゼンチンへ行けなかったお陰で、わしは我が人生最大の事業をやりおおせなかった。かつてわしはこんな罠にかかったことなど一度もなかった。巨万の富を築くつもりで勇んで出かけたこのわしが目にしたのは、なんとアザラシどもだった。山の上にもうじゃうじゃいた。海にはレオンファン《海象》と呼ばれる動物もいた。それに道という道には蛇だのワワニだのがのさばっているではないか。しかもこのスピッツベルゲンというのは、船会社、お前さん方も知っておろうが、イエズス会が牛耳っておる船会社だ、そいつらのでっちあげにちがいない」とサルチエルは悟ったような顔で締めくくった。

「それが本当のところだ」とマタティアスが言った。

　彼はスピッツベルゲンについては何一つ知らなかったが、このイエズス会で終わったことがえらく気に入ったのだ。ソロモンは啞然として、口をぽかんと開けたまま炒ったヒヨコ豆を嚙むのも忘れていた。家に帰るなり、妻にこんな話をしてやれるなんてすごいじゃないか！　忘れちゃうんじゃないかと心配になったソロモンは、この国の名前と動物たちの名前を手帳に書いてくれとサルチエルに頼んだ。

「ところでイエズス会だが、おっかない警察組織を持っていてな」と創意に富む小柄なおじは続けた。「我が民族の一人がアルゼンチンで富を築こうとすると、警察は命令を発してそいつをスピッツベルゲン送りにしちまうんだよ！　だからこそスピッツベルゲン行きのこの船にはユダヤ人しか乗っていないのさ」

「俺たちは山ほどいるんだ」とマタティアスは重々しく言った。

「イナゴの大群よりも、砂漠の小さな砂粒よりももっと多いんだ！」はにかみながらも誇らしさで顔を輝かせて、ソロモンは付け加えた。

　軽やかな空気と相棒たちの感嘆ぶりにすっかりいい気持になったサルチエルは、また熱中して始めた。

「そこに居たユダヤ人は皆わしと同様、騙された者だったのよ！　しかも、お前たちに言ったろう、あのスピッツベルゲンは世界に存在する本物の国だとはわしは思っとらん。あの国はむしろ世界の真ん中あたりにあるはずだ。モロッコ辺りかな、多分。嚢底《のうてい》の智をたたけ、その上で断を下せ！　もっともスピッツベルゲンは暑いのだ。それが北の方にはない証拠だ。できれば確かめることだな」

「おいらの先祖の一人が言ってたが」とマタティアスが始めた。

「そう言うならむしろ〝僕たちの賢者の一人〟」と言い回しに蘊蓄を傾けるソロモンが提案した。

「が言ってたが、《チュニックを縫うにはまず糸を針に通さねばならない》《五重塔も下から組む》だ、ことの成就のためにはな」

　この発言はサルチエルの物語とはなんの関係もなかった、が、サルチエルは話の中で判断に触れたのだから、教養ある連中の傍にいて、諺の一つや二つ口に出してみるのもいいじゃないかとマタティアスには思えたのだ。サルチエルは話の腰を折られるのを嫌った。

「わしに話をさせたいと思うならわしの言葉を聞けまたわしの話を聞きたくないならそう言えだがわしの話を聞きたいのなら黙って聞け！」

　皆長い間押し黙っていた。

「スピッツベルゲンでのこの嘆かわしい出来事は、異教の民の悪意がその卑劣な言動に現れたものだとわしには思えたのだよ」サルチエルは悲痛な渋面を作って、言葉を継いだ。「それに、わしが問い質したら、指揮官はからかうように笑っていた。お前たちわかるか、そいつはチップを二重に受け取っていたんだぞ！」

「ありそうなことです」ソロモンはこの錯綜する話を全く理解していなかったが、その心は優しさに充ち、寛容だった。「三倍のチップさえ受け取っていたかもしれませんよ」

　三人の空想家はこの雑談を楽しみ、味わい、時間の経つのも忘れて喋り捲った。オリエントの息子たちには、彼らの会話が奇妙奇天烈でも散漫でもそんなことはお構いなしだった。仲の良い仲間として打ち解けて話し合い、地平線の遥か彼方にあるいろいろな国のことを話すのが一番大事だったのだ。節約家のマタティアスも寛大な振る舞いを見せた。カボチャの種を包んだハンカチを取り出すと、十二粒をサルチエルに、四粒をソロモンに与えた。ソロモンは篤く礼を述べた。彼らはくつろいで微笑みながら噛んだ。一匹の用心深い蚊が探っていたが、勘違いし、ためらいがちにかすかに鈴を鳴らしながらサルチエルのハシバミ色の半ズボンにとまり、それから腕にとまった。マタティアスが昆虫を叩き潰そうと手を上げた。

「いけないよ、虫を殺すな、マタティアス！」小男のソロモンが激しく大声で言った。

「そうだ、そいつを生かしておいておやり」この生き物はもう一匹の甥だと考えたサルチエルは言った。「蚊だってそれぞれ魂を持っていて、その魂はとても小さくとも、不滅なのだ。飛んでお行き、蚊よ、お前の運命に向かって飛んで行くのだ。そうして、お前が生きている間は楽しむがよい！」

彼は嘘をつくことに疲れ果てて、ため息をついた。

「もうわしにはわからん。このスピッツベルゲンが何処にあるやら、もうわしにはわからん。神は遍《あまね》く在《おわ》す。だから結局わしには何処にあるかなんてどうでもいいことだ。海の中には通りがあるか？　あっちにも水、こっちにも水、水だらけだ。奴らは何頭かの熊と何人かのエスキモーをモロッコに置いていったのだ。両方ともハム族の子孫だ。アルゼンチンに住んでいないことで誰か損をした者がいるか？　百五十人ものユダヤ人が暴虐と宗教的不寛容の犠牲になったのだ！　だが、メシア降臨の日は遍く光り輝き、我らが敵は一掃されるだろう！」

ソロモンは友人を褒め称えた。

「僕の家へ昼食をしに来てください、大将。西洋スゴロクをやりましょう」と彼は頼んだ。

「だめだ、我が息子よ。匂いをかいでごらん」

サルチエルは芳香を放つハンカチをソロモンに差し出した。

「没薬《もつやく》のいい匂いがする！」ソロモンはハンカチの鼻腔をくすぐる香りを無上の喜びで吸い込みながら、言った。

「別の日に行くよ。だから、酢漬けの牛の脾臓がわしの大好物だってことを忘れるなよ。あっ、しまった！　十一時じゃないか、シナゴーグの儀式に出そびれてしまった。ドームへ行かねばならないな。名士のレセプションがあってな、わしもその一人なのだよ。じゃあ、またな、子供たちよ、神がお前たちとともにあらんことを！」

「僕も招待されていると思うんだけど」とソロモンが遠慮がちに言った。

「そんなはずはない。だが、やはり行こう、息子よ」とサルチエルは愛想よく微笑みながら言った。

マタティアスは、ホテルから出てきたイギリス人たちにケファリニアの土産物を売りに行くと言って、その場を去った。ゆっくり歩いていた彼の目は、彼の商品を買う気の有無を旅行者の目の中に探っていた。俯き気味に歩いていたが、斜めに上げたまなざしは、素早く見分けようとするまさに貪欲な計算高い人間のそれであった。ときどき立ち止まっては浪費家や軽率な人間、罪深い人間が捨てた《なんの汚れも付いていないパン》を拾った。このパンで飛び切り旨い粥を作るのだ。

一方サルチエルとソロモンは港や税関、ギリシア人の街を突っ切って行った。

蠅がぶんぶん羽音を立て、麝香の香りが漂う店の中では、理髪師たちが一本調子でマンドリンを鳴らしたり、研革で剃刀を研いだりして、侃侃諤諤《かんかんがくがく》の議論で口角泡を飛ばしているゴシップ屋や政治屋どもを促していた。塩鱈が乾物屋の上で揺れ、裂け目のできた樽からは石膏のようなチーズが流れ出ていた。アーケードの下でコーヒーを飲んでいる憲兵隊の大佐たちは、薔薇色のルークーム［コーンスターチ・果汁などを固めたアラブ風ゼリー菓子］を頬張ると上品で威厳のあるその頬は蠟で磨いたようにつやつやし、絹のハンカチで両手を拭い、大きく息を吸い、にっこりした。皮を剝がれた子羊たちが粗塗りの壁に掛かっていた。青色の砂糖菓子や宝くじの券が手から手へ渡っていった。赤色のヌガーを売る者、数珠を売る者、ゆで卵を売る者が声を限りに叫んでいた。二人の聖職者が議論していた。鋭い尖った声を上げているのは若い方、繊細な二本の指で両袖を捲り上げ、礼儀上同意してはいるものの論理で相手を打ち負かす機会を待っているのが年嵩の方だった。死んだように動かない乞食が一人、愚痴をくだくだ言い、慈悲深い人々の同情を乞うていたが、誰一人彼に目をくれる者はいなかった。

ソロモンは、ちょっと家に寄って、髪にポマードを付け、ギターを取ってきてもいいかと友人に許可を求めた。いらいらしながら彼を待つサルチエルは、うつらうつらしている乞食の瞼の上をゆっくりと歩いている蠅たちに目を凝らし、前足で揉み手をしているのだから、奴らも満足しているのだろうと考えた。

ようやくちんちくりんが戻ってきて、二人は歩き始めた。ギターから金属製のような蠅が出てきて、暑さに酔ったか、千鳥足で歩くようにジグザグに重たげに飛んでいった。ソロモンは思いつくまま奏でるギターに乗せて自作のメロディーを口ずさんだ。

　遅くなったので彼らは馬車で行くことにした。馬車を出す直前だった。馬が消防ポンプの放水のごとく猛烈な勢いで大量に放尿したから、辺り一面草いきれに包まれた。陶然として目を閉じ、その音に耳を傾けていた御者は、身を後ろに反らすと手綱を取り、命令を発した。

「行け、純血種の牝馬の息子よ！」

　一人の子供が厚かましくも高級娼婦にそっと触れるという振る舞いに及ぶと、彼女はその子を罵り、ギリシア兵に笑いかけ、中指でそそった。一人の酔っ払いが農夫の歌を歌い、それから瀆神的な言葉を吐き、それからまた調子っぱずれに愛の歌を歌いながら行ってしまった。遣手《やりて》婆は、小声でしかも無関心を装った声で《これでどうかな》と言うイギリス人の後について行った。年のせいで頬が砂色に変色している女が跪いて、お前らに食わせるなんてもったいないと言わねばかりに、しかも嬉しそうに、赤く熾った炭火の上で焼けている羊ににんまりした。

　サルチエルとソロモンは、飾りの組み合わせ模様がすっかり錆びている鉄格子門を押した。二人は丸石を敷き詰めてある、太陽で赤褐色に染められた中庭に入った。そこには相伴に与ろうとする者たちが小さなカーペットを日陰にひろげ、教義論争をしたり、水パイプを吸ったり、数珠の球を爪繰ったり、種々雑多な物品を総合的に値踏みしたりしながら、食い物の皿が出てくるのを待っていた。中庭の奥まった所に見えているソラル家のドームはクーポールが白色で、青空の下では一層大きく膨らんでいるように見えた。守衛のベンチに座ったミハエルは招待客だと偽る有《う》相《ぞう》無《む》相《ぞう》を反《そ》りの無い細身のサーベルで追い払った。サルチエルおじに気付くと立ち上がり、敬うべき大貴族に対するように挨拶した。心臓の位置に置いた手を額まで上げ、手の平と甲を表したソラル家のエスカシャンに軽く触れるというものだった。

　この善き行為が甥の天国の勘定帳に貸し方として記されるようにと祈りながら、サルチエルは三チームを老人に投げ与えたが、その男は加護を祈るともう一銭ももらえまいと悟り、憎悪のこもった顔に戻った。ソロモンは中庭の真ん中にある井戸の前で立ち止まり、銅製の手桶で水を飲んだ。それから、母屋とは別棟の、ドームがいくつかある建物の前に立った。それは台所と使用人たちの住まいで、オーブンで焼く子羊の匂いとチーズの塩分を含んだ蒸気が漏れ出ていた。口をぽかんと開け、誰に遠慮することもなく鼻の穴に人差し指を突っ込み、ピーマンの浮き彫りを眺め、焜炉を扇いでいる女中たちに感心して、眺めた。

「困ったな！」とサルチエルは呻くように言った。「わしは忘れていた、ビヤン＝ノメ、潑剌とした鳩よ、わしの編み上げ靴をぴかぴかに磨いておくれでないか」

　女中はしゃがみ、激しく擦った。首に否応なく降ってくる太陽光線をも厭わず、小柄なおじは狂ったように磨きをかけているビヤン＝ノメの仕事ぶりにすっかり魅せられながらもしっかりと注意を怠ることなく、その動きを目で追っていた。靴が輝かしく光るのを見て喜んだ彼は、ミハエルがお前さんと夫婦になると醜女の女中に請け合った。彼女は腹を掻き、恥ずかしそうに笑った。

「ああ、僕の友人たちよ、この美しい住まいのような台所が僕の家にあったなら、僕は招いた客人を台所へ迎え入れるだろうな。そしてもし王様が僕の家に来てくださるなら、王様をお迎えするのはやっぱり台所だ！　大勢の人のために一度に大量の肉を焼けるグリル、いくつもの小鉢に削り道具！」

　目を閉じ、極度に高揚しつつ台所の器具・物品名を一本調子で数え上げる彼を燃えるような太陽が打ちのめした。要するに、富とは神の差配に属するものなのだと彼は溜息をついた。

「仕方ないじゃないか、わが子よ、主が与え給うたのだ」とサルチエルは言った。

「でも、与えられたのは僕じゃない」と水売りは言った。

　激しい物音に彼らは耳をそばだたせた。興奮したソロモンは起こりようのない事件を想像するのが好きだったから、イギリスの装甲艦が轟音をとどろかせたんだと思いたかった。

「イギリス人が僕たちの命を救いに来てくれたんだ。そして虐殺から僕らを守ってくれるんだよ！」

「落ち着くのだ」とおじは言った。「マンジュクルーの咳だ」

　フランスの益荒男の五人目が咳をしながら身振りも派手に近づいてきた。悲憤慷慨、二股ひげの両翼を捻り上げ、流れ下る奔流の轟音を二倍にしたようなしゃがれ声でがなりたてた。

「この俺様を儀式から締め出しやがって、今一弁護士のこの俺をだ、諸君、宗教法の裁判所で弁護し、ギリシア人の法廷で密輸弁護の論陣を張るこの俺をだ！」

「お前は裁判を捏ね繰り回して紛糾させるから、わしの姉はお前に来てもらいたくなかったんだよ」とサルチエルは言った。

「よく見てみるんだな」とソロモンは甲高い声で言った。「よく見てみるんだな、この僕を。僕は品行方正で、みんなの模範になってるんだ、この僕は」

「黙れ、つべこべぬかすな。俺はここにいるしみったれた連中とはレベルが違うのだ。咳唾《がいだ》自ずから珠をなすってな、俺の蘇張《そちょう》の弁を知らないのか。なあ、親愛なるサルチエルよ、内密に願いたいんだが、俺に何かくれ、おお、お前さん、尊敬するおじ貴、何でもいいから俺にくれ。一スーだっていい。コーヒー一杯飲めるようにな。くれなきゃお前さんの甥を呪いかねないぞ」（マンジュクルーの恐ろしげな冷笑。）

　サルチエルは一エキュを彼に与え、ドアの縁枠に釘でとめてある護符《メズザ》に口づけし、家の扉を押した。

　三十人の男と二十三人の女が声を掛け合っている控えの間には、ぶつかり合う開き窓から風が自由に入ってきていた。この大事な日、風が噴出する水を撓ませる噴水の周りでは、突き出た腹を抱えた信心深い仲買人たちが、愛想のよい笑顔で手形割引などの手数料のことを話し合っていた。帽子を被って、市松模様の大理石の上をそぞろ歩く者たちもいた。装身具を着けた女たちは歩きながら腰を振り、百花繚乱の如きけばけばしい色で目立とうとしていた。男たちの服は、心ここにあらずの態で彼らががつがつ食っているフルーツシャーベットのような色で、地味だった。風が流れるとアストラカンの毛が揺れ、汗ばんだ者たちは傾き始めた日の光に目を細めた。

　二階に巡らされた回廊に面していくつもの部屋があり、ソラルはそこから高みの見物を決め込んでいた。三人の従兄弟がいる。エルサレムで死んだヤコブ・ソラルの息子たちで、貪欲さから六個のドラジェを一遍に噛み砕こうとして歯を折ってしまったルベン、狂信的なサウル、そして人を軽蔑しがちなナダブだ。招待客は、この三人も父親のように間違いなく気狂いになるといって、この若者たちを避けていた。

　それからソラルは自分の母親を詳細に描いてみた。砂色の大きな顔の中でラヘルの目はカットされた石炭の輝きを放っていた。お前のことならすべてお見通しだと言わんばかりに、彼に目を凝らすこの女に嫌悪を感じるのはなぜだろう？　アドリエンヌ・ドゥ・ヴァルドンヌ。彼女はなぜラビに会おうと思っているのだろう？　この女神と〈地中海のラビ〉とか〈流謫《るたく》の光〉とか呼ばれているこの意地悪男との間にどんな共通点があるというのか？

　サルチエルは甥の顔を注意深く観察し、宗教上の成人式のこの日、子供が感じるはずの感動をその顔に読み取ったと信じた。《この子はわしに似ておる。その上美男子だ。ラビが作ったのは自分だといくら言っても無駄だ。この子の鼻も口も歯もこのわしとそっくり同じだからな。本家の歯も悪くない。しかし分家の歯並びと比べれば、本家の歯は傷んだ丁子《クローブ》でしかない。》

　ラヘルは夫の姿が見えないので心配していた。オリエントの諸共同体からやってきている二十人のラビにガマリエルが教えているタルムード学校へ行ってきてくれないかと、彼女は弟に頼んだ。小柄なおじは、彼の興奮症、空想癖、怠惰を軽蔑している義兄を恐れていたので躊躇した。

「いつも報われない使い走りばかりだ！　本家のソラル家の連中ときたら、急ぐことを知らない堂々たる獅子で、あっちを見たり、こっちを見たり、だ！」

　だが彼は本来世話好きだったから、出かけることにした。彼は扉を開けた。鍵穴の前に代わる代わる立っていた二人の若い女中が後ずさりした。サルチエルは主人顔をしたくなった。

「台所へ行け、盗み聞きする者ども、策を弄する者ども、裏切り者奴《め》らが！」

　十五分ほどするとガマリエル・ソラルを乗せた馬車の轍の響きが聞こえた。主人の到着に慌てふためいたペルリーヌは一回転し、忙しく立ち働いている証拠にと水を一杯飲んだ。

　黄金小路の窓という窓からは、家から家へ張り渡してある紐にぶら下げられた洗濯物の間から、興奮さめやらぬ顔、顔、顔が目を光らせ、一万エキュを未亡人や孤児たちの家にばら撒いてきたばかりの立派なラビの寛大さを語り合っていた。そして銀行家である弟はその倍の金を配ったのだ。この二人に神の祝福のあらんことを！　民衆は元気よく手を振り、二頭立ての豪華な四輪馬車と、年貢を携え、長兄に敬意を表しにエジプトからやって来た銀行家のヨセフを従え、馬車から降りて来る紫色のターバンを巻いたガマリエルを指し示した。裸の子供たちが目の前を通って行くラビにうやうやしくお辞儀をした。年端もゆかぬ丸々と太った幼子が駆け寄ってきた。（私はこういう幼児が大好きだ。）二人の司宰の後ろに付き従う神童のごときサルチエルは、本家の人間二人のスケールの大きさに消されてしまわないように、爪先立ちをして少しでも背を高く見せながら、後見人として人々に挨拶した。

招待客は水を打ったようにしんとした。ラビの重たい衣装が枯葉のような音を立てた。数人の男が祝福してくれるようにと我らのラビ、ガマリエルに敬語を使って丁寧に頼んだ。ラビが手を上げるとその手を太陽が金色に染めた。この仕草にソラルは女性のように魅惑された。繋がると毛が逆立った一本の棒のようになる濃い眉毛、肉体的精神的な強靭さをうかがわせる品のよい鼻、神の知性の現れか、急流のように流れ下っている灰色のひげも好ましかった。このオーテス［トルコ皇帝の尊称］から発せられる魅力に彼はしびれた。ガマリエルが一人息子に優しく微笑んだ。

彼は妻に話しかけるときに感じる不快感にもかかわらず、彼女に二言、三言丁寧な言葉をかけた。彼は一種の玉座に腰を下ろすと、こちらに来るようにとソラルに合図した。今日この日から自分の行動に責任を持たねばならないと、目を伏せ、疲れた声でうんざりしているかのように言った。

「褒賞を期待することなく、我が民族が褒め称えられるよう正義を以って行動せよ。（間）女と美と呼ばれるものを軽蔑せよ。これらは蛇の持つ二本の毒牙だ。美しい木を見ようとして立ち止まる者に呪いを。（間）慈善は我が民族の女性の喜びだ。慈悲深さは自分の善良さに陶酔し、それをゆっくり楽しんでいるにすぎない。心の中では密かに自分の優越性を宣言しているのだ。慈善は自惚れであり、隣人愛には背徳的な一面がある。貧しき者はお前の財産の一部を所有する法的権利を持っているのだ。（間）後々我らの畸形のせいで挫けることのないように。我らは人間と名乗る畸形の存在だ、なぜなら我らは自然に対して宣戦布告をしたからだ」

その言葉で終わるのがうれしかったかのように、彼は息子を祝福し、テフィリンを彼に差し出し、立ち上がると部屋を出た。列席者は困惑を隠せなかった。彼らは立派な演説を期待していたから、このつっけんどんな話には皆失望した。夜を徹して研究に打ち込んでいたから、ラビの精神がおかしくなってしまったのだろうか？　しかし、名士たちは流謫の長は裕福だし、押し出しも堂々としていたことを思い、胸を撫で下ろし、博士たちの中でも尤も尊敬を集めている数人は彼を師と仰ぎ、彼の『究極の注釈』は終《つい》には規範となると思っていた。くしゃみ、洟をすする音、祝いの言葉、抱擁。ミハエルが床にドラジェを撒くと、ルベンが拾った。赤や緑の服を着た女たちは飲み、食べ物を詰め込み、揚げて蜂蜜に浸した菓子を柔らかな手で品よく摘み、喜んでいた。彼女たちは感嘆したり、笑ったりしてソラルを悩ませ、彼に贈り物を渡した。二十三の口がくっくっと笑っていた。湿った開口部は奴隷にもなり支配者にもなる笑みで横に伸びるのだった。言葉には品がなかったが、その目には皮肉と知恵の繊細な輝きが現れていた。

「親愛なるラビの奥様、今度は婚約者を考えなければなりませんわね！」と太《ふと》り肉《じし》の女が扇で激しく扇ぎながら言った。「そうですわね、結婚の寝台の天蓋の下へ、間もなく彼が導かれますように！」「彼が百五歳まで生きますように！」「そして更に十年も！」「持参金はナポレオン金貨百枚にちがいない」とフォルチュネが言った。「一万枚だ！」ソロモンがそっと囁いた。「十万枚だ！」とサルチエルが訂正した。「それからしっかりと数えなくてはな！」不意に姿を現したマンジュクルーが忠告した。

一人、また一人と名士連が暇を告げた。けれども細民はまだ門前にひしめいていた。ベニエ屋は湯気を立てている菓子を挨拶代わりに持参し、水売りは棕櫚《しゅろ》の枝とシトロンの実を置いてゆき、肉屋の親父は青い真珠の首飾りを巻いた子羊を腕に抱えていた。チーズ売り、焼きとうもろこし売り、夜警、シナゴーグの用務員は、珊瑚の角笛、金メッキのお金、ジャスミンやレモンの花をミハエルに託した。近衛兵は大袈裟な身振りで笑いながらこの人たちを追い払った。群集は抗議し、ミハエルの母親は冬の夜悪魔と契ってこの邪悪な子を身ごもったに相違ないと断言した。

「お前の母親の脚を開いたのはお前の婆さまだ！」

呪いの言葉を充分に吐くと、来訪者たちは静かに帰っていった。その間サルチエルはさまざまな長さの釘を九本唇に挟んで、騒々しい音を立てながら、門の上に一対の角を打ち付け、不幸をもたらす疫病神を払いのけた。一部の招待客はソラルの容貌を褒めちぎり、用心に越したことはありませんよ、と言った。満足したサルチエルは、後ろへ下がって、有益な自分の仕事をたっぷりと見た。それから幾掴みかの小麦粉と干葡萄を床におくよう女中たちに命じた。ラビは騒がしさに気分を害し、ドアを開けた。

「言語道断の奴らのせいなんですよ、そいつらをなだめるためなんですよ」とペルリーヌが言った。「私どもにお命じになったのはあなた様の義理の弟さんなんですよ、ラビ様」と七本の歯で笑って見せながらビヤン＝ノメが説明した。

ラビはドアを閉めた。度を越した自分の用心深さがあからさまになり恥ずかしくなったサルチエルは無信仰者、御幣担ぎ、バール神の礼拝者だのと言って女中たちを台所へ追いやった。だが、神通力があるという山積みされた小麦粉や干葡萄の近くを歩くときには十二分に注意し、嵐が来そうな空模様となった中庭へ行った。そこではミハエル、マタティアス、マンジュクルー、ソロモンがサウル王やダヴィデ王は敬うに値すると話しながら、西瓜やその種を楽しみ味わっていた。ソロモンを怖がらせてやろうと、実際は極めて信心深いマンジュクルーなのだが、俺は《科学的唯物論者の無神論者》だと何の前置きもなく宣言し、モーセはとんでもない嘘つきで、もともとモーセなんか存在しなかったのさ、と付け加えた。

「だから俺は神のことを悪し様に言うんだよ！」と嬉しそうに結論づけたが、そこには一抹の不安が垣間見えた。

　ちんちくりんのソロモンは両耳を塞ぎ、そして憤慨し、瀆神者に一蹴りお見舞いした。雷鳴が轟き、マンジュクルーは万軍の主たる神は一《いっ》なりと敬虔な心で呟いた。

　嵐が過ぎ去り、マンジュクルーはポケットから買ってきたばかりの赤い勲章の略綬《りゃくじゅ》をとりだし、自分に授与した。レジオン・ドヌール勲章の位階では、それはオフィシエだった。友人たちは彼に賛辞を呈した。無用な七面倒くささを避ける益荒男たちは、抱擁はしなかった。彼らが勲章を欲しいと思えば、ただ単に一日か二日の間これ見よがしに勲章を付けた。こうして彼らは受勲を目的とする屈辱的な奔走を避け、本当の受勲者とは比べものにならない段違いな喜びを味わうのだった。我々も彼らの知恵を見倣おうではないか。

　友人たちの傍に座り、サルチエルおじは出鱈目に口笛を吹いた。喜びの時は過ぎ、大勢の債権者が彼を待っていた。企ては悉く失敗、彼は役立たずなのだ。嘆息し、飛んでいる一羽の蝶にぎごちなく微笑みかけた。空は美しさを取り戻していた。友人たちは一言もしゃべらずにいた。

「なんてたくさんの言葉があるんだろう！」と突然ソロモンが言った。

「お前さん、一体全体何が言いたいんだ？」とマンジュクルーが質した。

「世界にはなんとたくさんの言葉や文字や考えがあるんだろう！　っていう考えが突然湧いてきたんだ」

「けれども多くの沈黙もある」とサルチエルは言った。

「結局のところ、真理って一体なんなんだろう？」ソロモンが夢想するようにたずねた。

「真理は言葉と言葉の間にあるのだ」と小柄なおじは言った。「そして人は喜びの中に真理を感じるのだ」

　彼はほうれん草入り肉団子を取ると、広い中庭の暗い片隅に座り、食い、一切れのパンをくわえながら寝てしまった。

目が覚めると、魔法を使うことで名をはせているキリスト教徒の鵞鳥番の女を捜しに出かけた。歯茎で絶えず草を嚙み切っている老婆を見つけた。彼は道々彼女を改宗させようと試みた。

「しかし、敬うべきおばちゃんよ、あんたはどうして我々の神を信じない？　我々の神こそ本当の神なんだよ。本当の神、要するに聖なる神ってことだ！　なぜあんたは彫像を信じるんだ、木の切れ端や鉄片でできているこんなものを」と彼は小路の真ん中に転がっている片手鍋を足で押しながら説明した。その騒々しい音で膿疱のできた乞食が目を覚まし、蠅が一杯たかっていた口を開き、サルチエル・ソラルの先祖と子孫を罵った。「どうしてなのか、それをわしに説明してくれ、おばちゃんよ！　彫像を信じるとは残念だ、わかるね、ああ、我々の神がどんなに偉大なのか、あんたが知ったらなあ！　それに我々の神は唯一だ、あんた、わかるかい？」ドームの門を押しながら、彼は締めくくった。

窓辺でソラルはヴァルドンヌ夫人の来訪を今か今かと待っていた。二粒の真珠を頰に当て、転がしていたが、彼は怖かった。

老婆は毛深い顎をその子供の手の上で滑らせ、子供は見詰められるままでいた。彼女はぶるっと大きく一つ身震いすると、ソラルの手に口づけし、何も言わずに遠ざかった。サルチエルは彼女に追いつくと、苛立ちで身を震わせながら問い質した。

「男よ、此方《こっち》はお前にこれしか言えない、この子供には印《しるし》がある、とな」

「どんな印だ、おお、限りなく尊ぶべきおばばよ？」サルチエルは恐ろしくなり、尋ねた。

「手相が同じだ、あの手相と！」老女は興奮して言った。

「だが、誰と、どんな風に同じなのだ、一エキュもくれてやったのに無駄だったのか？　七十七回呪ってやる」

「お前に答えることは、此方にゃあできないんだ、ユダヤ人よ」老婆はこう言うと消え去った。

3

ヴァルドンヌ夫人はミハエルから礼をつくした挨拶をされ、ラビの許へ案内された。サルチエルはただちにソロモンに、走り、飛び、領事夫人が……まあお前が言いたいように言えばいい、但しうまく話してこい！　と大層偉そうに命じた。そうして、名士連に知らせるためにはマンジュクルーを急がせた。それから、上の空を装ってラビの図書室に入り、一冊の分厚い本を開き、読書に没頭しているふりをしていたが、巧みに一団の傍まで行った。

領事夫人はソラルのことは覚えていない風を装い、高価な絨毯が敷き詰められた広大な部屋や漆喰塗りの白壁や梁に象嵌《ぞうがん》されたトパーズを眺めながら、慇懃にソラルに尋ねた。父親が聴いていたから、構文法を間違えはしまいかと心配したり、この女性の来訪の本当の目的もわからなかったから、ソラルはどもった。ラシーヌについても知っていることは悉く言いたかったし、たくさん読んでいることも明かしたくてうずうずしていたが、うまく話せなかった。読書という芝居を打っていたサルチエルはそれを中断することなく、誰にともなく話すように抑揚をつけない声で言った。

「十三歳です。大変よく知っております。悲劇作家のプリンスと言われるコルネイユ、それにモリエールやその他の作家も全部」

その言葉にどうやら興味をそそられたようなヴァルドンヌ夫人の面持ちだった。ソラルはその日の晩にも叔父を殺してやりたかった。うざったい爺のお陰で僕は恥をかいたんだ！　彼を待ち受けている運命などつゆ知らず、無邪気なサルチエルはヴァルドンヌ夫人の顔に感嘆の念を読んだと思い込み、幸いにもあの時がヴァルドンヌ夫人の注意をソラルに向けさせる潮時だったのだと思った。彼は近づくと、手を小さな角笛形にして耳に当て、有能でしかも愛想のよい男にふさわしく顔を顰め、来訪の目的を話しているヴァルドンヌ夫人を見つめた。その間中ソラルは父親の後ろに身を置き、二粒の真珠を投げては受け、この女神に挑戦していた。

領事夫人はパストゥール研究所の委員会を主宰しており、病院の付属施設を完成させるにはまだかなりの金がかかることをたまたま口に出したようにして話し終えると、明後日フランス領事館で行われる本館の落成式後のレセプションに、ラビを招待した。話の進め方がおかしなものに思われたかもしれないとの考えが不意に浮かんで、彼女は顔を赤らめた。彼女の話を聞くにつれ、サルチエルは、彼の意見など誰も求めていないのに、さりげない身振りで自分の考えを知らせるべきだと思えてきた。彼はある点は受け入れるが、他のいくつかは保留にするつもりだった。だが遠くからラビのまなざしが彼に向かって延びて来ると、こそこそと出て行った。

ヴァルドンヌ夫人は、ラビの若いご子息にも招待状をお送りできれば嬉しゅうございます、と言って話を終えた。彼女は首飾りに触れ、彼女の鼻孔はかすかに震えた。

ガマリエルはいかにも疲れている様子で微笑み、財政面で委員会を援助すべく近しい者たちに勧進するのは吝《やぶさ》かではありませんが、私も息子も落成式には出席できないかもしれません、と目を伏せて答えた。フランスで起こった痛ましい事件に深く思いをいたし、絶えず祈らねばならないのです、と。ヴァルドンヌ夫人は反ユダヤ主義者で、ブルム大尉は絶対に有罪だと信じていたから、慇懃に了解した。ソラルはレセプションに出ようと決心した。このブルムって奴は士官でなくなるだけじゃないか！

ラヘル・ソラルが金箔入りコーヒーとアーモンドペーストを運んできた。そして、ヴァルドンヌ夫人の親切な行為もわからず、警戒心の強さからくるぎごちなさで、訪問客に手を差し出し、ほほえんだ。夫人はじきに暇《いとま》を告げた。

門近くで待ち構えていたサルチエルは長広舌《ちょうこうぜつ》を準備していた。ところがあまりにも堂々としているヴァルドンヌ夫人に気圧され、口ごもりながら、「いい天気ですね、奥様」と言うことしかできなかった。

雨がしとしと降っていた。マンジュクルーから知らされた名士連は中庭で討議していた。サルチエルは彼らに仲間入りし、このわしが答えてやるとばかりに人差し指を鼻に置いた。十人ほどが半円には満たない四分の一程度の円弧を作っていて、質問しようと両手を上げた。後から加わった連中や関節炎を患っている者たちで中庭ははち切れんばかりになっていた。一団は音を立てずに中へ入った。サルチエルは後ずさりしながら彼らを誘導すると、地球を揺るがす大事件出来《しゅったい》とばかりに話し始めた。

「わしはな、諸君、この事件は重大だと思っておる。それでな、わしは領事夫人にそれをわからせてやったのだ。我々はこのような事件を本当に黙って見ていられようか」
　ところがそこへ現れたのがガマリエルだった。そこでサルチエルは、これで終わりとする、と言った。彼は外へ出て、中庭をそぞろ歩いた。中庭ではソラルがかなりの速度で駆け足をしたり、スイングスピンをしていた。

　翌々日、領事館の守衛が三通の招待状を届けに来た。ソラルは父親の許へ走って行き、手渡した。父親は招待状をじっくり見て、破り捨てた。彼はその前日、ブルム大尉の有罪判決を告げる電報を受け取っていた。ソラルは拳を握り締め、レセプションには行くと心に決め、痛悔の祈りの儀式が執り行われるはずのシナゴーグへ行く父親について行った。

　ローマ皇帝ティトゥスによるエルサレムの神殿破壊を記念する日であったから、終夜灯がたった一本灯されている祈りの場には暗い緊迫感が漲っていた。男たちは灰を頭にかぶり、裸足になり、嘆いた。サルチエルおじは無実の大尉のために脱獄計画を苦労して練り上げた。友人たちはこのアルザス人のために衷心から祈り、体を揺すった。丸々と肥ったちんちくりんのソロモンは体を温めようと、焼けるように熱いベニエでポケットを一杯にして、その中に両手を突っ込んでいたが、ふかぶかとしたお辞儀をする度にベニエは飛び出しそうになるのだった。マタティアスは鉄鉤で典礼定式書の頁をめくり、ランティスクの樹脂を嚙んでいた。ソラルは篤信者の顔をして、アロンの末裔専用の肘掛け椅子に座っていた。彼はこれからの人生を考えていた。彼が大人になったとき、卑劣漢どもの顔に金を投げつけてやり、彼のアドリエンヌには黄金の馬車を贈ってやる。

　儀式が終わると、サルチエルはブルム大尉の無実を連日宣言しているフランスの新聞を取り出し、五人の友人たちはその論説に加担するため、予約購読を申し込んだところだった。フランスの益荒男《ますらお》たちは契約の櫃を納めてある幕屋に導く階段の踏み板に腰を下ろし、蠅だの遠くから聞こえてくる叫び声に気を取られながら、サルチエルが地中海地方特有の唇音を強調する発音で希望の言葉を読むのを聴いていた。ソロモンはためらうことなく泣き、ミハエルの手を握った。マタティアスは落胆して、彼の鉄鉤でベンチをいくつか叩きながら出て行った。

　サルチエルは読むのを止め、白髪の房に手をやり、相変わらず彼の玉座に座って夢想しているソラルをとっくりと見た。彼は立ち上がって、葦を削った笛を甥に渡しに行った。子供はいつにない愛想のよさで礼を言い、進呈された笏の重さを量った。

「領事館で行われる祝賀会への招待状を、お願いですから僕のために手に入れてください。あなたは知恵者でしょう」

「わしのいとし子《ご》、お前が望むなら、お前が望むような知恵者にもなろう、しかしなんて馬鹿なことを考えるのだ？　わしらの兄弟、あの気の毒な大尉は有罪になり水銀温度計が零度以下になるほど寒い悪魔島へ送られるのだ。それなのにお前は楽しみたいのか？　それに第一このわしを誰だと思う？　このわしは招待状を送られるほどの者か？」

　ソラルはその美しい眉を顰めた。ということは悪魔島へ送られるあのブルムのせいで、祝賀会へ行くことを禁じられているのだ。奴なんか裏切り者に決まってる。こうなったら鼻眼鏡に会うしかない。彼は、家で彼を待っているフランス語教師のことを思った。ルフェーブルなら絶対に招待状を持っている。是が非でもあいつから招待状を巻き上げてやる。

　アロワ・ルフェーブル氏はラシーヌの詩句を優雅に誦していたが、神経が高ぶっているかのようにひときわ韻律にこだわっていた。ソラルは、たまたまこのギリシアの島へやってきた痩せぎすで、高すぎて首の上の方まできているアタッチドカラーを付け、自分を皮肉屋だと思い込み、明晰な頭脳の持ち主だと得意になっている若い男を穴の開くほど見ていた。ルフェーブル氏は自分に関係することには強い関心を示し、出世したくて絶えず目を光らせ、有力な知人はいないものかと探しまくり、遠い親戚も見逃すまいとしていた。

　ソラルは哀れみを覚え、哀れみを覚えたことを後悔し、カチッと歯を鳴らして、口を閉じた。没落した名家中の名家の息子はその音に飛び上がった。金銀を象嵌したピストルならルフェーブル氏は絶対見たがると確信したソラルはミハエルから借りてこようと部屋を出た。武器を上っ張りに隠して、彼は戻ってきた。教師はネクタイを直し、こんなおかしな笑みを浮かべて、例の裏切り者と同宗のこの子は一体何を考えているのやら、と自問した。

「僕は領事館での祝賀会のことを考えているんです。あなたは招待状を一通持っていますか？」とソラルは言った。

　彼を殺さなければならないのなら、殺す。ルフェーブル氏はルダンゴトのボタンをはめ、百合の花がしかるべき場所にあるのを確認すると、確かに招待状は一通持っている、三十分後に領事館へ赴く、と答えた。ドアが開いた。ラビで、息子に宗教外の学問をさせているのを後悔しているから、見にきたのだ。ソラルは続け、アタリー女王へのエリアサンの返答を暗誦した。父親はドアを閉めた。

「あなたの招待状を僕にください」

この笑みが気に入らない。品のよい舌で上下の唇を湿らせると、教師はきっぱり拒絶し、もしソラル氏が喜劇役者を演じ続けるなら、ここから出てゆくと言ってソラルを脅した。子供は苛立ちと羨ましさで我を忘れた。この招待状には拒絶された世界のさまざまな魅力が詰まっているのだ。危険な人生への賽は投げられた。彼の運命が決まろうとしている。《強くなければならない、賢くなくたっていい。従順な奴らは大嫌いだ。》

ルフェーブル氏は課題作文の一つを直しているところだった。ソラルは教師が背にしているテーブル上のブロンズのインクスタンドを摑み、躊躇った。この髪は綺麗に櫛が入れられている。けれども、今日、この日にあの女性《ひと》に会わないなら、僕は命を断つ。結局ピストルよりインクスタンドの方がましだ。

行動に移ろうとする自分を見つめ、激しすぎる打撃を与えないように注意深くやることにした。身をかがめている教師の頭上にインクスタンドを摑んだ手を上げ、嫌悪感で痙攣を起こしながら、ブロンズを落とした。ルフェーブル氏は物憂げにネクタイに手をやり、ゆっくりとはずした。ソラルは始めは身動きもせず、後悔の念に苛まれていたが、決心した。書類かばんの中を探り、招待状を取り出すとドアに向かった。だが、彼は引き返し、自分のハンカチを水の入ったコップに浸し、打ちのめされた人の首の上に置いた。少しばかり安心し、彼は部屋を出た。

廊下で、一種の担架のような棺を運ぶ二人の女中が彼に止まるように合図した。ラヘルとサルチエルの父親であるマイモン・ソラル殿が孫に会いたいと要求したのだ。ルフェーブル氏を打ちのめす勇気は持っていたソラルだが、自分の部屋に閉じこもって以来、数ヶ月ぶりに初めて出てきた九十翁《くじゅうおう》の言うことを聞かない子供ではなかった。

カバラの書物に関する長期に亘る徹夜仕事で、もう大分以前から気力にも体力にも衰えをきたしていたマイモン殿に最期が迫っている、と医師団が告げたのは三年前だった。ソラル家の分家の家長でもあるマイモンは彼のために用意された棺に生きたまま納めるよう求めた。賢人は主の密使を粛敬を以って迎え入れ、そうすることで畏《かしこ》くも主への敬慕を示さねばならぬのだとそのとき彼は言った。人々は彼の命令を実行した。だが、死は訪れず、老人は常軌を逸した頑固さで棺から出ようとはせず、彼には居心地がよかったから、棺に入ったままシナゴーグにも時々連れて行ってもらっていた。

幕の間からひげの毛が数本出ていた。透き通るような一本の手が幕を開け、鳥を思わせる顔には好奇心に貪り食われた目があった。半透明の肌の下では急激な身震いで額の血管が膨れ、青く浮き上がっていた。

「わしはな、わしの孫娘を最後に一度だけ祝福しにやってきたんじゃよ」と山羊の鳴き声に似た声で言った。

女中たちは間違いに気付かせようとして、孫娘じゃなく孫息子だと彼に知らせた。死に損ないが気合を入れてじっくり考えている間、女たちはめくばせしていた。この男と生きている人間の数に入っている人間とが話をしているなんて、きっと誰も知らないだろうね、と。催眠術をかけられたようなソラルにずる賢い権柄眼を向けている老人が、突然叫び始めた。

「このわしに我が子孫の性別さえ偽る背徳の民族よ！　おいで、さあ、小さな男の子よ、おいで、わしがお前を祝福してやろう。エリアを天に昇らせた火の戦車をひく馬がお前を守り、ウライの水がお前を洗い清めるように！　お前の敵が蠟燭で、お前の炎がその蠟燭を燃え尽きさせるように！」

台所で鉢が一つ落ちた。場所や時代の観念を喪失していたマイモンは、トゥールーズで彼の祖父と一緒にいて、行政官が彼を訪ねてくると言い張った。

「今日は具合がいいと彼に、町役人に言え。近いうちに妻を娶るかもしれぬ。いい天気で、わしはジャスミンの香りに歓を極める。そうだ、男で女じゃないこの子供に良い事がたくさんあるように願おう！　クレモナの宝くじでわしの番号が出れば、わしは超大金持ちだ。そのとき、この子供にリヴァイアサンという名の小さな怪物を買ってやろう、小さくて力の強い馬と馬車でもいいかな、この馬は馬車に隠しておくんじゃよ」

頭のおかしくなった老人はソラルに御執心。老人からようやく自分を解き放った彼は、外へ出ると喜び勇んでジャスミンの登り坂に向かって走っていった。

いくつもの群れのおしゃべりがざわめきのように聞こえる領事館の庭で、アドリエンヌはふと疲れを覚えて招待客から離れた場所に身を置き、自分の淋しい人生を考えていた。

一年前、婚約者のヴィヴィヤン・プールタレスを突然襲った悲劇的な死の後、ヴィヴィヤンの友人だったヴァルドンヌ伯爵が至極優しく彼女と苦悩を分け合ってくれたから、彼女はこの類まれな友人との結婚を承諾した。当時彼女は二十二歳で、ヴァルドンヌ氏は彼女より二十歳も年上だった。結婚して一年後、投資が彼らを破産に追い込んだ。ドゥ・ノンス将軍は金持ちで、吝嗇家、その上腹立上戸ときていたから、結婚にも反対していて、娘にも会わず、ましてや義理の息子の援助などもってのほかだった。フランス外務省《ケ・ドルセー》に何人か友人がいたヴァルドンヌ氏は、ケファリニアの領事の職に就くことにした。ケファリニアでは考古学に凝り、自分の時間の大部分を遺跡の発掘に費やしていた。彼には野心がなく、自分の運命に満足していた。彼はヴァルドンヌ家ではプロテスタントの分家に属していたが、王政主義者だった。立身出世は望んでも詮無いこととっくの昔に諦めていた。

アドリエンヌは溜息をつき、ラビの息子のことを考えながら微笑んだ。おもしろい子供だこと。さっきあの子はあんなにも熱く、誇らしげに入ってきた、それなのにその後の彼は、誰一人知った人のいないこの世界で自分が迷っていると感じているのは確か。数分間歩きまわり、一人ぼっちでアイスクリームを食べ終わると、緑に覆われた東屋《あずまや》へ行って座っている。

彼女は立ち上がり、子供の方へ行くと、彼はテーブルに数字を刻み終えたところだった。彼女が来たことはわかっていたが、彼は顔を上げなかった。彼は心配で震えていた。彼女に見つからないようにとどれほど願ったことか。

「あなたの見つけた片隅で、おとなしくしているのね。お父様がここへ来ることをお許しになったとは、嬉しいこと」

彼の恐れは怒りに変わった。ああ、僕は臆病なんだ！　じゃあ、僕の犯した罪を彼女に告白してやろうか、そうすれば彼女は僕を追い出すだろう。そのとき僕は彼女を短刀で刺す、僕の目は僕の敵全部に向かって反逆の燃えるような光を投げかけるだろう。

「いいえ、父は僕に許可してくれませんでした。それで僕は僕の先生を殺しました。先生は招待状を一通持っていたからです」

彼女が唖然として彼に瞳を凝らしたので、彼は、先生を少し殴っただけなんです、と付け加えた。彼女は彼が法螺を吹いたのだと思い、安心し、どうしてそれほどまでして来たかったのですか、と尋ねた。

「もう僕にもわかりません。しかも僕はここで退屈しているのですから」

彼女は彫り付けられた数字の上で軽い近視の目をしばたたいた。最初の日付、それはなんでもないんです、僕の誕生日ですから、と彼は言った。

「では、二番目は？　それはあなたが死ぬ日？」

「そうじゃありません」と彼は微笑んだ。

彼は目を輝かして立ち上がった。自分はいつも勝利者になるのだとの思いが不意に湧いてきて、彼は内気さをかなぐり捨て、臆することなく話し、感嘆の目で見られているのを確信した。実際は、彼女は彼のことを可愛らしくて少し変な子だと思っていただけだった。フランスへ行きたいと思っている、と彼は言った。もうじきケファリニアを脱出し、フランスへ行く、フランスへ行ったら図書館やあらゆる劇場へ行き、あらゆる美術館であらゆる絵を見るのだ、と。

「きれいな複製を持っていますから、よろしければ見せてあげますよ」とヴァルドンヌ夫人が言った。

彼はあくびをかみ殺す振りをした。彼女は彼の年齢を尋ねた。三年後には十六歳になると彼は答えた。

「それで、二番目の日付は何を表しているのですか？」

「僕は君には。僕はあなたには、この日付けのことは絶対に言わないでしょう」

「私はあなたのお名前《プレノン》さえ知らないのですよ」

「僕にはそんなのありません。僕はソラルと言います。あなたが僕にいろいろ尋ねるのを僕は好みません。僕が盗んだあなたの真珠をあなたに返します」

私にはどういうことなのかわかりません、私は真珠を失くしてなどいませんよ、と彼女は言った。彼は彼女を見つめた。彼女はどんなゲームを楽しんでいるのだろう？　よく考えてみなくちゃ。彼はポケットにその真珠を戻した。

ヴァルドンヌ氏が額を、それから柔らかな両頬を、それからモノクルを拭きながら近づいてきた。子供は二角帽を被った領事の前で立ち止まり、紹介された。僕もこんな帽子を被るんだ、もっとたくさん羽の付いたやつを、と彼は、さっきまでヴァルドンヌ夫人が服従に近い注意を払って彼を見つめていたのを止めたことに気づいて、思った。

鉄格子門の後ろでは、ここケファリニアという世界の権力者たちと打ち解けて話している神童の甥を目の前にして有頂天のサルチエルは、マタティアスに肘をついているマンジュクルーに寄りかかっているソロモンの肩を抱いていた。ソラルは自分が追い詰められた獣のように感じられた。この男に手を差し出すべきだろうか？　ソラル氏《ムッシュー・ソラル》では明らかに滑稽だ。彼が貪り読み、軽蔑したフランスの小説の登場人物よろしく深々とお辞儀をした。

「これはこれは、私はあなたを覚えていますよ」と領事は不安げに後ずさりした子供に言った。「七月十四日の終業式で、あなたは階段席で転びましたね！」

「賞品の本がとても重かったのです」

　彼はすぐさま後悔した。馬鹿野郎！　小さなおしゃべりの馬鹿野郎！　万事休す！　彼女は今、自惚れの強い小僧っ子を馬鹿にしているんだ。このままでは面目丸潰れだ。（それにあっちではルフェーブルがぶっ倒れている！　惨憺たる失敗だ。瓦礫の山に埋もれてしまったんだ。悲劇的人生そのものだ。）そうなんだ、どうしてもこの窮地を脱しなければならない。こっちから会見に終止符を打ってやる。男の方から始めるのか、それとも女の方からか？　彼らの不愉快で七面倒くさい礼儀作法とやらを彼は全然知らないのだ。領事は彼が差し出した手を一拍置いて握り、彼はそっけない挨拶をした。（もし最初に大袈裟なお辞儀をしたのが間違いなら、そっけない挨拶がその埋め合わせになるだろう。）ゆっくりと、堂々と鉄格子門まで歩いてゆき、恥ずかしくてたまらなくなり、拳を噛んで益荒男たちから逃れ、ドームに向かって狂人のように駆けていった。勝利を目指すにはあまりにも酷《ひど》い門出だ！

　自分の部屋に着くと、彼は二重に鍵をかけて閉じこもり、鏡の中の自分を見つめ、両の頬を爪で引っ掻き、ベッドに倒れこみ、枕に顔を埋めて激しい怒りと恥ずかしさで泣いた。数分後、しゃべっている声をはっきりと聞き、自分がルフェーブルを殺したことを思い出した。彼を捕えに来たに相違ない。彼はピストルの撃鉄を上げ、最期まで徹底的に抵抗しようと決心し、回廊の手すりの上に身を屈めた。

　入り口の間で冗談好きのミハエルが、秘密は守るんだぞ、と女中たちに忠告し、かんかんに怒り、ふらふらしながら歩いている先生を見つけたから、口さがない連中には闇夜に一発食らわせて痛い目にあわせてやるからと約束して、あいつの怒りを鎮めてやったのさ、と語っていた。若様はよくやってくれたよ。吹き出物だらけのあの山羊顔に若様は侮辱されたに違いない！　とも言った。「口は災いのもと、しっかり閉じておくよ！」と言って、ペルリーヌは地下室で見つけた古い薬の残りを飲んで、感動を鎮めた。その化学的特性は彼女にはわからなかったが、利用しない手はないと言う訳だ。

「なんとまあ、お前さんのはらわたは鉄製並だな、おお、麗しき人よ！」彼女との結婚に狙いをつけているミハエルは彼女に親切にした。

　ソラルは自室に戻った。一時間後、母親が食事の準備ができていると伝えにきた。彼は下りて行き、席に着いた。父と息子には母親と女中たちが給仕した。沈黙。交わされるまなざし。数分後ラビは祈りをぶつぶつ唱えながら立ち上がり、出て行った。

　サルチエルは安堵のため息をつき、大きな顔をして長椅子に座りに行き、右の足の裏を殿様然として撫で、姉に座るように、ミハエルには中庭で待っている友人たちを入らせるようにと命じた。

　マンジュクルーは言葉がうまくしゃべれない女中が運んできた子羊と羊の残りを切り分けた。デザートになると、彼は爪楊枝で歯をほじくりながら、あるちっこい水売りがな、フランス共和国大統領の軍楽隊の一員となっていたと思え。そいつはな、自分が担当するトロンボーンの穴に磁石に引き付けられるみたいに引き寄せられ、その楽器の奈落の底に落っこちやがって、脊椎《せきつい》の十番目の骨を折っちまったとさ、とこんな風にソロモンを肴に空想冒険譚をでっちあげて、語った。それから自分の息を浄化するため、にんにく入りパスタを一皿平らげた。ここはひとつ親切なところを見せねばなるまいと気張っておくびをだし、満腹感を周囲に示した。それから、かなりいい夕食だったと全く公平な立場で物憂げに断言した。彼は恬淡とした態度で世の中を観ていた。

　ミハエルは椎骨《ついこつ》が無いのを確かめたがっている振りをして、にんにくと茄子をたらふく詰め込んだソロモンに付き押しを食らわせ、マンジュクルーが三件の親殺しの張本人の彼を守り、ギロチンを免れさせてやるべく弁護しているうちに、ソロモンは間もなく寝てしまった。倹約家のマタティアスはマッチを二つに切っていた。

　ソラルは黒髪を揺り動かして立ち上がり、外へ出た。叔父の裸足の足やギターの上で寝ているソロモンのいびきに彼の我慢は限界に達した。彼につらい日々を送らせ、人も羨む彼の美貌をからかうキリスト教徒の同級生たちとフランスのリセで殴り合いを繰り返したのもここにいるこの民族のせいなのだ。なぜ僕はユダヤ人なのだろう？　なぜこんな不幸な目にあわなければならないのだろう？　十歳のときはまだとても純粋で、物事にひどく感嘆し、すごく善良だったのに、ユダヤ人虐殺の日に悲嘆と不安が訪れた。殺された女たちの捲り上げられたスカート、血の海に浮かぶ子供たちの脳、抉られた腹。彼はけだるそうに笑ったが、そのまなざしは知っていたのだ。そして彼の母親だが、この虐殺の日以来、いつも恐怖を抱いている。彼女の用心深さといったら、度を越している。この不幸はもう習慣になっている。胸がむかつく。もっと後で、彼もまた追い詰められた人間になるのだろうか？　母親は気が狂って死ぬにきまってる。ときどきもうどうでもいいと思って、彼は殴らせておく。殴り返したって、なんの役に立つ？　多勢に無勢だ。しかし、彼がこの無気力を振り払うとき、敵どもはどんなに彼を恐れたことか。彼は大柄のアルバニア人の髪の毛を引き抜き、血だらけにする。彼が、ソラルが。彼がパチンコを使う振りをすると、彼らはどんなにソラルを怖がったことだろう。十歳にして既に人間の意地悪さを知り、この人間の意地悪さに生涯傷つけられ続けることが彼には、この子供にはわかっていたのだ。ところが一方にはあのオードやジャックがいる。《ああ、世の中の人が僕の心の中にある善良さや敬愛の念を知ってくれたらいいのに、どうして人々は僕の心からそういうものを取り上げようとするのだろう？　もうたくさんだ。》

　彼はベッドに身を投げると、両手を腿にさまよわせ、暁の訪れまで夢見心地でいた。彼女がやってきてその服が彼に軽く触れた。彼は身震いして目を覚まし、嫌悪感で一杯になった。彼は自らをあほたれにし、彼女はもう彼に会いたいとは思わないだろう。彼は部屋を出て、台所の一つに入り、胡麻のヌガーを取った。自分を慰めようとベッドで食べた。絶望して、唇に甘ったるいかけらをいくつか付けたまま、また眠った。通りではシナゴーグの夜勤係が人々に暁の祈りを呼びかけていた。

　朝八時、サルチエルが入ってきた。一流の人物のごとく大股で甥のベッドに向かうと、黙って二通の封筒を差し出した。その一通にはフランス領事館の証印が押してあったから、公式の書簡を既に受け取る神童を、彼は鋭いが、感激の目で観察した。ソラルは二通の手紙を開封もせずに床に投げ捨て、一人にしておいて、と叔父に頼み、壁の方を向いてしまった。彼女が軽蔑の言葉を書いてよこしたに違いないのだ。

　ドアをノックする音がした。多分ペルリーヌだろう。朝、彼がまだ寝ているときに部屋へ入るなと、この馬鹿女に言ってあったではないか？　彼女は彼に恋しているのだ、この女は。家に彼女しかいないことがわかると、些細な口実を設けては彼に会いにやって来る。彼女に、この馬鹿女に、もっとも彼女はきれいな女なのだが、教えてやる。彼は寝巻きを脱ぎ、ドアを開けに行った。彼女は琥珀色の裸体に息を詰まらせ、刺激され、たどたどしく話した。

「夜の髪、黄金の顔、ラビ様が猊下《げいか》様に会いたいと言っています、私の宝物よ」

「僕はお前の宝物なんかじゃない。僕の体を洗え」

中庭でサルチエルは、ソルは本物のライオンだ、領事館からの手紙なのに、急いで開封しようともしなかった、と近衛兵に打ち明けた。《偽物じゃなく、本物の印が押してある手紙かぁ！》フォルチュネが来て、彼に買い物を頼んだ。彼は鼻歌を歌いながら出かけた。《買い物に行こう、買おう、買おうよ、旨い魚を！》

だが、彼は頼まれた買い物を忘れて領事館の前まで行き、夢想にふけった。親愛なるフランス共和国の国旗に瞳を凝らし、ビーバーのトック帽を持ち上げた途端、帽子は紫色の海に落ちた。自分の艀《はしけ》にいたマタティアスが叫んだ。《フランスの宮殿の前で》大きな音を立ててくれるなとサルチエルは頼んだ。愚にも付かぬことで一時間も時間を潰し、魚を買わずにドームへ戻ってきた彼は、そのいい加減さを責め立てる女中たちをたしなめ、領事館からの手紙の内容を後生だから教えてくれ、と甥に懇請した。

ソラルは手紙のことはサルチエルに話さなかった。手に負えない悪童を、その骨の髄まで染み込んでいる東洋の風習に委ね、自分に約束された格別とも言える職務を謹んで受けるべく明日島を発つことにしたなどと、ルフェーブルはその手紙に書いていた。マンゴー二十個、とてつもなく大きなバラの花束、それにレモンのジャム、オレンジのジャムを敬意と痛悔の印として先生に急いで届けるようミハエルに頼んだことも、彼は言わなかった。しかし、社交生活に目が眩み、ちっとばかり嫉妬を感じている叔父に、ヴァルドンヌ氏からの美麗なカードは見せた。フランス領事館はその日の午後のお茶に彼を招いていた。サルチエルは版画で刷られた招待状の凹凸に触れてみて、舞台から退場するように消えると、そのニュースを大声で触れて回った。彼は走りながらこのお茶のことをあれこれ考えてみた。中国の飲み物は、飲む人の目を東洋系の切れ長の目にしてしまわないだろうか？

二人の殿様の食事に相伴しようとドームに戻ってきたサルチエルは、ラヘルがあえてそうさせないように勧めていた領事館行きをラビが許可したと聞いて、感嘆した。領事館の招待に内心では満足していたガマリエルは、子供には世界を知る機会を与えねばならないのだ、と目を伏せて言った。最後になって後悔した彼は、多分供されるであろう不浄の食物は断るようにと忠告した。ソラルは約束し、父親にキスして、出て行った。

中庭では、フランスを代表する者のところへ赴く子供を、純朴な人々が大したものだと感心して見ていた。その中庭を、心臓は早鐘を打っていたが、無頓着を装って彼は横切って行った。

黒ビロードの服を着用した若き王子がパレード用の馬車に乗り込むと、赤の衣装のミハエルは二頭の見事な馬に大きく鞭を振るった。駿馬が引く華麗な二頭立ての馬車の遥か後ろから、貧相な辻馬車がついて行った。その馬車からサルチエルが様子を伺っていた。マタティアス、マンジュクルー、ソロモンはてんでんばらばらな間隔でおじの後を追っていた。小男の水売りはかなり水をあけられて、一番後ろにいた。ロバを一頭借りたのだが、そのロバが進んでくれなかったのだ。

4

神が三度《みたび》まばたきし、三年《みとせ》が過ぎた。

白馬がジャスミンの登り坂を登っている。十六歳の騎乗者は暗然たる面持ちで、がっしりした岬を思わせる鼻をしごく。彼女に会いに行くのをもっと減らせだの頻繁に会うなだのと父親が彼に言い付けた理由は、今の彼にはわかっている。数日前、領事がやってきて、青年の訪問を間遠にすることを老人に要請したのだ。愚か者めが！　ヴァルドンヌの奴は三年前に行動を起こすべきだったのだ。《間遠にせよ》だと！　彼と彼女が何か悪いことでもしたというのか？　無論、初めのころ、子供っぽい愛情を抱いたことはあったが、それはすぐに消え失せた。彼は彼女を尊敬しているのだ。彼女は彼の保護者で、彼の女友達なのだ。彼は彼女の大きな息子で、彼の傍にいると自分が随分年をとっているように感じると彼女は言った。年をとっている、そんなことはない。彼女は二十六歳で、すごく美しい。けれども、無論彼は彼女を愛してはいない。彼女の傍にいると気持ちがいいのだ。他の事は何一つ望んでいない。《間遠にせよ》だと！　領事に弁明する。幸いにもミハエルが話してくれたのだ。そういう訳で、一週間というもの彼女から便りがなかったのだ。可哀想に彼女はどんなに苦しんでいることか。

もしヴァルドンヌの奴が彼ら二人の間がどんなに美しいものかを知ったなら。彼女が彼に対して厳格でさえあると思われる点が一つある。他の女性と親しくなることを彼に禁じたのだ。彼女は女性を軽蔑している。イギリス人の女に花を一本投げてやったと彼女に話した日、彼女はすごく怒った。嫉妬か？　いや、そうじゃない、彼女は彼の婚約者を前もって決めておこうと思っているからだ。ボールを持つ少女オード・ドゥ・モサヌの写真を見せさえした。ラビはどんな顔をするだろう！　ラビには全く気に入らないだろう、このオードは。お前自身間遠にしろよ、ヴァルドンヌの馬鹿めが、ぱちぱちと瞬きばかりしやがって！

彼が子としての愛情を彼女に抱いていることは誰もが感じていた。ひどく疑り深い父親も、無論いやいやながらだが、彼が行くのに任せておいた。事実、彼が会っていたのはヴァルドンヌ氏だと今までは誰もが思っていた。ヴァルドンヌ氏に対して彼が正直だったとは、やはり言えなかった。彼は最初から、発掘や彫像の破片に興味を持っている振りをしていたから。いや、それほど偽善的でもなかった。領事の前でもあくびをしたくなれば、あくびをした。彼は昇進しない、この領事は。今、大使じゃないのはなぜだろう？

彼はアドリエンヌからどんなに多くの恩恵を受けたことか！　アテネのフランス人学校でバカロレアの前に行われる第一学年終了時の試験に合格できたのも彼女が稽古してくれたお陰だ。秘しておかねばならないことは唯一、彼がやってきて、夫がいないとき彼女の頬にするキスだけだ。なんだと、母親にキスするのはご法度だとでもいうのか？

彼女には随分親切にしてもらっている。それとなく礼儀作法を教え、どんな本を買えばよいのかアドバイスしてくれる。彼女は布地を選び、裁断もする。二十頁の原稿をパリの雑誌に送ったのも彼女だ。彼女がこの裸婦の記述を読んだとき、半ば閉じた目で教授のように彼を注意深く観察した。裸の女など見たことがなかったのは勿論で、彼は想像で書いたのだ。彼には溢れるほどの才能があるとパリの編集者たちは言った。それでも彼らは間遠にしなければならないのだ！　彼がそういうものを書いたのはカタルシスのためだ。たぎる彼の血がぽたぽたと自然に滴ってくるのだ。彼が一番好きなのは彼女が彼の髪を整えてくれる時だ。あなたの頭には一万匹の蛇がとぐろをまいている、とってもちっちゃな蛇だけど、と彼女は彼に言う。そして彼のことを〝太陽のプリンス〟とか〝光溢れるソラル〟とか〝朝の騎士〟とも呼ぶ。

　去年のことだった。彼の独創性を発揮した美しい衣装をまとって馬で訪れたとき、彼女はどんなに面白がり、からかったことか！　そして、彼の母親が新しい衣装と馬のことを話した日のラビの怒りようといったら！　ラビは白の麻のブラウス、そのブラウスを締める三つ編みの金の紐、柔らかなブーツをしげしげと見たが、一言も言わなかった。小柄な叔父を介して分割払いで買った馬の代金をラビは支払いさえした。息子が馬に乗るのを許すからには、やはりラビは随分息子を愛しているに違いない。さあ、領事館に着いた。女友達の微笑みに会えるのもすぐだ。

　ご夫妻は二人の結婚四周年を祝うためにイタリアへ発たれ、フィレンツェに滞在していらっしゃいます、とメイドは答えた。ソラルは唇を噛み、その美しい目は少しばかりやぶにらみになった。癇癪を起こしたり、困惑したときにはいつもそうなるのだ。

　二人して旅立ったのか！　二人は夫と妻で、夜は二人だけで、だから枕を並べて寝るのだと突如彼は覚った。そのときヴァルドンヌの奴は彼の柔らかな口をあの女性《ひと》の頰や唇に押し付けるのか？　これは福音じゃない。しかも三年もの間、彼は何一つ疑いもしなかったのだ！　彼は御目出度い人間だった。これは裏切りだ！　彼女は彼の母親だと言っていた。けれどもヴァルドンヌの奴は父親なんかじゃない。だから彼女は不倫だ、不倫の女なんだ！

　彼女は前から裏切っていたんだ！　彼女が旅立つことを彼には知らせさえしなかったじゃないか。今美しいフィレンツェで、絶えず抱き合い、彼女はされるがままで、口を差し出すのだ！　考えるだけでぞっとする。しかし何て汚い女だろう！　じゃあ、一番可愛がっているのは彼だと言ったとき、彼女は彼に嘘をついたのか？　皆が彼を騙していたんだ！　すばらしい美術館で、抜作《ぬけさく》の夫の腕にもたれかかり、歩いている忌まわしい被造物を思い描いた。そうして、夜は裸なのだ。（他の女たちのように裸なのだ。だから乳房だって山ほどあるのだ！）彼女はソラルの言葉遣いや仕草を真似しているにちがいない！　そしてもう一人はからかい、笑っている！　彼は三年の間何一つわかっていなかったのだ！　彼女は彼を騙していたのだ！　至極たやすいことだったのだ！　彼を相手にして、危険のないささやかな悦び、背徳的な悦びを味わっていたのだ、何たる女吸血鬼だ！　フィレンツェでは二人のキスの騒音で、ホテルの主人が苦情を言いに来たに違いない、旅行者が皆うんざりして出て行ってしまうのだ！　何て汚い女なのだろう！

　農夫がやって来て、彼の馬が、どうやら鉄格子にしっかり繋がれていなかったのだろう、森の中を歩き回っている、と彼に言った。彼女がここに居ないのなら、今はもう馬なんて何の必要がある？　馬はあんたにくれてやるよ、と彼は農夫に言った。

　昼は眠り、夜は歩き回る、という精神朦朧の生活を彼は二週間送った。ギリシアに存在するユダヤ人の共同体という共同体にその医学についての精通振りがつとに知れわたっていたラビは、ある日図書室に息子を呼び、黙って観察し、長い間聴診した。彼は何の非難もせず、サルチエル叔父さんとの旅を提案しさえしたが、思春期の彼は拒絶し、悲嘆にくれた日々を送った。

　ある朝のこと、ミハエルが遠慮がちにやって来て、領事とその妻が戻っていると彼に告げた。ソラルは自室のドアを荒々しく閉めた。あの二人なんてどうでもいい、二人は抱き合っていればいいのだ、彼を静かにしておいてくれればそれでいいのだ！　しかし、彼は出かけ、一時間後には領事館の庭の前にいた。

　憎むべき人間は庭でバラを切っていた。彼は彼女に向かって突進し、束の間彼女を抱いた。彼女は使用人たちに見咎められるのを恐れて彼を押し戻し、階段を苦労して上がっていった。彼にはおなじみの仕草で彼女はネックレスを弄んでいた。彼は泣きながら両手を差し出し、初めて不実な女のファースト・ネームを口にした。彼女は少々当惑して彼から遠ざかった。

「アドリエンヌ、僕はもういられないのです、あなたなしでは。僕は今までわからなかった、今わかりました、耐え難いことだと。君に会わないなら、僕は日毎に朽ちて行く。これほどまでに僕は君が必要なんだ。僕は君に電話したけど、君はいなかった。僕は死んでしまいたかった」

　彼女は彼の涙が胸に沁み、彼を自分の部屋へ連れてゆき、慰めた。

「坊や、聞き分けのよい子にならなくてはだめですよ。私たちはもう会ってはいけないのです、私は彼に約束しました」

　負けだ。じゃあ、これが最後ということで、要塞の近くを一緒に散歩してくれないかと彼は尋ねた。だめだと言うなら僕はこの場で死ぬだけだ。彼女は彼をなだめ、少しずつ彼とは付き合わないようにしなくてはと考えて、承知した。可哀想だと思いはしたが、彼女はとりわけスキャンダルを恐れていた。

　二人は通りがかりの馬車に乗った。彼は彼女の手を取り、彼女をうっとりと見つめた。乞食が一人駆けて来て、二人にカーネーションの花束を差し出した。ソラルはその花を買ったものの、彼女に捧げるのを忘れた。すぐ後で彼らは馬車を帰し、オリーヴの森まで歩いた。

　彼女が石につまずき転びそうになった。彼は彼女を支え、彼女を乱暴なまでに強く引き寄せ、彼の体にぴったりと付けた。（十六歳、そのとおり、だが、彼は彼女より背が高かった！）彼らはごく短い間だが抱き合ったままでいた。その瞬間は今も続いている。オレンジが一つ落ちた。ソラルは拾ってかぶりつき、捨て、木に寄りかかって目を閉じているその女を見つめた。

　今夜真夜中に行く、とぶっきら棒に言うと、ドアを開けたままにしておけ、と命じた。彼女は怖《お》じ恐れて彼をじっと見て、逃げだした。彼女の後を追ったが、一人で行かせてと彼女は懇願した。彼は追うのをやめ、うつ伏せになり、草むらから草を引き抜き、解放してやったと嘲笑った。

スカンで頭部を覆った若い農婦がごつい腰に大きな壺を乗せて通った。彼は彼女に微笑みかけた。彼女は重い荷物を置き、笑みを浮かべて彼の傍らに寝そべった。暑さの中で蜜蜂が羽音を立てて飛んでいた。

　彼は約束の場所へ行かなかった。彼は寝もやらず辛抱していたが、恐れを抱きながら彼を待っているアドリエンヌの面影が彼に踏みとどまる力を与えていたのだ。彼は我慢した。アドリエンヌは待っているだけでいいんだ。苦しみながら長い間待っていればいいんだ。彼は好きな時に行く。そうして、彼に会いたくてじりじりしている彼女を、とろ火でゆっくり煮られ、仕上がりも上々、食われるのを待つばかりの極上の料理を目《ま》の当りにするというわけだ。

　三日後、彼は一通の手紙を受け取った。彼から音沙汰が無いのが気がかりだ、もしや病気でもと心配している、だから、短い手紙でもよいから書いて欲しい、彼の従兄弟たちとも知り合いになりたいと思っているので、一緒に彼女を訪ねてくれてもよい、とヴァルドンヌ夫人は書いていた。僕の従兄弟たち、だと！　サルチエル叔父さんとソロモンのギターじゃなぜだめなんだ！　僕は独りで行く。僕はソラルだ。僕は存在している、彼女は今僕の存在に気がついたのだ。面白くなってきたぞ。僕は生きている、死者たちは馬鹿者で、墓場にいればいいんだ。死者たちを倒せ！　死者たちに恥あれ！

　ガマリエルは息子の夢想と生き生きしたまなざしに注目していた。あの呪われた女は美人で、ソルは美男だ。もう一人は、つまり夫だが、アモレアン［紀元前二千年頃シリアやメソポタミアに住んでいたセム族の一員］の男みたいに皮膚が弛んだ顔をしている。問い詰めると、ヴァルドンヌ夫人にもう一度会ったと息子は平然と認めた。彼は息子の腕を摑んだ。

「お前はもうあの女の家へは行くな。私が禁じる」

　ソラルは返答もせずに部屋から出て行った。彼はミハエルに胸の内を明かし、ミハエルはこれぞ俺の専門分野とばかりに口ひげを押し潰し、子獅子が彼に持ちかけた冒険《アヴァンチュール》を嬉しがり、日がな一日艶っぽい恋歌を歌い続けた。

　その翌日の夜、十一時頃、近衛兵はソラルに邸宅の鍵を渡しにやってきて、一時間後に鉄格子門の前で待っていると約束した。少年はミハエルの背後でドアを閉め、自室で待った。真夜中の十二時に彼は下りた。ドアのきしむ音がした。不意に彼の肩に手が置かれた。振り返ると父親で、外出したいと思ったのは大事な理由を話しに行くためだと、彼は謙虚に言った。ガマリエルは羽交い絞めを緩めた。その途端、どんと突き飛ばすとソラルは父親を乱暴に押しやり、ドアを後ろ手に閉め、外から二重に鍵をかけた。

　彼は鉄格子門の傍にミハエルの姿を認めると、駆けて行って合流した。ミハエルに心配させたくなかったので、何があったかは黙っていた。一頭の馬が待っていた。憲兵の馬小屋からミハエルが盗んできたのだ。道程は長く、若主人が領事夫人の部屋にへとへとになって到着するのはまずいと近衛兵は断言した。（圧倒されるような口ひげ、それに経験を積んだまなざし。）

　ミハエルが手綱を取り、ソラルが馬の尻に乗った。春の星々が震えていた。馬はたっぷりと鞭を入れられ、花々が見事に咲き香る道伝いに二人の陽気な輩を揺さぶりながら疾駆した。ジャスミンの登り坂の下方では執拗な波に舐められている砂を、風が優しく愛撫していた。牡猫たちが思いを遂げさせてくれと厳粛に嘆願していた。

　領事館の庭では、蛍が求愛の青い光で輝いていた。ミハエルは鉄格子門近くに馬を繋ぐとタバコに火を付け、ソラルについて行った。館の入り口の扉は閉まっていたが、二階の窓の一つが半開きになっていた。近衛兵が肩車に乗せた少年は窓に届くと、窓枠に跨って中に入った。

彼女は僅かに眉を上げ気味に、唇に皮肉っぽい微笑を浮かべて眠っていた。彼はその唇にキスをした。彼女は一つ叫び声を上げたが、彼だと認めると目を閉じた。彼女は彼を引き寄せた。そして狂瀾怒濤、千波万波が押し寄せる。赤く熱せられた深いキス。闘う肉体の歌。

うがたれる腰、浮かび上がった体中の血管、残酷な歯、思春期の人は筋肉の力を爆発させ、うめき声を上げながら褒め称える目も眩んで何も見えなくなっている女に供物を捧げ続ける。最初のリズム、父祖のリズム。永遠なるものが上げる腰、永遠なるものが下げる腰、永遠なるものの深い突き。じれていらだっていた生命《いのち》が迸り、勝利の涙を流しながら喘ぐ。女は大きく翼を羽ばたかせ、天から広大な黒い空へ落ちてゆく。悲痛な呼びかけ、喜びの告知、深く入り込んでいる女への男からの知らせ、ずっと遠くの方にいる男に錯乱して微笑みかける女。ソラルは一人ぼっちだと感じる。間に入ってくる母親の面影を追い払う。死が骨の中で震え、生命がほがらかに高揚する。束の間眠った彼ははっと目を覚まし、彼が主人であることを認める思い惚けた女を笑う。

彼女は両の手で乳房を隠して起き上がり、窓を開いた。星々を入れた籠を逆さまにしたそんな空には夜独特のありとあらゆる香りが漂っていた。空がその顔をさかりのついた大地の上に傾けたから、大地はその膝を開いたのだ。ジャスミンの香りと海の歌う歌。静かに揺らめく果てしない広がりが発散する永遠の匂い。そして、その他にも。

アドリエンヌはドアに鍵をかけにいった。戻ってくると、どうしようもない愉悦、喜ばしい雲雨の交わり、生命がついに迸り出て永遠のものになることを初めて教えてくれた少年の額に口づけした。彼は彼女が歩くのをじっと見ていた。欲望がうねる荒波となって押し寄せ、彼の力を掻き立てた。今朝彼はまだ何も知らなかった。今彼は一人前の男だった。彼は彼の女を持ち上げ、大きな血の色をしたその花を横たえ、その上に覆いかぶさった。怒濤がうねり、彼を揺さぶる。断末魔の優しい人はうめき声をあげる。

「エーメ《愛されている人》おおエーメどうして発《た》てるのエーメ私は年寄り私は二十六歳それであなたは、あなたはあなたはとても若いわエーメ私のエーメ私もう駄目あなたったてなんて美しいのかしらエーメ」

こんな風に見つめられてすっかりいい気分になった彼は、三日後、いや二日後に発つ、と宣言した。いや、明日にしよう、明日出発だ。準備は万端、それに金もある。ふんだんに与えられた彼女は胸をときめかせながら安らぎをゆっくり噛み締め、すべてに同意した。この男《ひと》こそ私の主人。彼女はもう一人の方を嫌っていた。昼間は古典の話をし、夜は少しばかり品位を落とした言葉を必要とする薄ら馬鹿の癖が我慢ならなかった。

彼は化粧小箱からタバコを一本取り出し、咳き込むことなく最初の試練を耐えた。月の光に照らされたミケランジェロの版画に、風で髪を後ろになびかせた裸のたくましい男を見ると、彼は嫌悪を感じた。飛び起きざま、額を摑んで開け、その下劣な奴を引き裂き、その紙片を窓から庭へ投げ捨てた。庭ではミハエルが密輸タバコの二十本目を吸っていた。彼より他の男の裸を見てはならないと彼は彼女に言った。彼女は同意し、手と鼠径部にキスをした。

だが足音が彼ら二人を釘付けにした。ドアをノックしている。行って、と彼女はソラルに頼んだ。彼はそこに居たかった。彼の女を捨ててゆくことはできない。ノックは強くなった。

「彼よ。服を着て。行って、私のエーメ。明日発ちましょう」

ノックの後、静かになった。ソラルは上着の金の紐を結び、窓辺に身を乗り出した。下では二つの人影がもみ合っていた。勇敢なミハエル。立ち去る前、彼はスペインの父祖たちのように跪き、アドリエンヌの手にキスすると、窓に跨り、庭に飛び降りた。

彼はミハエルを押しのけた。ヴァルドンヌ氏は起き上がったが、殴られて顔が腫れていた。近衛兵はしきたりを知っていたから、愛人が彼に代わって闘うのを高みの見物としゃれこんだ。当然だ。子獅子は自分の爪を試すべきだ。顎に強烈なパンチをお見舞いして、少年は領事を無感覚にさせた。ミハエルは敗者の心臓の鼓動を確かめると、長々と伸びている領事の体に自分の赤い頭巾付きマントを投げ掛けた。

愛人は馬に跨り、尻に乗ったのは今度は近衛兵だった。鼻孔に鞭を当てられた動物は怒り狂って疾駆した。馬の疾駆で熱くなる風を受けて、二人の騎乗者の豊かな髪からは火花が散り、ぱちぱちと音を立てた。勝利者は時に振り返り、共犯者の二人は目を輝かせて見詰め合った。二人は顔を後ろに反らせて愉快に騎行した。人生というものは恐ろしく感動的で、美しく、若々しいのだ！

ドームへ戻る前に、彼らは海へ泳ぎに行った。彼らは大声で笑った、二人のいたずら者は。ソラルは糸杉がうなっている岬へ向かった。月光の下で存分に戯れ、歓喜の歌を歌った。彼は若さを謳い上げていたのだ。

服を着て、二人は感激の余り抱擁しあった。だが、父親のことを思い出すと冷や汗が流れた。ラビは彼を待っていて、多分彼を殺すだろう。それも仕方ない、地獄の上の一足飛び、ラビなんか糞食らえだ！　彼らはドームから五十メートルほどの所で止まった。ミハエルは馬小屋へ馬を返しに行き、ソラルは扉を開けた。

　ラビのガマリエルは息子に閉じ込められた部屋ではなく、入り口の間に立っていた。彼はゆっくりと歩を運び、髪を摑んで彼を捕獲すると、躊躇し、探し、天井に目を遣り、星型のランプを吊り下げている銅製の鎖を一気に引き抜いた。彼は鎖を鞭のように使い、若い体を激しく打った。ソラルは気絶し、大理石の上に倒れた。しかし父は息子を打ち捨てたまま祈りに行った。（或いはアドリエンヌの美しさを考えに行った、のかもしれない。）

　朝の五時、ソラルは忍び足で家の外に出ると、オレンジ、サボテン、レモン、ミルテ、シトロン、ランティスク、石榴《ざくろ》、無花果《いちじく》の木々に縁取られているジャスミンの登り坂へ向かって駆け出した。緋色の岩からダイヤモンドの輝きを放つ一筋の細い流れが、未来永劫まったく乱れなく呼吸し続ける海へ注いでいた。太陽が焼けるように熱い顔を海から出すと、海は湯気を立て、プラチナ色の雲が三《み》片《ひら》、太陽を取り囲んだ。ケファリニアの階段状の斜面に建つ積み木細工のような黄色の建物を、太陽が段々に照らしていった。その家々の窓からは朗らかな、或いは憂いを含んだ声が一斉に上がった。ソラルは両手を上げ、オリエントのプリンスの目覚めで始まった危険な人生に挨拶を送った。

5

　五月に入って二日目の朝、このギリシアの島は咲き競う花々の香りを吸い込んでは吐き出していた。サルチエルおじは、甥がヴァルドンヌ夫人と一緒にスピッツベルゲンに居て、モノクルをはめたアザラシを殺している夢を見ていた。夢から醒めると、額には汗が浮いていた。

　有難いの浜焼き、夢だったのだ。他ならぬ昨日、災いの元となるあらゆる考えを追い出すために雄鶏を一羽、喉を切って生贄にしてもらい、しきたりどおり甥の額にその血で十字架を描いたのだから、尤も至極ではないのか？　ソラルは、フランスから届いた本の代金支払いに四百ドラクマ必要だと主張し、その金を出してくれるならという条件で、叔父にやりたいようにやらせたのだ。サルチエルが事実誤認でソラルにやった金は、オリーヴ油の競りの際、仲買手数料という名目で得たもので、彼にとっては年に一度きりの収入だった。

　彼は鳩小屋の窓から身を乗り出し、手を叩いた。トルコ人のカフェ店主との間で合意された合図だ。彼は紐を引っ張り、洗濯物入れに使う巨大な籠を引き上げると、その中には小さなコーヒーカップが入っていた。コーヒーの香りを確かめてから店の主人に三チームを投げ、屋根の端にごく小さな大砲をくくりつけるというのはどうだろう、かなり気が利いているのではなかろうかと考えた。籠の縁に取り付けるのもいいんじゃないか。大砲の爆発音を聞けば、主の飲み込みももっと早くなるだろうて。

　窓辺に肘をつき、サルチエルは小鳥に餌やりをした。小鳥たちが誉めそやし、美辞麗句を一杯並べるのは彼のことをよく知っているからだ。それからブルム大尉の無実が明確に述べられているラザール・ベルナールの本に目を通した。親愛なるベルナールの立派な顔に聖油をたっぷり注いでくれますようにと神に祈った。だが、大尉の迫害者の一人の名を構成する文字が勝利の数字になるのが心配だった。へえ！　神はアンリ大佐を手柄で裁こうとなさるのか。それからサルチエルおじは隠し場所から新約聖書を取り出し、スパイする者がいないかどうかよく見、興味をもって読み、ため息をつき、感動と感嘆で数粒の涙をこぼした。

通りを下った所に三人の子分共がひょっこり現れた。三人は、しっと鼻に指をあて、黙っているようにと遠くの方から勧告した。朝の九時にやって来て、この三人の友人たちはわしに何をさせようというのだろうと思いつつ、歯茎の腫れを治そうとして頬に塗っていた練り歯磨きを拭き取った。戸棚を開けて福音書を隠し、得意げに彼のささやかな宝物に目を凝らした。彼の母親とナポレオン、それにラシーヌのポートレート、デカルトとパスカルの本、一本の象牙、パリの地図、三色旗、七月十四日を祝う紙ちょうちん、将軍のケピ、ソラルの学校の宿題だ。

　ソロモンはすっかり息切れし、大急ぎで部屋に入ってくるなり、サルチエル大将は怖気《おぞけ》をふるう忌まわしい知らせを耳にしなければならない、と告げた。イギリス人が硬貨を落とすのはありえないことじゃないと排水溝を注意して探すのが習慣になっているマタティアスは、いつもどおり俯いて入ってくると、ソロモンを遠ざけた。座るやいなや、ミミズは草の細い茎にぎくっとするが、鰐は葦をものともしない、と当を得ない金言を声高に言った。マンジュクルーはマタティアスに飛びかかった。目は焦点が定まらず、その長い腕は疲れでぶらぶらし、肺はぴーぴー鳴っていた。

「俺に場所を譲れ、マタティアス、この俺がしゃべるためにな」（艀《はしけ》の持ち主は、マンジュクルーの雄弁の才に敬意を表して立ち上がった。）「まず始めにだ」とマンジュクルーは座りながら言った。「それでもやっぱり、なあ、サルチエル、よき一週間でありますように、とあんたのために願っておく。それでだ、俺は喉が渇いているからして、このコーヒーを飲ませてくれればありがたい、その上、俺は腹ペコときてるのさ」

　彼はサルチエルのコーヒーを飲んだ。ソロモンは象牙を手にして重さを量っていた。サルチエルは象牙を取り上げ、戸棚の戸を閉め、半ズボンが落ちないように絹の帯を締め、タバコ入れに二本の指を入れた。

「全く気が煎れる、親愛なるマンジュクルーよ。何事が出来《しゅったい》したのだ？」

　ソロモンがくしゃみをした。

「万歳千秋《ばんざいせんしゅう》！」と礼儀正しい主は言った。

「こういうことだ」とマンジュクルーは胸を聴診しながら言った。

　ソロモンがくしゃみをした。

「馬齢を重ねているのではあるまいに！」とサルチエルはゆっくりと言った。「話してくれ、親愛なるマンジュクルー」

ソロモンがくしゃみをした。

「お前なんかお釈迦になれ！」とサルチエルは言った。

ソロモンはタオルで目を拭った。サルチエルは戸棚を開け、タオルをたたみ、パレスチナの土が入っている小箱の傍に置き、戸棚を閉め、鍵をポケットに入れてソロモンをにらんだ。

「こういうことだ」とマンジュクルーは言った。「あんたは俺の真心を知ってるし、俺があんたをどんなに愛しているかもよくわかってくれている、サルチエル・エゼキエル・モーセ・ヤコブ・イスラエル・デ・ソラルよ！　誓ってもいい、俺は、あんたの親父さんの死、あんたの姉さんの死、あんたの姪たちの死、もしあんたにいればの話だが、その死をあんたに伝えるほうがよっぽどいい」

「わしたちは裁判所にいるのではない」つまらないことでは震え上がったりしないサルチエルは言った。「もっとはっきり言え」

だが、ちんちくりんのソロモンが口を割り、只こう告げた。

「ラビの息子が逃げた」と彼は言った。

「おお、本題の導入部をぶち壊す奴め！」マンジュクルーは吼えた。「お前の聖女のような母親は、この場に相応しくないこんな虫けらを産むために九ヶ月も無駄にしたなんて、そんなことがあっていいものか？」

「そうなんだよ」とマタティアスは一本しかない手でタバコを巻きながら言った。「彼は女悪魔と逃げたのさ」

「そうして、その女は、牡羊のようにお盛んだそうだってことを俺は聞き知っている」マンジュクルーは、ここは一つ捏《でっ》ち上げが要ると思ったのだ。

サルチエルは蒼くなった。半ズボンをバックルで止めた膝ががくがくした。その知らせは間違いではないかと彼らに聞いた。彼らは答えもせず、抗議もせず、誓いもしなかった、ということは彼らは本当のことを言ったのだ。

「領事夫人と？」

「弾に当たって死んじまえ、破産すればそれでもよし！」とマタティアスが言った。

「十六歳か」ソロモンが夢見るように言った。「三十歳のとき僕はまだ童貞だった。十六歳で領事夫人を、あの背が高くて美しい人をさらうなんて！　まるで豹だ！」

「黙れ」とサルチエルは言った。「あの子は目に入れても痛くないほど大事な子だ、ダイヤモンドなのだ。二人はいつ発ったのだ？」

「今朝七時に、イタリアの船に乗った。夫が彼女を追い出したそうだ。共犯者のミハエルは山の中に逃げた」

　真っ青になったサルチエルは立ち上がり、その小柄な身軀を直立させようと努め、トック帽の毛並みを整え、すぐ行くと姉に知らせてくれ、と友人たちに頼んだ。三人は下りた。その後ろには、製造所の担ぎ人夫や前代未聞の出来事を妻に話そうと店を閉めた毛織物商たちが従った。


　鎧戸を閉じたままの部屋では、付けっぱなしの終夜灯がぱちぱちと音を立て、ガマリエルがビロードのクッションに跪いていた。その傍らには悲しみに沈む人たちの食べ物である固茹で卵が置いてあった。

　星を見つめては、彼の息子こそ、その降臨を〝待たれた人〟メシアだと何度も思った。その道に最初の娼婦が現れ、淫らな男は彼女について行った！　彼の指は卵を探して手探りし、卵を潰してその半分を口に入れた。彼のもう一方の手は膝の上に垂れ下がっている。彼は裸体を曝すその子を敢えて絶対に思い浮かべまいとしていたが、その長い睫毛にはキスしたくてたまらなかった。畜生！　ドアが開いて、ラヘルが懇願した。

「あの子を探しに行かせてもいいでしょうか、ソラル家の名誉のために、お許しください！　彼女はあの子を捨てるでしょう、そうなればあの子はどうなるのでしょう？」

「出て行け。私の三人の甥に来るように言え。彼らは私の慰めになるだろう」

「あなたは事態をありのままに見ていません。あの子は惑わされたのです。しかも神はあの子が不幸になるようにとあんなにも美しく作られたのです」

　彼は息子の頬や穢れの無い首にキスしたいという激しい欲望を感じると同時に、ヴァルドンヌ夫人の髪や足早に歩く姿を思い浮かべた。彼は顔を上げ、鏡の中の自分の顔が老いているのに気付いた。その顔は血の悦びや地上の悦びには不向きだった。彼は窓から入ってくるオレンジの木の匂いを嗅ぎ、一層赤さを増した唇を大きく開き、唾を吐いた。

「私にはもう息子はいない。出て行け！」

　彼女は自室へ行き、葦のペンを取り、書いた。

《褒め称えられる親愛なる弟サルチエルよ。夫はあなたが来ることを禁じ、あの子のことについての話を聞くのは真っ平だといっています。六時の船に乗り、ブリンディジへ行ってください。二人はそこにいるはずです。お願いですから、お金に糸目をつけずに、行動してください。あの子を見つけ出し、立派な教育者に託してください！　あなたの命にかけて、立派な教育者に。あなたの姉であり、端女《はしため》であるラヘル・デ・ソラル。子供は良家の出身で、お金は定期的に支払われると教育者に言ってください。あなたの手紙は私たちの父の名で送ってください。お願いします、サルチエル！》

彼女はマタティアスに手紙、フロリン金貨、それにナポレオン金貨で飾られた王冠型髪飾りを渡した。

6

サルチエルは一晩中、猛烈な勢いで船の甲板を歩き回った。月光の下で、推理小説と未開地での冒険譚を代わる代わる読んだ。状況に相応しい本を読んで、示唆でも得られればと期待し、甥を追跡し、ブリンディジでヴァルドンヌ夫人の金髪をいく筋か見つけるつもりでいた。時折読むのを止め、石炭は良質の物を使っているか、船の到着は予定通りかと水夫に尋ね、自分のパスポートや祖父のパスポートがポケットにあるのを確かめた。死後四十年も経つ祖父のパスポートを持っているのはなぜか？　用心のためだ。何が起こるかは神のみぞ知る、だ。パスポートを持っているといつも役に立つ。第一、死者は蘇ると言われている、そうじゃないのか？

朝八時、船はブリンディジの埠頭に横付けになった。サルチエルは船客を急き立て、一番先に下船しようとしたが、階段を間違えて家畜の積み下ろし用の取り付け勾配に進入したから、牝牛たちにぶつかるわ、角や尻尾を目の前にするわ、それに熱い息を噴き出す鼻面を突きつけられるわで、気が気でなく、辿るべき道を必死になって探した。船倉で迷ってしまい、船はケファリニアへ戻るかも知れないと思うと冷や汗が出た。彼は石炭係の船員に十フラン渡し、埠頭まで手を繋いで連れて行ってもらった。難局には思い切った措置を講じる必要がある！

すごい美貌の若者を見かけなかったか、と彼は憲兵に聞いた。憲兵は彼を国会の財務担当理事のところへ行かせた。国家警察署の前まで来ると、小柄な老人は、熟慮の上、回れ右をした。内密の話に警察官が首を突っ込まないほうがよいに決まっている。御者が《伯爵様》に馬車で行かれたらどうかと提案した。サルチエルは、呼称を楽しみ味わっている時間などないわ、シナゴーグは何処にある、と聞いた。貸し馬車の御者は彼の言うことがよくわからなくて、精神病院へ行かせた。気の毒な男の息切れがインターンたちに疑惑を抱かせ、彼は身柄を確保されそうになった。

午後三時、彼は市役所の前に座り、トランクのややこしい結び目を解いた。あのポリ公に出遭ってからすっかりつきが落ちてしまったわ。一千キロメートルもある長靴の中で、どうやったらソルを見つけ出せるのか？ 彼はゆっくりとにんにく入りベニエを食い、ようやく愁眉《しゅうび》を開いた。

「状況を考えてみよう、よく考えることだ」

彼には何も見えてこなかった。看護婦が二人通り過ぎた。彼女たちと共に若さも喜びも通り過ぎて行った。彼はタバコを巻き、火をつけた。彼女たちは綺麗だ、だがあの呪われた女はもっとずっと綺麗だ。彼女は彼を破滅させる、わしの甥を。彼はトック帽を傍に置き、一服吸った。

「二人をどこで探せばいいのだ、どこで？ どこなのか言ってくれれば、わしはそこへ急ぐ、しかし、言ってくれなければ、どうして駆けつけられようか？ ナポリかブリンディジか、トリエステかコモか、はたまた教皇の国か？ わしは警察官か、それとも大佐か？ じゃあなぜこのわしは捜索のためにここまで来させられたのか、こんな風に罰せられるとは、このわしがどんな悪を働いたというのだ？」

彼は推理小説の策略を思い出そうとした。赤毛の口ひげを付ける方がいいのかな？ 市役所の職員が彼を撃退した。布袋腹の男がトック帽に一スー投げ入れた。サルチエルは辛辣な冷笑を浮かべた。これは吉兆だ。彼はその一スーを走り回っている腕白小僧にくれてやった。すると、子供は頭を掻きながら、彼を見つめた。

「お前、ご婦人と少年の二人連れを見なかったかね？」

「うん、見たよ」

「お前に祝福のあらんことを、もっと近くへお寄り、どこで見た？」

「ホテルで」

「じゃあ、そのホテルは何ていう名だね？」

「向こうの方、船の前だよ」

「それで、子供はどんな風だったかい？」

「金持ち、靴をはいてた」

「金持ち、というなら、彼はそうだ。その子の褐色の髪の毛はどんな色だったかね？」探偵は訊ねた。

「金髪だよ」

「娼婦のところへ行っちまえ、お前のかあちゃんのことだ。芳しからぬ評判をとっているお前の姉さんのところへ行っちまえ！」

しかし待てよ、やはりあの子供は正しい。ホテルを片っ端から家宅捜索する。彼は立ち上がった。またしてもポリ公だ！　しかし、一体どんな国なんだ、この国は？

ホテルで彼は支配人を呼んでくれと頼んだ。ドアマンは穴の開いたトランクを眺めて、サルチエルを自分の下で働くドアマンの方へ行かせた。ご婦人と若い男性は確かにこのホテルに一泊しました。ご婦人はブロンドで若い男性は褐色でした。二人はフィレンツェ行きの切符を買いました。でも途中、どこかで下車したかもしれません、ありうることです、と言った。

「でも途中、どこかで下車したかもしれません」うろたえたサルチエルは鸚鵡返しに言った。「ありうることです」

駅の出札口で切符を一枚頼み、三秒眠りに落ちた。目覚めると、物は相談だが、と割引を要求した。

「では、あなたは誰なんですか？　傷痍軍人ですか？」

「我が友よ、わしが傷痍軍人だとは言えやせんがね、わしの爺様ならナポレオン――フランス人で、イタリア人じゃあないがね――指揮下のフランス軍にいて戦《いくさ》をしたのだよ」

窓口は乱暴に閉められた。

コンパートメントで、年老いた女が歯茎の間でトマトを潰していた。隣の有蓋車では子牛たちが悲しげに鳴いていた。

「今朝は母親どもで、午後は息子どもか」とサルチエルは注意を引こうとして言ってみた。

老婆には通じず、子供たちはいつだって恩知らずなものさ、と列車のリズムに軽く揺れながら、彼女はこう断言した。話を全部聞き終えると、聖アントワーヌに蠟燭を一本お供えするんだね、と老婆は勧めた。サルチエルは返答を控え、眠り込んだ。鎖のようにつながった何輛もの車輛を牽引する機関車は興奮して汽笛を鳴らした。

　午前四時、案内を間違って解釈したサルチエルはホッジアで下車した。正午に彼は貨物・旅客列車に乗り込み、コンパートメントの一つを選んだ。そこにはポーランド系ユダヤ人が居て、エルサレムへ行くつもりだったがコンスタンチノープルへ追い返され、彼らのうちの一人がハーバード大学の学長に任命されたから、アメリカ行きを決めたのだそうだ。

　サルチエルはヘブライ語で彼の旅の目的を語った。旅は道連れ、世は情け、彼らは彼に後援者の住所を教え、旅の最中に死んだ彼らの仲間の一人のパスポートを進呈した。痩身の男がフランス外務省を告訴したらどうかと提案した。もう一人はひげをカールしながら、フランスの御婦人に本当のまがい物のエメラルドの指輪を贈ってはどうかと提案した。太った男がキシニョフ［モルドバの首都。当時ロシア領だったキシニョフで一九〇三年の大ポグロムの際、多くのユダヤ人が虐殺された］の塩漬け鯉の半身を差し出した。サルチエルは一個のアーモンド菓子を彼らと分け合った。彼らの活発に動く手は煙のせいでぼやけ、動きが柔らかに見えた。小柄なおじは頭が痛くなってきた。未来の学長が自分が通訳を務めようと彼に申し出た。サルチエルは憤慨した。一体このわしを誰だと心得る、セルビア人かそれともモンゴル人とでも？　彼は心の内にしまって置いた軽蔑を吐き出すように捲し立てた。

「第一あんたらは真のイスラエルの息子か？　あんたらの名前はドイツ風で、神が禁じ給う訳のわからぬ言葉を話す！」

「黙れ！」怯える長老は警戒心も露わに言った。「我々は迫害を逃れてきたのだ」

「それは聞いとるよ」とサルチエルおじは鼻歌を歌うように言うと寝入ってしまった。

　列車がフィレンツェに停まると、彼は祝福し、同宗者に暇《いとま》を乞い、捜索の結果については手紙を書くと約束した。彼はおぼつかない足取りでコンパートメントから下り、朝露を愛で、鐘の音を楽しみながら、不吉な目をしているように思えたあのポーランド人とおさらばしたのをこれ幸いとばかりに、人気の無い通りを嬉々として行った。食料品屋の入り口でバリトンが新鮮なパスタやウイキョウを並べていた。サルチエルは水を一杯所望し、案内を頼んだ。

「我々の古い都は……」

「あんた方の古い都は置いといてくれ。ホテルは何処にあるのか、そして、一番いいホテルはどこだ？　彼女は金持ちだからな」

「あなたはイギリスのご婦人の従僕なんですか？」

　サルチエルは説明し始めたが、自分が誰なのか正確には知らないことに気が付いた。食料品屋は最後にグランド・ホテルを教えた。彼はそのホテルへ行った。勝利だ。二人の旅行者は昨日から投宿していた。ドアマンが若い男を起こしに行った。

　十分後、ソラルが下りてきた。彼は蒼白で眠そうだった。《彼女はわしの子をもう壊したのか！》叔父が、荷物はあるのか、と彼にたずねると、彼はにっこりしたが、それが唯一の返答だった。

「そんならおいで、わしらは出発してもいいんだ」とサルチエルは言った。

「でも、僕は思うんだけど……」

　小柄な叔父は、子供が正しいのだ、要するに、と考えた。これが最後になるから、彼女にもう一度会いたいに違いない、どの小説でも皆そうだ。

「メイドにチップをやりたいって」

「その必要はない」とサルチエルはがっかりして言った。

「その必要はないんだよ！　わしは三日間というもの、わしの払うチップでこのイタリアを富ませてやったのだからな」

　少年は叔父の腕を取り、二人はホテルを出た。いい天気だった。すぐにケファリニアへ帰るの？　とソラルは聞いた。サルチエルはあんなにも美しい気の毒な女性を思いやった。今彼女は眠っている、捨てられたのも知らずに。彼は冷たく答えた。

「あなたのお父上は、ムッシュー、もはやあなたには会いたくないのです。ところでこの私ですが、私は眠りたいのです、私は四日前からあなたを、ムッシュー、探していたのですから」

　ソラルは欄干に上がり、アルノ川に石を投げた。サルチエルは悲憤慷慨、身が震えた。夫を捨ててきたあの気の毒な女性、彼女のこれからの人生は台無しにされてしまったのだ。それにしても、どうやって彼は、この悪魔はわずか十六歳で彼女が彼を愛するように仕向けたのだろう？　彼は、サルチエルは、経験豊富でしかも詩的感性にも富んでいるのに、いつも女たちからばかにされてきたのだ！

「私と並んで歩いていただけませんか。ホテルを探しに行きましょう。食料品屋がホテルのリストをくれましたから」

　ソラルは従い、叔父の手を取り、優しくなぜた。

「リストの四番目にあるトロワ・パレ、このホテル、どう思う？　このトロワ・パレをわしはとても気に入っとる、レターヘッド付きの便箋はケファリニアの連中を熱狂させるにちがいない」サルチエルは自分が怒っているのを思い出して、「あなたはどう思われますか？」と言った。

彼らは二部屋とった。タバコの箱の後ろ側で計算し、熟慮し、変更し、サルチエルは《すべて揃った風呂、さよう、マダム、最新設備の整った》風呂付の部屋に決め、その風呂をとことん利用しようと一時間も風呂に入り、三リラのびた一文無駄にすることはなかった。風呂の後で便箋十五枚とペン三本を持ってこさせた。部屋着に包まれ、鵞鳥の羽ペンを削り、注意深く切り口の傾斜を確かめ、便箋をふっと吹き、唇を湿らせ、洟をかみ、両肘を広げ、インスピレーションを迎えに行き、舌を出して書いた。

《親愛なる姉上様

順風満帆の航海の後、辛い事もありましたが、天地開闢五六七四年目のサバトの日――この聖なる日にはタバコを吸わないことにしています――私はブリンディジに上陸しました！　私の行く手に待ち構えていた陥穽や難関を事細かに語ることはしませんが、到着するや否や、姉君、私の命は危険に曝されたのです！　アルバニアの山から連れてこられた奴らの仲間にちがいない獰猛な牡牛ども、その角はまるで竪琴のようで、その群れが私に向かって突進してきたのです！　質実剛健、勇猛果敢なこの私には怪我など無縁、この件についてはここで擱筆《かくひつ》！

手短に書きます。その後、玉の都から鴨着《かもづ》く島とあちこちの都邑《とゆう》に立ち寄り、詳細な調査。多分盗品でしょう、指輪を売りつけようとする詐欺師たちの手に落ちた後で、悪が去り、その再来の無きように！　私は幸いにもフィレンツェに着き、あなたの息子を発見しました。彼はあなたによろしくと言っています。我らが祖先の避難所だった親切な、我らの最愛の祖国フランスで、彼のために学校を探そうと思います。いと高きに在《ましま》す御方《おんかた》に栄光あれ！　その力を前にするとき私は惶《お》じ懼《かしこ》まります！

サルチエル・デ・ソラル

《そしてその慈愛にも私は惶《お》じ懼《かしこ》まります！　その詳細を次の移動の際にお知らせします。イタリアでは物価が非常に高いのです。船の石炭係に私は十ドラクマやりました。このことは我々の祖父の墓の上で誓ってもいい。祖父はその中で気持ちよくすごしていますが、この現世にいる我々の方がもっとずっといいに決まっています。かなりいい天気ですから、市街見物をしようと思います。そこには石で作られたとても優美な、不信冒瀆の極みである異教の偶像があります。神がそれらを創った者たちに鉄槌を下されんことを！　私のトック帽は、前に書きましたから想像してみてください、角の一突きで穴があいてしまいましたから、麦藁帽子を買うつもりです。もしマンジュクルーが来ましたら、牡牛の問題では宣誓してもいいと彼に伝えてください。角は三歳の子供位の大きさだったとソロモンが知って、島の住人全部に話してやりたいと思っても、それには及びません。私がドアマンから正確な情報を得ることができたのも、別の子供が誤った情報を伝えてくれたおかげです。神が私の行く道に奇跡の種を蒔いてくれます。驚異的な出来事をもう一つ。フォッジァという街で、女性が、想像できますか、殻に詰められたまま調理された小さな取るに足りない虫を食べていたのですよ！　世界は広く、親愛なる姉上、そしてとても恐ろしいのです。牡牛の話のために感謝の祈りを捧げる必要はありません。有蓋車に乗せられていた子牛たちが幸福をもたらしてくれたように思えるのですが、このことはよく吟味されるべきで、この件は、その手に曰く言い難い敬意をもってキスをする我々の崇める父の判断に委ねようと思っています。ここに改めて署名する

サルチエル・ソラル！

《うん！　カトリック教徒をわしが褒め称えるのには山ほどの理由があるが、プロテスタントだって全く同じだ！　しかし彼らとは大いに議論したいものだ。神は唯一であることを彼らに論証してやるためにな！》

サルチエルおじはこれまでの苦労に報いてやろうと一ヶ月間あちこちを巡り歩くことにした。二人は旅をした。ピサ、ルッカ、ボローニャ、モデナ、マントバ、パルマである。

サルチエルが歴史的大建造物の前で賛嘆の声を上げ、ソラルはじっくり見た。夕方、彼らは食料を買ってホテルへ戻った。叔父はスーツケースからアルコール焜炉を取り出し、旧約聖書の詩篇を歌うように朗誦し、ささや

かだが旨い夕食を準備した。食事が終わると、二人は天蓋のような穹窿の下やエスカシャンのある高い建物の間の静かな通りを散策した。二人は小さな指をからませて手をつなぎ、サルチエルは単調な旋律を鼻声で歌った。物書きたちが振り返って、半ズボンをはいた朗らかな小柄な老人を物珍しそうに眺め、一風変わったイタリア人をよく覚えておこうとした。ソラルが、最終学年修了時に実施されるバカロレアの準備のため、寄宿学校を探しにフランスへ旅立つことにしていた前夜、サルチエルは甥のベッドの脚許に長い間留まり、数世代前の脱出を語った。そこに語られているような人生は彼にはじきに無縁なものになるだろうと思いながら、彼はその話に耳を傾けた。

二時間後、彼は眠りに落ちた振りをし、枕を抱いた。すぐにアドリエンヌに再会する。エクサン-プロヴァンス近くのシミユーに彼女の所有地があることを彼は知っていた。彼女はそこへ逃れてくるに違いない。彼女に是が非でも会おうという激しい欲望に彼は再び襲われた。結局彼は彼女をひどく愛しているのだ。しかし、それならなぜ叔父についてきたのだろう？　小柄な叔父は彼のお気に入りの人物だからだ。それでも、やはりフィレンツェを発つ前に彼女に会っておくべきだったのだ。

サルチエルは狸寝入り中の少年の瞼にかかっている鴉の濡れ羽色の前髪を上げ、その額に軽く触れると、きゅっ、きゅっと鳴る靴を呪いながら爪先立ちで部屋を出た。

翌朝、彼は大層な買い物を手に現れた。彼は包みを開け、黴の生えたひどいシルクハットを取り出した。ソラルは目を見張った。叔父は被り、鏡に独裁者風なまなざしを投げ、それから甥を、それからまた鏡を見た。そうして帽子を斜めにし、腕を組み、それから組んだ腕を解いた。

「そうだな、わしに似合わなくはない」と品よく言った。「さあ、もうこのくだらない飾りのことは終りだ。わしらは今日出発する。フランスへ行って学校を探す。一年たてばお前のお父さんも忘れ、許してくれるだろう。そうしたらお前はケファリニアへ戻ってくる。わしらはまた会えるのだ、神は偉大なり。そういうことだ。じゃあ、出かけるぞ。事実シルクハットはかなりよく似合っとる。さあ行こうか」

彼は溜息をつき、厳粛味たっぷりの帽子を目の位置まで目深に被った。ソラルはエクサン-プロヴァンスへ行こうと持ち掛けた。叔父は、自分の祖先の何人かがそこで暮らし、若いときに読んだ騎士任侠物語の舞台だったから、承諾した。

二日後彼らは到着した。駅長がボスク寄宿学校を勧めた。途中サルチエルは温水を吹き上げる苔むした花崗岩製の噴水の前で立ち止まり、女像柱で眼福の栄にあずかった。縦溝飾りを施した水盤に取り付けられているガーゴイルのことをもっとよく知ろうとして、ちょこちょこと小走りしながら、ガーゴイルのように顔を顰めた。

彼は私立の教育機関の長と長い間話し合い、料金表に記されている寄宿学校費に上乗せしての支払いを校長に提案した。そして、彼はボスク氏をソラルに指し示した。

「ここにおられるのがお前の三番目のお父さんだ、わが子よ。わしはもう立ち去る方がいいと思うがな」

校長が場を外した。サルチエルは甥を祝福し、良識が一杯詰まった忠告を彼に与えた。不意に彼の震える両手が垂れ下がった。彼は捨てられた犬のような目をして彼の心の息子を見つめ、そして立ち去った。彼は傘を忘れた。

アカシアが香る街で、黴の生えたシルクハットを被り、トランクを提げ、穴の開いた手袋をはめ、足を引きずって当て所《ど》もなく歩いていた彼の姿はやがて見えなくなった。

駅の待合室で、彼は自分自身と議論した。右腕の指を開いた手はボスク校の長所を説明したが、結んだ左手はその説明に納得しないのだった。彼はひと時コオロギの歌を聞きながら、腰掛けたまま眠った。汽笛で彼は目を覚ました。

パリ行きの列車だと思い、目に涙を浮かべて乗り込んだのは、マルセイユ行きだった。甥を永久に失ってしまったと思うと、彼は心穏やかでなかった。

第二部

7

彼は橋の欄干に肘を付き、ジュネーヴの湖の嘘のない、誠実そのものの水の流れを見つめていた。スズキ目の淡水魚パーチ類の魚影が動くエメラルド色の水面に、アーク燈の光が細い縞を描いていた。夜は寒かった。彼は上着の襟を立てた。彼の前には、官辺筋から追い詰められたくちばしが黄色い放浪者の、古代ローマ風の勿体ぶった彫像があった。

「ジャン＝ジャック・ルソー、僕は負けた。僕は二十一歳で、まったくの素寒貧《すかんぴん》だ。アドリエンヌが僕にどんな言葉を投げつけたか、君が知っていたらなあ。彼女は一切を忘却の彼方に追いやり、僕は二度と彼女には会ってはならないのだ。もう五年の歳月が流れたが、僕は何一つ忘れてはいない。僕は悪魔で、彼女の人生に不幸をもたらし、彼女を逆上《のぼ》せ上がらせたとか、こういう類の悪評が山ほど立っているらしい。彼女はサルル牧師の家で安穏に暮らしている。君はあんな家を持ったことは絶対に無いだろう、君は。その家は向こうの方にある、コロニーにあるんだ、君の丁度真向かいだ。その家には綺麗な庭がある。彼女は道徳的に苦しんでいるが、美しい宝石を身につけている。彼女の夫が尿毒症で死んだからといって、それは僕のせいなのか？　僕は二十三匹の蛇だと十分間彼女は僕に説き聞かせた。しかも路上でだ。当然だ、サロンに迎え入れられるには僕は余りにひどい格好をしていたからだ。三日前から僕は食べていなかった。そんなことはどうだっていいんだ、この私《わたくし》めはもう一度近いうちに彼女に会います、彼女はこの私めを愛し、この私めは彼女と結婚します、この私めは金持ちになり、権力者となりますが、この上なく善良で、叔父さんや好感の持てるフランスの乞食たちに年金を支給します。僕の人生についてじっくり考えさせてくれ、びっくりするような解決方法を見出して見せる」

彼は彫像に近づき、ジャン＝ジャック・ルソーの裸足の足に手を置き、過ぎ去った五年の歳月を彼に語り、忠告を求めた。

エクスに着いて数日後、彼はボスク寄宿学校を抜け出し、シミューへ行った。庭番はあいまいに答えた。奥様はここには数日しか留まらなかった、奥様は今旅行中だが、旅行先は知らない、お父さん、つまりドゥ・ノンス将軍のアンデューズの家にいるかもしれない、と。ソラルは一通の手紙を残し、寄宿学校へ戻ると猛烈に勉強し始めた。

　生徒たちはその外国人が嫌いだった。彼の礼儀正しさ、冷静さ、優雅さと上の空を装った皮肉が。（ボスク氏の妻ブランシュは時々午前五時に嫌われ者の部屋から出て来た。）

　二ヶ月後、パリから一通の手紙が届いた。ヴァルドンヌ夫人からで、勉強の仕上げのため彼がフランスに来たことを知り、喜んでいる、イタリアで長期滞在する、戦争勃発の不安が募るパリの冬はとても陰気、シミューにはいないから来る必要はない、学業での最高に輝かしい成功を心から願っている、と書かれていた。

　彼は大学入学資格試験に合格し、父親からの手紙を受け取った。彼の出奔にはいささかも触れることなく、すぐにケファリニアへ帰ってくるようにと頼んでいた。向こうへ帰るようにとは一体どういうわけだ？　世界は広大で、時間を失ってはならないのだ。彼には金があるし、十七歳だ。すばらしいトランクと金口のタバコでシミューに乗り込んだが、彼女はスペインへ発ったことを知った。よし、それなら彼女に会いにスペインへ行くまでだ。マルセイユで彼はルーヴル・ホテルに数週間逗留した。ベッドに長々と寝そべり、三百編のすばらしい詩をものしたが、戸棚に入れたまま忘れてしまった。――その後この詩は他の者の栄光に帰することになる。このホテルに滞在していたロシアのプリンセスは、合鍵を合わせることにかけては天下一品なのだが、彼はそういう女たちの唇や舌にうんざりしていた。残るのはいつも汚らわしい湿り気だった。父親からの手紙はあえて再読せずにいた。父親に会うのは彼が青史《せいし》に名を留めるようになったときだ。彼は誰なのか、彼ソラルは、この世界にたった一人しかいないソラルは何者なのか？　馬鹿げている、ベッドに散らばっているこの紙片も。しかも彼にはもう金がなかった。情けない、彼女たちの金で養われるとは！

　彼はホテルを引き払い、彼の面倒を見たいとも言ったあの薄汚いロシアのブロンド美人ともおさらばした。水晶は塵を受けずとばかりに打ち勝つか、しからずんば死あるのみ、だ。しかし、誰に、どのようにして打ち勝つのか？　彼は旧港でオレンジの荷下ろしに従事した。二人のイタリア人とゆでた空豆を昼食代わりにした。二人は石膏彫刻を売り歩いており、彼はその包装紙に書かれている終わりなき反抗について読んだ。

彼をスペインへ連れてゆく船上で、彼は甲板にいる社会の屑と一緒にいた。彼の傍ではアルメニア人が足指の間に詰まっている緑色の垢を取り除き、それで球を一つ作り、転がし、あたかもその球が自分の運命でもあるかのように眺めた。上の方の一等船客用の甲板では、オランダ人たちが消化促進のため大股で歩いていた。社会にはあの体格のよい若者たちが成功するために諸事万端整っているのだ。彼は絶望感に襲われた、不幸な人たちの子孫の彼は。その両手はくたびれていた。全財産の十フランをアルメニア人にやった。イギリス人たちはソーダ水を腹いっぱい飲み、自信を固め、オランダ人たちとは反対方向へ歩いて行き、やはり思い込みが強く、陽気で役立たずのアメリカ人たちに出くわした。ロシア人たちは控えめにしていた。フランス人はもういなかった。ところで、彼の国籍はどこだろう？　自分のパスポートをよく見てみた。ああそうか、僕はギリシア国民なんだ。おかしなことだ。

スペイン。極貧。いろいろな仕事。アドリエンヌはいない。ある朝、バリャドリードでのこと、ラシーヌとランボーを読んでから、フランス領事館へ行き、戦争終結までの兵役を志願した。外人部隊。軍事教練基地。ロケット弾で吹っ飛んだ花々。負傷。表彰。棕櫚の枝をかたどった勲章一つと二階級特進。重大な不服従行為で三ヶ月の営倉暮らし。

休戦は何年だったろうか？　パリ。家庭教師の職。ブラジル人の子供の両親は充分に支払ってくれた。あるカフェで証券取引所の連中と親しくなり、彼らの話を聞き、記憶に留めた。一ヶ月後、八千フランは五倍に増えた。十週間後には、ベッドの上に十万フランを並べて遊んだ。早くも相場に飽きたのだ。これ見よがしに使ってみたり、感じのいいよく知らない人間たちにくれてやったりして、ぱーぱーぱーっと金片《かねびら》を切って、一週間で十万フランを使ってしまうと、手ぶらで憂いもなくパリを後にした。どこでもいい、とにかく出発しなければならなかった。きっかけはなんでもいい、移動することで消えてしまわねばならなかった。

再びマルセイユに来た。彼はジョリエットで、落花生の袋に倒れこんだようにして座っている老人にヘブライ語で尋ねた。僕は父親の許へ戻るべきだろうか？《そうだ、お前の家へお行き、息子よ。そうでなければエルサレムだな。エルサレムはどんな人間にとってもいい所と言うわけじゃない。わしは金が貯まったら、エルサレムへ行くよ、必ずエルサレムへな。——僕が行くのはシミューだ。うまくやって必ず彼女の居場所を突き止めてみせる。――あのな、神は遍在し給うのだ。わしらがメシアを見るのはもしかしたらシミューって場所かも知れんぞ。よければわしもお前さんと一緒に行こう。お前さんは若くて、軽はずみで、わしには危なっかしく見えるのだよ。わしの食い物からお前さんの食べる分をお取り。》

彼はロボアム老人と食事を分け合った。ロボアム老人は自分がたまたまソラル家の一員であることがわかったのだ。ソラルは物陰へ行って横たわり、アドリエンヌの人を迎えるときの威厳に満ちた微笑やゆったりした動作を思い描いた。それにしても何という胸だろう！　本当にすごい胸だ！　すばらしい胸だ！

彼らは出発した。夜は路傍で眠った。絶対的な信仰の人は、彼の親類筋に当たる若者が夢を見ながらヘブライ語で呟くのを聞いて、賛嘆の余り身を震わせた。ここにいるこの青年こそその御方なのか？　シミューでソラルは、熱のせいで死にそうになっている彼の助言者のために旅籠《はたご》を探した。彼は老人の足を洗ってやり、ベッドに寝かせた。老人の手を摩りながら、眠るように勧め、明日には彼が捜し求めている御方が見つかるに違いないと言って、彼を安心させた。――いい子だ、と老人は呟いた。

夜になると彼は鉄格子を乗り越え、ぴったり閉まっていない鎧戸を難なく開き、ライティングテーブルの引き出しをこじ開けた。アドリエンヌ宛のオード・ドゥ・モサヌと署名された一通の手紙。《ジュネーヴ、コロニー、プリムヴェール》。オードは彼女の友達が来るのを喜んでいた。ジュネーヴへ行こう。立ち去る前に、彼はアドリエンヌの美しいポートレートに口ひげを描いた。

そういうわけで彼は今ジュネーヴにいる。アドリエンヌは日々出奔をひどく恥じながら生きていたから、彼を追い出したのは無論だ。泥で汚れた放浪者なんか気にかけたくないと思う彼女は、間違ってはいない。彼女の父親が没してからは、自由で金持ちになった彼女は麗しい人生を送っていた。彼女は死ぬほど腹を空かせていた輩を優雅に追い払った。生きてゆくには、成功するには、アドリエンヌの心を奪うにはどうすればいいのだろう？

真夜中。弱肉強食の社会だから彼は自分の歯を使うことにした。彼は劇場から出てきた一番裕福そうな男に目をつけ、長い間その男の跡をつけた。短いマントを羽織り、山羊ひげを生やしたブルジョワは、振り返りざま与太者に恐怖を感じたのは明々白々で、ソラルは伝統に則り、近寄ると火を借りたいと頼み、恐怖に戦いている男と会話を始めた。彼は優しく腕を摑み、自分の人生を語った。

「僕はこういう空疎な時間の浪費はしたくない。逃げようと思うなよ。僕は今夜自分の人生を有りっ丈楽しもうと思っている、一週間後じゃない、今夜だ。僕は明日か明後日、アドリエンヌを自分のものにしたいんだ。尤も僕は、彼女が自分で思っているほどには彼女が大事だとはもはや思っていない。彼女を征服するために（ばかばかしい！）金が要る。僕に金をくれ。その金は返すと約束する。しかし、もしあんたが僕に金をくれないなら、残念だが仕方が無い、僕はあんたから金を取り上げる、僕にはその資格がある。僕には十の資格があるんだ、よく見ろ」

彼は両手を見せた。山羊ひげの男は左瞼をぴくぴくさせながら、財布を取り出した。ついてるぞ、千フラン札が二十枚だ。ソラルは十四枚を取り、残りは返し、礼を言った。この借金は大いに役立つだろう。スイスの紙幣の製版が少々精巧を欠くのを残念に思った。彼は少しの間だが丁寧な会話をし、タバコを一本進呈して立ち去った。彼が被害者の方へ戻りかけると、その男は逃げようとした。彼は追いつき、名前と住所を聞いた。いつか彼に金を返そうと思っていたからだ。その誠実ぶりときたら、まるで赤子のようだ。

「マルケか？　クレ通りだな？　よし、わかった。告訴はしてくれるなよ。あんたの過ちでこの僕が逮捕でもされたら、あんたの息の根を止めてやるからな。わかったな！　不届き至極な振る舞いはすまなく思う。しかし、ほかに仕様があるか？　人生とはなかなかいいものだって思えてくるよ、今夜は、なあ、兄弟。手を出せよ。大変結構。我々は皆神の子だ。さあ、あんたの道を行け、僕は僕の道を行く。僕を信頼してくれ、そしてガマリエルの息子を忘れないでくれ」

彼は唖然としている男の肩にキスすると、偉大な人生を心に描いて喜びではち切れそうになり、立ち去った。

ホテル・リッツに届けられた包みの紐を解き、彼は並べてみた。

「奇跡に近いすばらしい生地を使ったカッティングも見事な三つ揃いが六着。そんじょそこらでは絶対にお目にかかれない軽々としたビロードの部屋着が三着。六十匁の絹製のワイシャツ二ダース。靴六足。絹の靴下が十二ダース。卿と呼ばれる人たちが身にまとうコート六着。一番上等なハンカチ百枚。プラチナ製の腕時計一個。オーデコロン十二リットル。帽子十五個。えも言われぬ豚革のトランク。タキシードの上着。燕尾服」

　彼はホテルのトルコ風呂に一時間いた。くたくただったが、風呂から出た彼の肌は生気を取り戻し、これまでの人生の澱がすべてなくなった。マッサージ師はアスリートのような体に敬意を込めたお世辞を言ってから、プリンスをヘヤーサロンへ連れて行った。入り口が低すぎたのでソラルは身を屈めて中に入り、いろいろな機能を備えているらしい肘掛け椅子に深々と座った。

「なにかおありでしょうか、目的が？」と理容師は聞いた。

「私を水も滴るいい男にしてくれ。さあ、お前の仕事にとりかかれ、それがお前の定めなのだから。ローションは億万長者用のものを使え、剃刀《かみそり》は天使のように優しく、手は装飾音を奏でるように使うのだ！」

　理容師が気に入られようと一所懸命励んでいる間、客は、ユダヤ教は砂漠で生まれた神秘神学であり、カトリックは封建体制下の、プロテスタントは有産階級共同体の神秘神学であり、宇宙は有限でも無限でもないが、無限に有限なのだと語った。理容師が限界を超えそうになるまで払った注意は度肝を抜くチップで報われた。

　新調の服を着てホテルを出たソラルは自分自身にも人間たちにも至極満足していた。三日前マルケ氏から借りた一万四千フランのうち、彼に残ったのは五百フラン札二枚だけだった。見事なまでの使いっぷりだ！

　彼は世間を見るため、世間に見られるために歩いて行った。子供を優しく撫で、砂糖菓子屋へ入り、巨大な菓子をマルケ氏へ贈らせた。鏡に映る自分を見て、彼は自分自身に魅惑された。彼の後ろには粗末な身形の青年がいた。彼はその手に紙幣を一枚握らせた。

　朝の十時。ハクチョウたちが気持ちを和ませてくれる水際近くの河岸で、御者が彼の小さな犬を愛撫していた。ソラルはそのスピッツに夢中になり、躾のよさに満足した。幸福は地上には存在しないなどと誰が言えよう？

「プリムヴェールまで、コロニーの」

「サルル様のお宅ですか？　承知しました」

　老人は鞭を当てる振りをした。彼は客たちをサルル氏の邸宅まで乗せてゆくのが大好きだった。偉大な市民で、善良な心の持ち主なのだ、この男も。だから、ジュネーヴ万歳！

8

元牧師で大学教授を務めたテオドール・サルル氏は、起床すると神の御前《みまえ》に進み出た。彼が大切に思う妻や代子のアドリエンヌ――そしてとりわけヴァルドンヌ夫人の異母弟ジャック・ドゥ・ノンス伯爵との婚約式を終えたばかりの孫娘オードのために長い間祈った。祈り終わると白髯を撫で、部屋着の紐を結び、誰も目を覚ますことがないようにと用心して部屋を出た。

仕事部屋でギリシア語訳の新約聖書の一節を調節装置付き電気スタンドの下で読んでから、三十歳のときに始め、爾来四十五年間つけている私的な日記に一頁を書き加えた。壁に掛けてある自分の学帽を幾分悲しげに見やってからリードオルガンの前に座り、弱音器を付けて、その日の讃美歌を繰り返し弾いた。七時三十分になると、ルダンゴトを羽織り、昔からの慣わしに従い、狩猟用の角笛を取って口に当て、家族を礼拝式に呼び集めた。(結婚後間もないある日のこと、上機嫌だった彼はこのように角笛を吹いて妻を恭《うやうや》しく朝食に呼んだのだった。親類縁者やキリスト教の信者たちの間では、この上品な奇抜さは概して好評だった。)

食堂では、黄色と白の碁盤縞のテーブルクロスの上で、ヴァレ州産のスープ鉢に入れられたオートミールが待っていた。アルゴビー産の錫食器の中では紅茶、ココア、コーヒーが湯気を立てていた。サルル氏は庭で摘んだ花の茎をぐしゃぐしゃ噛むのを止め、鼻骨に眼鏡を乗せ、青い目で列席者を見回し、――優しいが過失を許さない妻を少々恐れ、彼の寝室に一人でいる時にしか思いっきり話すことができない――妻に、よく眠れたかね、とたずねた。(私はそんな牧師が好きだ。)

サルル夫人は体を振ってユーカリとミントの匂いを発散させ、ため息をつき、微笑んだ。この仕草で一晩中眠れなかったこと、けれども真の神の子としてこの不幸を耐え忍べることを示した。彼女は座った。紫色のビロードのリボンを巻いた首はつなぎ目としては短すぎ、夫人の丸い赤ら顔は黒サテンのコルサージュの外へ不意に飛び出したように見えた。夫人は、この天井を向いた小さな鼻で、興味をひくありとあらゆるものを詮索しているようだった。

サルル氏は次いで彼の姪ルツ・グラニエに挨拶した。ルツ・グラニエはよく手入れされたつるつるの頬を矢庭《やにわ》にサルル夫人に差し出したところだった。彼女が主宰する〈霊的体験相互連絡協会〉の会員たちが、上流階級らしい喉の奥から出す声がたまらなく魅力的だと言って誉めそやすその声で――ルツは、お体の具合はいかがですか、と伯父にたずね、伯父思いの証拠として彼女の見事な歯を見せた。ザンベジアで宣教師をしていた両親がほとんど同時に亡くなってから、ルツはこの家族の一員となっていた。十年来、彼女は毎朝この同じ歯のメッセージを牧師に送り続けているのだが、牧師は未だに慣れることができず、この微笑に出会うと、軽微とはいえびくっとしそうになるのを抑えていた。グラニエ嬢は週三回訪問する病人たちにも分け隔てなくこの微笑を与えていた。

裸足のくるぶしに丸絎《まるぐけ》の皮ひもで留めている皮のサンダルで爪先立ちをし、オードは祖父にキスした。後ろが深く刳られたロシアの服に身を包んだ背の高い均整の取れたこの誇り高き若い女性を眺めて、サルル氏は目を細めた。

年を重ねた女料理人、下僕、庭師、運転手、そして女中たちが入ってきて、礼拝式が始まった。牧師は敵の殲滅や憎しみに関わる節は早口で、慈しみの節は強調し、女料理人がとりわけ賞賛する〈油注がれたる人〉という言葉にはぽってりした唇を恭しくすぼめ、旧約聖書の詩篇十八を読み、じっくり味わった。

参列者はそれぞれルカによる福音書十二を一節ずつ読んだ。サルル夫人は感傷癖から声を震わせて読んだ。ルツは、彼女が保護する年若き者たちの熱い友情が彼女にもたらすエネルギーで力強く読んだ。オードは、小指にはめている紋章で飾られたチーク材の指輪をくるくる回しながら、内心で、牡を食い殺す牝蟷螂に祖母を準《なぞら》えていたから、不注意でひどい間違いをしながら読んだ。

最後は瞑想だ。サルル氏は目を閉じて両手を聖書に置き、発音に欠陥のある老人ながら、評判の碩学振りで真摯に話した。彼が話し終わると召使たちは、厳かな式が済み、水から上がった犬のように体をぶるっと振るわせた。彼はリードオルガンを弾き始め、参列者たちは歌った。

「誰か他の讃美歌を歌いたい人はおるかな?」とサルル氏はたずねた。

庭師が咳払いをし、肩を揺すって膝を進め、肘を左右に開き提案した。「〈朝から、主よ〉」。牧師は礼を言いながら、庭師を見た。歌っている間中サルル夫人はビルベリーのジャムがテーブル上になかったことを考えていた。夫人はこのジャムに目がないのだ。それでも彼女は嬉しくて、リフレインの音頭を取った。彼女が大好きなカフェオレや食事療法のためのスティックパンを目の前にすると、神の善意が思われて、この時間が好きだったからだ。

　六時半に自分で淹れたコーヒーだけで我慢する老牧師は、秘密の施し物の分配者である下僕と協議するため、見せ掛けの瞑想にふけった使用人たちを従えて部屋を出た。サルル夫人はテーブルに彼女のパラフィン油の瓶が見えないので、悲しげな目をして、気持ちの抑制、犠牲、楽天主義の話をした。オードは、彼女のフィアンセをまだ入らせていないすばらしい国のことを考えていた。その想像上の国では、彼女は三人の女友達と一人の隠遁者と暮らしている。オリエントの舞台装置をやり直すのはこれで三度目だ。彼女の好みにはほど遠く、空や骨壺、青い丸天井を思い通りに配置しなおしていた。

「さあ、朝食は終わりですよ、ぼんやりさん！」とサルル夫人が言った。

　オードは我に返り、とろんとした、ほとんど追い詰められた獣のような目を向け、肩を落とし、静けさを求めて逃げ出した。だが、ひとたび立ち上がると彼女の血液が幸せそうに循環しているのを感じ、一挙に飛び出し、仕事場へ走っていった。そこでは神学の教授が小さな三日月刀に鉋をかけ、平らに削っていた。

「ほらね、お前のためにペーパーナイフを作っているんだよ」と彼はぎごちなく言った。宗教を離れた瞬間、彼は弱腰になってしまうのだ。

　彼女はその老いた手に幾度も口づけした。

「おじいさま、木切れは放っておいて。おじいさま、私のおじいさま、庭を見に行きましょうよ。ねえ、おじいさまったら、孔雀羊歯の種を蒔いたのよ、そしてね、ジャックが来るの」

「それで、姉さんの方は何をしとるのかな？」

「アドリエンヌは牝ロバの乳を少し入れたお湯に入っているわ」

　彼女は牧師を速く歩かせすぎたから、わしは急かされるのが嫌いなんだよ、と怒って見せた。彼は聖職者用の帽子を忘れた。オードはスタンダールの作品に登場する女性風に服をふわっとさせて、突然振り返った。彼女は跳躍するようにして仕事場に着き、カルヴァンのリトグラフの上に掛けてある帽子を見つけたが、祖父に持ってゆくのを忘れ、パンの笛のようにきちんと並んでいる七人の小人と手をつないでいる自分を想像しながら歩き回った。彼女は小人たちに敬われている母親だった。

庭に通じる階段を下りてくるアドリエンヌに気が付くと、サルル氏は、粗忽者のポケットに入れておくのが慣わしになっている万が一の時のための軽い縁無し帽を勿体ぶって脱ぎ、代子の父親、将軍ドゥ・ノンス伯爵のことを考えた。ドゥ・ノンス伯爵とはサルル氏が初めて聖職に就いたガールの小さな町アンデューズで知り合い、伯爵は多くの友人たちの中で彼の最高の親友になったのだ。天国で伯爵に再会するのもじきだと楽しみにしている牧師は、ジュネーヴ大学の神学部にかなりの資産を遺贈した将軍を思い、彼の例に倣うことを約束した。それから、大事に育てている薔薇の前でいろいろ想像し、接木について思いを巡らした。


オードはインド更紗を張り詰めた小サロンにいる女友達に会いに行った。アドリエンヌ・ドゥ・ヴァルドンヌは、ドストエフスキーを理解する教養を身につけ、安楽な暮らしをしていて、金の心配とは無縁な、愚かしく、冷ややかな女の微笑を浮かべて、その作家の小説の一つを読んでいた。彼女はある一節には賛同し、ある一節には批判的だった。間もなく彼女は読書を止め、五年前の軽挙妄動、烏滸《おこ》の沙汰に思いを馳せた。

フィレンツェ。目覚めた時にはソラルの影も形もなかった。恥曝し。十六歳の子供との駆け落ち。物笑いの種。どんな悪魔に魅入られたのだろうか？　薬なしでは眠れぬ夜。ローマで改宗し、修道女になろうとの漠然とした思い。それから夫の黄泉の国への旅立ち、慇懃な物腰の人だった。それから父との終《つい》の別れ。アンデューズへ戻り、遺産相続。上手に運用している莫大な資産。オードの子供たちが相続することになる。ここプリムヴェールでの暮らし、春はシミューかアンデューズ、冬の二ヶ月間はパリ、結局私は幸福なのだ。プルーストやメレディスの良い本。その上私の人生は無用ではないのだ。赤十字委員会への無償の協力を承諾したのはとてもよかった。若いソラルは今、コンスタンチノープルかハンブルクにいるはず。有難いことにもうすっかり終わったことなのだ。弟の前途は洋々だ。外交官の道が開けている。私はジュネーヴ、シミュー、アンデューズ、パリ、それに若い夫婦がイタリアで暮らすようになれば、ローマでも暮らせる。あの娘《こ》の美しさは尋常ではない、あの娘。

オードはチェロをぴったり体に付け、注意を集中する余り仏頂面になって、弾いていた。初見でうまく弾けなかったことで憤り、肘掛け椅子に楽器をうやうやしくもたせかけ、固く締まった美しい乳房に頬を付けるという清純な喜びを感じたくて、アドリエンヌの膝に座りにやってきた。彼女は年上の女友達の髪をばらばらにし、それから烈火のごとき情熱で結い直して遊んだ。

「アディ、時々あなたを軽蔑したくなるの。私に何一つ言わないのは、あなたにはきっと何も言うことが無いんだわ。あなたが黙っているから、私もあなたの沈黙を尊重しているの。私、それがいやなの。タゴール氏は大詩人だとあなたは思っているのよね、でもあなたはドストエフスキーが全然わかっていないのよ」

アドリエンヌは目を閉じ、苦悩続きの人生を懐かしく思い、ため息をついた。しおりを挟んで本を閉じ、皮肉を帯びた紫色の重々しいまなざしで微笑んだ。

「あなたも結婚してみることね、お嬢ちゃん」

オードは顔を赤らめた。ほんのわずかな感動が彼女の金色の頬を染めるのだ。冷静な女友達の前で自分が劣勢に立たされるのは、包み隠しのできない素直な肉体のせいだと彼女はその体を憎んだ。

「あなたなんかわたしにとってはなんてことないわ。ねえ、私、三年フェンシング教室に通っているのよ！ ジャックはなぜ遅くなっているのかしら？ あなた方お二人とも美貌でブロンドよね。彼がローマの大使館付き武官になったら、私、キリナルで輝いてみせるわ。彼は社会的地位や家柄から見て、いい結婚相手、私も彼にとっていい結婚相手なのよ。しかも私は彼を愛しているの。さあ、散歩に行きましょうよ」

ドゥ・ノンス伯爵が正門を押し、一見無雑作に見える正確な動作で馬の手綱を木の幹に結わえた。ふかふかした外套は肩にフードが付いていた。マンシュ産のえり抜きの牝馬である愛馬をちょっと撫でてやり、それからおどおどしながらも気取っているサルル夫人に〝あなたなら見知っておりますよ〟と緑色の目で語った。彼は軽蔑している老婦人に、やり過ぎなぐらい恭しくお辞儀をしたが、彼には夫人が、四肢を失い、容易に敏捷に動けるようになる奇跡を希求する人のように思えた。それから、鼻孔を開いてあくびを噛み殺し、情熱を漲らせて夢中になって聞いてくる女の質問をなんとなく聞いていたが、答えはしなかった。数分後、優雅きわまる身熟《みごな》しで、彼女の傍を離れた。

オードは彼女のフィアンセに気づくと、駆け出し、何を言ってよいのかわからず、彼をサロンへ引っ張っていった。サロンに入ると、あなたに是非とも教えていただきたいことがあるの、と彼女は言い、くるぶしで拍車に軽く触れ、レジオン・ドヌール五等勲章の略綬の赤リボンの上にいかにも恐れ多いといわぬばかりに人差し指を置いた。

「これがあなたに教えていただきたいことよ、ジャック。取って」（彼女は恐る恐る唇を差し出した。）

（《肉体は弱いものです》から）婚約者たちを二人だけにしておきたくなかったサルル夫人は、眼鏡、彼女の新聞、彼女の伝道関係の雑誌、一時間前に受け取り、まだ開封していない手紙（彼女は喜びを長引かせたかったのだ。尤も彼女が受け取るのは喜ばしい知らせだけだったが）、それに深く悔いて立ち直ったアルコール中毒患者のカトリック教徒で、半ば改宗した売春婦のために編んでいる靴下を入れた小さな籠を持って、サロンの窓辺に向かって歩いて行った。

彼女の目は好奇心できらきら輝いていた。《彼はあの子からキスを盗んだのかしら？》と彼女は思った。彼女は寛容でいようと決めた。ジャック・ドゥ・ノンスは彼のフィアンセに負けず劣らずの多額の動産を持っているし、その上、彼の姉と共有するアンデューズ近郊の家屋敷は壮麗な物だ。因果律の、ある意味では神秘的とも言える不可解な関係には考えが及ばなくても、サルル夫人は、オードのフィアンセは飛び切りの観念論者だと直感した。《彼はちょっと社交界人士になりすぎている。けれどもそれがエリートの性《さが》というもの。彼のまなざしにはっきり現れている。あのキリナルが私のあの子を酔わせさえしなければ万事旨く行く。魅力的だわ、あのアンデューズの家屋敷、とても上品で、そこに住むのはいつも選ばれた人たちだと皆が思うのだもの。》

窓の前に来るや否や、大きな心配事を抱えているにもかかわらず、いつも朗らかな光の子［キリスト教徒］であることを見せるには、山国の人の声の抑揚で話すのが一番だと彼女は思った。

「おおい、そこのお若いの！　新聞を読んであげようか？」

オードは、サルル夫人が家族の習慣を実践するのが好きなことを知っていたから、その喜びを祖母から奪いたくなかった。二人のフィアンセはそれ故賦役に就くことにした。

サルル夫人は寝椅子に身を横たえ、現代の考え方に哀歌を捧げることから始めた。確かに然るべき改革には反対ではないけれど、それでもやっぱりねえ。昨日だったか一昨日《おととい》だったか、スイス国教会の牧師が黄色のアンクルブーツを履き始めたとある人が言っていたの。エナメルのアンクルブーツだったかしら？　いいえ、黒のアンクルブーツよ！　違うわ、絶対に、確かに白のアンクルブーツだったけれど、小さな女の子が友達の葬儀に履いていたんだわ。要するに、もう教会に目覚めてもらうしか希望はないのよね！

老婦人はようやく新聞を開き、死亡広告欄を読み、そこに知人の名前が一つも見つからないのに驚いた。一つでも見つかれば、しみじみとこう言うのだった。《親愛なる友よ、あなたが良い旅立ちをなさったことを願っております！》彼女には社会道徳の宣伝活動という漠とした目的があったから、破滅的な外観を呈する事件にこだわりを見せた。彼女はうなずきながら、抜け目の無いいろいろな企業、泥棒、カリフォルニアの工場の火災、サイクロンや台風、ボクシングの試合、葡萄畑に降る雹、離婚、社会主義者の集会を細かいニュアンスを出しながら読んだ。

彼女が読むのをやめると、やれやれ、ほっとしたといわぬばかりのフィアンセたち。サルル夫人は自室へ行き、風邪を引きそうな気がするけれど、どうかしらねと温度計に相談しに行った。温度計は十二度を表示していたから、彼女は身震いし、上着を着た。それから一九〇五年発行のベルン市の配当券を切り離した。彼女は溜息をつき、この作業はとても骨が折れると思った。余り長い間鋏を使っていたら気の毒なご婦人の親指にたこができ、彼女はまた溜息をついた。安楽な暮らしをしている人々にとってはすべてがバラ色だと主張する労働者たち。サルル夫人は思った。「ああ、安楽な暮らしをしている人々とやらに会ってみたいものだわ」と。

西洋さんざしの垣根越しにソラルはじっと目を凝らしていた。若い娘の顔には揺れ動く林檎の木の葉が斑模様を作っていた。その目にはある民族が隠し持つ悪意がちらちらし、光り輝くしなやかな森の影が動いていた。一匹のてんとう虫がオードの手の上を動き回っていた。

「なんてお前は可愛いの、お前には先っぽが二股になった二本のちっちゃな足があるのね、お前はこんな風にして見るのね、それからこんな風にもして。お前の触覚はきっと極細の筆で描かれたのね、そしてその先っぽには黒い蠟のような二つの小さな球が付いているのね。その全部がお前のもの。お前はもっとここにいたいの？ ジャックが行ってしまったから、私淋しいの。ねえ、お前はドゥ・ノンス伯爵夫人じゃないわよね、お前は。私はドゥ・ノンス伯爵夫人になるの、もうじきね。いずれにしても、彼がアンリ・ドゥ・ナヴァールの友人だったアデマール・ドゥ・ノンス家の出なら、私も彼には引けをとらないわ。だって、私たちは、お前わかる、てんとう虫ちゃん！　このアンリが君臨していた頃よ、私の祖先は公爵で大貴族だったのに、あの意地悪なルイ十四世が私たちの爵位と財産を奪ってしまったの、だって私たちは、いわゆる堅固なプロテスタントだったからよ。お前、聞いてるの、ちっちゃなカトリック教徒ちゃん？　ジュネーヴ広場で英雄的な死を遂げたフルク・ドゥ・モサヌとかいう人さえいたのよ。そしてね、数世紀前からオード・ドゥ・モサヌという名の女性がいるの。オード、それはね、一族に伝わる名なの。私、この名が好きよ。ねえ、そんな顔をするものじゃないわ、お前の表情は良くないわよ。お前に言ったように、モサヌの土地は、当時、最初の公爵議員領として登録されたものの一つなのよ。私の言うことをよくお聞き。お前はイギリスの小学生のような衿をつけているのね。それからナントの勅令廃止があって、最後のモサヌ公爵はジュネーヴに亡命したの、そう、勿論ここよ、このジュネーヴ。そうして彼の息子たちは銀行家になったの。仕方ないでしょう、だって、生きてゆかなければならなかったのだもの。お前、小切手って何だか知ってる？　それは一枚の紙なの。お前は銀行へ行く、お前のちっちゃなルダンゴトのポケットからお前の小切手を取り出すの。それから、一八三〇年の革命後、私たちはフランスへ戻ったの。それ以来、一族からは代々重要な国事を担当する政治家や政府首脳が輩出したの。私のひいおじいさまはルイ・フィリップの大蔵大臣だったのよ。彼が辞表を出したとき、（いつも走り回っていてはだめ。）国王は広大な土地と爵位の復活とどちらを選択するかと彼に尋ねられたの。お馬鹿さんは土地を選んじゃったのよ、残念なことをしたわね。それで私のパパ、お前、パパを知ってる？　ギュスタヴ・ドゥ・モサヌ、ねえ、傑出した上院議員なのよ。お前、何にも知らないのね。ねえ、私ね、夢に出てくる私の隠遁者にとても怒っているの、彼は素っ裸で、冷ややかで、私は彼の足を洗うの、この私がよ！　でも私はジャックを愛しているし、ジャックも本気よ。お前風情に話をしているこの私は哲学の学士号を持っているのよ！　だからといって、そんなことを誇りになんかしていないわよ。アクロポリスの彫像のような私の体なんて、笑っちゃう、私の微笑みは祈禱像の顔に浮かぶ微笑のよう。そしてモナリザの目みたいな私の目。文学好き。もうたくさん。私のことを頭がいいってほめる人たちがいるけれど、もしその人たちが私のお馬鹿さん加減を知ったら。さあ、もう飛んでお行き、お前の小さな羽根を開いて、じゃあ、さようなら！」

彼女は振り返りざまに晴れやかに微笑んでいるソラル

に気付くと立ち上がり、自室に逃げ込んだ。そのすぐ後で使用人の一人が、名前はよく聞き取れなかったが、若い男の方がヴァルドンヌ夫人にお目にかかりたいと言っていると彼女に告げに来た。

「彼女が赤十字へ行っているのはあなたも知っているでしょう。彼女の帰りはとても遅くなるとその人に言いなさい。彼は待つ必要はありません」

けれども、彼女は階段で使用人に追いつくと、彼女自ら訪問者に言いに行くと言った。彼女はサロンの扉を押した。ソラルは立ち上がったが、若い女性の夢に出てくる隠遁者よりもっと冷ややかだった。彼女がてんとう虫に馬鹿げたことを語っている間中、彼女の言うことにこっそりと耳を澄ませていたのだ！　盗み聞きはよくない。それなのに、今彼は何食わぬ顔をしている。虫の好かない男だこと！　蛇がとぐろを巻いているような髪の毛、まるでプラクシテレスのヘルメスみたい。顔を赤らめたことで自己嫌悪に陥った彼女は、ヴァルドンヌ夫人は外出中だとほとんど聞き取れない声で言った。

「僕は帰ります」

「でも、彼女はじきに戻ってきます、多分」

彼はその娘を見つめた。土地持ちの出自なのだ。彼は無一文、残念だな。賭けが難しければ難しいほど成功時の味は堪らない。極限まで沈黙を長引かせるため、彼は子供のときのオードの写真に身を屈め、善良そうに微笑んだ。

「ヴァルドンヌ夫人にメッセージをお伝えしましょうか？」と彼女は聞いた。

その必要はないとの身振りをし、彼は座った。そのにこやかな目はモサヌ嬢を丸裸にし、彼女を礼儀正しく追い払った。彼女は自宅にいる気楽さが感じられなくなり、怒りと無力感を抱いて出て行った。

この家の秘密を暴いてやろうと彼は家族のアルバムと教区の信者たちから贈られた聖書を開き、オランダ製のシャンデリアから光を迸らせ、絹地をぴんと張った仕切り壁やブリューゲルの二点の油絵や松の針葉を正確に数え上げて描いたスイスの風景画を眺め回した。

隣室ではプレリュードのブロックコードの部分を弾く音がしていた。隙間からそのピアニストを見るとさっきの娘で、かすかに笑みを浮かべている。彼はあちこち歩き回り、糸車に足を掛け、苛立ちながら回転させた。

ヴァルドンヌ夫人が入ってきたとき、彼は振り返らず、隙間から眺めていた。だが、人差し指と中指が動き、内気な農婦を勇気付けるように、アドリエンヌを呼んだ。地獄に誘う大天使の美しさを彼に見て、彼女はすぐさま彼を追い出そうと決めた。

「この娘、こいつと僕との婚約を君は願っていたんだろう？」

彼女は答えなかった。彼は不意に素早く回れ右をした。

「じゃあ、この娘は一体なんなのだ？」アドリエンヌが黙ってしまうなどとは思ってもみなかった自分のうかつさ加減をみせつけようとわざと取り乱した風を装って、彼は尋ねた。（彼はこうして自分の面子を保とうとした。）「君はもう僕には強い印象を与えはしないよ、アドリエンヌ。（彼はあたかも躊躇っているような上品な足取りで近づいた。）僕は君の乳房を摑んだ。君には乳房が二つある。ねえ君、僕は君の秘密は全部知っているんだぞ」

「お願いですから、その君、僕《チュトワイエ》で話すのは止めてください。そしてあなたが私に何をして欲しいと思っていらっしゃるのか、おっしゃってください」

ソラルは公爵を気取った所作をした。（間。）ソラルがあの頃のことをちらつかせたけれど、その時からもう随分月が累《かさな》り、年が累《かさな》っている、そんな昔のたった一つの過ちを思い出させるなんて思いやりに欠ける、と彼女は言った。

「たった一つの過ちだって？ フィレンツェの夜だけで、四つの過ちがあったんだ。君はその過ちをもう一つ犯そうとしていたんだぞ！」

彼は乱暴に彼女の肩を抱いた。若い女の行動に目を光らせるスペインの付き添い女みたいな真似はするな、そこに座れ、と彼は耳障りな声で命じた。またスキャンダルになるのを恐れて、彼女は従った。

「女を一人誘惑するにはどうするか、君に教えてやる。手品だよ。両手には何もない、ポケットにも何も入れていない。とりわけポケットには何も入れていないのだ。始めるぞ」

彼女はほとんど興味を引かれて、聴こうとした。しかし、ソラルの唇に浮かんでいた有頂天で、威嚇的で、子供っぽい微笑が消えた。彼は歩き回り、それから肘掛け椅子にどすんと倒れこみ、物思いに浸った。陽気さを装い、その下に不安を隠していることが不意に滑稽でくだらないことに思えたのだ。実はここに来るのがひどく恐ろしかった。彼女は彼が愛したたった一人の女性だ。彼が考え事をする時には、ずっと以前からだが、その途次に彼女が現れないことはなかった。

アドリエンヌは彼から目を逸らさず、彼の沈黙には真剣さを感じていたから、あえて話しかけようとはせず、後悔の餌食になっていた。彼に対してどうしてあんなに厳しくしていられたのかしら？　なんていう目なの！　それにとても背が高い、まるで半神のようだわ。

　嘘偽りのない苦悩が遂にはしたなくも姿を現した。ソラルは苦しんでいる人間に見る重々しさで話をした。彼女は彼の唯一の祖国だ。いつも希望を捨てることなく随分待った。毎朝エクスで奇跡の手紙を待った。毎晩己が心を責め立て、黒い血を吐いた。彼女は生きているのに、彼女の目を見ることはないのだと夜毎思った。彼女のことなら、すべて覚えている、一つだって忘れてはいない。ケファリニアでの三年間はすばらしかった。彼女は彼の唯一人の女性《ひと》で、彼が知っている最も優しい、最も生き生きした、最も上品な女性だ、等々。なんのことはない、要するに皆使い古された持ちの良い、女性用のブリキの勲章だ。

「僕の人生は君が握っている。もし君が僕を拒絶するなら、僕は死ぬ。君を愛している、この僕は、君を愛しているんだ、僕は随分苦しんだ」

　そこに描き出された模様に悉く感動して、彼は本気で泣いた。目の前の苦悩する若者に彼女の心は溶けていった。

「アドリエンヌ、あなたと再び相見《あいまみ》えるたった一度だけの機会だ。僕たち二人だけの再会だ。壁に囲まれた部屋で、僕は歩き回り、待っていた。静けさの中で、僕の指を伝う涙だけが僕と一緒にいてくれたんだ」

　彼の目は本当の苦悩で曇っていたが、最後の語句が成功した喜びで、大きく息を吸った。彼はまだ涙の雫を宿している反り返った睫毛を下げ、考えた。《一、愛の告白。よし。これは成し遂げた。かなりの出来映えだ。これ即ち彼女の関心を呼び覚まし、僕の存在を再び彼女の目に映すためだ。これからやるべきことが二、三ある、それを考える。二、僕が愛されていると仄めかす。物語はでっち上げる。これは話しながらやればいい。声を大にして言うべき考えがいくつかあるからな。だから彼女が僕に対して関心を持っても、それは正当化される。結構だ。三、僕を熱愛する女性は僕に愛されるに相応しい女性だと仄めかす。この謎の美女を愛することを極めて真剣に自分に禁じてはいても、どのみちその女を愛し始めざるをえなくなるとアドリエンヌが確信するように話し方を工夫する――もし彼女が用心しなければ尋常でない競争相手になる女だと――けだし名言だ！　一が無ければ、二と三で嫉妬心を起こさせられはしない。二と三が無ければ、一は無価値だ。僕は全部うまく運んでみせる。母の優しさ、満足させられた誇り、目覚める自尊心、不安。これでよし。行くぞ。三匹の蛇、僕は腹黒い誘惑

者だ。》

彼が話し終えると、彼女は立ち上がり、鏡を見た。彼女は老けていなかったが、やはり歳月は流れていた。そして彼は輝く若さの只中にいる。ああ、彼は私の知らない、きっと私よりも若いその女性をじきに愛するようになるだろう。彼が生活を変えたのは、その見知らぬ女性のお陰に違いない。ホテル・リッツにすばらしい服。彼は熱愛されるままになり、怠惰な生活を送るだろう。結局、私には私がした悪いことの埋め合わせをする義務がある。堕落と退廃の生活を彼は間もなく始めるだろうが、それは私のせいなのだ。私を愛していると言ったのは彼の間違い。でもそんなことはどうでもいい。私の義務は彼を見守ることなのだから。

彼は考えていた。《可哀想な女だ、僕は彼女に辛い思いをさせ、彼女はひっかかった。かまうものか、こいつは情けない女なのだ。僕には同情はいらない、僕は正真正銘の汚い奴なのだから。しかし、僕がいい身形《みなり》をし、嘘で固めるようになってから、急変だ。ああ、何てことだ。僕が望んでいたのはこういうことじゃないんだ。残念だ。》彼はまなざしで彼女に懇願した。彼女は黒い巻き毛を優しく撫でた。

「あなたが欲しい物はなんでも、私の子供」と彼女は、憫《あわれ》みの心とは無縁の、取り澄ました女たちの勿体ぶった憂愁を漂わせながら言った。

彼はこの聡明な女が突然愚かな女になってしまったことが恥ずかしくなり、何の前触れもなく突然立ち上がった。だが彼は、アドリエンヌが警戒していることをすぐに見て取った。へまをやらかしたことを取り繕うため、彼は指と瞼をかすかに震わせ、ゲリドンにぶつかった。彼女はその不器用な率直さに心打たれた。彼はしおらしくアドリエンヌを見やったが、この瞬間少し藪にらみになっていた目を伏せた。

「いつ？　アドリエンヌ」

「明日の晩、よろしければ八時半頃。リッツ、でしたっけ？」

「神の祝福があらんことを」と若き聖職者は大層厳かに言った。

彼は部屋を出た。彼女はまなざしで彼を追い、彼が手品のことを話していたのを不意に思い出し、騙されたのではないかしら、ホテルには行かないほうがいいのかしら、それともゆくべきかしらと思い惑った。

バラの花を一つ噛み砕き、餓《かつ》えて死にそうで、彼は村の旅籠《はたご》の前で歩みを止めた。旅籠の女将と冗談を言い、庭でたっぷりの食事を供させた。庭では二人のスイス人がゆっくりとボール投げをしていた。

ジュネーヴでは、湖畔で遊んでいる子供に紙の舟を一艘作ってやり、物乞いに四百フランくれてやり、（しかし、一万四千フランはどこへ行ってしまったのだろう？盗まれちゃったんだと確信し、陽気に笑って、）馬車でリッツに戻った。馬車はしごく気持ちよく、彼の腕はすっかり草臥《くたび》れ休めをしていたから、彼は下りたくなかった。向こうの方でアルヴ川がモンブランからレマン湖に落ちたぎり、彼の血管でも喜びが滔滔と流れていた。テニスをしているあのイギリス女たちは魅力的だ。ドアマンは誠実な男だし、青い制服のエレベーターボーイ二人の目が微笑んでいたから、二人にバラ色の未来を予言し、最後に一枚残った紙幣を与えた。

彼は眠った。三つ編みにした髪が風を受けて帆のように膨らんでいる裸の女の上を彷徨う夢を見た。

翌日、長い間夢想にふけり、タバコを数本吸ってから、午後の終わりに、ということは間もなく彼女が来ることになっているのを彼は思い出した。鼻をしごき、術策をめぐらし、そうして戦闘準備に取り掛かった。

彼はエレベーターボーイから百フラン借金し、光を和らげる効果があるはずの青の絹地を買い、見事な薔薇をホテルに送らせた。（女たちはこの野菜には弱いのだ。）

ホテルに戻ると、彼はメイドを逆上させた。ベッドを分解し、マットレス台だけを残し、マットレスは何か、そう豪華なショールで覆うのだ。その上暖炉に火を入れる。彼のプランを成功させるには心地よい暖かさが不可欠なのだ。素っ裸になり、有頂天で、唖然としているメイドの前で平然とひげを剃り、時折その手を休めてはかなり美しいダンスをしてみせた。

音楽があれば女たちはもっと念入りに料理されると不意に確信した彼は、支配人室へ電話し、ピアノを一台部屋へ持ってこさせてくれと頼んだ。絶対に必要だ。ピアノなしでは眠れない。一日につき三十フランの追加料金を支払ってもらうことになると言われた。

「八時二十分にタンバリンを部屋に届けるという条件なら、七倍の追加料金を支払おう。今、八時十分だ」

彼はメイドの方に向き直り、彼女の名を尋ねた。ローズ［ROSE］という名だと言った。

「エロス［EROS］とオゼール［OSER］。僕の人生はお前の両手に握られているのだ、ローズ。もしお前が拒否すれば、僕は死ぬ」

八時二十五分に部屋は全く別の趣を呈した。ブルーの光がタピスリーの模様を消し、長椅子の近くに小隅がいくつかできた。八時三十分、九時。酷い女だ。彼女はなぜ来ないのだろう？　高級娼婦め！　九時十五分、アドリエンヌが入ってきた。何て彼女は美しいのだろう、そして、彼はどんなに彼女を愛していることか！

瞼を閉じ、細身の短剣のような眼にして彼女を探るように見て、彼女がここへ来たことを後悔しているのを感じ取り、彼の部屋の化粧直しをしたことを喜んだ。むき出しの光や銅製のベッドのままだったら、この女の常識を際立たせることになり、彼女が多かれ少なかれ自分を取り戻すのは明らかだった。彼は沈黙を破り、（表には現さないが、うちに秘めた確かな尊敬を以って、その実心中では笑いまくっていたのだが）彼女が好きなソナタを一曲弾いてくれと頼んだ。《もしピアノを弾くのは否だと言ったら、すべては終わりだ》と彼は思った。ピアノを断れば、沈黙の中で身動きできなくなるか、あるいは以前の思い出に身を投じることになる。ピアノを弾くほうがよいと思ったから、彼女は承諾した。ピアノの前に座ると、ソラルの存在をほとんど忘れ、張り詰めていたものが緩んだ。

彼女は裏切りの響きが自分の中に侵入するにまかせていたが、その間中、ソラルは考えていた。《さあ、やろう。今が潮時だ。彼女が食った物はかなり消化されたが、やはりまだ消化しきれていない。やらねばならないのは今だ。今まさにもの思わしいときだ。隣室ではなんの物音もしない。敵にかかれ！》

「エーメ《愛されている人》」と彼は誰はばかることの無い声で言った。

彼女は晴れがましい呼びかけに目を上げ、彼を拒絶しようとしているのか、彼を呼び寄せようとしているのかわからぬまま両腕を差し出した。首を後ろに反らせ、彼女は命を飲んだ。《今はこの辺で止めておくべきか？》ソラルは考えた。《いや、彼女がまだ目を閉じているのは極度の喜びを感じているからだ。僕はうんざりだが。口腔をタコの吸盤の代替物として使う趣味は僕にはない。用心を怠るなよ。五秒後に離すこと。悦び（どんな悦びを吸盤のくっ付け合いに見出しているのだろうか、この肉でできた女は？　なんというアスタルテの女悪魔たちなのだろう、こういう女たちは！）、悦びは強烈なのだが、満足感がないのだろう。何たる仕事だ、ちぇっ！　しかも僕は彼女が気に入っている、で僕は悔んでいるという訳だ。》

彼は唇を離した。彼女は目を開けた、まさに突然に。彼女は呻き、彼に体を摺り寄せ、このまま帰らせてと懇願した。彼女の中で欲望が下の方から上ってきた。愛欲の虜となった彼女は、燐が燃えるように高まったり、その勢を止めたり、弱めたりしながらも、欲望の支配力には抗い難く、遥かな高みへ昇っていった。いくつもの太陽がぐるぐる回っていた。

今、アドリエンヌは横たわり、丸裸で、最愛の人の重みを感じ、大空を滑翔していた。彼は下卑《げび》助《すけ》の如くひたすら彼女を突きまくった。

啜り泣きが止んで慎み深く身を覆うと、彼女は誘惑者の傍に慰めを求めに行った。誘惑者はそのとき人差し指を鼻に置き、ホテル代の支払い方法を考えていた。《しかもオルガン運び屋、気球の吊り籠、灯台男に百フラン借りている。》彼は〝エレベーターボーイ〟という呼び方を自分に禁じていた。故意に的を外した子供っぽい表現を内心で楽しんでいたのだ。それが彼にひと時気晴らしをさせてくれ、彼の人生の支離滅裂さを彼に隠してくれるのだった。

二週間が経った。アドリエンヌは毎晩やってきた。彼女は錯綜する複雑な心理的問題を山ほど抱えていたのは無論だが、それについてここで語る必要はない。魔法が解けてしまうのを恐れて、彼女は敢えて聞き質そうとはしなかったが、彼が案じ煩っていることはわかっていた。人生に面した窓、しかも開かれた窓のないこの単調な熱情に彼はうんざりしていた。

ある晩、オード・ドゥ・モサヌのことを長時間に亘り彼女から聞き出した後で、彼は灯を消した。一時間後、へとへとになった彼女は許しを乞うた。

「エーメ、どうしてまだ続けるの？」

「僕は淋しいからだ」

彼女は体を起こし、スイッチを捻った。

「ソル、話して」

「僕は話さない」

「お芝居はやめて、私のエーメ」

「僕はやめない。僕は善良な悲しき黒人さ」

「子供っぽく振る舞うのはやめて」侮辱されたように感じて、彼女は言った。

「僕は一文無しの黒人の子供だ、ステッキ型の砂糖菓子もないし、パンツも持っていない、借金はたくさんあるけれど、今晩、死ぬさ」

彼女は彼の両手にキスをした。

「ね、いいこと、今終わりにしましょう、このゲームは。理性的に話して」

「僕にはそんな理性はない」と彼は本物の威厳を以って断言した。

「私の美貌のお馬鹿さん」

「こういうことだ」と彼はまじめに言った。（彼は傷ついていた。《美貌のお馬鹿さん、だと！》彼女はなれなれしくなっていた、結局のところ、彼は良く知らなかったのだ、この女を。）「あと一週間はこのホテルにいられる。だが、いずれ支払わねばならない。ところが、僕は金持ちじゃない。だから僕はパリへ行かなければならないんだ」

「本当にそう思っているの？」彼女は胸が締め付けられそうになってたずねた。

「ここには僕の知っている人は誰もいない。一方パリには。尤も、パリにも僕の知人は一人もいないけれど。あなた方のパスカルが何て言ったか、君知っているか？《貴族階級というものは大きな利点で、十八歳になるやいなや一人の男と位置づけられ、人に知られ、尊敬される見込みもある。それは貴族でない男が五十歳になって初めて得られるかもしれないものなのだ。苦労もせずに貴族は三十年も得をするという訳だ。》貴族たちは皆有利なのだ。彼らにはしっかりと地盤を築いた父祖や友人がある。ともかく彼らには祖国がある」

　彼女は服を着、真剣に熟考した。

「あなたに友達のお父さんを紹介するわ。モサヌ氏よ。あなた知ってるでしょう、上院議員の。彼は今コロニーにいるの。あなたが来ることを知らせておくわ。明日いらっしゃい、四時頃に」

　彼はあくびをして自分の屈辱感をごまかした。

9

話し声がしたので、ソラルは半開きの鎧戸の前で立ち止まった。

「ルツ、私と一緒にお祈りしないこと?」とサルル夫人は聞いた。

「ええ、喜んで、伯母様」

　しばし沈黙があり、善き婦人は、主とお話することは私にとりまして大きなお恵みでございます、と神に告げた。とりわけアドリエンヌを見守りたまえ、と神に頼み、主もきっとご存知でいらっしゃいましょうが、ギリシアで知り合った若い男性の訪問が愛するアディのつまずきの石になりませんように、と神にお願いした。こういうオリエントの人たちは……まあいずれその正体はわかるでしょうけれど。サルル夫人は、黙して語らぬ彼女の対話者の、汲めども尽きせぬ慈愛により、善行に報いてくださることを心頼みにいたしております、ときっぱり言った。(間。) 彼女はいくつもの慈善事業の赤字を神ご自身が埋めに来てくだされぱいいのにと思い、神が特別な好意をお示しになり、名誉あるサルル家を義としてくださったことを思った。それからまたしても身を誤ったマブンダの女性指導者モカイ・セポポを神がご指導くださいますように、とも祈った。

「二年間というもの、彼女は固く信仰を守っておりましたのに、たった数日間で異教の精が彼女を荒廃させてしまったのです! 八十三歳で彼女は二番目の夫を迎え、血を滾らせるナツメヤシの発酵ジュースを飲み始めたのです! ためになる図柄のペチコートを彼女に送りましたが、それで彼女が神の祝福を得られるようになるものと信じたく思います」

　この他にもサルル夫人は、飢えたインド人たちのためにデザート断ちを犠牲として神に捧げる一週間を祝福したまえ、と辛抱強く沈黙している神に希《こいねが》った。たしかにこの犠牲は大したものとは言いがたく、私のささやかな力を凌駕するものでもございません! でも、神のお助けがあればもっと良く、おお、いつももっと良く行えるのです! それから、老婦人は険しい道、地平線に広がる雲、灯台、荒れ狂う海、救命ブイのことを語り、〝若き使用人たちの霊的生活を慰め励ます会〟への加護をも全能の神の慈愛に求めた。

「私どもの心の中にはお願いしたいことがまだたくさんございますが、さしあたり真の信頼を以って御身の前に私どもの秘めたる困難を並べてみました。全く見下げ果てた共産主義者たちの目から鱗を取ってやってください、期待いたしております。結局私には御身への信頼が溢れているのでございます」

女の料理人が、たとえ小さなことであっても、すべて神への献身として行ってくれますようにと願い、彼女が抱えている大きな心配事はすべて彼女にとっては天恵でありますようにと願って、サルル夫人は祈りを終わった。

天上界から現世《うつしょ》の谷への移行準備のための沈黙を終えると、グラニエ嬢はその場を去った。一人残ったサルル夫人はモラブ兄弟が刊行した一種の概説書「体系的祈禱便覧」を開き、神への願い事を書いてある頁の二つの欄《カラム》を見てうなずき、縦に仕切られた一方の欄ではかなり多くの願いが成就された日付が書き入れられていることに満足して、人形のようにぽっちゃりした口で笑った。彼女は唇と目を閉じ、その小さな赤い顔を深々と下げ、《アーメン》と言った。（要するに彼女は好ましい女性なのだ。）

彼女はその後すぐに立ち上がり、二人の恋愛求婚会談四十周年記念のために、大切な夫に贈ろうと思っているカフスボタンを箱に入れた。ああ、私は忘れていないのに、私は！　それなのに彼ときたら、やれやれ。

彼女は配膳室へ行き、炊事係の娘に、あなたの魂はどうなっているの？　と聞いてから、村で唯一貧しい家庭へ届ける温かな衣類や食料を入れた大きな籠を用意した。善良な婦人は喜びで輝いていた。そうして、気に入られたい一心で酒類は一切断つと断言した乞食たちに与える五エキュ［十九世紀の五フラン銀貨］を、彼女はいつもどおりその日も炊事係に渡した。優しい愛情に包まれていた子供時代から本当のことだけを言ってきたサルル夫人だから、彼らの信心深い宣言を疑ったりはせず（どうして嘘をつくことなどありえましょうと）、断酒を歓迎していたが、彼らは五フランを手にするや、例のごとく酒場へ行き、出来上がってしまうのだった。

お茶の鐘が鳴ると、サルル夫人は胸のときめきを覚えた。時間が経つのはなんて速いんでしょう！　私頭がどうかしちゃったのかしら？　もうお茶の時間！　私の若い頃には、本当に時間はもっとゆっくり流れていたわ。戦争からこちら、何かが変わってしまった。もうどうなっているのかさっぱりわからないわ。彼女は大切な飲み物とプチフールに向かって小刻みに歩いていった。

ソラルはこの広大な庭を帽子も被らずにそぞろ歩く彼の愛人を気遣った。彼女は慇懃に彼の健康をたずね、あなたにお話した本をお見せしようと思うのだけれど、いかが？　ともちかけた。部屋に入ると、彼女はソラルの肩に手を置いた。

「私に何も言わないのね？」

「僕には君にキスしたいという欲求が湧いてこないんだ。タバコを一本、それにラム酒を一杯くれないかな。いや、ラム酒はいい。嫌いなんだ。（彼はタバコに火を点けた。）吸い終わったら歯医者を紹介してくれよ」

二人は再び庭へ下り、リクライニングチェアに長々と身を横たえたルツ・グラニエに近づいた。彼女は備蓄している体力を思うさま使って、友達である皺だらけのブロンド女ガンテ嬢と話をしていた。アドリエンヌは、ソラル氏です、と名前を告げ、彼は歯嚙みをした。（我慢だ！）ルツに注意深く監視されているガンテ嬢は、彼女が何くれと無く面倒を見ている生活保護受給者のうちの一人のこと、と貧しいがゆえに受けられる神の恩寵について生き生きと語った。彼は唇を嚙んで、黙っていた。

サルル夫妻がやってきたとき、ソラルはかなりぎごちなく二人にお辞儀をしたが、牧師の縁なし帽と震える両手をじっと見ているうちに気持ちが軽くなり、婦人たちにありがちな底意がなく、アラム語について若いユダヤ人とすぐに話し始めた愛すべき老人を、ソラルは好きになった。最後に現れたのがモサヌ氏で、わざとらしい愛想のよさでヴァルドンヌ夫人のお気に入りに挨拶し、一言も言わずに飲んだ。

上院議員にとってそこは居心地のよい場所ではなかった。毎年復活祭の休暇には、（モサヌ夫人が出産後間もなく亡くなったから）誕生以来祖父母の許で育てられているオードの傍で一ヶ月過ごすためにここへ来ていた。彼は娘を愛していたからジュネーヴには喜んでやってきた。だが、サルル夫人がそれとなく言う、決して嫌味の無い非難を聞かないで済むのが嬉しくて、いつもいそいそとパリへ帰って行った。サルル夫人はオードと別れることになりでもすれば、それこそ酷く苦しむ羽目に陥るのは必定だったが、娘を一緒に連れて帰らないのは間違っていると婿にわからせずにはいられなかった。十五年来モサヌ氏は、おっしゃることはご尤もで、直《ただ》ちに問題を検討いたします、と言いながらも決定を一年延ばしにし、家僕とコメディー・フランセーズの正座員ベルト・ドゥネルニー嬢とで快適な独身生活を送ることになってしまうのだった。

聡明で、裕福で、至極親切で、策を弄することにかけては実に天才的で、報道専門の大新聞の大株主である彼は、完璧な誠実さを保つための抜け目無さを充分に備えていた。共和主義者連合の領袖で、大臣を二度務め、現在は上院外交委員会議長で、中道派、左派、極左の同僚議員たちと懇ろな関係を保っていた。

　時の綺羅めでたく、竜の雲を得る如く、最高峰を極めるだろうと予言していた多くの友人たちは、当のモサヌ氏が、咳止めの飴をしゃぶりながら彼を前にして、黒人の福音伝道者たちを父親の鏡だと褒め、笑みを浮かべて言う《ううん？》で際立たせたちくりと刺す皮肉や、無邪気だが強烈な打撃を与える言葉で当て擦り、正義の人の中の正義の人である私に言わせれば、あなたは、世間の聞こえがいかによろしくても、手前勝手な父親なのですから、その点では褒められる資格はないと思いますよ、とサルル夫人に微笑みながら言われると、さすがのモサヌ氏もたじたじだと知って、驚くのだった。この凄腕の拷問者がフランスの政治の変遷に関心を持つべきだと信じ込んでいるのも、モサヌ氏のいらいらの元になっていた。彼女は、氏の上院での活動について面白いには面白いが、軽率な質問を山ほどして婿を悩ませるのだった。モサヌ氏の成功は誇らしいのだが、彼が左派グループを率いているのを見るに忍びないと思っていることを彼にわからせようとし、ふむ、宗教という点では残念ながら随分熱意に欠ける魂に、あらゆる機会を捉えて善き種を蒔くべきだと思っていた。そればかりか、できるときにはモサヌ氏に忠告し、フランスの上院議員たちには、ささやかな祈りを捧げてから議会の審議に入るというような、よき習慣を身につけていただきたいものですね、と彼女は懇請した。サルル夫人が口出しすると、牧師は遠慮がちに訓戒を垂れ、妻を遠ざけようとするのだった。（まあまあ、あんた、まあまあ。）迫害を受けるモサヌ氏とサルル氏は二人で暗黙の同盟を結び、可能な限りいつも援助の手を差し伸べ合うことにしていた。

　オードとジャックの姿が見えないのが心配でサルル夫人は不機嫌だったが、その理由をほかに求めようとして、貸した本を書きとめてある手帳を探した。ああ、几帳面さに欠ける人たちの気が知れませんね！　六ヶ月も前に貸してあげたのに、まだ返さないんだから。とても立派な本なのよ！　彼女はソラル氏に証人になってもらおうとした。この慣れない場所が彼に沈黙を強いているのだから、ここは一つ名誉回復をはからねばならない。ソラルはテーブルの下でアドリエンヌの膝を摑んだから、彼女はこのすばらしい本のことをサルル夫人に聞いた。老婦人は題名を思い出そうとしたが、無駄だった。ともかく著者は非常に優れた人で、女性だったかもしれない。（サルル夫人は情熱を迸らせることがままあるが、そういうときには混乱が伴う。水が彼女の周りで渦を巻く、彼女は興奮し、水面で砂を掬い上げる、それから呆然として止め、知覚脱失となり、どこまで話したのか、何について話していたのかも忘れてしまい、静かさが最終的に戻り、彼女の話を聞いていた者たちはそれ以上何もわからなくなるのだった。）

　まっすぐな眉を上げモノクルを外すと、つられて銀白色の口ひげが下がったように見えたモサヌ氏が、その立派な著者の名前をたずねた。サルル夫人はBから始まる名前だと断言した。いいえ、むしろXからだったかもしれません。X或いはFです、と彼女は力強く言い切った。ともかく文体は推敲に推敲が重ねられ、洗練の極みと言っても過言ではありません！　サルル氏は天を仰ぎ、歌を口ずさんだ。《おお、独立不羈の山々よ》

　モサヌ氏は仕返しの機会を逃すまじと、立派な著者が扱っている主題について聞いた。窮地に陥った気の毒なサルル夫人は彼女の記憶を活性化しようと角砂糖を二つ追加した。

「それはすばらしい主題で、大家の手でものされた本です。わかりました！　その本を買うように私に勧めたのはルツです」

　モサヌ氏は額に皺を寄せ、葉巻に火をつけた。ソラルが彼を見つめながら浮かべた感じ取れないほどかすかな微笑はモサヌ氏には不愉快なものではなかった。ルツが彼女の伯母に救いの手を差し伸べにやってきて、この本は動物類にも原始社会と同様に婚約の習慣があるとし、その両者を比較した内容のある研究書だ、と言葉を区切りながら明確に言った。サルル氏はたじろぎ、眉を顰めた。そうしてモサヌ氏を見つめ、モサヌ氏はソラルを見つめた。アドリエンヌは安堵の溜息をつき、新しい茶碗にお茶を注いで彼女の愛人に勧めた。ソラルはグラニエ嬢に女性解放運動の本について話している最中だったが、彼は実際にはその本を読んでおらず、読んだ振りをしていた。ルツ・グラニエはブラウスを直し、著者であるレイディ・ブルームのことを元気良く話した。

「その著者はあなたの一番の友人の一人なのよね」と言ったサルル夫人は姪が大好きで、あらゆる機会を捉えては彼女を引き立てるのだった。稀に見る気品を備えた女性ですよ、とサルル夫人はソラルに言い、ソラルはお辞儀をした。

　牧師は新たな犠牲者になる若い男を気の毒に思ったも

のの、どこか愉快そうで、歌詞を変えて呟くように歌った。《やあ、すばらしき氷河よ！》うんざりするような嫌な仕事を引き受けて、レイディ・ブルームの人生とその著書について詳しくたずねている若い男の言うことを、牧師は指先でテーブルを叩きながら、同情の混じる好感を以って聞いていた。

　ようやくオードとそのフィアンセが部屋に入ってきた。ソラルは立ち上がり、モサヌ嬢には目を逸らして挨拶し、ドゥ・ノンス伯爵とは優しげな微笑を浮かべて握手した。そうして彼は話し続けた。謙虚であったり慇懃であったりの早変わりで彼はうまく三人の男性には気に入られ、女性たちにも憎からず思われた。しかもこの青年には生まれながらにして天分が備わっているのは一目瞭然、アドリエンヌがこの青年にある程度の好意を持っているのは誰の目にも明らかで、皆自分を愛想よく見せようとしていた。オードだけは別で、その場にいる全員が示す好意を共有せず、目を半眼にして、この偽善者を観察していた。

　彼はケファリニアのこと、ヴァルドンヌ氏との小旅行、エクスでの勉強のことを話した。

　ジャック・ドゥ・ノンスはアングレームでコローの小品を見つけ、その絵は彼のコレクションで最もすばらしい作品の一つになるだろうとモサヌ氏に知らせた。ソラルはコローについての新説をでっち上げた。（彼は安直で巧妙な遣り方を恥じていた。ああ、なぜ人間は清らかで、純粋で、兄弟ではいられないのだろう？）この凡慮の及ぶところでない珍説に畏敬の念を抱くほど感心し、ソラルの顔に強い印象を与えられたジャック・ドゥ・ノンスは、彼の持っている小型の絵を何点か彼に見てもらえれば嬉しいと言い、パリのアパルトマンの住所を彼に知らせた。オードはいらだって、白いサンダルで小石を叩いていた。

　ジャックの顔に突然赤みが差し、数年前新しい雑誌に載った数編の詩はソラルの作品ではないかとたずねた。アドリエンヌがソラルに代わって答えた。ジャックは喜びで顔を紅潮させ、ベルリンで汎ヨーロッパの雑誌の編集に携わっているオックスフォードの友人の一人が、まだよく知られていないソラルのことをしばしば話題にしては感嘆していると言った。オードは婚約者の話を遮り、信じられないくらいすごい才能の持ち主だと彼女が思っている若い作家の作品を褒め上げた。ソラルは初めて彼女の顔をまじまじと見た。（彼女は《信じられないくらいすごい》と言った。だから彼女は百％処女だ。）だが、彼はうんざりし、ドゥ・ノンス大尉がドイツ人や彼の二人の最良の友達、それにメディア界の王者たちのことを夢中になって語るのを聞いていなかった。

　サルル夫人が立ち上がった。そのすぐ後、ソラルはかなりしょげた風で邸を後にした。彼は随分しゃべった。件《くだん》のモサヌは相当警戒しながら彼を観察していた。モサヌの奴め！　サルル老人ときたら大層な愛想の振りまきようで、《さよなら、さよなら》と二度も言ったが、それは次の招待を明確にしなかったことの埋め合わせだろう。またお訪ねください、とは言わなかったのだから。結局すべて失敗に終わったということだ。どこかに帰属するのはそれほど簡単ではないのだ。

　ソラルが引き取ったあと、上院議員はアドリエンヌと長い間話をした。彼の役に立ちたいし、彼女が後押ししている青年にかなり重要な社会的地位なり、職なり見つけてやりたいと思っている。だが、まず始めに彼女とあの若い男性の間にはいかなる込み入った関係も無いことを確かめておきたい。もしそういう関係にあるなら、あの男を然るべきところへ落ち着かせることなどもっての他、ベルンに頼んで強制退去させる。ヴァルドンヌ夫人はモサヌ氏の懸念の払拭に成功した。それ故彼は約束した。しかし彼は決めかねていた。どんな地位をこの青年に与えてやればよいのか？　彼自身、彼の資金管理に目配りが利き、有権者との連絡ならびに演説の準備担当秘書を一人必要としていた。彼は相当な反ユダヤ主義者なのだが、あの若者の能力に疑問符を付けはしなかった。しかし、それでもラビの息子だ。へまをやらかさないとも限らないから、気が抜けない。しかし、約束してしまった。それで彼は若い男を来させることにした。

　その翌々日、上院議員は余すところなくソラルの人物考査をし、ソラルが仕掛けられた罠は先刻承知と伝えたいのを抑えていること、その罠におびき寄せるための餌である打ち解けた話題に食いつかないこと、そしてサルル夫人への半ば皮肉を込めたモサヌ氏の語り口に合わせまいとしていることを評価した。モサヌ氏は戦争中は何をしていたのかと聞いた。ソラルは義勇兵であったことを思い出し、気まずそうに話した。モサヌ氏は連隊番号や連隊長の名前や軍の通達による表彰日を訊ねた。

　ソラルはこの前訪問した時のような策を弄し続けたくなかった。嘘もなくざっくばらんに彼の逆境と放浪の暮らしを語った。あざとい計画を練るのに疲れたこと、模範的な青年を演じたりお茶を飲んだりにうんざりしていること、しかも資金管理や政治は彼には皆目わからないと言った。モサヌ氏が彼を雇いたいと思うならそれもよい、雇いたくないと思うならそれもよい、悲惨な暮らしをまた始めるまでだ、と彼は言った。上院議員は、どうみても彼が金に困っているようには思えないと言った。ソラルはあの夜の海賊まがいの行為を危うく漏らしそうになったが、取ってつけたような良識のひらめきが彼を止めた。モサヌ氏は絹の靴下の皺を幾度か伸ばした。

「もし私が秘書としてあなたを雇う場合には、無論、ヴァルドンヌ夫人とのことでは抜かりがないようにしてもらいたい。私は別段悪いことだと思っている訳じゃない。彼女は未亡人で、自由で、若い。彼女は愛人を持つ権利がある。だが、秘密裡にだ、そうじゃないかね？」

　ソラルは危険を感じた。《僕の態度は全く真摯だったと言ってもいい》と彼は考えた。《あんたの方こそ策を弄しているじゃないか。》彼が怒りを感じたのも尤もだが、彼はその怒りを抑えた。上院議員は瞼を掻き、空気を吸い込んだ。

「わかった、我が友よ、あなたを雇おう。私に本当のことを言ってくれたと思いたい。あなたの滞在しているホテルへ書類と必要な資料を送る。一週間以内に私に会いに来なさい。さしあたりこれを。（彼は書いた文字を乾かすためその小切手を振った。ソラルは小切手をあまり安全とはいえないポケットに突っ込んだ。）これはとりあえず最初の三ヶ月分だ。それではさようなら」ゲートルをつけた上院議員は大股で遠ざかりながら言った。

　ソラルは庭の奥まったところをそぞろ歩いているアドリエンヌに向かって走って行き、両足を揃えてベンチを跳び越した。

「あいつは馬鹿者だ。見事に失敗に終わった」

「私にはわかっていたわ」

「女の直観か！」彼は誇張した表現で叫んだ。

　彼は両手でこの優しい女友達を抱き、踊りたかった。しかし、自分の無邪気さを見せない方がこの場に相応しいし、女たちは男が鵞鳥の牡のように振る舞うのを好むと考えた。そこで彼はモサヌ氏と理解しあったと重々しく言った。

「私の愛しい人、私の愛しい人、私の愛しい人！」

「騒ぐんじゃない、子供みたいだな」

「ええ、わかっているわ、私は子供なの、お馬鹿さんなのよ。でもどうしようもないの、私叫びたいのよ、飛び跳ねたいの」

　彼女は恥ずかしくなってやめた。彼女はすっかり変わってしまった！

「ねえ、てんとう虫は君の弟を愛しているのか？　彼はここで何をしているんだ？　彼はなぜ働かないんだ、なぜ僕のように仕事を持たないんだ？」

「彼は将校なのよ」

「もっと詳しく話してくれ」

「彼は前線ですばらしい働きをしたの。彼はまだ二十五歳なのに大尉なの。モサヌ氏は結婚に同意したわ——結婚式は弟のローマ赴任が決まった時に挙げられるの。弟の休暇は六ヶ月ほどで終わるから、その時弟は少佐に昇進して、大使館付武官になると思うの」

　ソラルは屈辱を感じた。あいつがこの僕よりいい職務に就くことになるのは明々白々だ。

「そういう話は僕には退屈だ。それで、彼女は彼より金持ちなのか？」

「わからないわ。そうだと思うわ。でも、私の愛しい人、何を気にしているの？」

「で、彼は彼女を愛しているのか？」

「ええ」

「僕もだ」

10

　ソラルは雇い主の演説の口述を止めた。悪気はなく、速記者の項《うなじ》をぽんぽんと軽く叩くと、彼女は聖体拝領の時のように顔を上げた。

　彼は動き回り、自分の仕事を忘れ、ジュネーヴのホテルに一人閉じこもってモサヌが送ってきた資料の閲覧に没頭した時の自分の姿を思った。十日間も剃っていないひげを引っ掻きながら財務関係の本を貪り読み（何たる馬鹿正直さ！）、発行部数も多く、膨大な読者を持つ大機関紙にはことごとく目をとおし、上院議員の所属する理事会の議事録を仔細に検討し、レジュメをきちんとした字体で書き、資料カードや図表を壁にピンでとめ、老いた会計係を十日間部屋に閉じ込め、気前良くたっぷり報酬を払い、彼の指導の許に猛烈に勉強したのだった。それからパリでの厳しい仕事が始まった。既に六ヶ月が過ぎていた。

確かに彼は今やモサヌの財産と成功をその手に握っている。だが、それが何になる？（ありがたいことにアドリエンヌはここ一ヶ月来ていない。嫉妬ゆえの戦略だ。）今の彼には金がある。彼の職務は株式相場の暴騰の機に投ずるには打ってつけで、銀行には三十万フランもの預金がある。そんな金は全く不要だ。明日こそすばらしいアヴァンチュールに遭遇したいものだ！　彼はまだ二十一か二だ。タイプライターの前のこの娘。彼女は洟をかみ、たっぷりとおしろいをつけ、性交したがっている。彼は純潔だ、彼は。学校の倫理の時間には、退屈な授業で生徒たちをうんざりさせるより、女のズボンを黒板に吊り下げる方がずっと彼らの興味をひくにちがいない。

彼は座った。不意に彼の両目が閉じた。速記者は筋肉が一つも動いていないこの眠っている男の厳しい顔を惚れ惚れと見た。目を覚ますと彼は心ここにあらずの態で微笑み、慇懃に若い娘を引き取らせた。

そう、彼は仕事のできる男で、モサヌの影響力はこの六ヶ月で倍増し、資金も日に倍した。すべて空なり、だ。上院議員は親切で、フランス人で、感じがいいし、寛大なのは無論だが、エゴイストでもある。彼にとって役に立つ人間を真摯に愛する、要するに単純な男なのだ。日々の生活は不愉快ではない。ジャーナリスト、銀行家、そして有象無象、彼らも明日は死ぬかもしれないのだ。そんなフランス人たちは彼が大好きで、彼が招待するとやってきて、食べ、おしゃべりに花を咲かせた。彼らは親切で、慎み深い。彼らにはいつでも会えた。夕食会、計算ずくで彼が負けるのを見て、モサヌが喜ぶクラブ、コメディー・フランセーズのモサヌの愛人の楽屋、サルチエル叔父さんがよく歌っていた単調な旋律を口ずさみながら、水を飲むダンスホール。彼はなぜケファリニアの人たちに手紙を書かなかったのだろう？　父親か。そう、父親だ。父親なんてひげを生やしたじじいじゃないか、そいつは神なんかじゃない。

革と葉巻とリュバンのオーデコロンの匂いをさせて、モサヌ氏が入ってきた。ほっそりした体軀で口数も少なく活動的で、謦咳《けいがい》に接すれば敬意を表し、彼らの適切な助言に従うこの青年を優しく見つめた。

「ところで仕上がったかな、例の大演説は？　今度はかなりの資料をあなたに提供したからな」

「いいえ」

「ええ！　二時には必要なんだがな。深い感銘を与えるものにするのだ」

「いけません。今はその時ではありません。よろしければその理由をご説明いたしますが。私が準備した演説はあなたが期待しておられるようなものではありません」

「わかった」とモサヌ氏は大袈裟に咳払いし、彼が置かれている隷属状態から目を逸らせた。

「ではそれでよろしいのですね」

「なあ、わが子よ、それでもやはり、この演説は少々肩の力の抜きすぎではあるまいか」

「わかりません、今日私はうんざりしているのです。なにかあなたに言うことがあったのですが。ああ、そうだった、僕はあんたが大好きだってことを言おうと思ってたんだ」

彼は前に進み、両腕を広げた。首に両手を回す狂人の抱擁など思っても見なかったモサヌは後ずさりし、物事にはすべて限度というものがあるのだ、と申し渡して出て行った。一時にモサヌはタイプされた原稿を使用人に取りに行かせた。

六時に彼はソラルに会いに来た。彼の発言が好意的に語られていたと冷ややかに告げてから、国際連盟の会期中、いくつかの会議に出席してフランス国代表団の活動振りをつぶさに見るため、数週間ジュネーヴに滞在するつもりだと言った。

「あなたにしてもサルル夫人との約束があるだろう。私としてもあなたを一人パリに残しておきたくない、ある熱狂者が共和国大統領にトルコ風の抱擁をしに行ったなどと、新聞で知る羽目になるのは願い下げだからだ」

実はモサヌは彼が愛しているこの青年なしでは最早いられなかったのだ。彼らはその晩、出発した。


ジュネーヴ。インク色の湖。河岸通りでは使い走りを生業《なりわい》にするアインシュタインが友人の小両替商でピスタチオ売りのサミュエル・スピノザとしゃべっていた。

老サルル夫妻の心のこもった歓迎。愛人の浮気を証明する目の隈に注がれるアドリエンヌのまなざし。モサヌ嬢の微笑と力強い握手。

オードはかつて、良く知らない男を雇わないで、と父親に強力に働きかけていたのに、その男についての考えを変えていた。その不可解な人物は、実際は純朴そのもののとても若い男で、ジャック・ドゥ・ノンスはパリで幾度もソラルと会い、彼からの手紙を何通も受け取っているが、その手紙に見る信頼のこもった調子、生き生きした詩情、突拍子も無いことを書いていても決してぶれない首尾一貫した姿勢、重々しく深い残り香のような郷愁には心打たれるものがある、とアドリエンヌは繰り返しオードに語った。ジャックがえり抜きの箇所で読むのを止め、誇らしげにアドリエンヌを見つめることがあったが、そんな時、彼女は感を深くするのだった。結局、伺い知れない男ソラルは全く新鮮な目と心の持ち主だったのだ。

だが彼はオードの好意に早くも水をさした。よそよそしく、彼女には殆ど目もくれず、感じの悪い度外れの慇懃さで彼女に返答した。忍耐強くなく、しかもいい加減に扱われるのに我慢ならないモサヌ嬢は、三日目には彼女の最初の印象が正しかったのだと確信した。あの男はかなり〝くさい〟。アドリエンヌは、あの馬鹿女はあの男から目を離さない、あの男を恋しているに違いない。戦争では勲功を立てたし、パリでは火の中から人々を救い出したとの噂もある。父は大袈裟に言ったに相違ない。新聞の連載小説にあるような話だわ。それに、もし本当だったとしても、なにも驚くほどのことじゃないじゃない？

彼女を一番苛立たせたのは、ソラルの魅力に絡め捕られたジャックを目にすることだった。この突然芽生えた大仰な友情には我慢ならなかった。ソラルがこの家に来てからというもの、ジャックは以前ほど彼女に注意を払わなくなった。しかも、ジャックを説得し、あの男から引き離し、あの男に影響されないようにすることも不可能だった。彼女の言うことに耳を傾けるどころか彼女の嫉妬のしすぎだとも言った。この優秀な将校はいまや反軍国主義理論を展開するに至っているのだから、その影響たるや有害極まりなかった。

彼女はプリムヴェール滞在がソラルにとって耐え難いものになるように努め、彼を侮辱する機会を探した。彼女は目下の者たちに聞かせる少ししゃがれたぶっきら棒な声音で彼に語りかけた。一体何様のつもり？　父の雇い人じゃなかったの？　暖炉の前で長い足を組んじゃって、この秘書は。しかし、一方はモサヌ嬢の脚や手、額を無言で見つめ、髪の毛をもつれさせ、至極当然のことといわんばかりにあくびをした。

ある日のこと、それはソラルの到着から十日目だったが、彼女は二人が打ち解けてしゃべっているサロンへ入っていった。慎み深く閉じていた唇をやっとどうにか開き、ジャックには無邪気に歯を見せて微笑んだ。彼女は座り、一冊の本を手に取った。時々一度に数頁繰った。その外国人は爪を研ぎ、大仰で押し付けがましく、人を小ばかにしたような優しさを友人に天こ盛りにして見せたのは言うまでもない。ところがジャックはそのことに全く気づいていなかった。寝業師は軍職を断念するよう熱心にジャックを口説いていたが、その真剣さには説得力があった。（どうしてなの？　この男は自分自身何も知らないくせに、知ってるはずはないのよ。勝負師には論理もへったくれもないの。すべて場当たり的なのよ。）それから彼は『ラミエル』について話し、自分はスタンダールのヒロインに恋していると言った。（オードは十頁繰った。）次に彼はカルパッチオの「高級娼婦たち」に描かれた痩せた背中、汚れた女神たちの無為、それに彼女たちの伴侶であると同時に彼女たちの想念の顕現でもある怪しげな動物たちを、言葉を駆使して微に入り細をうがって描写して見せた。

　彼女は立ち上がり、サロンを出た。彼は大層頭はいいけれど、私の前で悪所の女のことを話す無礼さも備えている。育ちの悪さなら、天下一品。一体全体何処の馬の骨やら？　彼女はなじみの本屋に電話をかけ、スタンダールの『ラミエル』とカルパッチオの画集を全部注文した。異質なものと闘うには、まず敵を知ることだわ。

　雨が降っていた。彼女は祖父の頭巾付きマントを羽織り、庭を散歩した。大きな胡桃の木の下で立ち止まり、柔らかな殻を足で踏み潰し、硬い胡桃の実を実感して喜んだ。十分後戻って来た彼女は、ブーツを脱ぐのを忘れ（七時から九時まで乗馬をしていた）、そのまま暖炉の前まで進んで、温まろうとした。ソラルは、ジャックが注意深いまなざしをブーツに注いだのを見て、驚いた。軍隊のシンボルでもあり、その荒っぽい行動を連想させるブーツは絹の柔らかさを弥《いや》が上《うえ》にも際立たせるものだった。

　文学者でもあるこの士官から一冊の本を贈られると、感情の動きを極力目立たせないようにしてはいたものの、妬みの虫が起こり、彼は目を伏せ、本を仔細に検討し、七分間流し読みした。それは活字も大きく、ゆったりと組まれた百八十頁の『友情』と題した小説で、トゥルン・ウント・タクシス大公に捧げられていた。品の良い作りだ。男性用のファースト・ネームと女性用のファースト・ネームが入れ替わり、元に戻り、離れる、全然面白くない。構成の妙を狙い、均衡を図り、調和を目指し、澱が沈みきったワインの上澄みを濾し取ったように透明で、余計なものを一切削剝した作品だ。（生命できらきら輝いている神は滅入り、嘉《よみ》せず、透明人間の如き濁りのない無力な人々や生一本を褒めそやし、彼らの弱さに整形外科医がやるように上手にコルセットをはめ、彼らの衰弱を巧みに誤魔化す人々が好む形容詞の勢ぞろいだ。）ジャックは、気儘で動機の無い作品を書きたかった、多血質すぎる登場人物には疲れると説明した。《要するに心理描写への一つの挑戦なんだ。》夫［mari =マリ］はマリー［Marie =女性用の名］という名で、妻はクロード［Claude=女性にも男性にも用いられる名」だった。ソラルはサンチョ、イヴォルギン将軍や益荒男たちのことを考えた。彼は何も言わずに本を閉じた。

「読みましたよ。あなたの本は稀に——不遜にも間をおき——見るものです。今晩、もう一つこれとは別のものを書くべきですね。ジャック、僕はあなたが大好きだけれど、あなたは僕には用心することです」と彼はひどく重々しく、それでいてひどく優しい口調で、思わず口をついて出たように言った。「僕には憧憬《あこがれ》、欲求があります。僕は新鮮な卵のような精神にあこがれています。僕はすべてを欲しいと思っています。僕には六千本のレールの上を相反する方向へ向かって突っ走る三千の列車があり、僕の心から出て、僕の精神へと向かうのです。僕はあなたを疲れさせます、ジャック。黙れ、と僕に言ってください。つまり主人として振る舞うようにということです。僕は三十三時間も話し続けることができます。（ジャックは無邪気に彼の誇張を面白がった。）過去、現在、未来の三世《さんぜ》に亘ってもね。兄弟よ、僕はあなたが大好きです」

だが、そう言うとすぐ彼は笑い出し、狂気に捕われた一瞬を自ら茶化して雰囲気を和らげ、友の気分を晴らすと、友はすかさずプラチナのシガレットケースを開いて、差し出した。ソラルは片目を閉じ、頭を傾げ、唇に神経の昂ぶりを表し、半ば気を失いかけているようにして、艶っぽいかすかに震える手で、一本のタバコを、見もしないで取った。この偶然に取ったタバコは彼にとっては新しい女で、その女は本物の女たちより遥かに扱いが容易だった。

三時。ジャックはドイツ、オーストリア、イギリスの友人たちと会い、オックスフォード大学出身者として意見交換のため国際連盟の会議に出ることになっていた。彼はオードとソラルによかったら一緒に行かないかと尋ねた。秘書は驚いて先端が曲がった眉を上げ、頭《かぶり》を振り、微笑んだ。村の子供たちのために無料のリズム体操教室を開いているオードは、授業の準備をしなければならないと言った。スプリットがおできになりますか、とソラルは彼女に礼儀正しく聞いた。

ジャックはほんの僅か躊躇して、出かけた。オードが同席しているとソラルは（変だ、オード・ソラルなんて）以前のような優しい友情を見せなくなったことに数日来気付いていたから、ジャックは心配だった。残念だ。ソラルのこの遣り方が彼には不快になり始めていた。

敵同士が二人相対している。いずれにしても彼女は自分の家にいるのだ。出てゆくのは彼の方だ。私を追い出せるものなら追い出してみるがいいわ。彼は光沢のある金褐色のその目、不透明でひき締まったその頬、古代彫刻のものであるその鼻、そして自分の運命を確信していることを明かすこの広くて硬い高く秀でた額、尾を引く流星のような形の眉のところできれいに止まっている兜を思わせる張り出した額をじっくりと見た。

　彼女は立ち上がり、小箱の位置を変えに行った。思春期にある彼女の体には生命のなせる不手際さが目立ち、見る者をほろりとさせる。礼儀を心得ている品のよい両手。尖った肩。そしてトルコ皇帝の妃のような腰。（おお、血と生き生きした生命が横溢している中身の一杯詰まった重たい肉の主《あるじ》よ！）これから花開こうとするすばらしい肉体の土台がそこにある。小箱が落ちた。彼女は身に着けた沈着さでそれを拾った。彼女は振り返った。

「あなたはとてもきれいだな」と彼は小馬鹿にしたように言った。

　そして彼は出て行った。夕食を告げる鐘が鳴り、食堂に駆けつける瞬間まで彼女は夢想に耽っていた。彼女はひどく空腹だった。有難いことにあの男はテーブルに着かなかった。

　食事が終わると雨が止んだので、彼女はアドリエンヌと外へ出た。ひんやりした風が髪を撫でるにまかせ、彼女たちは秋の道を散歩した。その道では、そぞろ歩きをする人たちが青いジュラ、日没の瞬間バラ色に染まるサレーヴ山、銀白色の湖に捧げる賛歌を歌っていた。湖の両岸には明かりが瞬いていた。オードはアドリエンヌの腕を取った。反ユダヤ主義者の目をした鴉が数羽、祖国は危機に瀕していると叫び、飛んで行った。

「彼を愛しているのね、そうよね、アドリエンヌ？」

「とんでもない、愛してなんかいないわよ。私、三十一歳なのよ、私のお嬢ちゃん。（もう一人の方は思った。ちがうわよ、三十二歳でしょ。）あなたは彼に対して注意の払いすぎ」とアドリエンヌがオードを抱きしめながら言うと、オードは笑い出した。

「私が？　彼は私をおもしろがらせてくれるのよ。私、尊大に構える彼を見るのが好きなのよ。彼の高慢な性質にはかなり好奇心をそそられさえするわ。あの高慢さはいつもびくびくしているのを隠すため、侮辱されるのを怖がっているのよ。そしてね、何がそうさせるのか私にはよくわからないけれど、彼は苛立っているようだわ。どうしてか、あなたわかる？　私彼の髪を引っ張ってやりたいの。そうすれば彼、叫び声を上げるでしょう、あの男、一度彼に叫び声を上げさせてみたいわ、彼も一人の人間だってことがわかるようにね！」

彼女はこの悲しげな女と一緒にいることに突然うんざりし、藪から棒に彼女から離れると、大股で歩いた。プリムヴェールの前まで来ると、彼女は大急ぎで階段をよじ登り、浴室に飛び込んだ。蛇口を開け、唇をしっかり閉じてシャワーを浴びた。彼女は自分のベッドに再会しようと急いだ、ベッドは素敵な物語を聞いてくれる友達でもあり、また彼女の不幸を語り聞かせる相手でもあった。彼女は流れ続けるシャワーの喧騒にはおかまいなく、気違い染みて体を乾かしながら、いろいろな調子で繰り返し言った。

「あなたはとてもきれいだな」

　彼女は蛇口を閉め、小声で話した。

「彼は意地悪。（彼女は灯を消し、横になった。）要するに、あいつを呼びてユダヤ人と曰ふ」と彼女は軽蔑を込めて言った。（彼女は片方の手を突き出た両の乳房にゆっくりと這わせた。）

11

その翌日の朝ぼらけ、ソラルが起床した時、昇り初《そ》めた太陽の光がゆっくりと霧を飲み込んでいた。赤いピロードの部屋着に身を包み、彼は庭を横切り牧場に延びる小径を下っていった。人影は無い。部屋着を小舟に投げ入れると、湖に潜り、岸辺から遠ざかって行った。

　オードが来たときには、彼はもう岬の後ろに姿を消していた。彼女は自分の物であるカッターを注意深く調べてから、砂の上に座った。曙が薔薇色の空と紫色の湖を凍えさせ、その渺渺たる広がりの彼方には一隻の赤い帆船が陰鬱な物思いに耽っているかのように船体を傾けていた。小さな岸辺にはナイフ状の太陽光線が幾筋も降り注いでいた。樺の木には二十七羽の小鳥たちがいて、彼らにしてみれば心の葛藤など忘れ、この世界から受ける恵みや生気に敬意を表して囀っているだけなのだが、木はその馬鹿げた小さな喧騒のせいで気も狂いそうになり、梢を傾けていた。日の光は水中に斜めに差し込み、水底に描かれた砂の筋を金色に染めていた。

落ちるに任せたバスローブから突如現れた新鮮な肉体は、駆け出した。水の中で遊んだ後、彼女は健康そのものの呼吸をしながら戻ってきて、砂の上にその美しい体を置き、丸めた。風が濃密な肉体の上をかすめてゆき、その体はほぐれた。

彼女は戻ってきていたソラルに気付かなかった。流れる風と動かぬ太陽に彼女は身を任せていた。見えたかと思うと消えてしまうさまざまな色を見ていると、愛惜の涙が浮かんでくる。木々が彼女を保護するかのように枝を広げている。彼女は自分の腕を惚れ惚れと見た。その肘窩《ちゅうか》は果物のように半透明で、硬めのシャーベットを思わせる。

激しい恐怖。濡れた黒い巻き毛の神が水から上がってきた。漲る力が目にも鮮やかな、ソラルの日焼けした金色の体に水滴が真珠のように輝いている。ソラルの筋肉のふくらみは一様ではなく、筋肉全体が何匹もの蛇の絡み合いのようだった。彼はオードの長い脚とその影と輪郭を見た。彼はオードのまなざしを探し、微笑むと向きを変え、水に潜った。水は敏捷な息子を迎え、その息子は沖合いに姿を現した。片腕を挙げ、笑い、生命の歌を歌い続けた。それは若さのアピールだった。

昼食のテーブルにはオード、アドリエンヌ、ソラル、ジャックが着いた。サルル夫妻とグラニエ嬢は昨夜ニームへ発った。モサヌ氏だが、一通の極秘電報が否も応もなく彼をパリ行きの急行列車に乗せた。

居るべき人のいない場面で弁舌も爽やかになり、友情の花を咲かせ、食欲も旺盛なソラルはジャックに話しかけた。アドリエンヌはゆっくりと食べ、自分の人生のむなしさを噛み締め、それにしても自分の愛人は反感をそそる無礼な人間だと断を下していた。オードは秘密裡にこの男を愛しているに違いないアドリエンヌに冷酷な言葉をぶつけながら、先ほど彼女をびっくりさせたこの男の意地悪振りはどんな本もうまく描き出すことはできないだろうと考えていた。この秘書のせいで気の毒な女友達が苦しんでいるのを彼女は見るに忍びなかったのだ。

ソラルは、ジャックの本の最初の数行はブレイクの詩に比肩し得る、と思わず口をついて出てしまったかのように言うと、シューマンの曲を弾いてくれないかと頼んだ。（ブレイクに比べられるとは！）気を好くしたジャックはピアノを弾き始めた。ソラルは無我夢中の人の微笑を浮かべて聞き惚れた。歓喜が極限に達すると、彼は、そこに居る皆を証人にし、情熱的に、感情を込めて、無茶苦茶悩ましく、愛情を込めて、有りっ丈の熱情で、女性たちの中で最もイオニア的な女のことを考えながら弾いてくれ、と親愛なる友人に頼んだ。

「君の全霊を込めて、兄弟よ！　幸福で吐き気を催すまで！」

　オードはこの光景にいらいらし、婚約者に近づいてその髪に頬をもたせかけ、小声で話した。彼はピアノを弾くのを止め、彼女の後について庭へ行った。

　図書室の窓辺に立ち、彼女がジャックに身を摺り寄せるのをソラルは眺めていた。この優しさにジャックは胸を打たれたが、婚約者の内面生活を大事にするあまり、彼女の悲しみの理由を問おうとはしなかった。

　ソラルは国際連盟事務局から毎日送られてくる、ロネオ社製のタイプ孔版印刷機で印刷された資料を火にくべた。自分の体をあの男の体にぴったりくっつけるとは恐ろしい女だ。じゃあ、なぜ彼女はすぐにも草の上で自分を婚約者のものにさせないのだろう？　バールの娘だ！　この僕は、ソラルはこんなにも率直で純粋なのだ！

　オードは彼女の一番の親友であり幼馴染の彼女のジャックに懇願した。ここに居て、私をほったらかしにしないで、私にはあなたがぜひとも必要なの、と彼女の愛する人に頼んだ。既に車に乗っていたジャックは彼女を慰め、詫びた。《非常に関心を持っている人物で、影響力のある若い公使に一時間後に紹介されることになっているから》と。

「じゃあ、行けばいいわ」と彼女は怒って言った。

　あの男と私を隔てているのは、結局、一枚の扉なのだから、是非とも説明してもらわなければ、とオードは図書室の前を通りながら考えた。けりをつけることだわ、あぁあ！　彼女はうんざりしていた。彼が今朝私をつけてきたのは確かだわ。あの微笑に悩まされるなんてたくさん。彼はここから出て行くべきで、ジャックやアドリエンヌをあんな風に手玉にとるなんて、胸がむかつく、このことをあの男にわからせてやらなくちゃ。不安に苛まれ、自分は間違っているとわかっていながら、目くるめくような愉悦、多分大昔から決められている悪しき道を歩むぞくっとする悦楽を、蹴放《けはな》しで感じ、扉を押した。

「お邪魔します」

「なんだって？」と彼はつっけんどんに聞いた。それは狼狽でもあり、上の空でもあり、見事と言うべき問いだった。

「お邪魔します」

「どうぞ、どうぞ、ありがとう」

彼らは二人とも何を言えばよいのかわからず、自分たちの飾り気の無さに驚き、考えていた。彼女は書棚に近づき、本の山を築いたが、山は崩れた。

「書籍検索は終わりましたか？」と彼は重々しく尋ね、モワレ加工を施した服の紐で作ったパチンコで脅す仕草をした。

彼女は侮蔑の文句を空しく探し、何を言うべきかわからぬまま突き進んだ。

「アドリエンヌをどうしたのですか？　なにかあるのですか、どうしてあんな風に彼女を苦しめるのですか？」

「お願いですから僕を一人にしておいてください」

「私がそうしたい時に、そうします」

「あなたの婚約者があなたを待っていますよ。あなた方は近い内に結婚するのでしょう？　どうぞよきご旅行を」

「私が自分の喜びのためにここにいるのではないことが、あなたにはよくわかっていらっしゃる。彼女に対するあなたの態度はひどいものだと、あなたはわかっていらっしゃらないのですか？　あなたは彼女を見はしない、彼女があなたに話しかけても、あなたはお答えにならない。私は彼女が泣いているのを見てしまい、見られた彼女を驚かせました。あなたがわかっていないなんて、ありえないでしょう？」

「なにをわかっていると？」彼はとぼけてたずねた。

「決まってるでしょ（彼女の唇がかすかに震えた）、彼女があなたを愛していることです」

狂人はその日の朝と同じ笑いを爆発させ、伸びをした。

「彼女は僕を愛している、僕は彼女を愛している、あなたは彼を愛している、皆が愛し合っている。べたべたと、なんて優しいんだろう！　そうして、あなたがジャックと結婚すれば、ジャックはひげを剃りながらでもあなたに微笑みかけますよ。で、僕の方は、僕は人に愛されたくないんですよ。僕の心君の心彼女の心。僕のゴンドラ君のリュート彼女のスカーフ僕たちの感情あなた方のいらいら彼らの情熱。僕は君を愛しく思う君は僕をむかつかせる彼は僕を苦しめるあなた方にはむかつく。あなたの夢想に耽りに行きなさい。難しくはありませんよ、そう、あなたの夢想にです、あなたのような気質を理解するのはね。さあ、さあ、てんとう虫さん！　僕はあなたに会うとうんざりします。あなたは英雄的で、反抗的で、ロシア人的な生き方を夢見ているのでしょう、しかし、実際はモサヌの娘であることが嬉しくて、その彼女は僕が無作法で、どこの馬の骨かもわからないなどと思っている。行って夢でも見ていなさい。ひどく誇り高いあなた、だからその催眠術をかけられたような目で僕を見詰めることなど止めにして、怒りなさい。あなたの私的な日記にはこういう類のことが書かれているはずだと僕は思っています。《石の上においしい塩をまいてくれる羊飼いの方へ寄って来る羊の群れのように、いくつもの考えが私の周りにひしめく。》僕にはあなたという人間がわかっています。その他のこともわかっています。あなたが夜やっていることなど。だから、顔を赤らめることです！」

　彼は離れ、そして戻ってきた、以前に増してほっそりしたはげしくて暗い脅迫的な誘惑者は。

「実はこれは愛の告白だ。出てゆけ。僕は君を愛している。そして君も僕を愛している、福者によって！」

　扉の音。アドリエンヌが入ってきて、二人の沈黙に驚き顔をした。オードは先ほどの本を全部持って出て行った。

「お邪魔します」アドリエンヌは微笑みながら言った。

「君は彼女と同じ事を言うんだな。そう、君は僕の邪魔をする」

「あの子に何を言ったの？」

「あの子に、ずらかれ、と言ったのさ」

「それで、彼女は満足したの、結局は？」

「どうして？」

「あなたが彼女のことを怖がっていると彼女は思ったから」

「僕が？」

「嘘はやめて」

「そうだ、僕は怖いんだ」

「あなたはもう私を愛していないわ、そうでしょう？」

「うん、僕はもう自分を愛していないんだ、僕自身を含めて、僕は誰も愛していないんだ。僕から安らぎを奪おうと皆が陰謀を企てる。僕が君たち二人に何をしたというんだ？　今すぐ出てゆけ。君も満足したいのか？」

　一人になると、彼は室内を歩き回った。時々気持ちよさそうに笑った。ここにはあの嫌な女どもはいないんだ！

「オード・ソラル。ああ、だめだ。そのうえ彼女は洟をかむにちがいない。ですから僕はあなたのゴンドラには乗りません、若きオード・ドゥ・フランジパーヌ［frangipane＝アーモンド入りカスタードクリーム、そのクリームを用いた菓子。インドソケイの実の意もある］、僕は彼女の姓を知っているのか、僕はあの可愛らしい洟をかむ女のものである姓を、ハンカチに鼻汁を出す女のものである姓を？　僕は湿気でできている人間どもに隷属する人間ではない。無論、モーセも洟をかんだ。けれどもモーセは水平になった美女の上に、汚い肉の上にという意味だが、身を置きはしなかった。だから彼は肉体の惨めさに汚辱を蒙ることはなかった。キス、この二つの消化管の結合。乳房、いつも柔らかくぐにゃぐにゃで、垂れ下がるこの二つの小さな袋、あなた方におなじみの小説家たちが乳房についてはいろいろと書いてはいるが。僕は誰なのか、僕は将来誰になるのか、僕はとても知りたいのだ。彼女の腰には惚れ惚れする。僕の心を刺激し、悲痛な呼びかけの歌を激しく歌わせるこの、人を破滅に導くこの腰を、神はなぜ彼女にお与えになったのか？　彼女の腰の代わりに、良質の羊皮紙に書かれたなにか聖なる古文書を我らに賜ることは、神にはおできにならなかったのか？　そのとおりだ、モーセ。彼はピアノを弾かなかった、モーセは、それに彼は百日草やカタクラスをこう言いながら摘みはしなかった。《私がいかに非物質的な存在であるかをよく見るがいい、そして私の欠点のない体は、親愛なる女よ、私の魂の全的な顕現であることを！　健全な肉体には健全な精神が宿るのだ。》彼の項《うなじ》にはたこがいくつかできていて、その腰は立派と言うしかないほど変形していたのだ！　そして彼は堂々と洟をかんだ、彼は正常な精神で生きていたからだ。（ソラルは彼一人だけのためにまじめ腐った顰め面をした。屈折した激しい欲望の下にはたくさんの喜びと若さがあった。）アポロンは柱の影で少しずつ洟をかむのに対し、モーセは、神に選ばれた男であるモーセは、彼の天幕のように巨大なチェックの使い古したハンカチを取り出し、それを振り動かし、精神の風で広げ、神に面と向かって洟をかんだ。その時の彼の力強い喀痰《かくたん》はシナイ山頂に轟き渡り、裾野で跪いていた十二氏族を震え上がらせた。僕だって震え上がる。もしかして、彼はハンカチを持っていなかったのではないか？　右の人差し指で、それから左の人差し指で手鼻をかみ、神をも恐れさせたのだ。一方、娘たち、あなたがたのことだが、彼女たちは紋章で飾られたいい匂いのする小ぶりのハンカチを取り出し、控えめに、慎み深い可愛らしい仕草で子猫のようにふん、ふんとほんの少し出す、丁度《これはささやかな気晴らしなの、私たちの可愛らしいちいちゃな鼻が、私たちのローンの四角い布地に秘密を知ってもらっているの》と言っているかのように。実際には彼女たちは、ちゃんとした緑色の、とても硬い、しかもしっかりと角ばった立派な粘液をそこに置いているのだ！　愛の生成には、偶然（彼女は別の男が相手でも、音楽的で、品のよい、情熱的で、詩的な気取った態度をとることが上手にできるのだ）、社会的なもの（成功する男への意識的な——あるいは清純な娘たちなら無意識的な——賞賛）、生物的なもの（男の幅広の胸は処女たちには不可欠だし、彼女たちが男を愛するには、例のあのおよそつまらない細棒が無くてはならない）、この三要素が要る。そして、もし女たちに最愛の人《エーメ》と言わしめる男が愚の骨頂でなければ、彼は彼女たちに極度の不安を味わわせられる。だから、大いなる愛はいつの世にも清らかな空の青と熱い心の赤が混じりあった紫色をしているのだ。

　彼は立ち上がり、翡翠の仏像を折った。

「何もすることがない。ああ愚かな言行ああ心ああ惨めさ！　オード、僕の最愛の女《ひと》、一番おとなしくて、一番強情で、一番上品で、一番すらりとした女、生気に溢れる女、ワルツを踊るようにくるくる回る女、晴れやかな女、オード、僕は、僕の声があらゆる風となって森の中を吹き渡り、《僕は愛している、僕は僕の愛する人を愛している！》と木々に言えたらなあ、としきりに思う」

　その間、彼女は鋲《びょう》を打った靴を履いて、霧で包まれた小さな森を歩き回っていた。何の権利で、何の権利があって彼は話したのかしら？　そして私は恐ろしいほど明晰なあの男の声に意気地なく喜んで耳を傾けていたのだわ。秘密を見破られることの幸せ。でも私が秘している生活を彼はどうして見破ったのかしら、私の日記帳の文章をどうやって見たのかしら？　なんたる魔術師！　そして、どうして彼はあえて最後にあの言葉を口に出したのかしら？　僕は君を愛している。彼が嘘をついているのは明々白々。僕は君を愛している。じゃあ、アドリエンヌはどうなるの？　アドリエンヌは彼を愛している。そして、彼もアドリエンヌを愛しているのではないかしら？　多分、そうよ。じゃあ、どうなるの？　僕は君を愛している。

　彼女は木にもたれて座り、浸みこむ湿った寒さを楽しみ、腐植土やきのこ、病葉《わくらば》の匂いをかいだ。祖父の古いフード付きマントから聖書を取り出した。雅歌の頁は当然のごとく避け、自分の運命を知るために行き当たりばったりの頁を開いた。その答えに彼女は怯えた。

　彼女は聖書を投げ捨て、草の生え際にひしめいている小さな生き物たちに目を凝らし、苔生した緑色の幹にしがみ付き、知らず識らずうめき声を上げた。柳の老木は優しく揺れ、雨を告げる小鳥たちは嘆き節を繰り返し歌っていた。一時間経った。

　彼女は車から降りてくる婚約者を見ると、目を閉じた。ジャックは彼女にたずねた。

「私きのこ狩りに行ったと自分では思っているのよ」

「僕のオードはちょっと常軌を逸しているね。どうしてそんな風に思っているのですか？」

「わからないわ。私あなたを愛しているの」

　彼は彼女の額と髪を撫でた。彼の指は小さな凹みの上でその動きが遅くなった。

「彼女はまだほんの小さな子供なんだね。彼女にはまだひよめきがある」

「私にかまわないでくださいな。（暫くして）ジャック、私憂鬱なの。私をしっかり抱いて。いいえ、むしろ抱かないで、夕食に行きましょう。鐘が鳴ったわ」

（卵でつないだ浮き身入りコンソメスープ。）先ほど長椅子の上で荒々しく安心させられたアドリエンヌは水をまいた地面のように柔らかだった。（モルニー公風さざえのグラタン。）オードとその婚約者は子供時代の思い出に興じた。オードの優しいまなざし。所在無く、ソラルはマイモンの子供時代を心の内で語った。（ヴィルロワ風子羊のコートレット。）ジャックはこの前二人が山に滞在したときのことを話し、スキー競争で彼女と彼が同時に一着でゴールインしたと言った。ゴールから五百メートルのところで彼女は転倒し、ジャックは眉毛が雪に覆われた愛する敵を起こしたのだった。ソラルの暗い閃き。この二頭のシャモア、このペンギンと鯨の子孫たちは彼らの雪とは古いなじみなのだ！（皇后風洋梨。）

　ソラルは席を立ち、ベランダへ行って腰掛けた。

「明かりを消してください」そう言われたジャックは従うべきか断るべきか、考えた。

「そうね、ジャック、消してくださいな」とオードが頼んだ。

「いいえ、そこにいなさい」とアドリエンヌは彼女の怒りを抑えて、言った。「私が消しに行くわ」

　ガンテ嬢のことが話題に上った。

「ソラル、彼女のことを悪く言ってはいけない」とジャックは言った。「彼女は、なんと言ってもその人生をすべて……」

「慈善に捧げた女性なのだ」とソラルは誇張して、補った。

　彼は背の低いランプを点け、アドリエンヌは考えた。

《彼は彼女に見てもらいたいのだわ。意地の悪さが彼を才気煥発にする、彼にはそれがよくわかっている。さあさあ、才をひけらかすのよ、私は騙されないわよ。》ソラルは心中で言った。《もし僕が咳をすれば、一巻の終わりだ、このモサヌの目にはそう映るだろう。咳をすることは肉体的欠陥なのだ。》

「一年前、グラニエ嬢がこんな話を披露したのですよ」とソラルは始めた。「《ドラ・ドゥ・ガンテが七歳のときのある日、彼女の財布が空っぽだったので、彼女は乞食少年に駆け寄り、彼にキスをした。》ふむ。（彼はこれから行おうとしている虐殺を思うと、喜びで顔がほころんだ。）彼女は旨く第一歩を踏み出した、若き罪人は！――笑うなかれ、ジャック――だから、彼女は乞食少年にキスをした。それから家に帰り、とても温かな彼女のベッドに入り、可哀想な、可哀想な（彼の声は段々小さくなってゆく）、可哀想な乞食少年の運命に同情して泣きながら、大麦糖をたらふく詰め込んだとさ」

「まあまあ」とジャックはいらつき気味に言った。

「まあまあじゃありませんよ、僕たちは何もわかっていないんだ。この僕はわかっていますがね。あなた方はわかっていないんですよ。僕は、ある日ガンテ嬢が」と彼は大きく息を吸ってから続けた。「このいささかおぞましきことをのたまった。《貧しい人は、ねえ、ルツ、友達です。私は自分自身を愛するよりももっと貧しい人を愛したいと思っています》と。うわあ、福者に言わせれば、お前は貧しき人を自分自身よりも愛しているのだから、お前の宝石、お前の家、お前の馬をその人にやりなさい！となる」

「それで、その貧しい人は馬をどうするのかしら？」アドリエンヌは会話を毒にも薬にもならないものにするため、尋ねた。

「貧しい人はその馬を食べるでしょうね、奥様！」と彼は真面目に言った。「腹が減っているとき、――僕は飢えというものを知っています――馬のビフテキはその人にとっては聖体なのですよ」

「あなたはよくご存知だ」とジャックは両手を乱暴にポケットに突っ込むことにし、そうすることで己を軍人らしく見せ、ソラルの自信と釣り合うはずだと思って、言った。「ドラ・ドゥ・ガンテは大変寛大な人だということを。僕はあなたの理想主義には敬意を表しますが、それでもやはり」

「僕は理想主義者じゃありません。僕は意地悪なのです。けれども僕には愛の仮面は我慢なりません。愛の中に飛び込むのは傍から見れば気違い沙汰もいいところです。僕の場合は、意地悪でなければ、まあ、あえて言えば《自分が第一！》ということでしょうか。隣人愛は、自分がたった一枚しかもっていないオーバーを他人に与えることのできる詩人を必要とします。寛大です、ガンテ嬢は寛大です！しかし、彼女の寛大さは、言うなれば大金持ちの若い娘が彼女の持ち物であるクッションの一枚を手放すようなものです。（彼は一瞬彼女との結婚を考えたが、話を続けた。）彼女は他にも持ちすぎているものがあって、たとえば収入です。ガンテ嬢はその収入の五％ないし十五％を取っておき、それを貧しい人々に上げようと申し出る。（彼は旧約聖書により定められている十分の一税を何とは無しに尊重していたから、〝十％〟とは言わなかった。）あるいは二十％！　僕が下劣と呼んでいるのがそれですよ。隣人愛を実践する人間なら、彼の所有になるもの全部を売り、それを貧しい人々に与えねばなりません。もし彼女が百％与えるなら、僕は彼女の服にキスします。それに、傲慢から、完璧を求める余り自分本位の懲りすぎから、あるいは意識的にしろ無意識的にしろ、天の報いへの期待からも彼女は無一物になれるから、果たしてそうなのか、そうでないのか、その辺の見極めも必要です。（彼はグラスを取り、新鮮な水で満たし、その水に酔った。）もう一つ挙げます。ガンテ嬢はこう言っています。《私たちの敵対者のために祈りましょう》と。僕はそこにいくつかのおぞましい悪循環を見ます。悪循環その一、《君は私を憎んでいる、この私は君が大好きだ、それ故私は君より上だ。》こういうことを敵対者に言うことで彼らに報復しているのが実際で、報復の一方法なのです。これはちょっとしたうまいからくりですよ。悪循環その二、として挙げてもそれがなんの役に立つというのか？　僕は十や十二の悪循環を挙げることなど御茶の子さいさいだ。ここにいるこのすばらしい女性、彼女の弟は士官だ。彼女は彼を立派だと思っている。そして、彼はもっとうまく殺すこと、もっとうまく殺させることを学んで時をすごしている！　だから君の敵のために祈るな、そして、君の敵を殺す人を憎むことで満足することだ、君の敵が殺されるのを受け入れないことで満足することだ、君の弟を立派な人だと思わないことで満足することだ。悪循環その十五、実際、彼女は彼女のことしか考えない、彼女は彼女が愛するこの世で唯一の人だ、実際は。そして、彼女が彼女の敵のために祈ったとき、そして、貧しき人は神の使者だと彼女が考えた、考えた、考えたとき、そして、いずれ僕に投げつけられることになる腐ったオレンジでひげが汚された一人の孤立した人間としての僕を、彼女が不憫に思ったとき、彼女は自分の手を握り締め、心の中で言う（そしてもし彼女が心中で言わないとき、彼女は心中で彼女のことを考え、僕はうまく話せない、フランス人じゃないから）、《ドラ・ドゥ・ガンテ、あなたはすばらしい人だわ！》誠に、誠に僕はあなた方に告げる、天には地上の十万のガンテよりもバルセロナで僕の友だった犬の尻尾の一本の毛の方により多くの喜びが用意されるだろう、と」

「ドラ・ドゥ・ガンテが彼女の全財産を与えたとしよう、そうしたら、彼女はその上何をしただろうか？」とジャックは言った。

「一人の貧しき人になったでしょう」とソラルは答えた。

「彼らは、貧しき人々は、とても立派な人たちだからです、君も彼らと同じ貧しき人になれよ」

「僕らは実現できそうもない高邁な理想に憧れる。しかし、現実というものがある」

「銀行と軍隊の弥栄《いやさか》については再思三考されているから、全く心配無用だ」

「たとえ敵の襲来があっても、身を守ってはいけないの？」とオードが尋ねた。

「敵のために祈るのは多分そういう時でしょうね」

彼は立ち上がり、出かけなければならないので、と言い訳した。

アドリエンヌは、きっと、どなたか息も絶え絶えのお美しいご婦人がいて、ソラル氏をお待ちになっていらっしゃるのよ、と言った。テーブルの下ではオードが婚約者の手を握ったが、彼は一緒になって、ソラルをからかった。ソラルはサーカスに行くだけだと告白した。

「では、あなたのお楽しみに私たちをお誘いくださるというお考えは、おありにならないのですか、私たちをご招待いただけませんの？」とヴァルドンヌ夫人はまなざしで彼を深く愛しながらたずねた。

「勿論ご招待しますよ」（スキーをするなんて、もう一人はとんでもない女だ！）

花を飾ったテーブルで話すのが習慣になっているこの人たちを前にして、彼は突然弱気になり、自己嫌悪に陥った。（あのヴァルドンヌの奴が死んだのは大分前だ。あいつの二角帽も一緒に埋めてやったのか？）あなたも行く？ とアドリエンヌは弟に聞いた。オードは断った。

しかし、二人が出かけると、彼女はひどく悲しくなった。サロンを活発に動き回った後で、私出かけることにするわ、と宣言した。十分で車は彼らをサーカスに連れて行った。二人はアドリエンヌとその愛人の桟敷に席を取った。

ブランコから飛び出す男たち、地上でのアトラクションに挑む男たち、ソラルは、何も無い空中で一瞬動きを止め、それから地上に戻ってくるすらりとした男たちに心底感心し、見惚れた。アクロバットの出し物が終わると、《調教されていない野生の虎》が檻に入ったまま入場してきた。

一分後、調教師が胸を血で赤く染め、倒れた。救援者らは檻に入ろうとはせず、ピストルを数発撃った。騒然となった。オードは目を閉じ、ジャックの手を握った。だが、水を打ったようにしいんとした会場に鞭を振り下ろす音が響き、驚いたオードは顔を上げた。

　檻に入ったソラルが虎を懲らしめると、虎はうなり声を上げながら後退りした。（オードは婚約者の手を離していた。）傷ついた調教師が運び出された。だが、楽しみはまだ残っていると察したソラルが台を二度打つと、獣は従い、跳んだ。観客は古代ローマの猛獣格闘奴を思わせる未知の男の慎み深い振る舞いに喝采した。男と虎には若さに備わっている同じ優雅さがあった。

　不意に獣がすらりと伸びたかと思うと後退りし、前足を前に出し、ソラルの指の長い手が血で赤く染まった。夜の礼服に身を包んだ麗しのディオニュソスが力一杯鞭を振るうと、獣は抵抗したが、ついに従い、座り、古代から受け継いでいる軽蔑も顕わに欠伸をした。彼は背を向け、いささか芝居がかって見える冷静さで檻を出て行った。女性客たちの熱狂。勝利、万歳！　アドリエンヌは蒼白で、スカーフを破り、彼女の狂気の男の、愛する息子の手に包帯をした。彼は無邪気な笑みを浮かべて、オード・ドゥ・モサヌを見詰めていた。

「ジャック、私あなたをホテルまで送らないわ。私たちソラル氏の怪我の手当てをしなければならないの。じゃあ、明日、ジャック」とオードは早口でいった。

　彼女がハンドルを握ると白い車は猛スピードで憲兵をかすめ、自転車を一台ひっくり返し、コロニーの勾配を百十キロで登った。

　さまざまな研修を積み重ね、いまや優秀な派遣看護師であるオードは消毒薬を持ってくると、アドリエンヌを遠ざけ、包帯を複雑に巻いた。ソラルはいい迷惑だといわぬばかりで、どうしてなかなか慎み深いあの虎と、ひと時なりと一緒にいたことを懐かしんでいた。とうとうアドリエンヌは女友達に向かって、もう遅いわ、と言った。

　その若い女性は自室に戻ると、鏡の前に立ち、勇猛果敢な仕草で猛獣たちに鞭を振るった。それからベッドに入った。月の光に微笑みかけ、壁紙に描き出された花の上に人差し指を滑らせ、猛獣格闘奴の名を書いた。ただ単に好奇心から、自分の目で見るため、もっとよく理解するために。彼女は婚約指輪をなくしたことに気がついた。面倒なことになるわ。でも仕方ない。彼女は硬く締まった乳房にその手をさまよわせ、押し、目を閉じて息を吸った。神が海から突然姿を現し、ジャングルの野獣と処女と闘った。

その翌日の朝、荷物を置くのもまどろっこしく、庭園にある小さな家をノックしに行くモサヌ氏は、ソラルに嬉しい出来事を話すのをこれほど急いでいる自分が意外だった。十時になるというのに、秘書はまだ眠っている。この若者は過剰なほどの怠惰ぶりを態度で示すようになっていた。そうして、この激しい歯痛もどうやら余り信用のおけるものではなく、雇い主と一緒にパリへ帰るのを避けたいがためのようだった。

ドアを開けたソラルは瞼が垂れて睡た気で、バスローブの打ち合わせを重ねて訳もなく微笑み、モサヌ氏におかけください、と言った。髪の一房を鼻の上まで垂らし、右手を背後に隠してサーカスでの戯れを語らずにすむようにし、彼は最愛の人の父親に遣る瀬無さそうに尋ねた。

半ばはだけたバスローブと裸足に厳しいまなざしを注いでから、上院議員は、思いがけないスキャンダルで議会を直ちに召集する必要が生じ、彼、モサヌは間もなく国民連合内閣組閣の任務を負うことになるだろうと論理的にうまく構成しながら、子音を楽しみ味わいつつ、長《ちょう》広舌《こうぜつ》を揮った。ソラルは美しい旋律を歌うかのように、上の空で、雇い主にお祝いを言った。

「ところであなたの帰化の件だが、（ソラルは注意を払っていたのを隠すため、関心がないように眉を上げた。）実現したよ。このとおりな」

ソラルは怪我をしていない方の手で書類を取り、ポケットを探したが見つからなかったので、その書類をバスローブの内側に突っ込むと、書類は滑り落ちて飛んで行き、肘掛け椅子の下に着陸した。ガリア人を一人製造するにはどうするのだろうかとの思いで、彼は注意深く鏡を見た。

「それでは私は今からフランス語を話さなければなりませんね。ということは、私は恐ろしく難しく言わなければならないのですね。《私は考えれば考えるほど彼女が私を愛しているとしか言いようがないと思えてくるのだった。》などと。彼女の髪は、金髪だと言われていますが、太陽で日焼けした髪なのです」

「あなたは何のことを話しているのかね？」

「私の婚約者の髪のことを話しているのです」

モサヌ氏は肩をすくめ、出て行った。ソラルは手を包んでいる包帯を剝ぎ取った。傷の縁は奇跡的に閉じていた。彼は注意深く服を着、庭へ行った。

彼女は通りすがりに、傷を負った手をじっと見て、微笑んだ。彼も微笑んだ。木々から神の恵みが降りてきて、喜びが茂みの上で輝き、空気は生気に満ちていた。草の上に長々と横たわると、太陽光線が束になって彼の胸中に入ってきた。彼は金を借りた男のことを思い出し、飛び起きた。

「マルケ！」

彼は財布を取り出し、開けた。有難いことに二十三枚の銀行券がある。彼はタクシーを呼ぶと、街まで行かせ、モロッコ革製品の店に入り、きれいな財布を選んで、十五枚の紙幣を入れた。彼はメッセンジャーボーイのアインシュタインに包みと花を託した。

「マルケに届けてくれ。タルムードみたいに全部載っている電話帳でその住所を探すのだ。この千フランはお前にやる。神とともに行け。急ぐのだ、僕は今日マルケに喜んでもらいたいからだ」

銀糸の服に身を包んだ彼女は、鏡に映る己が姿に見惚れ、自分自身にお辞儀をした。突如喜びで一杯になり、もう一度息を吸い、余りの美しさに恐ろしくなり、叫んだ。《アディ！》そして友達の部屋に向かって駆け出した。彼がそこにいた。この女の部屋で彼はいつも何をしているのかしら？

「ねえ、見て、オード、この方は自分でネクタイを結べないのよ、この方はシャツに悩まされているの、この方はあなたのお父様の夜会に出席しないって、脅迫するのよ。彼はね、今夜来られる国際連盟《エスデエヌ》の人たちを呪っているし、そしてね、社会を永遠に憎んでやるとのたまうのよ」

ソラルは白い結び目を解いた。

「私が結んでみてもよろしいかしら？」過去数週間に亘る敵は陽気に尋ねた。

「勿論いいわよ、やってみて、あなたが私よりうまくやれるかどうか、私たち見ていますからね」アドリエンヌがおしゃべり女の快活さで言った。

彼のために仕事をしているオードのきれいな指がもう少しで触れそうになる顎を、彼は遠ざけるのだった。彼女がし終えると、彼は結びなおされたネクタイを点検した。

「これはいい。お礼を言います」

オードは喜びで顔を赤らめた。彼女は役に立つ人間になりたくて、アドリエンヌの服の着方を直したり、皺を伸ばしたり、布地を不必要に整えてみたりして、由々しき問題だと言わぬばかりに施す小細工は、女友達の服を完全な失敗から救い出してやろうとの思いの現れに見えた。こうして彼女は服を軽くぽんぽんと叩いて作業を終わると、自分の忠実さと献身を確信するのだった。

ネクタイが結び直されると、ソラルにはもはや母親たちは不要だった。彼は自室に戻り、窓辺で待った。婚約者の腕に摑まっている彼女があそこにいる。悲しい思いに心が掻き乱され、エピルスのピストル二丁に弾をこめたが、不倫女は姿を消していた。二丁の武器を一方の手に、帰化証明書をもう一方の手にしたソラルは、自分が一人ぼっちだと感じた。彼は咳をし、彼がでっち上げた風邪にその怒りを転嫁した。結局は、彼に不幸をもたらしているのはヴェルサンジェトリックス［Vercingétrix B.C.72～B.C.46. ガリア＝現在のフランス＝の将軍。シーザーのガリア戦争で、ガリアの諸部族を束ね、ローマ軍と闘う。善戦するが、アレシアの戦いで投降、後にローマで処刑される。フランス最初の英雄。人気漫画「アステリックス」は彼を題材にしたもの］だったのだ。彼はしわがれ声になるまでコニャックを数杯、憎悪と一緒に飲み干した。

九時三十分だ。今夜のレセプションは欠席できないことを彼は思い出した。モサヌ氏が急に開くことにした夜会で、国際連盟の会議のために来ている諸国の代表団を彼に紹介しようと強く望んでいた。

「重病だ。尤もフランス人は皆鼻声で話す」と彼はドアを開けてくれた使用人に打ち明けた。

オードは若き殿様が入ってくるや否や、その平らにはめ込まれた白のプラストロンと三角形の上半身に見入り、モサヌ氏は彼をロードン卿に紹介した。男性美に敏感で、その頬を赤く染めている若い男の言葉をソラルはぼんやりと聞いた。それから彼はその場を離れ、鼻風邪は脳脊髄膜炎に変わり得るのかなぁ、と考えた。

隣室から浮気女の笑い声が突然聞こえてきた。おお、彼女はロードンと踊っていて、彼に優しく目許を綻ばせているのだ！　なんと不身持な女なのだろう、チルス［ティールの古称。レバノン南部の港町。紀元前十一世紀から前七七四年までフェニキアの主都。古代最大の都市の一つで、フェニキア文化の中心地であったが、アレクサンダー大王に滅ぼされる］の娘だけのことはある！　ロードンのまなざしにある輝きが性的快楽の卑しい悦びであることを暴いてやりたいと思った。彼はサチュロスに近づき、内密にお尋ねしたいことがあります、と言うと、若いイギリス人は承諾し、数分後に行くと言った。

ソラルはこの一件は騒動になること間違いなしだと満足し、金色のターバンを巻き、どこか人を下目に懸けているような灰色のマハラジャに親愛の情をこめて微笑み、大物とは見做されず、無視され、同等ではなく低い地位の者の間を優しく話しかけながらうろつき、ともかく国へ帰れば重要人物なのだと思って自らを慰めている代理大使にぶつかり、代理大使はイギリスの参事官にお辞儀をし、参事官はこの卑屈な人間にフォア伯爵を真似たお辞儀を試し、フォア伯爵は、化粧を施した顔の目の下にパンチを一発食らったような日本女性にお愛想を言い、日本女性はまず始めに、感傷的なシャンソン歌手好みの前髪で、王冠型髪飾りを付けた浮腫《むく》み顔の中国大使夫人に陰気に微笑み、次にレジオン・ドヌール・オフィシエ勲章を付けた中等学校の少年のような禿頭の日本代表に陰気な微笑みを送ると、日本代表団は彼らの小さなエナメル靴を見つめながら、遠慮勝ちに微笑み、三番目にスペイン公使に湿っぽい微笑を送り、公使は彼女に見覚えがなかったが、心をこめて彼女に微笑み、お辞儀をしたが、それは職業的な習慣の為さしめるものだった。そういう社会を良く知っているから、その微笑に段階をつけているアドリエンヌを前にして、代表団とは別種の人間であるオードはアドリエンヌに嫉妬を感じていた。オードは三ヶ月後には僕の妻になるだろう、必ず妻にする、と彼は誓った。そうなれば彼女はもう踊りもしないし、笑いもしないだろう！

　ソラルはロードンの腕を取った。庭。いつも庭だ。ああ、誰か僕を砂漠へ運んでくれないかなあ！　風邪はすっかり治っていた。残念だ。ロードンを殺すのはいとも容易い、だが、どういう風に用件を切り出せばよいのだろう？

「こういうことなのです。モーセは最も偉大な人間ではないですか？　ああ、そうは思われないのですか？　で、モーセはいつ墓を探しに砂漠へ行くのでしょう、彼と共にいる軽蔑すべき連中が彼を神格化しないために？　では、あのつまらぬエジプト人であるロードンを殺すのはいつか？　あなたは私を酷く傷つけましたね！」

　ロードン卿は休息するよう彼に勧めた。ソラルは彼を庭にある小さな家の方へ追い立て、ドアを開け、一丁のピストルを差し出した。ロードンはうっかり撃鉄を押してしまった。爆鳴。

　傷ついたソラルは、あの娘を愛している、だが彼女は彼を苦しめる、と告白する。昨日はジャックと、今夜はエジプト人と一緒になって。では、彼はこの隷属の館で何をしているのだろうか、彼は？　この思いがけない告白とこの馬鹿げた、しかし詩味を感じる決闘に魅せられたロードンはソラルを安心させた。モサヌ嬢は虎使いのソラルのことしか話さなかった。彼女はソラルに恋しているように思えるし、彼女の目はいつもソラルを見詰めていた、と。ソラルは感謝と喜びで気も狂わんばかりになり、若い男の口にキスする始末。ああ、そうだ、腕から血が流れているんだ。そんなことはどうでもいい。明日どうにかなるだろう。この二丁のピストルはロードンに進呈する。彼が思い出として取っておいてくれればいい、この最愛の人、ロードンが。彼女は彼しか見ていなかったって、世界で一番尋常でないオード！　おお、最愛の人、僕はどんなに君を愛していることか、そして君はどんなに僕を愛していることか！

　夜会は終わりに近づいていた。ソラルは傷ついていたが、艶出しワックスを塗ったようにてらてらした外交官たちの間を動き回っていた。モサヌ氏は既にジョージ卿の甥と大変親密になっているソラルを見てひどく喜んでいたし、ユダヤ人たちが地位を築くことに長けているのは明々白々だと考えていた。

　この敏腕なユダヤ人はベアトリーチェとローラのことをブルガリア公使に話していたが、公使は重要人物らしく堂々とサンドウィッチを食べ終わると、フランスがブルガリアのために保証してくれさえすれば、額は大きくないが二千五百万の借款が可能になると彼に話した。公使は、明日の指導者モサヌがソラル氏をどれほど高く評価しているかを知っていた。ソラルは大風呂敷を広げた。二千五百なんてはした金だ！　五千万だ。五千万じゃあなぜいけないんだ？　最愛の人は彼から目を離さないでいたから、ここは一つブルガリアに辛い思いをさせないように、一肌脱ぐべきではないのか？

　オーケストラは疲労困憊していたが、最後まで残って踊る人たちの顔には、もうじきこの会場を後にしなければならないとの思いが原始の熱情を駆り立て、それが悲壮感となって表れていさえした。たっぷりした柔らかなオーバーをジャックに着せかけ、彼と連れ立って暗い道へ出ると、ソラルはまるで信仰宣言の如く真摯にきっぱりとこう言い、彼を悩ませた。僕はあなたが大好きだ、僕はたまらなく犠牲的行為に飢えている、僕は何よりもまず、優しくて、善良で、白い大きな翼を持つ駱駝のように高貴だと確信しているあなたの幸せを願っている、と。彼は感動の余り泣き出す始末。ジャックは眠かったし、この言葉はシャンパンのなせる業と気にも留めなかった。

　ソラルが戻ってきたとき、柳の傍らにいるオードに出会い、彼女に近づいた。二人は一言も話さず、心に得体の知れない恐れを抱いてかなり長い間並んで歩いた。夜行性の啄木鳥《きつつき》が聴診するかのように木をつついていた。

　目を伏せ、彼女はソラルの手を取った。その温かさにも気高さを感じる。ビロードのように滑らかな血が流れている。無言の歩み。おお、愛の始まりに見る暗黙の了解。おお、愛の優しさ。おお、茂みのあちこちに顔を出すハリグワ、おお、僕の愛する君、僕が愛する最初の、そして最後の女《ひと》、おお、奇跡のように現れた女、天空の暗黒の奥底で造化の神々が光り輝く女神たちを追いかけている。

もし僕の最愛の人に胸の内を明かせないのなら、すぐに死のう。彼は旅をしていた五年間のこと、恋の秘め事、今まで告白したことのない過去の秘密と恥辱を語った。これが僕、ソラルなのだ、出世し、彼ら皆を愛している、と。帰ってきた言葉は、汚いユダヤ人！　彼は両手で薔薇の花を持ち、彼らにその花を捧げたのだ。帰ってきた言葉は、汚いユダヤ人！　夜の待合室と憲兵、警戒からパスポートへの根問い葉問い。この民族を見ると震えが来ると食料品屋の御上《おかみ》さんは言った。彼には笑いもあるし歯もあるから、そう言われたって痛くも痒くもない。だがそこには苦しみという苦しみがあるのだ。今この瞬間にも一人の老人が駅の待合室で暖を取っていて、明日ははっきりする、だからもう少しの辛抱だ、と彼は自分に言い聞かせる。その気の毒な老人は、寝台車の簡易ベッドの前に、身だしなみを整えるのに必要な品々を並べるアドリエンヌやモサヌ家の人々を見ている。両足を交互に上げて暖める老人は、小さな子供の時には、人生ではあらゆることがチャンスになると思っていたのだ、我が友よ。それから、そのほかの老人たちだ。誰にも見取られずにたった一人で死んでゆく老人たち。仕事をしたくて、《おお、わしはまだまだ頑丈だ》と言う老人たち。何処へ行くべきかわからぬ老人たち。そして侮辱された者たち皆、仕事を探し、微笑んで言う者たち。《どうもありがとう、ええ、出直します。》そして、喜びで一杯の彼らの心を捧げ、文句が大有りの冷酷な愚かさに出会う者たち。

彼らはヴィラの入り口の前で脚を止めた。アドリエンヌの部屋には明かりが点いていた。彼は恥ずかしくなり、笑い出した。明日はアドリエンヌだろう、だが今日はいつまでもオードとソラルだ。あそこでナイチンゲールが喜びのソネットを僕たち二人のために歌っている。畢竟不幸な人たちは不幸じゃないだけでよいのだ。

彼女は若い娘特有の深刻さで彼を見つめ、突然ロシア風のお辞儀をすると彼女のとても大事な殿様の手に唇をもってゆき、姿を消した。

ソラルは困惑して、渋面を作った。詰まる所、彼の立派な演説から得られた結論は、彼は一人の呪われた男だということ、彼は婚約者がオーバーを着るのを手伝ってやり、その婚約者の婚約者は彼の手にキスをしたというものだ。寝に行く方がいい。眠っている間に厄介は同士討ちでけりがつく。

彼は正装のままベッドに横たわった。最高の美女オードがネクタイを結んでくれたのだ。このネクタイを解く勇気を彼は永久に持てないだろう。彼は鋏を取り、聖なる結び目をそのままにしておこうとバンドを切った。仕方がない、彼は愛されまいとしてできる限りのことをしてきたのに。これが彼と彼女、二人の運命なのだ。愛される男はどのように作られているのだろうか、彼は鏡に自分を映してみた。彼の睫毛は見事に黒かった。

「彼女は良い趣味の持ち主だ。僕はしゃべって、自分がひどく深刻なのを誤魔化す。おお、僕のオード・ドゥ・モサヌ。オード。僕はソラルだ。ここにいるこの僕がソラルなのだ」

彼はオードがキスした手にキスをした。彼は服を脱いだ。一匹のシャク蛾がランプにぶつかり、それからソラルの裸体にぶつかった。

「汚いぶよぶよの奴め、今夜はお前を殺さないでおいてやる。僕の婚約者に礼を言うんだな。お前に親切にしてやるのは、彼女に敬意を表してのことだ。オードの所へ飛んで行け、愚かな旅人め、そうして彼女に言うのだ、僕が……だが、お前にはできないだろうな。それでもやはり、彼女にそう言いに行くんだ、我が小さき愛するものよ」

彼の涙が光っていた。今、彼は愛しているのだ。彼は庭を歩き続けた。曙。彼は自分が大変な美男で、至極上品だと思い、そして彼女は彼を愛し、世界は彼の前に跪き、彼は人の子の中でこの上なしの狂人のように笑った。彼は薔薇を一本引き抜き、それを噛み、踊った。その時、社会の人々は眠っていた。

樫の森では自然界の小さなかけらのような生き物が目を覚まし、生きるために無責任に忙しく動き回っていた。カケスが無罪を主張していた、先史時代の吻管《ふんかん》をいまだに持っているゾウ虫は不安げだった、金色の蠅が一匹幾何学模様を描いて飛んでいた、蟻たちは互いに触れ合い、通行許可証ならぬ合言葉を交わすと自分たちの仕事に静かに戻ってゆく、そんな蟻たちをじっと見詰めているのは薔薇色のヒースの茂みから不意に姿を現した一匹の蜘蛛だった、蜻蛉《とんぼ》は神の小さなまなざしだ。

裸で、晴れやかなソラルは、きのこの薄層でできた傘の下でその生を生きている蜥蜴を捕まえようと長い間片手を上げたままでいた。神はその被造物を嘉《よみ》したもう。

一時間後、モサヌ氏は彼の秘書と協議した。若き卿が突然ソラルに好感を抱いたことに勇気付けられたモサヌは、卿のロンドンのおじのもとへ非公式の任務を帯びさせてソラルを派遣することにした。ニューヘブリデスの仏英共同統治の解消にイギリスが同意するかどうか、そして何らかの代償と引き換えにこの統治領に対する共和国の統治権をイギリスが認めるかどうか探りを入れることが肝要だった。

「無論ロンドンの我々の代表者にこの件を担当させる方が当を得ているだろう。しかし、私はあなたに活動の第一歩を踏み出させてやりたいし、レジオン・ドヌール勲章をあなたに授与するよう提案できるようになればと思っている。――男同士の抱擁こそしないが、私はあなたが大好きだ、ねえ、君。――向こうでは組閣の知らせを受けてから行動を開始するように。私の内閣のことだが。二日後だと私は思っている。もしあなたが成功すれば、我々はこのささやかな成功を活用できるだろう。あなたはロードンと旅をしなさい。出発まで一時間ある」

　ソラルはモサヌ氏の支持には従うものかと決め、荷造りした。自分の思い通りにやり、より多くのものを得てやる。彼には何のことかよくわかっていなかった。いずれにしても彼の新しい国への喜ばしい入国を果たすには、何か贈り物をしなければならない。高貴なフランスはやつれているが、とても美しく、聡明で、気取りがないし、そして、もしオードが……山ほどの栄光に包まれて帰国したら、彼はオードと結婚するだろう。ディズレーリか。気の毒にフランスは借金だらけだ。そしてアメリカ人らは彼らの貸し金の返済を迫っている。フランスが彼女の絹の靴下を繕っているというのに、彼らはハムや干葡萄入りビスケットや新鮮な野菜を食っているのだ。

　運転手が待っていた。車は鉄格子門を飛び越えた。

「駅へ行ってくれ、運転手、おお、我が忠実な友よ！　ガラスを震わせる時だ！　オード、僕は勝利の帰還を果たすだろう、そして僕は君の婚約者になる！　彼らが僕を嘲笑いたいなら、させておけ、僕も彼らを嘲笑ってやるから！」

12

梁をむき出しにした高いハーフティンバー天井の食堂では、梁の一つが繋ぎ止めているシャンデリアで肩が一層白く見えるレイディ・ロザムンド・ノーマンドが緑色のまなざしを公平に注ぎ、思慮深く観察していた。三ヶ月ごとに点検されるその歯を見せながら、彼女の高名なる夫に、ロードン卿に、そしてフランス人会食者に、規則正しく光を放つ灯台のように、順番に言葉をかけていた。

　サルチエルの甥は二つの強国の間に堂々と陣を張っていた。彼の右手は大英帝国の鉤爪に触れ、その左手は、活気溢れる諸方の村にはいくつもの皮肉っぽい目が光っているフランスに乗せていた。レイディ・ノーマンドは食事会を取り仕切っていた。彼女の赤毛は七宝の肌を思わせるその顔を温めはせず、薄い唇からはフランスの議会主義についての味わい深く、しかも一驚を喫する指摘がなされるのだった。

　准男爵にして、聖ミカエル・聖ジョージ勲章一等勲爵士、バス勲章中級勲爵士にしてヴィクトリア勲章中級勲爵士であるど偉《えら》いジョージ・エスム・ルイス・セント・ジョン・ノーマンド卿は夫人に同意し、自分の存在を確信し、咀嚼すると、その薔薇色の頬に逆らうように白い口ひげが上がったり下がったりするのだった。レイディ・ノーマンドは一口食べると、輪廻について何ものにもとらわれないのびのびした考察を述べ、また食べ物を口に運ぶのだった。ジョージ卿とその両耳の傍にある筋肉の球が顎のリズムに合わせて膨らんだり萎んだりするのを見て、ソラルは身震いし、自分は失敗するだろうと睨《にら》んだ。

　この夕食会に先立ち、ロードンはソラルを外務省に伴い、身分違いの結婚により叔父となった人に紹介した。ジョージ卿は森の木がからみあっているようなもじゃもじゃの眉を顰めながら、モサヌ氏が個人的に彼に当てた手紙を読んだ。彼が読み終わると、ソラルは訪問の目的を述べた。ジョージ卿は半ば焼け、まだ煙が出ている飛行船に並々ならぬ注意を払った後で、休養のためイタリアへ湯治に行っている大臣の意見を聞かずに返答はできないと言った。あくまでも個人の資格で、彼の個人的な気持ちを知らせることが許されるとすれば、こう言わねばならない、《駄目だ》と。会談の終わりに、政務次官はソラルを夕食に招いたのだった。

それで今、彼はここにいる。三人のヴァイキングを前にした哀れなボヘミアン、黒のアイレットワークや非の打ち所の無いキラキラ輝く蓋付きのガラス瓶。

禿げ上がった額、尖った耳、巨大な上半身、両手は茶色の染みで覆われているジョージ卿は、彼の要塞にいて、明日までは考えなくてよいのを喜んでいた。外交問題交渉委員がニューヘブリデスのことを彼に話したとき、トルコ風ソースと赤紫色の辛子の瓶の位置を変えながら、アレクサンドル・デュマとヴィクトル・ユゴーで応じた。

一通の電報が届けられた。ソラルの心臓はドキドキした。大臣の返事に相違なかった。ジョージ卿は、明日午前十一時に、つまり、ゴルフの後で、よく読んで検討しようと、その至急電報を書類鞄にしまった。

名家に生まれた男性は八時を過ぎれば休息するので、レイディ・ノーマンドは夫や甥に尋ねないように気をつけていた。大英帝国の政治の立役者であり、女王の親友でもある彼女は、二人の男が描いている渦巻きがやがて時間をかけてゆっくりと一つになるように、熟考の上に熟考を重ねた意見を言うにとどめていた。ソラルはレイディ・ノーマンドの脚にぶつかったが、夫人はすぐに脚を引っ込めはしなかった。

バビロニア人とローマ人の合体のようなその人たちはソラルよりも強く、彼らの上半身は椅子の背凭れに沿って垂直に立っていた。霧の中に赤々と輝く三百万もの食堂を支配する食欲と同類の食欲を、彼らも同じ実用主義から文字通り満足させているのだった。自分たちの死もこの地上の王国の必衰も彼らの考えにはなかったし、彼らは明日を信じ、この黙して超然としている執事を見ても、彼はジョージ卿に仕えるために作られ、ジョージ卿は彼に傅《かしず》かれるために作られているのだから、この預言者の子孫とは異なり、良心の呵責を感じたりはしないのだ。こういう人たちにとってすべてははっきりしていた。世界は定規で線引きされ、ジョージ卿はその世界の真ん中に定位置を占めているのだった。

ソラルはロードン卿が黒革のベルトをきりっと締め、スポーツ選手のようながっしりした体つきで、殆ど白い睫毛なのをじっくり見たとき、自分はつくづく恵まれていない人間だと思った。ロードン卿の人生の主要な出来事は誕生以来グラビア雑誌が採り上げてきた。ソラルはその頃ロボアムと一緒に放浪していた。二十二歳のロードンは陛下に毎日拝謁が許される地位についていたが、多くの親類縁者が入れ替り立ち代りその周りに現れては、彼の仕事をやり易くしてくれるから、つつがなく日々の職務を全うしさえすれば五十歳でインドの副王になるのだ。彼は只単に心と精神の情熱を失わず、知的だが奇抜な象形文字とか古銭学を研究対象に選んで個性を強調すればよい。後は彼の生まれとか彼の結婚、彼が持っている競走馬やグラビア雑誌にまかせておけばよいのだ。ソラルには、彼にはソラルしかない。

　ソラルは自分が哀れに思えてきた。律法を遵守し、つましく暮らす民族のかわいそうな息子、血の滴る赤い肉を食らい、氷のように冷たいシャワーを浴び、顔に赤みの差している民族の真ん中で、その彼は一体何をしているのだろう？　もし彼が顔を赤らめれば、赤い肉が大好きな彼らは彼を取って食うだろう。強い民族を目にして心が空しく騒ぐ、彼はそんな自分を軽蔑した。イスラエルは哀れを催すナイチンゲールだ、若い民族が彼らの帝国を築いていったのに反し、イスラエルは幾世紀もの間、夜、声を限りに囀っていた羽をむしられた老いた小鳥だ。強者は慎み深い。イギリスは、秣棚《まぐさだな》から取り出した一格子分の秣を牛馬に与えるように、帝国の旗と難解で画一的な言語を被支配者の外国に与えるだけだ。旅回りの老いた歌手イスラエルはよろめきながら国々を横断し、二十もの言語を話し、疲労と恐怖に泣き、ありとあらゆる事を知っていながら、行動することなくさ迷う。

　かなり取り乱した様子で暇を告げた彼は、気がつくとロンドンの街中にいた。救世軍会館のペディメントでは白い明かりが消えると今度は青い明かりが《救われたいと思うなら、私があなたを救いましょう》と彼に言った。

「黙れ、兄弟よ。僕をほっといてくれ、今夜の僕はうんざりしているんだ」

　性的興奮剤を売っている薬局の前で、すぐ傍にいるどこか物悲しい感じのする警察官が守っているのだろうか、羽飾りの付いた帽子を被った高級娼婦がおぼつかない足取りで彼に近づいてきた。彼は彼女を祝福し、慈悲の神に心から彼女への加護を求め、立ち去った。夕刊紙はすべてモサヌの組閣を報じていた。

　セシルホテルでドアを間違え、彼は紋章の描かれたパジャマを着ている若い女のベッドに入った。彼女の唇は果実の味がした。一期の浮沈が決まる時は今だ、栄冠を勝ち取ってみせる。

　その翌日、為す術を知らずといった面持ちで彼は外務省から出てきた。大臣の返答は否定的だった。彼は車に乗ると、レイディ・ノーマンド邸へ向かわせた。多分彼女から救いの手が差し伸べられるだろう。車に身を揺すぶられながら、彼は計画を練った。

政務次官の妻は彼の訪問に驚いたが、迎え入れた。モサヌ家で彼女のポートレートに目を留めたときの思い出はいつも鮮やかに蘇り、彼がこのミッションを引き受けたのも、彼の心を乱したその写真の女性《ひと》にもう一度会いたいと偏《ひとえ》に願ったからに他ならないと知ったとき、彼女の驚きは幾分弱まったが、その分一層ショックは大きくなった。彼女はすげなくソラルを引き取らせた。

もう駄目だ。オードは負け犬は嫌いだ。控えの間で、彼は飾り武具のマレーの短剣クリスを取り外した。レイディ・ノーマンドは柄を握ったが、刃がほんの僅か入った。手当て。愛情のこもった非難。

巨大な花束を先に贈っておき、恋する男は毎日やってきた。四十台の女はロマンチックな小さな出来事は夫には語らなかったが、傷の具合をソラルに尋ねることを楽しんだ。間もなくジョージ卿も妻がその青年に抱く好感を共有することになった。しかしニューフェブリデスはもはや問題ではなくなっていた。

ある朝、ソラルは顔面蒼白、息も絶え絶えで到着した。一言も発しないまま、最愛の女性の手を取ると、カフェイン三回の注射で逆上している彼の胸に押し当てた。レイディ・ノーマンドはロメオを彼女の胸に引き寄せた。まあ、なんて大きな子供なんでしょう！　恋に憂き身をやつしている場合ではありませんよ！　あなたの務めを果たすことです。中断している話し合いを良い方向にもってゆかなければなりません。彼女は大臣に電話し、問題を棚上げして職務を怠っていると非難し、今日昼食に来て欲しいと言った。

モノクルをリボンで飾った皮肉屋の木乃伊《みいら》マルダン卿が一時に着いた。面白くなかった彼は食事の間、殆ど話さなかった。この無茶苦茶な交渉人を非公式とはいえ派遣してくるとは、モサヌは一体どういうつもりなのだ？　紅茶茶碗が指の中で震えていたが、ソラルはニューヘブリデスの問題に取り掛かった。かなり高位の外交官として端からソラルを小馬鹿にしていたマルダン卿は、彼を尻目に懸けた。

だがソラルは、実を言うと彼が最初に話した問題は重要性から見れば二の次でしかないのだと、突然明かした。《受け取ったばかりの訓令により（嘘をつくのは気が引けた）》、今この瞬間が優れて重要な問題に着手する時となった、と。マルダン卿は相変わらず横を向いたまま左目で雄弁な交渉人を探るように側目《そばめ》にかいていたが、交渉人は一時間ぶっ通しでしゃべり続けてから、こう締め括った。

「即ち、フランス政府は万人の認める能力ある国々に呼びかけてから、先ほど閣下にお話申し上げました権限を持つ国際的な〈信託統治管理受託者銀行〉を創設する必要があると考えている次第でありまして、この件を具体化する前にまず大英帝国政府のご意向を伺えれば幸いに存じます」

ジョージ卿はパイプを置き、マルダン卿は大英帝国の主導権を手にした。更なる熟考のための数秒を自分に提供しようと人工的な咳を長く続けてから、確かに実によく考証され、新規の着眼点も随所に見られる非常に明快である説明をこれまでにない強い関心を以って承ったが、実の所、これほど興味をそそられようとは予期していなかった口頭での提案には——口頭ですからな——最終的な判断を直ちに下すことはできませんぞ、と彼は言った。ソラルは立ち上がり、彼が名誉に思っている卿の疑念を払拭し得るに足る覚書を書いても、彼に委ねられた権限の範囲を考えれば越権行為にはならない、と言った。

大臣と政務次官がモサヌ氏の個人的な手紙を読み直している間に、俄仕立ての外交官は一陣の風の如くタイプライター室に闖入すると、自分が言ったことを忘れてしまうのではないかとの強い恐怖感に捕われ、でっち上げたばかりの国際銀行につき、五十頁の口述をした。

一時間後、マルダン卿は〈ソラル覚書〉を大蔵大臣に読み上げると、大臣はかなり好奇心をそそられ、有り体に言えばこの計画に注目しさえした。フランスがこの種の制度の創設に特別な関心を抱いているのは確実だ。一考を要する。

その翌日、大臣は、七条と二十三条については友人である共和国の利益に適う条項であり、——その点では快哉を叫ぶべきではあるが——それは我が大英帝国を顧みなければの話で、やはり彼としては全面的には賛成しかねる、とソラルに断言した。付帯条件だ、要するに。細かいところに目を瞑れば、この計画は実現可能だ。共和国政府の非常に寛大な計画は平和という大義に奉仕する国際協力機構を誕生せしめるものと言えよう。さよう、自分はそう言って憚らない。平和、まさにそれだ。英国政府はそれ故権威ある公式の交渉人との会話継続の用意がある。私的交渉の時は終わったように思われる。マルダン卿が立ち上がると膝蓋骨が鳴った。

外に出ると、ソラルは郵便局を探して、ここ最近二千年の間でどんなレヴィ人よりも速く走った。電報はモサヌの指示通り暗号化され、送信された。霧の中で心臓はカフェインなしでもどきどきし、ソラルはヘブリデスを忘れ、国際銀行をでっち上げたことを詫びた。下書きを読み返した。誕生を待つばかりとなった機構がフランスにもたらす利益を彼は強調した。電報はこのように終わっていた。

《国務卿はもし私が公式の交渉人なら同意すると思われます何らかの役職に就任させる電報を送られたしストップロンドンは露出不足の写真のネガを見るような陰気な都市赤いバスロスビフ［蔑称でイギリス人のこと］白い粉をかけたプディングのショーウインドー不平を鳴らす連中が牡蠣を楽しみ味わっているじめじめした屋台ストップ若者たちが飲んでいるバー自動ひげそりの広告から出てくる無限のエネルギーストップ湿気を帯びた隙間風が侵入するミルクホールでは数百人のタイピストが鱈だましの燻製と四個のじゃがいもを食い一杯の紅茶をすすりそれから炭酸水を飲むこれが一人分の食事ストップフランス万歳》

彼は三時間歩き回ってからセシルホテルへ向かった。多分電報は着いているだろう。せかせかした街中を一匹の迷い犬が——愛すべきソロモンと同じ目をしている——気持ちの良い時を過ごし、無償の行為の喜びに浸り、イギリス人たちに尋ねていた。《この世界とは何ですか？　何があるのですか？　何が起こっているのですか？　おお、あなた方皆さん、人間たちよ？　語ってください！　僕は知り、喜びたいのです。》だが、通行人たちはバスに視線を定め、じきに入ることになる彼らの墓に向かってではなく、大股で歩いていた。

ホテルに返事が来ていた。大使館に折衝を続行させる、とモサヌはどうかしている青年にそっけなく知らせていた。ソラルはレイディ・ノーマンドのところへ駆け込み、夫人は受話器を取ってパリを呼び出すと、モサヌ氏に懇願し、微笑みかけ、充分に脅した。

翌朝、通告が電報で届いた。ソラルは大使館の秘書に任命された。二番目の電報には、今後この問題には首を突っ込まないこと、資料を全部大使館に渡すこと、と彼に厳命が下されていた。命令に従って、なぜ悪い？　彼はうんざりしていた。後は真面目くさった連中がやればいいのさ。

彼は仕立屋へ行き、彼には着用の権利がある制服を二日間で引き渡すことを条件に注文した。彼は試着室にある数体のマネキンに攻撃を仕掛け、数振りの儀仗を試してみた。構えて！　イギリス人諸君！　彼には歓喜の人生を謳うこの上なく甘美な音楽が聞こえた。彼はジャック・ドゥ・ノンスよりも先に大使館付きとなったのだ。もっとも、なんと惨めなんだろう、外交官の職というのは！

　彼は二日間のらくらしてから出発することにした。彼がジョージ卿を訪ねると、卿は彼に公式な会話は順調に進捗していると告げ、将来の国際経済協力機構への期待を述べた。ソラルは彼をさえぎり、インキ壺を持ち上げて杯に見做し、レイディ・ノーマンドの栄誉に乾杯した。

　ホテルを発つ瞬間に荷物を解き、けばけばしく飾り立てた制服を取り出して着用に及んだ。それからクロイドン空港まで車で行った。飛行機の乗客たちは、笑いを誘うどうしようもなく反抗的な巻き毛に斜めに載せた二角帽を珍しい物でも見るように眺めた。感嘆の目でみられていると思った彼は、皆に微笑んだ。唯一困ったのは彼の剣が捩れていることだった。

　ル・ブールジェ。フランス外務省《ケ・ドルセー》。モサヌは彼を冷ややかに迎えた。このたびの理を曲げた任命はモサヌを難しい立場に立たせることになるというので、彼のスタッフは沸き返っていた。この軽業師に偽りの任務を託し、取り敢えず厄介払いするのが一番だった。

「家に帰り、服を着替えることだ。あなたには明日アテネへ発ってもらう。これがミッションの命令書だ。私の指示を待つこと。トルコをギリシアに与えるようなことはしないでくださいよ。じっとしていることです。ギリシアの大臣の奥方からの最初の電話で、私はあなたを召還します」

「それで、モサヌ嬢はどうしておられますか？」

「元気ですよ、ありがとう。ではさようなら」

13

樫の木の森で、毛布に包まった彼女は彼のことを考え、その目鼻立ちの一つ一つを思い浮かべていた。アドリエンヌの部屋で掠めた写真を取り出した。彼は美男で、無邪気で、鋭敏で、情熱的で、大胆で、不遜で、桁外れに慇懃で、善良で、無尽蔵で、悪魔みたいで、元気一杯。善良なのよ、とりわけ。（彼女は正しい、その通りだ。）彼女は写真が落ちるに任せ、身動《みじろ》ぎもせず、燃えるような目をして思い出に浸っていた。彼女は顔を上げ、アドリエンヌを見た。

　ソラルの不在と音信不通が彼女たちを近づけていた。二人とも昼間は彼のことは話さなかった。だが、夜、横になると明かりを消し、彼女の傍に座っているアドリエンヌに言うのだった。《話して。》アドリエンヌは、彼女の気持ちが手に取るようにわかるし、弟を思うと良心の呵責を感じるのだが、この怪しげな語り合いが味わわせてくれる甘い喜びには抗えなかった。彼女は青春時代のソラルを語った。オードは飽きもせず、事細かに、正確に話してもらいたいと思い、アドリエンヌがソラルの着ていた服や彼の母親の名を思い出せないときには怒りを抑えるのだった。あの黄金の島で彼女に石を投げた乱暴な少年のことをすっかり忘れてしまっている自分を許せなかった。彼女は、かすかに覚えてはいるもののはっきりとは思い出せないアドリエンヌを恨んだ。

　オードは女友達から渡された手紙が誰から来たものかわかっていた。彼女は起き上がり、その場を離れ、ソラルからのメッセージを読み終えると勝利で足取りも軽やかに戻って来た。

「彼は元気かしら？」アドリエンヌは控えめに尋ねた。

「元気よ、ありがとう」

　彼女はその父親のように、かなり不遜な笑みを浮かべて出て行った。祖母に夕食はとらないと言って、自室に避難した。今までこんな手紙を書いた人はいないわ。太陽のようなソラルの愛人になるには私はどんな女になればいいのかしら？　彼女は筆跡、切手、封筒に感心した。それから王様からのメッセージを枕の下に隠した。その手紙を発見する喜び、全く新しい、まだ見ぬものとして再読する喜びのためなのだ。愛よ、おお若さよ。

隣室ではアドリエンヌが、数ヶ月前に受け取った思いやり溢れるソラルからの最後の手紙を探していた。彼女は空いている部分に愛人の筆跡を真似て前日の日付を書き入れた。オードはこの偽造を見抜きはしない。でもなんて卑劣な行為なの！　だから、なによ、私は自分の人生を守らなければならないの。

　オードは眠りに落ちた。彼女は眠りの中で彼に再会した。豪華な金の四輪馬車が待っているから、急いでね、と彼女は彼に言った。ジャックは大聖堂の門衛を務め、矛槍で三回打った。大聖堂では牧師のサルルでもある一頭の象がオルガンを弾いていた。ソラルは彼女の服に手をやると一挙に引き裂き、裸の彼女を青い円形の家のテラスに運んでゆき、彼女はひざまずいて、誘拐者で隠遁者の埃に塗れた両足を洗った。

　身震いで彼女は目を覚ました。彼女は彼のものなのだ。ソラルの先祖とオード・ドゥ・モサヌの先祖は、ソラルとオードの運命を準備するために生き、行動し、子を成していたのだ。この時刻では、待つことより他に彼女に何ができよう？　彼の都合の良い時間に、彼自身の喜びから彼がやってくるのを待つことだ。もし彼が望むなら、地の果てまでも彼について行くだろう。彼の手にキスしたことを思って、彼女は陶然とした。彼女はより力強い手に彼女の意思を委ね、暗闇で微笑んだ。

　病気、老衰、死、そして彼女の無感覚の体を覆うためにすでに存在している土のことなど忘れているオードは、彼女を待っている幸福を考えていた。その歯、月光に輝き、姿見に映し出される歯は彼女が骸骨になることの最初の知らせであり、野が再び花で飾られるある春の日の午後、墓場では、息吹《いぶき》と花という花の香りを吸い込んでいた鼻孔に蛆虫共が入り込むのを彼女は知らない。申し分なく美しい両腕を伸ばし、若い娘は彼女の体の上の男の体、ソラルの体の重みを初めて想像してみた。

　朝八時、アドリエンヌが入ってきた。彼女は偽装した手紙を平然と差し出した。オードは怖くなり、読むのをためらった。

14

草木も眠る丑三つ時、マンジュクルー、ソロモン、ミハエルは家へ帰り煩っていた。そこで彼らはケファリニア・グランド・ホテルの庭へ行き、座った。六日前からソラルは彼らをそのホテルへ招き、盛大にもてなしていたから、三十年来患っている肺結核が自慢の千三屋《せんみつや》の親分は、肥え太って病気が治癒すれば、病人のために設けられている共同体基金からのかなりの給付金が支給停止に至らないとも限らない、と心配していた。

　フランスの益荒男たちは庭での夜明かしを決めた。善意の人々は寝ずの番をしてその地位の高い人の眠りを見守らねばならないのだ。マンジュクルーは、ドイツの領事が悪徳警官を使ってソラルの殺害をやってのけることだって大いにあり得る、とさえ主張した。ソロモンは、ドイツ人はひどく意地悪だから、ねえ、そうでしょう、と確認してから、ベニエを十二個肺結核患者にくれてやり、近衛兵の水パイプに火を点けてやった。病人はベニエを十二口で飲み込むと、イナゴ豆の実をちびちび食った。三人の友達はいい匂いが漂ってくるロビーの明かりに照らされて、いつもの話題でその時も語り合った。

「我が最愛の者たちよ」とおくびを一つ出してから、マンジュクルーは言った。「ギリシアのカラヴェル船、その船を神が木っ端微塵にし、難破させてくれますように、なぜならギリシア人は俺の税金を上げやがったからだ、尤も俺は税金なんて払ったこたぁないがね、そのカラヴェル船が我がフランスの外交官のために三発の礼砲を撃ったことはわかっておろうな、神が彼を、同様にフランスとこの俺を護りたまわんことを、アーメン！」

「イスラエルの息子のために、三つの轟音を轟かせたフリゲート艦か！」とソロモンは叫ぶように言った。「かつてこんな奇跡を目の当たりにした人がいるのかな？　神御自身が選ばれた小さな民族のためを思われ、何かいいことを準備してくださっているんだと僕は思うんだ」

「それはフリゲート艦じゃない」とミハエルが言った。「ガレアス船だ、あるいは小型ガレー船かもしれないな。それに彼がラビに持ってきた贈り物の数々！　三箱だぞ！　重たいんだぞ！」

「絹やビロードの布地、ヘブライ語で書かれた三百冊の本、それに世界中から集めた数々の神品《しんぴん》！　このギリシアのフェラッカ船はガリオン船と呼ばれていたんだ、沖を行く船だ、本当だぞ」

「寄贈者は讃えられよ！」

「俺たちのことも忘れなかった人だ、その人は讃えられんことを！」

「必ずそうなりますように」とソロモンが結んだ。「でもね、僕たちのおじさんがここにいないのが本当に残念だね。おじさんの甥、堂々たる人物だよ、沢山の品物ではち切れそうな箱、おじさんのために持ってきたんだよ！　サルチエルおじさんのために彼が持ってきた箱の中に何が入っているか教えてくれって、妻が夜、僕を起こすんだ。でも僕は何も知らないんだ、僕は、レベッカ、だから僕はお前に何て言えばいいんだ？」

益荒男たちの長《おさ》から受け取った最後の手紙はバグダッドで書かれたのだろう、その消印があった。五日前からバグダッドのユダヤ人共同体に電報を打ってあり、マンジュクルーが島の数ヶ所に配置した伝令は船が到着するたびに彼に知らせることになっていた。彼は腹心の一人にイギリスの電信局を昼夜を分かたず見張らせ、もしサルチエルからの至急電報が届いたらのろしを上げるようにと、花火を一つ渡しておいた。

しかし、日を追うごとに漏れるため息は増し、失望感が高まっていった。嘆き節を響かせるソロモンの心はすっかり萎え、二つの商売（冬には水だけでなくベニエも売っていた）で家族の生計を賄うことができなくなっていた。顧客らは生温くなった水や冷えてしまったベニエに見向きもしなかった。

「ねえ、マンジュクルー、おお、屁こき大将、あんたは才覚があるから、おじさんを来させるために何か方法を見つけてよ」と彼は懇願した。「この喜びをおじさんから奪うのは罪だよ」

マンジュクルーは立ち上がると、沈思黙考に要する静寂を要求し、一発放って振り返りざま、こっそり匂いをかいで眉をひそめ、《見つけたぞ》と告げた。《バグダッドだけに電報を打っていたのが間違いだった。》

「で、それで？」と他の二人は聞いた。

「だからさ、あっちこっちへ打たなきゃだめなんだよ！」と独裁者は答えた。

彼らはその場を離れて行った。人気のない通りで、サルチエルおじの二人の子分が誇らしげに声高に挙げたおじの居そうな都市の名が響き渡り、狂喜したソロモンは彼の青い手帳に書き付けた。

こうして都市名を挙げていると、その声で目を覚ました数人の男が何をしているのかと尋ね、被り物用の多色のマドラス生地で身を飾って降りてきて忠告を与え、他の都市を提案し、松明に火を点けた。従うつもりのないマンジュクルーは、蠟燭を手に手に刻一刻と数を増し、今や群集となった者たちを見て見ぬ振りをしていた。

光の大群はイギリスの電報局の前で止まった。マンジュクルーは数回ドアをノックした。ドアは閉まったままだ。興奮の極みに達したソロモンは力ずくで入ろうとして、自分を昔の城壁破壊用の羊頭の形をした破城槌に見做し、勇敢にもその小さな体で、飾り鋲《びょう》を打った扉に六回も体当たりし、そのたびに苦痛で喚いた。眠っていたイギリス人は遂に扉を開け、この群集に気づくと後ずさりした。

「俺は世界の国々へ電報を打ちに来たのだ」と群れの長は簡単に告げた。

「只じゃありませんよ」と電信技手は言った。

この手続きを忘れていたマンジュクルーは電報の数を減らすことにし、マタティアスに言った。マンジュクルーは、身体障害者が大きな事業を始めてから、彼には冷たい態度を取っていた。

「おお、マタティアス、金持ちたちの親玉よ、おじを愛するなら五百ドラクマ俺に貸せ！」

マタティアスは目を閉じ、断った。だが、群集が黙っていなかった。マンジュクルーの懇請に彼らの懇請を唱和させた。

「貸せよ、マタティアス！」「おお、財産を築いたお前だ、貸せよ！」「漁業の大会社を持つお前だ、貸せよ！」「ギリシア中に会社があるじゃないか、貸せよ！」「一万人もの子供を漁師として雇っているお前だ、貸せよ？」「雇われ人には一日一スーしか払っていないじゃないか！」「おお、マタティアス、貸すことに同意しろ！」

マタティアスは松脂《まつやに》を嚙むのを止めずに、頭《かぶり》を右から左へ、左から右へと振った。ミハエルが近づき、巨大な指でけちんぼの耳を摘んだ。

「俺はお前が大好きだ」と恐怖を与えると同時に優しく言った。「だから俺を喜ばせるためにも、貸すだろうよ」

「貸すよ」とマタティアスは言った。（彼は紐をかけたはち切れんばかりの古びた財布をしぶしぶ取り出した。）

「ほら、五百ドラクマだ。だが、お前たち皆が証人になるんだな！」

一団は声を合わせて、証人になる、と言った。マンジュクルーはチュニス、アレキサンドリア、エルサレム、コンスタンチノープル、ローマ、ヴェネチア、そしてマルタ島のシナゴーグに次のような電報を送った。

《力ずくでも優しくでもサルチエル・ソラルをケファリニアへ送還されたし彼への結構尽《けっこうずくめ》の贈り物ありストップせよ感極まる共同体の名により祝福を贈るストップせよ妥当な値段であらゆる係争を調停する揉め事好きの弁護士として誇りを以って自薦するマンジュクルーにより署名さる》

マタティアスは、この結構尽の贈り物を手に入れるために十日もたたないうちに多勢の偽サルチエルがやってくるだろうよ、と鋭く指摘した。だが鼎《かなえ》の沸くが如き激論も徐々に静まりゆき、群集は消えた。彼らの務めを果たした益荒男たちは互いに小指を絡ませて腕を振りながらそぞろ歩いた。

午前五時頃、魚市場と税関に挟まれた黄金小路の端に、彼らに向かって歩を進める一人のトルコ人がいた。彼らの目にまず入ったのはきらりと光る三日月刀、次いで白のガンドゥーラ、それから赤のブーツ、そして最後に切り傷のある額だった。その外国人が距離にして五十メートルほどの所まで近づいた時、マンジュクルーは通りで両腕を拡げて行く手を遮り、吼えた。

「神の恩寵により！」

「契約の櫃を覆う幕に刺繍された御名により！」とミハエルは言った。

「イスラエルの全能の神により！」トルコ人は言った。

「あなたはサルチエルおじさんですか？」とソロモンが尋ねた。

「いいや、我が友よ、その人はわしではない」とサルチエル・ソラルは答えた。「わしは追放された人間で、首には懸賞金がかかっている御尋ね者だ！　だが、その件については後で話す。取り敢えず抱擁し合おうではないか」

ミハエルは、すすり泣いているソロモンに、おじをいたわるように、そして大ニュースのことはまだ告げないようにと小声で勧めた。ソロモンはわかったとうなずき、サルチエルがマンジュクルーに体の具合を聞いている時、ちんまりした鼻に人差し指を密かに置いた。

「俺が肺病病みだってことはあんたも知ってのとおりさ」とマンジュクルーは言った、誇りを失うことなくしかも慎ましやかに……「肺結核だ、相変わらずな。数えてみればもう四十年だ」（彼が咳をすると窓ガラスが震えた。）

「要するに元気だということだな、結構だ。で、お前は今どんな仕事をしている？」

「事後の調停者だ。夜明けと同時に宣伝を始め、好むと好まざるとにかかわらず、まあ、何でもいいんだ、選り好みなんて贅沢なことは言わない、あらゆる商取引の間に首を突っ込んで、売り手には売値の勉強を、買い手にはもうちょっと奮発をって頼み込む。で、俺は双方から仲介手数料をいただくってわけだ。これが現在の俺の仕事だ。お前さんが知りたがったから教えてやったまでさ。金はなし、俺は日常的にこの上ない不運に脅かされて喘いでるんだよ」とマンジュクルーは堂々と言ってのけた。

「お前の仕事はまともだとはとても言えないな。しかし、神の被造物についての審判は神におまかせしよう。で、お前だ、ソロモン、お前背が伸びたか？　そう思えるんだがな。やあ、兄弟、ミハエルよ、なあ、わしの甥について何も知らせはないのか？」

「ない」

「あるよ！」喜びを爆発させて、誓いを破るのも恥とはせず、ソロモンは大声で言い、大胆にも挑戦的にミハエルを見据えた。

マタティアスがやって来て、松脂を吐き出し、友人のサルチエルを抱擁すると、サルチエルは一番最後に来た男の鉤と握手し、他の三人に正確に話してくれと頼んだ。

「俺には説明できかねる」とマンジュクルーは言った。「それは余りに立派過ぎ、そこには最高度の複雑さがある。事程左様にいかないのさ。誓ってもいい！」

「始めのところから始めなきゃならないんじゃないの」向こう見ずなソロモンがそう提案したから、マンジュクルーは軽蔑の眼で見詰め、ミハエルは抓って罰した。

「事程左様にはいかないのさ」とマンジュクルーは繰り返した。「あんたに説明し始めようと思うと、何も言えなくなっちまう、俺の舌はうまく回らなくなるんだ！　あんたが悉く知るには俺はあんたに悉く言わなきゃならない。ところが俺はすべてを一気に言うことはできないんだ。丁度牛乳みたいによ、牛乳瓶を垂直方向にまっすぐそのまま逆さにしてみろよ、牛乳は出てこないぞ。それとおんなじだ」

「あんたの甥っ子はかなりいい地位に就いてるよ」マタティアスは言明した。

サルチエルはガンドゥーラを体に沿わせるようにきちんと整え、かすれ声をなおした。

「政治の世界のポストだ」とミハエルが言った。

サルチエルはブーツの片一方を前に出し、右手を腰に当て、顎を上げた。

「彼はフランス抱擁《アンブラサド》［ambrassade＝友情、和解の表現としての抱擁、キスのこと。本人はambassade＝大使館《アンバサド》のつもりで言っている］」の秘書で、何隻かのフリゲート艦が彼のために大砲を撃ったんですよ」とソロモンは感動と誇らしさを抑えきれずに高らかに叫んだ。

「戦艦の大筒《おおづつ》」とマンジュクルーはからすみをがつがつ食いながら訂正した。

「巨大なタルターヌ船さ」とミハエルが言った。

「火船じゃないの、むしろ」とソロモンは示唆した。

サルチエルは三日月刀の鍔に手をやり、そして踵を揃え、背筋をぴんと伸ばした。甥の地位を充分に評価していないマタティアスにこれから雷を落としてやらねばなるまい、と思った。彼は今や、討論を牛耳り、益荒男たちの中で才学優長の人間として返り咲くにはどうすべきかを充分承知していた。

「おお、その鈍さ加減に呆れ返る頭よ」と彼はマタティアスに静かに言った。「大使館の秘書とはどういうものか、お前は知っているのか？」

「知ってるとも」とマタティアスは答えた。「それはな、大都市にいる領事のことだ。あんたは俺を誰だと思ってるんだ？」

軽蔑的な、嘲笑的な、侮辱されたような、高貴な、苦悩するようなサルチエルの笑いの爆発が辺りの空気に溝を穿った。眠っていた顔が突然窓の外に出現した。

「領事だと！　世間を全くご存じないとは、お前さんは一体どんな貧乏人の小倅なのだ？　領事だと！　なあ、我が友よ、大使館の秘書というものはな、領事を見ると吐き気を催すのだ、いらいらするのだ、そして鼻を摘むのだぞ！　大使館の秘書というものはな、領事のエナメル靴を見て、言うのだ。《踵が磨り減ったお前のスリッパは実に嫌なものだ！》とな。大使館の秘書の使用人自身も腰に両手を当て、領事を見て不快感からせせら笑う！　だが、お前さんには理解できまいて、お前さんの無知ぶりではその偉大さには考えも及ぶまい、お前さんにはその器量がないのさ」サルチエルおじは心底絶望して、そう結論した。

「よくわかったよ。それにあんたが大袈裟に言ってるってこともな」

外交の第一人者はこれほど無知な民族を選ばれたイスラエルの神を呪った。

「仮にだ、おお、卸売り商人よ、仮にだ、おお、蛙よ、お前がパスポートないしヴィザを欲しいと思っているとする、わしの人生でいくつもの誤りを冒させ、イスラエル全体に被害をもたらしている奴らのあの忌々しい円形の刻印、奴らが印刷インキを染み込ませてから、威張って、元気一杯、力強く押す印形の一つで、押すと魔法のような力を発揮するあれだ。そこでお前は領事のところへ行く、領事なんてケチな職名だ！　すると領事は拒絶し、お前のことを蜥蜴呼ばわりする。お前はわしの甥のところへ行くと思え、甥はわしへの愛からお前にお会いくださり、お前を翼の下に入れ、保護してくださるのだ。そうして彼は口笛を吹き吹き、ひょうきんに体を左右に揺すりながら領事のところへ赴き、やはり口笛を吹き吹き、同じように体を揺すりながら、領事に言う。《つっ！こっちへ来い、瀝青《れきせい》のジャッカルのごとき残酷無慈悲な男よ、評判のよくない伯母の甥よ、我が叔父の友人である或る男の或る息子のパスポートにサインし、ヴィザを与えてやれ。》領事は満足に口もきけず、面子を失い、顔面蒼白、傷ついた雀のように身を震わせ、答える。《畏まりました、閣下。承知するということは即ち従うということであります。》彼が甥に《いと高き閣下》と言わなかったかどうかはわしにはわからん。そういうことだ、おお、魚売りよ、大使館の秘書とはそういうものだ！」

「そういうことだ！」とソロモンは挑むように言った。

「マタティアス、大砲を一発ぶっ放すといくらにつくか、お前知ってるか？」人間心理の洞察家マンジュクルーは付け加えた。「ナポレオン金貨で百枚だぞ。ケファリニアのガレー船の総司令官はラビの息子のために目玉が飛び出る大砲を三発も奮発したんだぞ。これで終わり。もう付け足すことはない」

そう言うと、彼は言葉を切った。

「その船は帆付き大型ボートかジャンクだと思うんだ」とソロモンが言った。

「ケファリニアのガレー船だと？　それで彼はどこにいるのだ？」とサルチエルが大声を出した。

「グランド・ホテルです。広いアパルトマンで、信じられない位の豪華さはシバの女王並ですよ！」度外れの誇らしさで目がギラギラ輝いているソロモンは金切り声を出した。「彼がここにいることをすぐにあなたに言わなかったのは、突然の喜びにあなたが恐れ戦くんじゃないかって、心配したからなんですよ！」

サルチエルは、お前たちのせいで貴重な時間を失ってしまった、と言って友人たちを呪い、猛烈な勢いで駆け出した。小柄な老人の三日月刀が丸石に当たると火花が散った。

ホテルのドアマンは、ソラル様から八時前には起こさないようにとの命を受けております、と彼に言った。叔父は粘ることなく立ち去り、捨て置かれた工場へ向かった。その屋根の上に斜めに乗っかっている鳩小屋が彼のこの世の城砦であり居住地だった。彼は第一級の沐浴をし、はしばみ色のルダンゴトを着、半ズボンに玉虫色のストッキングをはき、それからジャスミンの花房を一つラペルホールに挿した。

六時三十分、彼はまだ眠っているホテルの前に再び立った。庭を暫く散歩してからにっこりすると、植え込みに向かい、にわとこの茎を一本引き抜き、その茎に五つの穴をあけた。牧笛を作り終えると一番大きなバルコニーの下に立ち、要塞の周りをソラルと散歩した過ぎにし昔のように、それを吹いた。

赤いビロードの部屋着がバルコニーに現れた。叔父と甥は微笑みを交わした。この優しい静けさはエメラルドの海の歌で破られた。ソラルは《ようこそ》と仕草で言った。像のように物静かに、イチイの木のようにまっすぐに立ち、老人は白髪の房を整え、ひげを剃った皺の刻まれた両の頬にそっと触れた。ソラルは部屋に来るようにと叔父を促し、その夢のような舞台に幕を下ろした。

サルチエルは急いだ。二階で、フランス領事館から転送された一通の手紙をソラル様に持ってゆくホテルの従業員に出くわした。その手から手紙を奪い取ると、開封したのではないかと領事館を疑った。なるほどなあ、再び封をしてあるが、じつにうまいものだ。卑劣きわまりない！　その手紙にはヴェルサイユのトゥリアノン・パラスの消印があった。《フランス領事館気付》、いつもこの領事館だ。女からだろう。叔父は封筒の匂いを嗅いだ。

その間、ソラルは、先刻の愛しくさえ思える純朴なひとときが他のいくつものひとときの後を追って、そのひとときの持ち主が来るのを待っている死の入り口へ向かって流れて行ったのだと考えていた。海は何もかも飲み込み、そのときには彼のことを知る人はもはや誰もいないだろう。彼は何時ぞやジュネーヴで出会ったぽってりした唇の男のことを思った。その男は尋常でない注意を払って彼を凝視したのだった。

俯いて、震える脚でサルチエルが入ってきた。御定まりの愛情の吐露はご免蒙りたかったから、ソラルは叔父を質問責めにし、たっぷりした朝食セットを注文した。生活状況についてソラルが控えめに聞いてきたから、九ピアストルが全財産だった老人はポケットのごく僅かな小銭を元気よくかき回した。

彼はその朝食に敬意を表したが、切子ガラスの瓶や鼈甲のブラシや最愛の人の漆黒の髪に驚いて、コーヒーを飲むのもジャムを玩味するのもしばし忘れた。甥にキスする時機を見計らっていたが、なかなかその好機を捉えられず、随分悲しく思っていた。外交官の世界ではそうしているに違いないからと、小指を立てて桃の皮を剝きながら、ネジドでの幻滅を語っているうちにヴェルサイユからの手紙を渡すのをすっかり忘れてしまった。

「わしはお前に言いたいのだよ、お前に語り聞かせたいのだよ、我が愛しき子供よ。五十四歳のとき、お前をエクスに連れて行った後、わしはアラビア一周の旅に出た。そしてわしはその国のファラオ、エミル・イブン・ラシドの大臣に任命され、権勢を欲しいままにした。政令に署名し、わしのベドウィン族の兵士全部にフランスの詩を学ぶよう命令した。《愛らしき者よ、見に行こう、薔薇が……》［ロンサール「頌歌」I-17 Ronsard *Odes I, 17*］、お前はこの詩句をよく知っているな。わしは我が国の予算の均衡を図った。わしの管轄する行政区域の民は一週に一度手紙を送ることが義務付けられており、切手は無論このわしが販売した。パナマの切手の古いストックをマルセイユで買ってあったからだ。わしは尊敬されていた。人々はわしのことをエミル［emir＝オスマン-トルコの将軍］と言っていた。『キショット』［『ドン・キホーテ』］という題の物語をお前は読んだかね？ おっと、これは別問題だ。だが、わしらはこれから来る夜も来る夜もおしゃべりができるだろう。一族の者やその気持ちを一つにしてくださる御方《おんかた》は讃えられよ。わしはわしの債権者全部に欠席裁判で死刑の判決を下し、お前を長老に任命した。しかし、お前に知らせようにも知らせようが無い、お前をどこで見つければいい？ ところで、件《くだん》のエミルがわしを探らせ、わしの付き合いを知った——お前は笑っているが、これは一点の曇りもない真実なのだよ——ジッダのフランス領事とのな。わしはフランスにささやかな贈り物をしようと思ってな、フランスに文明の光を輝かせてやりたいが一心で、わしはネジドを保護国としてフランスに与えようとしたのよ。（彼は付いてもいない埃を払おうとして花柄のチョッキを震える指で弾き、茶碗を落としてしまった。）それからマドリガルだ。わしはエミルの細君に小さな詩を一編送った。要するに、わが子よ、エミルはわしの首を刎ねようとしたんだ、で、わしとしてはそんなことをされてたまるかってな、ひきょうな襲撃者から逃れるために三日間も砂漠を走り続けた、という次第だ。アラブ人とは、マホメットの汚いけつみたいな奴らなのだ！」

彼は品の悪い話し方を恥じた。過失は償わねばならぬ。そこで彼は砂糖のひとかけらを角砂糖挟みで取り、二本の門歯で嚙み砕いた。そうして額をぽんと叩き、すっかり忘れていた手紙を差し出した。すばやく目を走らせるソラルの顔に笑みが震えている。彼は部屋着のポケットにその紙を突っ込んだ。鼻孔が開く。顔面蒼白。

「ごめんよ、わしの愛しき者、野次馬根性で言うんじゃない、良くない知らせじゃないんだろうな？　おまえのポストを失ってはいまいな？（ソラルは仕草で彼を安心させた。）それなら嬉しいよ。わしは恐ろしかった。この筆跡は好きじゃない。なあ、わしのソルよ、（彼はこの一言だけを言いたかった。この言葉が彼の心の音楽であり、そう言うことで背の高い甥の額にそっと触れているような気分になれた。なあ、わしのソルよ、と言うとき、彼の心の息子と親密な会話をしているように彼には思えるのだった。だが、続けなければならない）その地位は安定しているのか？　フランス人は親切だ。わしが彼らを愛しているかどうかは神がご存知だ、それにわし自身がフランスの市民ではないのか？　帰化で市民になったわけじゃない、五百年前からフランスの市民なのだ、我が子よ、しかし彼らはすぐに考えを変えるからなあ。お前は共和国大統領のサインのある契約書を持っているのかね？　ああ、結構だ、それならいい。願わくは今、王政主義者による共和国転覆など、わしのためにも、なからんことを！　それから、なあ、わしのソルよ、（新たに優しく間を取って）その省にはお前を嫉妬し、背後から短刀で刺すような酷い裏切りをしてやりたいと思っている蛇はいないのか？　お前にはいい後ろ盾があるのかね？　ああ、そうだったな、お前が言っていたっけな、内閣総理大臣だ。で、わしはお前にもっと言いたかったんだが、はて、何を言おうとしていたのかな、わしのソルよ？　わしの頭は沸騰しちまってるんだよ。そうだ、これだ、このことを言おうと思っていたんだよ。首相と仲良くなったのは結構なことだ。栄達の頂点に居る老人には（サルチエルはため息をついた）辛辣さは無い。首相はお前に優しく言う。パスポートを欲しいのだな、ほら、やるよ、どこか遠くへ行くことだな！　それに反して、若い警視は自分の将来への期待や不安からお前を痛めつけたり、ローストにする。わしは経験済みだからこそお前に一つ言っておきたいことがある。わしの言うことを信じるのだ、老人の忠告は為になるものだ。モサヌ氏を敬うことだ。彼に腹を立てるな、彼がくだらないことで一言多くお前に言っても我慢することだ。どうしようもないのだよ、我々は我慢しなければならないのだ、我々は！　何より大事なのは生きることだ。とにかくわしは嬉しいのだよ。お前は良い職に就いている。お前には外交官としての特権もあるし、憲兵のヤタガンでさえ、お前を前にしては自ずから折れる。わしのために、外交官のメッセンジャーなんて職はあるまいか？　小使の仕事だよ。わしはスーツケースをしっかり護る、確約するよ。まあ、様子を見るとするか。それで、なあ、わしのソルよ、今お前が滞在しているこのホテルだが——ここで余り無駄遣いをしなさんな——このホテルだが、——わかるよな、マタティアスのためにわしが参考資料を集めているのだが——このホテルはexterrifié《エクステリフィエ》と言うのだったか？　extorréfié《エクストレフィエ》だったかな？　どう言うんだ、お前はこの語を？　わしが読んだ新聞にはそう書いてあったから、わしはそう言うのだが、このことのためだけで、お前はこのホテルに滞在しているのか？」

　と叔父は気の毒になるほどばればれの偽りの確信を持って言った。

「Exterritorialisé《エクステリトリアリゼ》［治外法権］」

「お前には全く感心するよ。わしはこの言葉が喉から出てこんのだよ。連中は今後どんな言葉を発明するのだろうか！　まあ、すべて順調というわけだ。教育とは大したものだ。お前を任命してくれたモサヌ氏に礼状を書こうと思っている。お前はどのようにして成功を摑んだのかね、それがわからんのだよ！　心配しなくていい、手紙は匿名にして、《臨終の時に至るまで偉大な閣下に心動かされ、感謝の念を抱き続けるイスラエルの一老人》とだけ記すことにするからな、よくないかな？　よし、わかった、手紙は書かないことにする。気の毒にお前のおかあちゃんはお前に会わずに死んじまった。どうしようもないだろうが？　なあ、わしはお前の邪魔はしたくないのだ。もし何かやらなきゃならないことがあるなら、わしは部屋の片隅で静かにしている。政治とか外交に関する本を一冊かしてくれんかね、だが、お前が持っていないのなら、我が愛しき者よ、一向にかまわんよ。随分しゃべっちまったな、ごめんよ、久しぶりだったからな、我が愛する者よ」

　とっくに興が醒め、持ってきたことを後悔している外交官の二角帽を、叔父の懇請に負け、ソラルはとうとう被って見せた。彼は言い付けを口実に、部屋を出た。一人になればサルチエルが何をするか、彼にはわかっていたからだ。

　ためつすがめつ左見右見《とみこうみ》し、豪華な品だと感づくと、叔父はほんの少し黙想し、誇らしさから優しい涙を流した。そうして、一人であることを確かめると二角帽を矢庭に摑み、被った。高官たちと議論しながら歩き回り、鏡に映るその姿にこっそり目を遣った。気取ったポーズをとり、座ってみたり立ってみたり、椅子に上ってみたりして、自分を見つめた。なんと似合うことか、二角帽を被るために生まれてきたようなものじゃないか！　彼は残念に思いながら、帽子を脱いだ。

　ソラルが戻ってきたとき、叔父はすっかり変わっていて、バルコニーで脚を組み、上体をそらせて新聞を逆さまのまま読んでいて、先刻得たばかりの権力に酔っていた。サルチエルは甥が戻ってきているのに気がつかなかった。ソラルはヴェルサイユからの手紙を読み直した。

《パリから送られたあなたの短いお手紙は噴飯物ですわ。いくつかの新事実は私には醜悪に思えます。私があなたにお手紙しようと決めたのは、あなたとの再会が私には大変不愉快なものになることをあなたに言いたく思うからです。そのことをお忘れにならないように。オード・ドゥ・モサヌ》

　ソラルはほくそ笑んだ。アドリエンヌの仕掛けた攻撃であることは明々白々だった。愛しく可愛らしいオード。それから彼は叔父のために、数時間後にはケファリニアのユダヤ人を残らず駆けつけさせることになる手紙を書いた。

「今は、叔父さん、僕を一人にしていただかねばなりません」

「ああ、お前そこに居るのか、我が子よ？」とサルチエルは振り返りながら言った。「わしがここに居てもよかろうが、なあ、お前。わしは後ろを向いている。お前の邪魔はしない、お前が身繕いし終わったら、二人で話そう。お前は十日間しかここに居ないと聞いている、そうしてお前はアテネへ行くのだろう」

　裸のソラルはシャワーを止めた。

「僕は今日、六時に発ちますが、アテネへ行くのではありません」

　サルチエルは絶望したが、敢えて振り返らなかった。彼は元気のない声で言った。

「わしを一緒に連れてってくれ」

「だめです。けれども僕が発つ前に、あなたに手紙を渡します。その手紙はあなたを喜ばせるでしょう。それは謎めいた手紙ですが、僕たちはじきにまた会えますよ」

「その手紙をすぐにわしに渡してはくれまいか？」

「叔父さん」とソラルはオーデコロンをたっぷりかけながら言った。「宗派の異なる者同士の結婚をどう思いますか？」

「わしはお前に何を言うべきか、我が子よ」とサルチエルは背を向けたまま答えた。「良いことかと言えば、それは良いことではない、娘が改宗してもな。だが、それは生涯に関わる問題だ。ふむ。それで、お前が行くのはヴェルサイユだな？」

　出発のとき、ガマリエルは黄金小路を通りたくなかった。大勢で目を凝らしていたからだ。小柄なサルチエルが従っていた。ラビがミハエルに合図すると、彼は二頭の馬を止めた。これから出発する息子の肩を抱き締めてから、やっとこのような手でその肩を鷲掴みにした。

「お前の叔父が宗派の異なる者同士の結婚問題をわしに話した。（ソラルはサルチエルの密告の素早さに驚嘆した。）我が民族の娘を娶《めと》れ。わしはもう長くは生きまい。わしの所へ戻れ」

　ソラルは馬車を下り、父親の手に接吻した。近衛兵が馬たちに鞭をくれると馬車はドームへの道を引き返した。ケファリニアの著名な息子の門出に立ち会おうと膨らみに膨らんだ群集を益荒男たちが追い払い、サルチエルは益荒男たちを追い払った。

　彼は甥に続いて船の梯子を身軽に上り、ひととき船室に一人で居させてくれと頼んだ。彼はドアを閉め、ルダンゴトから古い銀製の皿を取り出して簡易ベッドの上に置き、一枚の紙に書いた。《パリに着いたら、じきにわしをお前の傍に呼んでおくれ。使用人として、だが、お前の傍近くに仕える使用人としてだ。お前が好まないのはよくわかったから、後程抱擁はしない。此岸《しがん》に居ても彼岸《ひがん》に居ても心からお前のことを思うお前の叔父、サルチエル・デ・ソラル！》愛すべき翁は簡易ベッドの枕にキスし、銀の皿にその紙と祈りのときのショールとすみれの花を置いた。

　最初の合図の鐘が鳴った。叔父は有り金をはたいて、著名な旅行者に特別な心配りをする約束をボーイから取り付けた。彼は船室に戻り、救命ブイはベッドの下にあること、《そして、ひたすら神の思し召しに適うように、我が子よ！》と手紙に付け加えた。

　彼は甥の手を力強く握り、航海日和になるだろうと言い、無理して口笛を吹きながら梯子を下りた。桟橋まで来ると前もって命じておいた馬車に乗り、全速力で要塞まで走らせた。そこで彼は最後のマストが見えなくなるまでハンカチを激しく振った。それから腰を下ろし、心は大きな悲しみに襲われ、狂ったように泣いた。

　一時間後無気力から抜け出し、謎の手紙を開封することにした。手紙を読み、新たな活力が湧いてくるのを感じると、マンジュクルーを探しにユダヤ人地区へ急いだ。マンジュクルーに島の人々を集めさせようと思ったのだ。島は、数日間、朝から晩までこの豪勢な知らせで持ち切りだろう。

15

ヴェルサイユ。トゥリアノン‐パラス。血染めの十字架婦人会の慈善ダンスパーティー。重砲兵隊の将軍たちの胸に輝く聖ヨハネ十字勲章、聖ペトロ十字勲章。

ジャックは婚約者と踊っていて、幸福だった。彼は抜擢され、少佐に昇進したばかりで、今は外務省付き出向将校だ。じきに彼らは結婚式を挙げ、その後二人してローマへ発つことになっていた。今やオードが彼の姓を名乗るのをどんなに待ち遠しく思っているか、彼にはわかっていた。彼に合流するため、彼女がパリに来るとはなんと良い思いつきだろう。

「やはりレゼルヴォワールよりトゥリアノンの方が余程いい。ところでオード、あなたに言うのを忘れていたが、さっき外務省でソラルに会った。彼は今朝戻ったんだ。あなたの父上は彼のことをかなり怒っておられた。父上は彼に大したことも無い任務を負わせてアテネへ派遣したのに、彼は行かなかった」

彼女は聞いていなかったようで、自分が踊っていることも、自分が何処に居るのかさえ知らぬ気に、心ここにあらずの体で静かにくるくる回っていた。

アドリエンヌはその二人をまなざしで追っていた。しなくてもいい後悔なんてたくさん。でも私はなんて卑劣な行いをしてしまったのかしら。ソラルからの古い手紙を細工して、彼が双方に同じ愛の手紙を同じ日に書いたのだとこの娘《こ》に信じさせた。私はオードを苦しめてしまったけれど、弟の立場を護ったのよ。

情けない言い訳。本当なら私が立ち去る勇気を持つべきだった、三十二年間生きてきて、私は何をしたかしら、何かの役に立ったかしら、私は何のために生まれてきたのかしら？　私にも若いときはあったし、情熱に溢れてもいた。そして今、私はぶらぶら暢気に暮らし、何も信じていない。ちがう生き方もできたはず。しかも、この愛は私に喜びをもたらしたかしら？　いいえ、抑えのきかない、嘆かわしい、愚かな女の愛だったのよ。私に小さな子供の一人でもいれば、手紙を細工するなんて卑劣な行為に及んだりはしなかったはず。《おかち、おかち、ママ、うま、うま！》娘がヴェルサイユでジャックに合流するのを、なぜモサヌはあんなにも早く承諾したのかしら？　勿論私はここに居る、私は若い女性の付添い人だもの。道徳観念からくる良心の呵責は私にこそ相応しいものだわ！　モサヌの愛人は彼と暮らしているにちがいない、だから彼は自分の娘を遠ざけたいのよ。なにもかも悲惨だわ。あの老人、五、六年のうちに死ぬかもしれないのに、女が必要なのよ。でも、なんだって私たち哀れな人間は、互いに身を寄せ合いたいと思わずにはいられないのだろう？　あの手紙以来、オードは私をどんなに軽蔑していることか！　私はあの娘から使いやすい使用人のような扱いを受けているのに、平気でいる。かつての私は誇り高かったのに、今の私は、どうしてかよくわからないけれど、秋風に薄の穂、卑怯にも程があるわ。でもそれは監視するため、スパイするためかもしれない。それにしてもあの娘が自分を取り戻すことができたなんて。

　ソラルが入ってきた。青ざめた玉の顔《かんばせ》、すべては彼に属しているとする専制君主のようなゆっくりとした足取りだ。オードとジャックはまた踊っていた。ソラルは一方には友情の印を送り、もう一方にはもったいぶった挨拶をした。彼がアドリエンヌを誘うと彼女は応じ、ダンスの中に引き摺られていった。シンバルがオーケストラの目を覚まさせると、地獄の門が開いた。突然オードがジャックから離れた。

　時ならぬ不意の指令に従うかのように、オードは望みもしないところへ引き摺られていった。即座の喜びと勝利への渇望。彼女が我に帰ると、アドリエンヌに微笑んでいるソラルが通り過ぎていった。彼女はその手を大天使の如く高貴な人の肩に置くと、その人は夢の中でのように彼女を抱きしめ、二人は狂ったようにくるくる回った。彼女をじっと見ている皮肉っぽい目が彼女を目覚めさせた。一人に、そしてもう一人の女に、同じ日に、一通ずつ愛の手紙を書いたとは！　おお、この意地悪男の唇に噛みついてやる！

「卑劣漢、あなたは卑劣漢です！」彼にぴったりと身を寄せ、彼女は小声で繰り返し言った。

　彼女はオーケストラが演奏を止めるまで離れなかった。ジャックのところへ戻ると、優しくからかった。ええ、そうよ、あなたに仕返しをしたかったの、あなたったらあそこにいるご婦人から目を離さなかったんですもの、それで、もう一人別の騎士殿を選んだのよ。ジャックは微笑もうと努めた。やはり、このソラルにはもううんざりだった。もし彼が笑えば、彼女は彼が嫉妬していると解釈するだろうし、笑わなくても同じだろう。彼女は庭園へ彼を引っ張っていった。アドリエンヌはもう引き上げていた。

ソラルは面白がっていた。《僕が来ると、三人はつまらない芸当をやって見せ、それから退場する。》彼は愛国者振りをむき出しにしている興奮状態の老婦人の足をわざと踏んづけて、外へ出た。

彼はホールの旅行者リストの前で立ち止まった。モサヌ嬢、アパルトマン七十六号室。吉兆だ。成功間違いなし。やるぞ。使用人たちが小声で話していたが、それはおぞましいばかりの罵詈雑言だった。

彼は階段を上がり、七十六号室のドアを押した。庭園の奥に設置されている発電機のリズムに合わせて部屋を縦横に歩いた。オードとジャックの声が聞こえたので、衣装棚として使われる小部屋へ逃げた。

キス。ジャックは部屋を出、彼女はため息をついて、絶えず書き直される筋立てをまた変更しながら座った。彼女は無意識に服を脱ぎ、大きな声で話した。

「私はなにか欲しいのよ。ボンボン、そうかしら？　いいえ、タバコ、そうかしら？　いいえ、ソラル、そうかしら？　ええ、そうよ。ああ、ソラル、ソラル、私の中に秘めたあなたにたいする優しい狂気、あなたは絶対に知ることはないわ。あなたは何をしたの、私をこんな風に摑んでしまったあなたは誰？　私はあなたにすべてを差し出しているのに、あなたはここにいない。全く、全くいないのよ。そうして、なぜ、なぜあの女、アドリエンヌに同じ日に、殆ど同じ言葉で手紙を書いたの？　それから、さっき、なぜあなたは私を攫ってゆかなかったの？　あなたは私を愛してなんかいないのよ、それなのに、この私はあなたを愛している」

彼女は身に着けていた最後の衣類を力任せに投げると体操の動きをした。今はもう全部無駄だと考え、止めた。体操なんて何の役に立つの？　彼女はイギリスの本を開き、誇張した発音で大きな声で読んだ。彼女は読むのをやめ、すすり泣いた。絨毯の上に一本の薔薇の花を見つけた。その花はしおれかけていたが、あらゆる喜びが詰まっていた。彼女は期待した。

「ああ、寒い、ソラルが欲しい。神よ、あなたは私を変え、打ちのめされました、私をお哀れみください。彼を私にお与えください。主イエスよ、もしあなたがすぐに彼を私に下さるなら、わたしはあなたを信じます」

ソラルの心臓は早鐘を撞いていた。

16

ソラルが発った後、我らがマンジュクルー氏はバルバリ［エジプト西部から大西洋岸に至るアフリカ北部地域の古名。この地域の原住民がベルベル人であったことから］産のイチジクを顎に杖して食いながら、只取山のほととぎすってなぼろい話はないものか、と考えながら一人その場を立ち去った。

幸運にも途中で〝しわぶき三兄弟〟に出くわした。長年気管支炎を患い、耄碌し、破産した三人の年寄りは皆からそう呼ばれていた。すっかり朽ち果てた彼らの住まいの階段らしきものに腰掛けて、月一回の足湯をしながらピスタチオを食い、海に半ば浸かっている夕陽を眺めながら、奇蹟のラビたちのことを語り合っていた。

「あんたらご存知かな？」これから三人に何を話すか目安も付けていないのに、千三屋《せんみつや》の親分はそう尋ねた。

「外国の大ニュースだ！」

彼らの長い人生の流れの中で何度も聞いたこの言葉が三人のご老体のペースト状になった脳に届いた。

「話してくれ、栄光に包まれし者よ」八十歳になる一番の年寄りが言った。

「英国王が改宗して、ユダヤ教徒になったのだ！」とマンジュクルーは耳の毛をカールしながら告げた。「王は毎朝シナゴーグへ行き、丈の長いレヴィットを着用に及び、年中種無しパンを食すと決めたのだ！」

三体の残骸は食うのを止め、互いに祝いの言葉を掛け合い、これほどありがたい知らせを聞けるのも長生きのお陰だと、か細い声を思いっきり張り上げ、イギリス王を祝福し、この世界は奇蹟の連続であるとの認識で三人の見解は一致し、咳をした。

次いでマンジュクルーは最重要のニュース、即ち、たった今、彼が憲兵に取り立てられたことを告げた。しわぶき三兄弟は彼に祝意を表し、これからも長く正義の道を歩み続けるよう戦士に望んだ。しかし、アテネの当局者とスルタンにより、毎日夕方の七時から八時まで《咳、くしゃみ、それらに類する咳の発作への課税》が新たに決定され、目の前に居る憲兵、他ならぬマンジュクルーがその徴収を任されたのを知ったとき、ピスタチオが彼らの手から落ちた。

「前代未聞だ！」腕組みしながら、一番下が言った。

「しかし何てことを思いつくんだ、このスルタンは？咳に関税をかけようってのか？」イスラエルの不幸を嘆き悲しみ続ける二番目が言った。

「福者は讃えられんことを！」大きな時計のようなもの――鉄製の懐中時計なのだが――をポケットからゆっくり取り出して眺めながら、一番上が言った。「今、七時五分前だ。わしらに残されているこの五分間を利用し、咳をしよう、我が兄弟たちよ！」

三人は彼らの咳を鎮めたまえと神に願い、競って咳をした。しかし、要塞の大砲が七時を告げると公権力の代理人は右手を上げた。そして三人の旧人《ふるびと》に向かって、最早咳をすることまかりならぬと厳命した。

「ストップ！」

三兄弟はマンジュクルーの厳しい視線の下で、二十分間唇を閉じたままでいた。だが、皺だらけの黄ばんだ顔が真っ赤に染まり、その赤さ加減が最高度に達すると、堪えかねて敗北を覚悟で爆発し、教会合唱の和声法ではないが、フォブルドンやらいびき紛《まが》いのうなり音、はたまた最高に元気の良い肺結核患者の鐘ならぬ咳のカリヨンを聞かせた。マンジュクルーは手を差し出し、滞った税金の支払いを要求した。不幸な者たちはニットの財布を空にした。

「ユダヤ人を憲兵にしろ」と一番の年若が言った。

「そいつはバビロニア人より悪辣になるだろうよ！」と一番の年長が言った。

マンジュクルーは遠くにサルチエルの姿を見て、正義の怒りに触れるのを恐れた。たった今詐欺の犠牲者になったばかりの三人からその記憶を削除しようとして、彼は、イスラエルの息子が一週間前からパレスチナで勢力を振るっていると翁たちに語った。三兄弟は抱き合って喜び、か細い声ながら得意満面で詩篇を歌いだした。質《たち》の良くない男がしわぶき三兄弟に、彼ら三人がイスラエルの宮廷の高官に任命されたところだと告げたその瞬間、サルチエルが着いた。

弟二人が晴れ着に着替えるなどエルサレム行きの準備を整えに行っている間に、サルチエルはマンジュクルーを離れた所へ引っ張って行き、勿体ぶった仕草でソラルの手紙と立派な人がその叔父にくれた千フラン札五枚を彼に見せた。しわぶき三兄弟の年長者は相変わらず座って、侍従長なんかにはなりたくないと執拗に繰り返し、こんなにも遅れてやってきたとは、とイスラエルの王を呪った。

サルチエルは甥の出発で感極っていたから、住民に宛てられたすばらしい手紙を読み上げられなかった。彼はマンジュクルーに指示し、マンジュクルーは何の異議も挟まず了解、必ず言われたとおりにやると返答し、司祭を叩き起こして、大祭に人々を集めるときに使われる雄羊の角笛を借りてくると言うと、雌鹿のようにすばやく立ち去った。

　彼は角笛を口にくわえ、急を報じるために角笛の中に咳をした。家の鎧戸はばたん、ばたんと音を立て、おびえた顔がぬっと現れ、窓ガラスが砕けた。男たちは市場広場まで伝令官の後について行った。女たちは窓から深刻そうに様子を伺い、あえて夫や息子たちと一緒に行こうとはしなかった。

　マンジュクルーは群集に座れと命じ、蜜入りワインの皮袋を持ってこさせると、先程巻き上げたしわぶき三兄弟の蓄えで支払い、大ニュースに敬意を表して、運びこまれた子山羊たちがローストされている燃え盛る火で、垢だらけの裸足の大足を暖め、黒のルダンゴトのボタンをはめ、シルクハットを傍に置き、手紙を読み始めた。

　実を言えば、その手紙はこのような熱狂に値するほどのものではなかったが、島の男たちは熱い心の持ち主だった。ソラルはパリへ来るようにと叔父に勧めているだけだったが、もし叔父が望むなら友達を何人か連れてきてもいいと言っていた。旅費は喜んで払うし、サルチエルの同伴者たちがきちんとした身形を整える費用としての二万五千フランは、叔父がその金をシオニズムの慈善団体に渡す方がよいと思うなら、そうしてもよいとソラルは付け加えていた。

　手紙が読まれた後には喪中の家のような静けさが訪れた。マンジュクルーは二人の従僕が支えている皮袋のワインで長い間喉を潤し、次いで子羊の腿肉と子山羊の頭で腹ごしらえをした。群集は尊敬のまなざしで彼を眺めていた。ようやく、骨ばり、血管が浮き出た毛むくじゃらの巨大な手のひらで口を拭うと、偽弁護士はこんな言葉使いで始めた。

「ここにお集まりの男性諸君、我が労苦を共にする人々よ、我が人生の浮沈の生き証人たちよ、我が民族にとり、大事なときが到来したのだ。我々は我々の歴史の分岐点に立っている！　何をすべきか、そして何をすべきでないか？」

　利口な小柄のソロモンが遮り、そんなの至極簡単なことだよ、サルチエルができるだけすみやかに彼の同伴者を選び、その人たちができるだけいい身形をすればそれでいいんだよ、と言った。しかし彼の言葉がこんなにも手っ取り早く説明されてしまうとなると、〝裁判沙汰の捏ね返し屋〟には都合のよいものではなかった。

「おお、牝犬の胎から出て来た犬よ！」と彼はソロモンめがけて子山羊の頭を投げつけると、すばやく捕らえたソロモンはゆったりと心ゆくまで味わった。「お前がご存知かご存知でないかは俺の知ったこっちゃないが、皆の尊敬を一心に集めているサルチエルがこの俺に一から十まで、つまりだ、全権を委任しているからして、ここではこの俺がソラル・デ・ソラル、彼自身の代理人なのだ、世々の終わりのその後までも、ソラルは讃えられんことを！」

「わかった、わかった」とソロモンは子山羊の目を丸呑みにしながら、泰然として言った。「あんたがやりたいようにやればいい」

「なんとなれば、選考委員諸君、本文ははっきり述べているからである」とマンジュクルーは手紙を叩きながら続けた。「《一番良く身形を整えた者が二万五千フランを獲得する》と」

「手紙を見せろ、富の息子よ」文盲の老人がそう頼み、眼鏡をかけ、読む振りをした。「そのとおりだ。一番良く身形を整えた者に。あんたが言ったとおりだ」

「それでだ、我が殿様たちよ、その気前のいい男が、俺たちゃ充分にいい身形をしていないと判断したら、どうなるんだ？　金は俺たち聖なる氏族の手を離れ、シオニスト、つまり雪の多い地方の男たち、俺たちの聖なる律法の言葉を正確に発音できないゴグ［Gog＝旧約のエゼキエル書ではゴグはメセクとトバルの総首長で、マゴグから出陣して主なる神に敵対するが、やがて滅ぼされる］の国やポーランドから来たユダヤ人を富ませるために使われるんだぞ！」

　真っ平ごめんだ、という叫びが地中海人である群集の真ん中から一斉に挙がった。巨額の金がイスラエルの真の息子たちから逃げるにまかせておくべきや。《むしろ我々の子や妻たちを刺し殺す方がましだ》と数人が大声で言った。それから両替の手数料が議論され、鉛筆が家々の壁の上を走った。

　結局のところ、マンジュクルーは翌日金曜日に〈優雅な服装コンクール〉を催し、その審査委員長は自分が務めることを決めた。疲れきった声が既に不正を糾弾し、豹は当然自分の友達しか選ばないだろうと呟いた。

　群集は次第に眠りに落ちていった。熱心な男たち数人がまだ議論していた。ミハエルの両脚に頭を乗せているソロモンがもつれる舌で、ラビの息子なら一番貧しい人にその金を与えただろう、きちんとした身形だとかなんとか言わずに、と言った。だが、人々は謀反人を黙らせ、《金のある者が命令する》のだと彼に教えた。希望で一杯の三十五万の鼾がやがて市場広場を賑やかにした。

　日の出と共にマンジュクルーは島で唯一の古着屋へ乗

り込み、幸いなことに前日の出来事を知らないこの古着屋と、二十四時間有効の提携契約を結んだ。そうして住民にこの古着屋で最高に優雅な服を買うようにと勧めた。この日はそぞろ歩く公証人、侯爵、天文学者、薬剤師、調教師、司令官、宮廷に出入りする俗僧の姿しか目に入らなかった。

その日の夕方、聖務日課前に、住民の悉くはマンジュクルーにより振るい落とされていた。彼は猛獣のような目で群集を見回し、幸福者のリストを読み上げようとした。

だが、その瞬間、遅刻常習犯のソロモンが全速力でやってきた。毎週金曜日には熱い風呂に入るのが習慣になっていて、いつものようにこの日も週に一度の慣わしを済ませた後だったから、まっかっかの彼は風邪を引きはしないかとひどく心配していた。若死にしたくなかったからだ。ヨーロッパの礼服だとされる現代風の青い三つ揃いを着用していた彼は、それ故リヴァースを立てていたが、それでもぶるぶる震えていた。群集の感情の懐柔を図り、軽い咳をしたところ、群集は彼を呪った。（温和な性質、皆をどっと笑わせるユーモア、愚直な小男の思いやりはいつも全員の軽蔑の的になるのだった。）ついにマンジュクルーが始めた。

「エレガンスを競う二万五千フランコンクール参加のために選ばれし諸氏は、以下のとおりである。親類縁者の権利と指図する者の権利を併せ持つサルチエル・ソラル、彼は己の気に入るように装うだろう。我輩だが、我が衣服は趣味が良いからだ。青のルダンゴトにはパールボタン、オコジョの毛皮で少々ライニングされておる、円筒状の帽子も然り、オコジョの毛皮で取り巻かれておる、まさに鉄の裁判官の如し。マイモン・ソラル、老齢と知恵の権利による。我が従兄弟、ケリード・ソラル、彼はステッキを持っているからだ。それから、我が本従兄弟でもなく、また従兄弟、はとこでもない、もっと縁は薄いが、バンボ・ソラルとベッソ・ソラル、血のつながりは殆どないかも知れぬがともかくわが縁者には違いなく、誠実な人たちの如く装っており　自惚れの強い男のようには装っていないからである。マタティアス・ソラルと娘のレア・ソラル、コンクールには参加していないが、至急かつ内密の私的理由による。ミハエル、彼は我が友であるからであり、ソロモン然り。しかも我輩が選出し、栄冠を与えし勝利者は、無論今もいずれ劣らぬすばらしい衣装を身に着けてはいるが、どのような衣装でコンクールにのぞむかはパリ到着まで秘密にしておくだろう。ここに集まりし諸君は、この選出の詳細は一切知るべきでない。我輩自身、貴殿らがご覧のとおり、完璧ではない。このコンクールで最も品格があり、独創的な服装に勝利の栄冠を勝ち取ってもらいたかったが、妬み深い人をおそれてかはたまた盗作者呼ばわりされるのを恐れてか、いまだにそういう服装の者は現れていないのだ！　以上。反対意見はないか？　では可決」

　群集は怒りで喚き、質《たち》の悪い男を罵倒すると、その男は叫び返した。《雀の千声、鶴の一声で満場一致の可決だ！》と。そうしてカイゼルひげの顔に冷笑を浮かべた。嬉しくて爪先旋回していたソロモンは選ばれなかったコンクールの参加者からしたたか殴られた。十三歳になり、バル・ミツバのときに初めて袖を通した三つ揃いはかなり大きめで、長い間着られると見做されたのだが、殴打を受けてびりっと裂けてしまった。

　選ばれた者たちは直ちに出発し、パリへ行く前にヨーロッパをちょっと一回りすることにした。それで彼らは支族の保護者ソラルにとって不都合でなければ、十一月三十日、夕方五時に外務省へ行くと電報を打った。

　その翌日、満たされない思いを抱きながらも、住民は不公平を忘れ、歌と嘆きを綯い混ぜて旅行者たちを見送った。

　益荒男たちの中にはまがいもののパスポートを振り回す者もいた。マンジュクルーはフランスの女優の名刺を持っていたし、ソロモンは故人となったイギリス人の狩猟許可証を、マタティアスは告解証明書を持っていた。《これからは運を天にまかせて、だ！　我々は領事館を肥え太らせることはないからな！》

　ソロモンの妻は、もしあんたがフランスの魔性の女たちに魅惑されたら、もう二度と夫婦の家に帰って来ないで、と大声で夫に要求した。好人物の肥った男は（海の微風の涼しさを恐れていたから、女性用の大判の赤いウールのショールに包まって）その背丈を五十センチも上回るアルペンシュトックを右腕から左腕に持ち替え、妻の肩を優しく撫でた。

「おお、僕の牝羊のように優しい人よ、僕はいつも忠実だから、心配しなくていい、少しも泣くな、そして愛を見限ったりしてはいけない、そんなことをすればお前は不幸になるよ、家の名誉と僕の褥の悦楽を忘れるな」と男性的で、物憂げな、誇りに充ちた調子で言うと、目撃者たちは笑い転げた。（彼は真っ赤になり、この最後の言葉を口に出したことを恥じて目を閉じ、くしゃみをし、ようやく気を取り直した。）「何を言うんだ、お前は僕がここに残って五千エキュを失う方がいいと思ってるのかい、それとも僕らの娘がかわいそうに持参金もなく、後で手回しオルガンを弾いて歩くようになればいいとでも思っているのかい？」

　彼らは皆大いなる希望を胸に乗船した。六時に船は出港した。

　サルチエルは船尾に居て、遠ざかって行く島をロマンチックな気分に浸りながら見詰めていた。ソロモンは、靴の紐が解けてしまっていたが、まだその結び方がわからず、窮地を脱出させてくれるようにと彼に頼みに来た。それから二人は世界の国々のことでおしゃべりをした。

「僕は聞きましたよ」とソロモンが言った。「ドイツ人は厳しいけれど、フランス人はクリームみたいだってことを」

「ドイツ人は強いんだよ」とマタティアスがしたり顔で教えた。「だからドイツ人は頼りになるのさ」

「俺はイギリス人の方が好きだな」とマンジュクルーが言った。「イギリス人は植民地を持っている、それに、イギリス人というのはちょっとばかり俺に近いんだよな、事後の調停者という点でな」

「僕らのフランス軍は最高だ」とソロモンはきっぱりと言った。「フランス軍には小型の大砲があるんだ。これは小型だけど、百歩先に居る敵を殺すんだ！　僕の友達がそう言った。小型の大砲、おお、僕の親愛なる友人たちよ、小型だけど、強力なんだ！　ドイツ人はなんて姿勢がいいんだろう、そしてイタリア人も！」

「どの国民も皆神の子なんだよ」閉じていた目を開けながらサルチエルが溜息をついた。

「だが、彼らは知らないのだよ、それで彼らが殴りつけるのは我々なのだ」

「それでもやっぱり一等を取るのはこの僕だと、僕は確信している。（彼は保護者然としてミハエルの肩を叩こうとやってみたが、うまくいかなかった。）僕の服をあんたたちはいずれ見ることになる！　でもまだ見せてやらないよ、あんたたちが僕のを真似すると困るからね。各人は自分のために、神は僕のために〔諺〝各人は自分のために、神は万人のために〟の振り〕」、だ。それでね、僕が一等になったらだけど、僕にはしてみたい暮らしがあるんだ、おお、僕の友人たちよ！　僕の寝室のドアの前に騎馬従僕を置く、彼はサーベルをきらめかせる、おお、僕の友人たちよ！　ところで、サルチエルおじさん、おじさんは教皇になれれば嬉しいですか？」

「嬉しいに決まってるさ」とマタティアスが言った。

「なかなか興味深い地位だからな」

「そうだね」とソロモンが言った。「教皇様に資金を提供してるのはロスチャイルド殿だと僕は聞いている。それで、ねえ、サルチエルおじさん、あなたがある政府の大臣になれば（サルチエルは溜息をついた）、どこかの地方、村でもいいです、僕が、馬に乗っても乗らなくてもいいんですが、思う存分命令できる所を僕にくれるというのはどうでしょうか、気に入りませんか？　でももしできなければ、それはそれでかまいません。要するに、つまるところは僕が司令官として務まるかどうかですよね？　僕の首を斬ることもできる大臣たちの企みとか計略が、僕は怖いんです。首をちょん切られるなんて真っ平です。僕は若死にしたくありませんから、僕は地方なんて要りません。僕は品のいい歩き方をしますから、僕はそう思ってるんですよ、断るのは残念でもありますが。このことについてはもう話さないことにしましょう。大事なのは神がくださる小さなすばらしいものを喜びを以って受け取ること、自分の務めを果たすこと、そして友人たちとおしゃべりをすることです」

「お前はしゃべりすぎだ、虫けら奴。誰がお前にそんな勇気を与えているんだ？」とマンジュクルーが言った。

「それは一等になると僕が確信してるからかな、もしかしたら海の空気かもしれないな」とソロモンが答えた。

「話は変わるけど、僕らの民族の息子がね、どこかで僕らの物語を書いていて、その人はとりわけ僕に関心を持っているんだって僕にはっきり言った人がいるんだ。僕がおもな登場人物だっていうことも僕は聞き知っているんだ。（彼は頬を膨らませた。）僕がずっと前の領事夫人に恋すていたことが語られているかもしれないから、僕の妻がその本を読まないでくれるといいんだけど」

「恋して」とミハエルが訂正した。

「難癖をつける人がまた一人！」ソロモンは一層興奮度を上げて大きな声で言った。「僕らしい言葉で話させてくれよ」

「で、その我が民族の息子にはよくよく注意してもらいたいものだ」とマンジュクルーが言った。「もしその男がこの俺のことを誹謗するなら、俺はその男に対して、厳しく取り消しを要求し、多額の損害賠償を求める行動を起こすからだ」

渡る日の影も隠れ始めた。アカルナニアの山々の頂が薔薇色に染まった。益荒男たちは気が滅入ってきた。

「誰か人生のことを僕に説明してくれないかな」形而上学的な小さな不安をしばしば抱くソロモンが言った。

「僕はこの船の上で何をしているのか、そして、なぜ生という僕の時間があるのだろうか？」

「そうだよな、それで、我々は我々の人生で何をしたか？」マンジュクルーは尋ねた。

「何もだ」とサルチエルが言った。

「じゃあ、僕たちは無用者なんですね？」

「なあ、そんなことが誰にわかる？　そうだろう？」とサルチエルが言った。「このわしはな、わしらのソロモンみたいな、誰の役にも立っていない者がこの世では調味料の役割を果たしていると思っているのだよ」

　地上の調味料は、その稚気愛すべし、眠ってしまっていたが、ミハエルが運んできた出来立てほやほやのうまそうな食事の匂いで目を覚ました。快い微風が渡る星空の下、彼らは喜んで食した。それから彼らは、一等船客を羨むことなく、小指をつないでデッキをそぞろ歩いた。ミハエルは小男ソロモンの丸々とした大きすぎる尻をからかうと、ソロモンは千と一回目になるが、また同じことを言った。

「もういい加減にわかってくれよ、これが最後だからね、親愛なる友よ、僕は痩せ細るのが嫌いなんだ。尻よ、お望みならお前は僕のものだ。だから、僕は僕の尻を大切に思っている。僕は尻を愛していると言っても言い過ぎじゃない。神に感謝いたします、神が僕に丸々と膨らんだ尻をお与えくださいましたことを。僕はふっくらした大きな尻を持ち続ける。それから、頼むから、僕をもう抓らないでくれよね」

「もういい」とサルチエルが言った。「お前にだ、マンジュクルー、話すことがある。我々はパリへ行く、都会らしい洗練された首都だ。できることならお前に頼みたいのだよ、非礼な言葉を口にしたり、無作法な振る舞いをして、自分の品位を危うくするような真似はもうしないでくれ、わしの甥に不快な思いをさせるかもしれないし、第一益荒男たちの間では二番目のお前に相応しくないからな」

「げっぷをするのは俺の心身にいいんだよ」気を悪くしたマンジュクルーは手短に言った。「だから俺はやめないぞ。俺はこういった瑣事、ヘロデの礼儀作法、偽りの優雅さだの七面倒くさいごたごたはこれっぽかしも好きじゃない。俺は寵愛を受けたさに権力者に巻きつく宮廷人か、いやさ高級娼婦かよ？　だから黙っていろ。それに俺は眠いしな」

　五人の友人たちは欠伸をし始めた。彼らは掛け布団に包まり、マストを取り巻くようにして横になり、神に挨拶し、眠りに落ちたが、私も読者にそうあれかしと願っている。

17

　ソラルは、身を潜めている衣装小部屋から意を決して出てゆこうという気には未だならなかった。オードはだるそうに立ち上がると、いきなり浴槽から飛び出した。彼女は怪我人にするように、自分の体に優しく布を押し当てた。彼女は話していたが、ソラルが彼女のすぐ傍にいて聞いていようとは、露許《つゆばか》りも知らなかった。

「終わりよ、終わったのよ。あの男のことはもう考えないようにすること、これが私の決心。私には私というものが残されている。私だけ、それで充分《セ・タ・セ》。鯨《セタセ》。そんなことを言ってみても何にもなりません、オードと彼女の思考、これならいいでしょう。それに私には音楽があるわ。大好きなモーツァルト、悲嘆にくれた、金鍍金《きんメッキ》された、幸せなモーツァルト。くそ」

　手にしたばかりの乗馬鞭がひゅうっと鋭い音を立てて鳴り、長い両脚に筋をつけた。水滴状に血の染みが浮き出てきた。彼女はそうすることでソラルを思う自分を罰した。彼女はすすり泣いた。(彼女がどんなに素敵なのか、あなたにはわからないのよ。)

　ようやく彼女は横になった。彼女が明かりを消したとき、足音が聞こえた。息吹でそれとわかると、彼女は両手を差し出し、その両手は闇の中でしっかりと摑まれた。若さが体の中を川のように流れ、喜びと確信が彼女を怯えさせた。風で鎧戸が開き、階下から入ってくる光で彼女は瀕死の人のように蒼白だった。

「あなたなのね!」(彼女はその人の額に両手を遣り、名状しがたい微笑を見せた。)「答えて、早く、あれこれ考えないで。ねえ、ねえ、ねえ、あなた私を愛してる? おお、おお、おお、最愛の人《エーメ》、おお、来た人。私の喜び、おお、私の心全部を占めるお殿様、私にもたらされた摩訶不思議。おお、あなたを愛しているわ」

　彼女はどんな大胆なことでもやってのける用意はできていると感じ、その無鉄砲さが彼女を熱狂させた。彼女はぎごちなく唇を差し出した。

「ご主人様。私のご主人様」

　彼はその唇の上に身を屈め、その唇にキスをした。昆虫が翅をばたばたさせるような激しい邪悪なキスは始めてだったが、彼女は生死の関頭《かんとう》に立つ人のように瞼を閉じて、形振《なりふり》構わずに受けた。彼女は永遠に消えることのない印を付けられたのだと思いながら、命を吸い込んだ。おお、彼ら二人の唇に刺青のように彫りこまれたそのキス。おお、破滅に向かう二人の運命。

彼は身を離し、テーブルの上に桃が一つあるのに気づくとその果物をかじり、もっととせがんでいる半開きの口と聖女のようなその目、愛の分泌液で濡れている唇を見詰めた。女冥利。優曇華の花待ちえたる心地。合わされた唇と舌。おお、若者の言葉。

「ご主人様」彼女はもう一度口ごもりながら言った。

彼はこの惨めな熱狂振りには閉口したが、幸せだった。彼女は恍惚状態を脱すると、アドリエンヌと彼のことは本当なのかと尋ねた。彼は肩をすくめ、その人にはもう五ヶ月間も手紙を書いていないと言った。彼女は嫉妬深い妻の探るような目を彼に向けた。彼女はこの無情で、邪悪で、大天使のように美しく高貴な人に苦しめられることになる。

「今すぐ行って、私のエーメ」と彼女は勿体ぶった調子で言った。（アドリエンヌのようだ。女は皆そうだ、全く。）「私眠らないわ、一晩中、一晩中よ、私の心に乗っかっているあなたをそのままにしておくの。太陽と孤独を併せ持つあなたの名前は、初めて出会ったあの日から私の心に刻み付けられているの。あなた知ってるでしょう、てんとう虫のことを」

彼がドアを開けたので、彼女は不満を漏らした。

「もう行ってしまうの？　エーメ、戻って。ねえ、もっと近くに。エーメ、私あなたの農婦なの、知ってるわよね、髪を三つ編みにして長く垂らした農婦、あなたは好きなことはなんでもできるのよ、国全体を統べる私のお殿様。あなたには私を所有する権利があるの。私はあなたの妻、昔から、そしていつまでも。おお、エーメ、あなたにもっとあげるために、私、もっと欲しいの。私の持っているもの全部を、私のエーメ、取ってちょうだい。あなたがそうしたいならもう私を取って。あなたは私のお殿様、私そう宣言するわ」

彼女は掛け布団を跳ね除け、裸を見せた。

「ソラル、おお、ソラル、ソラル、それがあなたの名前、だから私はあなたの名を言うの。おおソルあなたにもう一つ聞きたいことがあるの。――笑わないでね、私の最愛の人――ねえ、ねえ、あなた私を愛してる？（彼女は悦びで殆ど泣いていた。）この私はあなたを愛しているのあなたを愛しているのあなたを愛しているのあなたを愛しているのあなたを愛しているのあなたを愛しているのあなたを愛しているのあなたを

愛しているのあなたを愛しているのあなたを愛しているのあなたを愛しているの。私はあなたを愛しているのよ。私を愛していると言って。そう言って。私あなたの声が聞きたくてたまらないの。もっと取って。口を取って。おお、エーメ」

暁まで果てしもなく口車は回る、それは何世紀もの間、いつの時代にも変わらない、内容の乏しい、愚かな凄まじいデュエットで、そのお陰で地上は豊穣なのだ。

最初の太陽光線が差し込んだとき、彼女は彼に外で待っていてと頼んだ。彼は従い、散歩しに行った。彼女がすぐに合流した。

二人の若者は手をつなぎ、道を歩いて行った。彼女はその日のうちに父親に話そうと思っていて、最初の日から彼女が選んでいた人を選んだのだと言うつもりだった。彼らは森の中で遊んでいて遅くなった。彼女が駆け出し、彼は彼女を追いかけ、追いつくと彼女を抱きしめた。遊ぶがいい、友人たちよ、楽しむことだ、愛に酔い痴れたまえ！

18

コンパートメントから降り立ちながら、サルチエルおじは、まずゼスチュアたっぷりにトック帽を脱ぎ、光の都に挨拶せねばと思った。それから包みだの箱だのショールだのを持って、隊列の先頭に立った。大胆不敵な隊列の後ろから、群集が次第に数を増しながらついて行った。マンジュクルーは時折立ち止まっては、嘲笑する野次馬連中に声をかけたり、お前さん方には外交官の友達がいるかいとか、もしかしてお前さん方は、二万五千フランを間もなく獲得できるんじゃないかって期待してるんじゃないのかいなどと、相手にはわからない皮肉をこめて彼らに尋ねたりした。

行進と背面行進を二時間やって見せてから、サルチエルは彼の小集団を先程下車した駅近くのホテルへ導いていった。

サルチエルは父親を自分の部屋に落ち着かせ、マタティアスは娘を部屋に閉じ込め、二重に鍵をかけた。マンジュクルーはホールで三人の取るに足りない端役たち、即ち彼の従兄弟たちの息子らなのだが、《火事になろうが、ペストが流行ろうが、見世物の小動物が来ようが、難船事故に遭おうが、ペテンに掛けられようが、洪水であろうが、バルバリ人が海賊を働こうが、雹が降ろうが、イナゴの襲来があろうが、隔離期間だと言われようが、債権者が来ようが、かてて加えてその他のあらゆる災害に見舞われようが、あるいは現在の法令では想定外とされ、一般に不可抗力と言われる場合であっても》そこから動くんじゃない、と彼らに命令したから、彼らはすっかり怖気づき、覚悟を決めた。そして益荒男たちは、ただ人類の恩人たちの彫刻に挨拶したいばかりに、パリの街へ出た。

　この気取りのない連中は、夕方七時にフランス外務省の前で立ち止まり、三色旗の前で帽子を脱ぎ、役人たちを注意深く観察し、明日は外務省のなじみになるのだと思うと鼻高々だった。婦人が一人外務省から出て来た。サルチエルはしとやかにお辞儀をすべきだと思った。

「本当の獅子だ、僕らのおじさんは！」とソロモンは言った。「皆がおじさんの知人なんだ！」

「本当はな、このわしは彼女の顔を知ってるだけなのだが、彼女に挨拶したのは、この炯眼の邸に彼女が来たことを褒めるためだ」

　ホテルへ戻る道すがら、彼らは雑貨屋へ寄り、それぞれ目覚まし時計を一個買った。用心するに如くはない、彼らを起こす役割を担っている青年が夜死んでしまったり、あるいはその青年が反ユダヤ主義者で、日がな一日彼らを眠ったままにしておくかもしれないのだ。面会の約束は夕方五時にとりつけてあった。それで彼らは馬車屋へ行き、二頭立ての馬車一台を明日のために頼んだ。ようやく彼らはホテルへ戻った。

　ホールでは三人の端役たちが腹が空いて死にそうになりながらも、定められた場所に服従の彫像の如く立っていた。益荒男たちはフランス共和国をよろしくと神に保護を頼み、横になった。

　彼らは小型の置時計が鳴る前に目を覚まし、午前四時にマイモン殿の部屋に集合した。老人の歯茎が蜂蜜入りクロカン相手に奮闘している間に、一晩中眠らなかった三人の端役たちは、――ソラル家の分家の分家、しかもすっかり疲弊してしまった分家の出だったから――とうの昔に忘れてしまっていたフランク人の言葉を教えてもらいたいと彼らの遠縁の男に頼んだ。

「無学文盲の輩だな」とマンジュクルーは言った。「ロを半分閉じ、鼻から空気を外に出すのだ、お前さんたちはフランスで一番いい話し方で話すようになるだろうよ。An.《アン》 On.《オン》 In.《エン》 鼻を忘れるなよ。《trop《トゥロー》 cher《シェール》［高すぎる］》、お前さんたちはこの表現も知っておくべきだ、こいつは役にたつぞ」

　三人はもう一所懸命で、喚くわ、鼻声のような音をだすわ、《高すぎる》と声を張り上げるわで喧騒を巻き起こしながら、四つの枢要点を確実に物にしていった。従業員の一人がやってきて、もう少し静かにしてもらいたいと頼んだ。サルチエルはマンジュクルーの生徒を引き取らせた。

「マタティアス、残っていろ、お前の娘が問題だからな。マンジュクルー、お前も残るのだ、お前の意見は役に立つかもしれないからな」と言った所で不意に怒りが湧いてきて、サルチエルは言い足した。「だが、のべつ幕無しにしゃべるのはやめにしろ！　さあ、始めろ、親愛なる敬愛するマタティアスよ」

「と言われても、この件についてはあんた方皆が知っている」

「それでも言え、物事は正確を期するべきだ、問題を要約しろ」

「イギリスの議会のように、だ」マンジュクルーが説明した。

「ええと、ソラル・デ・ソラルはいい地位に就いている、で、俺の娘レアを連れてきたんだが、あいつには持参金をちっとばかし持たせてやるつもりだ」

「そういう風に切り出すのはわしは好かんよ」歯茎の奮闘ものかは、不敗のクッキーを捨てながら、マイモン翁は言った。

「持参金をちっとばかしだと、ここでそう言ってのけるお前は、一体何様のつもりだ？」とサルチエルは言った。「お前の漁場で働く巻き毛も可愛らしいギリシアの子供たちから、百万もの金を掠め取っているではないか、おお、なるほど守銭奴だ！」

「百四十六万三千フランだ」言わば慰みごと以外の何物でもなかったが、島の会計士を買収し、貸借対照表をいくつも見ているマンジュクルーが明確にした。

「結構だ、マンジュクルー。だからこそわしはお前が好きなのだよ」とサルチエルは褒め上げた。「言葉数は少ないが、良質だ」

　マタティアスはため息をつき、これならどうかなと噴飯物の金額を言った。

「部屋に戻れ、支払い不能者めが！」棺に体をもたせかけながら、マイモンがきんきん声で叫んだ。

マタティアスは出て行ったが、じきに娘をつれて戻って来た。赤毛で尻腰は巨大、みごとな肥満ぶりの娘はセイヨウスモモの色をした絹の服をまとい、珊瑚の装身具を着けていた。

「俺の娘を見てくれ、鳩を見てくれ！」と彼は大声で言った。「歯を見てくれ。（口を開けろ。）虫歯一つない。オリーヴ油で育てられ、出産にはもってこいのふくらんだ腰はどうだ！　こんな宝を拝んだ者はいるか？　ソロモン王の女房にぴったりだって、俺は断言する！　本物のアーモンドバターだ！」

　老翁マイモン殿は、わしの眼鏡を持ってきてくれ、と頼んだ。玄人たちは眺め回し、若い牝牛に向きを変えさせ、頭を振って彼らの判断を保留した。マタティアスは娘を部屋へ送ってゆき、鍵を手にして戻って来た。老いたカバラ学者が遂に沈黙を破った。

「脇腹が狭い。わしの焼き菓子を拾っておくれ、おお、我が子サルチエルよ」

「あんたらに一ついい提案をしようと思ってるんだが」とマタティアスが遠慮がちに言った。

「提案なんかわしらには興味はない」とマイモンは物思わしげに言った。「あの娘は痩せている。――わしの菓子をコップの水に浸しておくれ、おお、若きサルチエルよ、わしも御年百歳になるからして、そうやって栄養を摂るのじゃよ――その上あの娘は受験準備学校の生徒のように見えるし、前半分は見目姿がよくない」

　マタティアスは、もし本当にもっと持参金を持たせねばならないのならそうする、と言った。マイモンはさも不愉快だと言わぬばかりに頭《かぶり》を振った。

「わしらにはもう時間がない」

「しかしあんたらは、おれがいくら与えようとしているか知らないじゃないか！」

「その金額では充分じゃない」とマイモンは首を斬る身振りをして言った。

　マタティアスはお辞儀をし、見捨てられた鳩の運命を嘆いた。サルチエルは、このさもしい男はもうオファーはするまいと決めたのではないかと考え、怯えた。

「わしの孫は、どんな申し入れなら結婚を受け入れるのか！」マイモンは何かを待ち受けるように目を光らせ、溜息をついた。（――さあ、話せ、お前、マンジュクルー、背中を押すんだ！　とサルチエルは囁いた。）

　陰険な目つきの仲介者は妥当な仲介料をもらえるのかどうか、と小声で尋ねた。サルチエルは請け合った。そこで偽弁護士は、作り笑いを浮かべながら彼の尻をしたたか抓るしつこいマイモン翁に悩まされていたこともあり、サルチエルの甥を実に見事に売り込んで見せた。

議論は午後四時まで続いた。悶着、不倶戴天の敵同士の如き憎悪、腹を立てての号泣の後、交渉委員たちは、この金額なら双方とも受け入れられると以前からわかっていた数字に行き着いたので合意し、ほっとして笑みを浮かべた。マタティアスはレアを来させ、彼女はやっと婚約者になれたことを知ると手を叩き、喜びで卒倒した。彼らは抱き合い、七世代先まで神の加護を祈り合い、汗を拭った。

そうこうするうちに、ソロモンがランドー型馬車の到着を告げた。交渉委員たちは棺の中で眠っている百歳翁を起こさないように慎重に歩を運び、優勝すれば、富と何不自由なくのらくら暮らせる人生を約束する衣装コンクール用の豪華な衣服を着に行った。

間もなくホールに出て来たマンジュクルー、マタティアス、それに二人の脇役は目で粗探しをし合いながら、待っていた。大将が姿を現した。

「気を付け、着衣式に赴かんとする息子たちよ！」とマンジュクルーは言った。

腰に握り拳を当て、立ち止まったサルチエルは一同を睨み殺し、上半身のみならず白いストッキングをはいた脹《ふく》ら脛《はぎ》まで反《そ》らせ、はしばみ色のルダンゴトとビーバーのトック帽の顕在化を図り、指を二本湿らせ、無造作に、優雅に、軽やかに白手袋を着けた途端、手袋は破れた。それから俯き、両手を後ろ手に組み、額は何かに没頭しているようで、事を急くような目をして突き進み、一団を注意深く見た。四人の挑戦者は背丈の高い順に並んでいた。

パールボタンで、リヴァースはオコジョの毛皮でトリミングした緑色のルダンゴトで極めたマンジュクルーは、厳粛な催しに於いて正々堂々と競争する意思の体現者だった。指には模造品の指輪が十本、チョッキには銅製の封印が四個、ネクタイにはピンが二つ、腕にはステッキが二本。ルダンゴトのリヴァースにはわざとらしく勲章を付けてある。肩から斜めにかける負い革には錬鉄のインキ壺。耳元には鵞ペンが一本。控えめに痙笑を浮かべて目を伏せ、オコジョの毛皮付きシルクハットを持ち上げ、それから小石を詰めて膨らませたモールスキンの書類鞄に期待のウインクをした。法律家として、また調停者としてその貫禄を遍く知らしめるには書類カバンは役立つにちがいないのだ。彼が咳をしたが強力な糊で眼窩に固定したモノクルは耐え抜いた。彼の傍近くには葬儀人夫の謹厳な服装をしたマタティアスがいた。

島の担ぎ人夫の中で最貧のケリードは両足の親指が大

きく外側に反っている裸足で、捧げ銃《つつ》の姿勢をとり、にこにこ笑っていたが、一言もしゃべらなかった。悲しみが一杯詰まっている彼の頭の中では、賞金を獲得できれば病気の妻に治療を受けさせられるし、子供たちを〈ヨーロッパで最高の学校〉に入れてやれるのだという期待がぐるぐる回っていた。その哀れな男は枯葉色のズボンに青い縞のセーターを着ていた。彼には豪華な衣装など到底手の届く物ではなく、乗馬鞭のような細い棒を持つのがせいぜいだった。とても優雅なこの鞭にびゅうっという音を出させるのももうじきだ。神は必ずや自分に同情してくださるだろう。

　ケリードの傍にはソロモンのおじに当たる相棒のアニエルがいた。彼は調教師が着るような子供っぽいチョッキ、婦人が自転車に乗るときに着用するブッファンスタイルのズボンをはいていた。百％の精神錯乱状態で生きているこの至極小柄な老人は、フランク人の国で賞金を獲得するにはフランク人風な装いをするべきだとの独り善がりの理解に陥っていた。神の思し召しは桁外れで、全く理解しがたい！　観光客にまぎれて乗船した彼は、ここで下船も業腹だ、初めて訪れたチャンスをみすみす逃してなるものか、邪魔立てはしないでくれ、と言い立てたのだった。

先達を務めるのはミハエルで、バンボとベッソに担がれた棺が階段の上に現れた。幕が開いた。ラビのマイモンはいつもよりめかし込んでいた。半透明の頭には、艶消しの結構な絹地を用いた虹色の大きなねじれ炎型の冠を戴いており、百歳になってもアラブの香水の香りを発散させていた。

　彼らは遅刻常習犯の水売りを呼びに行き、呪った。ようやく我らの愛しきソロモンの到着と相成り、目も潰れ、子供もないまま死んじまえとの彼らの祈願も何処吹く風だった。彼は己の比類なきエレガンスしか頭になかったが、それでもコンクールで彼に打ち負かされるに決まっている気の毒な友人たちを思うと、ばつが悪かった。彼は礼服で、小さな山高帽を被り、エスパドリーユを履いていた。きつく締めすぎた白ネクタイに扼殺されそうで、きれいな頬は恥じらいと勝利で白熱した石炭のように赤かった。彼は謙遜して、目を伏せたままでいた。香水を染み込ませたハンカチ代わりに、白いチョッキのポケットに入れてある新品の化粧石鹸がそっと顔をのぞかせていた。彼は褒められた。彼は小さな山高帽を持ち上げて礼を述べ、初聖体のときのようにちょこちょこ歩きで他の者たちのところへ行って並ぶと、深呼吸し、小さな手を頭にやり気持ちよさそうに微笑んで寛ぎを装い、化粧石鹸で扇いでいたが、滑って打撲傷を負った。ソロモンの話はこれでお終い。

サルチエルは、部下たちが彼の眼鏡に適っていると思うと、心中鼻高々だった。彼はトック帽を持ち上げた。

「諸君、わしはお前たちに満足しておるぞ。さあ、これから出発だ！　我らの四輪馬車が待っておる」

彼は馬車の扉を開け、ソラル家の面々に座席を割り振った。マタティアスとマンジュクルーには馬車の奥の方を、ちんちくりんのソロモンにはマンジュクルーの膝の上を、という具合だ。棺はやっとのことできちんと積み込まれた。サルチエルは警戒を怠らぬよう立ったままで、棺の上に手を置いた。棺の柄の一本は御者台に乗っていたから、レアは恥ずかしそうに笑いながら柄に座った。端役たちはステップに立った。サルチエルは、不意に良識が閃いて、連中の異様な身形が突飛すぎると見られはしまいかと危ぶんだ。だが、着替えるには遅すぎた。ええ、ままよ、それで何が悪いというのだ？

「フェラッカ船、前進！」自分のものと決まった二万五千フランを受け取るのを待ちかねるマンジュクルーは、大音声《だいおんじょう》を発した。

ミハエルは二頭の馬の一頭に跨り、鬨の声を上げた。通行人は奇妙な一団に喝采を送り、滅多にない冒険を面白がって大笑いする御者が二頭の馬に鞭を当てると馬車は動き出し、その後ろを次第に数が増してゆく群集がついて行った。馬車は四時五十五分に外務省に到着した。

「待たねばならぬ」とサルチエルが言った。「お前たちのはやる気持ちを抑えるのだ。五時に会う約束だ。時間を守ることは王たちの礼儀である、諸君」

彼は馬車の中に立ち、拡大レンズのはまった大型の懐中時計から目を離さずにいた。群衆はペテン師の演説を待っていた。四時五十七分、小柄なおじは御者に支払いをした。四時五十八分、部下たちを馬車から降ろすと、観兵し、自分のトック帽が丁度良い位置にあることを確認し、ボタンホールの花を確かめた。

「神の御心のままに！」一団の先頭に立って彼は声色《こわいろ》を励ました。

19

モサヌ氏は敷居のところで、五分前に未来の婿となったソラルの手を心をこめて握った。オードは父にキスをした。一人残った総理大臣はセーヴル焼きの花瓶の位置を変えた。

「オード・ソラル。ドゥ・ノンス伯爵夫人。ドゥ・ノンス伯爵夫人の方がいいに決まっている、だが、どうしようもないじゃないか？　しかも私はあのドゥ・ノンスの小倅を好もしいと思ったことは一度もない。結局はそれでいいのだ。薔薇か。ソラルをヨーロッパの次長職でくすぶらせてはおかないぞ。今日から彼を内閣付としよう。しかし、あのイスラエルの親類縁者共は？　どうせ遠く離れた村で暮らす意気地無しの連中だ、邪魔にはなるまい。あの男は親類やら選民やらには関心がないのだから、おそらく改宗するだろう。新聞雑誌が……皺だ、かわいそうに、モサヌ、じきに御陀仏だ。妖術使いでもいないかな。モモは優しいな、モモ、善良な犬だ。やはりあの世は確かに在る。丸薬。この問題はよく考えてみよう。彼らは若いが、私は年寄りだ。そこに緊張が生まれる、よくよく注意することだ。つっ。やれやれ。――やりきれないよ、母さん」

電話。

「何もないよ、親愛なるジャック、特別なことはなに一つない。さっきから、あの娘《こ》はここにいるよ。ちょっと加減が悪いんだ。二～三日あの娘を一人にしておいてやるのが一番だ。あの娘は私の家に居ることになるだろう。あなたに連絡するよ。心配しなくていい。三日以内に、よろしいかな？　わかった。さようなら、親愛なる者よ」

大変結構。あいつは暫くは私にかまわないでいてくれるだろう。三日以内にあいつを官房長に呼び出させ、状況を説明させよう、あいつが忙しくなるよう官房長がうまくやるだろう。彼は家僕に電話をし、マダム・ドゥネルニーにお引取り願いたいと頼んでくれ、その際マダムにはとても優しく接するように、と頼んだ。

「そうだ、君、娘が数日家に泊まりにくる。マダムの部屋に樟脳を少し散布してくれないか、うん、香水の匂いを消すためだ、そうだろう？　ああ、そうそう、サルル氏からの電報を受け取ったところなんだ。数日の予定でパリに来るから、訪ねると言ってきた。到着は今日だ。彼の部屋も用意してくれ」

モサヌ氏は散歩が必要だと感じた。厄介事ばかり多くてかなわんよ！　私のアパルトマンが占領されてしまった。宿屋の主人とは全く難儀な仕事だなあ！

ドアを開けると、グロテスクな一団が赤と金の控えの間に侵入してくるのが目に入った。二人の文書作成係は昇進、休暇、パトロンの不公平、フリーメーソンの話をしていたが、やめた。チョッキに手を入れ、サルチエルが行進の先頭を行き、彼に率いられた群れがその後に続いた。二人の文書作成係が守衛を呼びに行った。

「ストップ」と小柄なおじが言った。

一団は停止し、棺が下ろされた。マイモン師は幕を開け、駆けつけた他の役人たちを珍しい物でも見るように眺め、祝福し、詩篇を唱え、モサヌ氏に保護者然と微笑みかけた。風が通り、彼の山羊ひげが優雅にたなびき、両の手は鼻と唇の間のひげのない空間を撫でていた。カトリック教の司祭に気付くとターバンを脱ぎ、一本の血管がゆっくり脈打っている頭を掻いた。

マンジュクルーはオコジョの毛皮付き帽子をきまりどおり持ち上げ、一座の大事な出し物の上演に参加した。彼が咳をすると、シャンデリアがちりん、ちりんと鳴った。彼はモサヌ氏に微笑み、挨拶し、ウインクした。そして人差し指で両肺を聴診して、不治の病に罹患していることをわからせた。

葬儀人夫のマタティアスは、ぴかぴか光っている鉤《かぎ》でビロード張りの肘掛け椅子を子細に調べていた。隣室で銀器が落ちると、彼の動く両耳は気をもませる音の方を向いた。

ソロモンは敗北の匂いを嗅ぎつけていた。彼らを非常に注意深く見ているこの人《ムッシュー》は彼に恐怖心を植え付けた。彼に一つの考えが浮かんだ。小さな山高帽に手を遣ると、《三十六計逃げるが勝ちだ。僕は自分の遺骨をとても大事だと思っている。この城には人を密かに抹殺するための落とし穴がきっとある。僕は人に忘れられたくないし、後で幽霊になりたくもないからね》とサルチエルに提案した。

皆から遠く離れたところでケリードが繰り返し見せ場を演じていた。細い棒を振り、びゅうっと音をさせ、その棒に彼の希望のすべてを賭けていた。

守衛がサルチエルの袖を掴み、ドアの方へ押しやった。ミハエルはその腹とフスタネラを飾っている金銀を象嵌した二丁のピストルを打ち鳴らした。彼は長い爪先が反り返った靴で守衛の足を踏みつけた。

「サルチエルおじに手を出すな！」

「彼に触れるな、金庫泥棒め！」マンジュクルーが厳命した。「我々が来たと伝えに行け。他の事はお前には頼まない、尋ねもしない、お前の親父が今夜秘密裡に合鍵をいくつ作ったかをな。合鍵作りは重罪だぞ。我々の親類で友人でもあるソラル殿のところへ行け。我々の言っていることが真実かどうかを確かめようなどとは思うなよ、お前の土手っ腹に風穴が開くだけだ。お前が見ての通り、我々は島の名士で、今日《こんにち》の権力者だ。賢明なる男たれ、恐れよ、そして行け！」

　モサヌはすばやく判断し、この方々を追い出すことなく、彼らのことをソラル氏に知らせるように、と守衛に命じた。サルチエルおじは嬉しさの余り顔を紅潮させ、お辞儀をし、有力者に言うべきだと思った。

「嬉しく存じます」

　彼は華々しい会話が始まるものと期待した。

「おお、サルチエル、我が息子よ、この災いをもたらす有力者は何者か、なぜ彼はお前から離れる、この宮殿で彼は何をしておるのか？」とマイモンが質した。

　モサヌは、一時間前、娘との結婚を許した男の親類に最後の一瞥をくれると遠ざかっていった。この奇妙奇天烈な連中の到着は天佑だ。これからなすべきことは何か、彼にはわかっていた。彼のオードをソラルなんかの妻にされてたまるものか、先程はどうしてそんなことが考えられたのかな？　マンジュクルーは満足だった。金庫泥棒に至極上手に話してやったとき、あのお偉いさんは俺のことをなかなかやるものだと感心したにちがいない。一緒に事業でも始めるか！

　ソラルは彼らを笑って迎えた。そのひとときは島の男たちには至福の時だった。シナゴーグと殆ど同じ広さの執務室、そしてその執務室（もし私が真実を語らないなら、私は両目を失うように）には息子の中の息子、イスラエルの息子がいるのだ！

「嬉しく存じます、閣下」マンジュクルーは帽子を持ち上げながら、言った。

　サルチエルおじが一番感動していた。ゴブラン織りを背景に、くっきりと浮かび上がる彼の背の高い甥が彼を怯えさせた。彼はあえて気を引き締め、霊感を与えたまえと神に祈った。

「ふむ、政治には好機だな、権力者の政治には。ルーマニアには金をやるべきなのかな」

　島の男たちは、小柄なおじはなかなかやるじゃないかと思った。ソラルはこの単純な男たちを喜ばせるには、威厳のあるところを見せればいいのだと見て取った。

「我々はルーマニアにはやりません」彼は重々しい感じの良い声で言った。

一族郎党は誇らしさで身を震わせた。《わかるか、お前、我が友よ、彼はルーマニアに〈しっ〉と沈黙を命じ、ルーマニアは倒れるのだ！》サルチエルは機密を知りたくてうずうずし、機会を捉えてはこれが最後とばかりに質問した。

「それで、ドイツは？」と尋ねた。

「ドイツですよ、殿下」とマンジュクルーは帽子を持ち上げながら、説明した。

この太陽の息子たちは皆二人の偉大な人間を讃え、彼らの旅行にいたく満足していた。サルチエルは、政治的に重要だと思われるタイトルが付いている書類をいくつか盗み見て、感激で叫ばないように唇を噛んだ。

「ドイツについては後で話そうじゃないですか」とソラルは言った。

マンジュクルーはマタティアスに、ラビの息子は悪魔でとんでもない外交官だと囁いた。マタティアスは目を閉じることで賛同の意を表した。すっかり感動したソロモンは窓のカーテンにもたれかかった。《この僕ソロモンが、ルーマニア人を破滅に追いやった勢力の加担者だってことが彼らに知られませんように、彼らはこのイスラエル人《びと》の心を食い尽くすほど金銭欲が強いんだ！》サルチエルは甥に近づいた。

「この連中がなぜここに来ているかは、お前にはわかっているだろう」と彼はかなり困っている様子で言った。

六人は矢庭に固くなり、心中で震えた。エレガンスを要求した生き神様の如き勧進元の慈しみ深きその顔を、自分の方に向けさせるのは今を措いて無いと判断したケリードは、ごく薄手の布で包んだ乗馬鞭まがいの細い棒にびゅうっという音を出させ、貴族を気取って一本の指からもう一本の指に棒を渡した。ソラルが引き出しから取り出した札束は、六人の熱気を帯びたまなざしで燃え上がらんばかりだった。自分たちの足をどうしてよいかわからなくなっている善良な犬たちを、ソラルは優しく見詰めた。

「私は勝者を決めた」

ソロモンを支えていたカーテンが破れた。マンジュクルーの唇は震え、マタティアスの耳は生き生きと回転運動を始めた。ケリードはじっとしていた。細い棒も間隔の開いた足指も動かなかった。マイモンが目を覚ました。

「やめろ！」と彼は大声で言った。「汗水垂らしてお前が稼いだお前の金だ、持っていろ、この怠け者どもを金持ちにしてやることはない、とりわけ我が子サルチエルにはびた一文やるでない。全部なくしてしまうぞ、あいつが一番無分別だからだ。それでお前は富の分配で、なぜこのわしを忘れたのだ?」

　彼はすぐまた眠ってしまった。控え室にしまい込まれていたレアは、金のことを話しているのを聞きつけて、扉を押し、強烈な好奇心にかられて顔を覗かせた。

「後ろに下がっていろ、牝犬め!」マタティアスが吼えた。

　扉が閉まった。株式取引では運のいいソラルは贈与金額を増やし、コンクール出場者それぞれに一万フランを渡すと告げた。最初にケリードに札束を差し出した。ケリードは彼の細い棒を捨て、気前のよい男の手にキスすると、怯えた顔で逃げていった。他の五人は謝意を述べ、長寿を願い、大袈裟なお辞儀をして貰い分を手にした。

　彼らは思い思いに床に座り、チョッキのボタンをはずして、首にかけた羊皮の袋を取り出し、その中に紙幣をしまいこんだ。ソロモンは自分の仕事を終えると頭を傾げ、娘の名を口ごもりながら言い、気を失った。彼らは急に金持ちになったソロモンのほとぼりがさめるのを待つことにした。端役たちはケリードに合流しようと出て行った。

　マンジュクルーは、毛皮はもう要らないから、はずして転売しようと考えていた。彼の指の骨が静寂の中でぽきぽきと鳴った。憂鬱質の男はうんざりし始めていた。この俺がいないケファリニアでは皆何をやっているのだろう? 確かに俺は一万フランを手にした。だが、ロスチャイルドなら、一万フランなんて屁とも思わないんじゃないのか?《じゃあ、なぜこの俺はロスチャイルドじゃないんだ? 尤も俺にとっちゃあ金なんてどうでもいいんじゃないのか? そして、なぜ俺はある日死ななきゃならんのだ?》

　電話が鳴った。サルチエルが電話機に向かって急いだが、ソラルは制した。

「失礼」とおじは顔を赤らめて言った。「お前をわずらわせたくなかったのだよ、お前をちょっぴり手助けするためだったのだよ」

　ソラルは受話器を取った。数分で父の家に着くので、そこで彼を待っている、とオードは言った。彼は礼を言って受話器を置き、彼を取り巻く人たちを眺めた。

「ところで」とマタティアスが言った。「あんたに一つ言うことがあるんですがね、生まれてくるのをこの目で見て、俺の腕に抱き取った親愛なるソラル殿。俺の娘が、貞淑な女ですよ、俺たちと一緒に来たんですよ。娘はそこにいるんですよ、すぐそこに。さっきあんたはあいつの愛らしい顔を拝んだはずだ。あいつに会えば、あんたは喜ぶにちがいない」

　彼が呼びに行くと、レアは彼女の運命の時を待ちながら、その短い脚をぶらぶらさせていた。彼女は、藁を詰めたオームがその上で眠っている帽子を膝に乗せ、自分の嫁入り道具を頭の中で数え上げていた。父親が彼女を抓ったから、立ち上がりながら発した叫び声で守衛たちは思わず飛び上がった。マタティアスに押されて入ってくると、彼女は若き殿様に微笑み、洟をかみ、ブレスレットの珊瑚で遊んだ。沈黙。

「いかがですか、親愛なるソラル・デ・ソラル？」マタティアスはにこやかに尋ねた。

「あなたは彼女と結婚しようとは思われませんか、知事殿？」ソロモンは用心深くミハエルから遠く離れて、聞いた。

　ソラルは心此処にあらずの態で、厳しい冷酷なまなざしをこの貧しき人たちに向けた。この男の住む世界は自分たちとは違うのだ、と彼らは思い知った。彼らは未知の魔力と闘おうとした。彼に向かってなにか重々しい言葉を発しようにも発しられず、またあえて発しようともせず、彼らは彼のためを思って、異教徒の娘と結婚したユダヤ人を待っている危険について話し合った。不幸な男は、唯一の神が嘲弄されるのを目にし、豚やロブスター、兎やおそらく蝸牛《エスカルゴ》（その名は呪われんことを！）さえ食わねばならないだろう。マタティアスはレアが作るうまい料理を数え上げ、食事の後には彼女はミント水で口をすすぐと言って、その心遣いを褒めちぎった。

「おお、お前のゼッキーノ金貨の首飾りはなんてきれいなんだ！（さあ、話せ、お前を売り込むんだ、と彼女に優しく微笑みかける振りをしながら、こっそり彼女を抓り、小声で言った。）」

「あたし、この首飾りのほかにこんなのを二十も持ってるの、家にあるの」レアは恥ずかしさで真っ赤になりながらも、ソラルに色目を使った。「それにあたしはよく気がつくし、家事の好きな女だから、毎朝砂で珊瑚の首飾りをきれいに磨くの」

「要するにこれこそ俺がアラビアの薔薇と呼ぶものだ」とマタティアスは言った。「彼女はティシュレ［ユダヤ暦では七番目の月で、太陽暦では九月から十月に相当］の十五日目の幕屋祭［幕屋生活を記念するユダヤ教の三大祭りの一つ］の日に生まれたんだ、これは吉兆だ。それからお前のギターだ。俺の愛しき者、ギターを一緒に持ってきたんだろう？（小声で、）さあ、彼にキスしにゆけ、馬鹿者めが」

　マンジュクルーはかき混ぜてやろうと大声で言った。《よおーっ、二世を契るご両人！　俺たちゃ刺身の妻だ！　人の恋路の邪魔をしちゃあいけねえ、なあ、同穴の契りを交わしたお二人さん！》ソラルが遊牧民の女を追い払おうとしたとき、奇蹟が起こった。

　マイモン翁が立ち上がり、歩いたのだ。皆が呆気にとられていると、彼は明晰さに加え、皮肉をこめて力強く話した。彼の孫息子が誰か〈現地の女〉に恋していることを既定事実と認めた上で、――彼は電話でのソラルの受け答えを聞いていて、すべてを見抜いたのだ――結婚に幸せを見出すとおそらく主張するにちがいないその男の弱さを告発した。

　マイモンは変身していた。彼はソラルと見まがう程だった。彼はソラルと同じ短兵急なリズムでどもりながら言った。口元にはソラルと同じ痙笑が浮かび、目も同じで、役者のようにかっと見開いていた。縦横に歩き回り、突然立ち止まると罪ある男をじろりと見て、はっきりと肩をすくめた彼は、民族の純血を守る義務を声高に叫んだ。ソラルには、昔からずっと続いている育て方で養育された女たちの中から選ばれた女と結婚する義務があるのだ。

「このレアは馬鹿か？　彼女の先祖は聡明だった。彼女もその血筋をひいている。お前はレアとマタティアスの二人に比べて聡明さでは劣るのか？　お前が思いを寄せているキリスト教徒の女は、実際は、カバラ学者のネフニア・ベン・ハッカナ、あるいはバールーフ・デ・スピノザよりも頭が良くない。スピノザは母方の祖先をたどればソラル家に属するが、それでもわしはスピノザは呪われよ、と言いたい。故に彼女は馬鹿だ」と彼は軽蔑をこめてはっきりと言った。「つべこべ言うな。レアは醜《しこ》女《め》か？　いい話じゃないか！　お前が娶るのは彫像か、それとも馬か？」

　マンジュクルーはうっとりと耳を傾けていたが、誇らしくて唇を噛んだ。この老ラビは腹黒い、《普段俺に馬鹿なことをしゃべっているが、それは俺をうまいこと探るためなんだ》と思った。しかし、マイモン師は倒れた。頬骨のところに流れ込んでいた血液が、潮が引くように引いた。彼は棺に移され、その蠟のような顔がショールで覆われると、イスラエルは将来を期待して、眠りに落ちた。

　マタティアスは最後の努力を試みたが、ソラルは彼を外へ押しやった。そのとき守衛が、ソラル殿に総理大臣殿がお会いしたいと仰せです、と伝えに来た。虫の知らせか、ふと胸騒ぎを覚えて、ガマリエルの息子は部屋を出た。

扉の開く音で目を覚ましたマイモン師は、彼の棺を事務机の上に置け、とせがみ立てた。大臣職と言うものをよりよく理解するには高い所から見る必要があったのだ。サルチエルおじはソラルの肘掛け椅子に座りに行き、ペンを取り、レターヘッド付きの紙にいくつか署名した。そうして、両手で額を支え、彼の仲間たちが原因であるその結果を考えた。

「本物の獅子だ、僕らのおじさんは！」とソロモンは言った。「おお、サルチエル大将、おお、島の同僚よ、もしあなたがフランスの長《おさ》だったら、どのようになさるんですか？　大きな声で命令するんですか、それとも逆に小さな声でなさるんですか？」

「すべては人生で巡りあうチャンスやこの世での定めによる」とサルチエルは、ソラルが協力者を呼ぶときのボタンをうっかりして肘で押しながら、物憂げに答えた。

呼び鈴が鳴り続けたから、呼び出しに応じて役人が五人現れた。事務机の上に置かれた生ける屍、高い所に置かれた棺の中に身を屈めている愛想のいい皺だらけのサルチエルの顔、たった今、部屋に足を踏み入れたばかりの有徳の士五人の上に天使アンダルフォンの加護があるように、と棺の中から祈るラビのマイモンに彼らはぎくっとした。マンジュクルーは五人に入って来るように勧め、怖がることはないとにこやかに言った。彼は鎌をかけるように問いかけ、情報の突合せをし、思いがけないしくじりを探し出そうとし、偏見を持つこの五人は大臣の公邸で金をくすねていると信じ込み、そう言って彼らに恥をかかせた。役人たちは不愉快そうに笑って、出て行った。

「わしは退屈じゃ」骨董品のマイモンは彼の居場所である高い所で金切り声を上げた。「ここでも、この国でもわしに充分注意を払ってくれる者はいない。お前の父親を敬え、サルチエル。それで、誰がわしの金庫を開けたのじゃ？　わかっておくれ、わしには金がない、だから百歳から三年目にして、街路から街路を物乞いして歩かねばならなくなるのじゃ。癌や脳脊髄膜炎に罹りさえしなければ、きらきら光るサーベルを手に天使が刈り取っていくわしの日々をしっかりとネジでとめておけるのだが！」

ソラルが戻ってきた。彼はゲットーの貧しき人々を優しく見詰めた。彼らのせいで婚約者を失ってしまったのだ。益荒男たちは彼が口を開くまで待つことにした。自分たちが厄介な闖入者だと悟ると、不意に自分たちの服装が見るに耐えないものに思えてきて、第一帝政様式の肘掛け椅子の後ろに身を隠すようにして立った。暮れ初めていた。彼らは尻がこそばゆく、再び眠ってしまった翁を置き土産に、蟹の穴這《あなはい》りではないが一人また一人と両の手を後ろ手に組み、立ち去った。

　暗暗《くらぐら》の部屋でソラルはモサヌ氏に言われたことを考えていた。《あなたはあの一族郎党を引き連れて立ち退くことだな。婚約の話が冗談だったのは言うまでもない。珊瑚の首飾りをしていた若い人があなたにはお似合いだと、私は思うがね。》なぜモサヌは目覚めたのか？　なぜモサヌは突然意地悪になったのか？　陽気で、詩情に溢れ、腹を空かせ、度外れで、絶望した民族は、通り一遍の礼儀作法を身に付けている階層に属す人間と同じ敬意を表されるには値しないというのか？

　マイモンは彼の墓から出てくると、小さな笑い声を立てながら少しうろうろした。彼はレヴィットから蠟燭を一本取り出し、火をつけてテーブルのうえに置き、両手を磨くようにこすり合わせて火花を飛び散らせ、気持ちよさそうに座った。角張った巨大な翼が壁に広がった。単調な旋律を口の中で歌いながら、マイモン師は、彼が大層お気に入りの芸当なのだが、テーブルの上に小さな袋を置き、金貨を並べた。そして、彼の仮宮殿に身を落ち着けていることを喜び、宝石を並べた。今度は慣れた手つきで宝石を集めながら、シナゴーグで歌われる歌を歌いだし、上半身を前後に揺すった。

　ソラルはそのリズムに従い、体を傾けては起こす大昔からの動作を繰り返した。老人は温厚な善智識の微笑を浮かべて彼を見つめ、隠しておいた祈りのときのショールを引っ張り出して孫の両肩を覆った。それから彼の所有する流動資産の所に戻り、再び讃歌を歌った。ソラルは民族の腕に抱かれ、もはやその讃歌の魅力に抗いがたく、一緒に歌った。

　扉が開いた。オードとその父親はわけのわからぬ言葉で歌っている二人の男をじっと見た。体を揺することに心を奪われていたソラルは止められなかった。この娘を怖がらせているのはわかっていたが、歌い続け、リズムに合わせ、夢中で体を揺すり続けた。モサヌは、この滑稽なスペクタクルは決定的な説明を百万遍繰り返すよりも効果的だと悟った。オードが呼びかけた。

「あなた」

　魅《ば》かされるものか、彼は答えず、肩に掛けられた青い縞のショールを握り締めた。マイモンは精緻に造形された顔を少し上げ、ゼッキーノ金貨を積み重ねた幾本かの小円柱の間から二人の余所者に目を凝らした。この娘は誰かと老人が聞いているのだと悟ったオードがソラルに目をやると、彼は知らないという印に肩をすくめ、目を伏せ、事実の隠蔽を認めるかのように、恭順の意を表するかのように、微笑んでいた。我慢ならないわ。

「あなた、私にお答えになって」

彼は全身を震わせ、怯えたまなざしを彼女に向け、不可解にも背中を曲げた。老人は立ち上がると若い娘の方へ行き、既定どおりのパスポートを所持しているし、四十八時間の在留を行政長官から許可されていると言った。この気の毒な人畜無害の二人を追い出したり、つるし首にしたりしないようにお父さんに頼んでくれるなら、このきれいな小さなブリリアントカットのダイヤモンドをお嬢さんに進呈しよう、どの民族も好きだ、どの民族も至極善良だと言った。彼は話しながらも若い娘の真珠の首飾りから目を離さなかった。ようやく自分の居場所に戻り、金貨の列柱を倒して小さな流れを作り、メシアの降臨を甲高い声で一層激しく叫んだ。扉が閉まった。

ソラルは立ち上がり、恥を曝したことで心がざわめき、ゆったりとしたオーバーを羽織ると外へ出た。マイモンは彼の宝物をも忘れ、彼の後を追った。二人はいくつもの廊下を、いくつもの時代を過《よぎ》り、敵を恐れていた。最後の扉を前にすると、老人は孫の手を取り撫ぜた。心配になったサルチエルは外で彼らを待っていた。ソラルは祖父と叔父の手に口づけし、去っていった。

ソラルは幾度か振り返り、あえて彼を呼び戻そうとはせず、大都会の中に消えてゆく子孫を目で追っている二人を見た。風で黒髪が舞い上がり、オードの目に浮かんだ恐怖と嫌悪を目に焼き付けながらソラルは歩いて行った。オードを永久に失ってしまったのだ。

一台の車が彼をかすめ、彼を罵るのが聞こえた。サルル翁は金貨を数えたりしないし、真珠の首飾りに惹かれることもなかった。街路という街路にいる人たちは皆自分の行く先がわかっている。小さな目的は目に見える。

足は自ずと駅に向かっていた。閉まっている窓口に肘をつき、銅板に映っている恥辱を蒙った男の、恥を知れと非難された男の顔をじっと見た。ここを出ようと決め、切符を一枚頼んだ。

待合室の真ん中で、襤褸《ぼろ》をまとった年の頃六十台の極貧の男が腹を空かせて死にそうになり、荷物台に寄りかかって暖を取り、己の運命をみつめ、明日はこの自分にも広告宣伝の手押し車が一台提供されるだろうと期待していた。《そうなればいつもどおり、三フラン硬貨が一枚もらえる。》年を重ねて道に迷っている子供、家族も無く、妻も無く、そして子供も無い、一人ぼっちだ、悪知恵も無い、あるのは青い美しい目だけだ。地上で最も忌忌しき光景に魅せられて、ソラルは長い間この老人を見詰めていた。この不幸は彼自身のものだ。彼には馴染のもので、老人を見ていると腸《はらわた》が千切れるほど悲しくなる。恐ろしいことだが、彼には無縁ではないのだ。後日、この逆境は力になるはずだ。しかし、彼を待ち受けている運命を彼は未だ知らない。わかっていたのはこのうっちゃらかしに責任を取るのは彼だということだけだった。

老人は若い男が差し出した財布を摑んだ。(何か差し出す物が他にあるのか、今日は?)みすぼらしい人は、その昔ポワトゥーで母親がしたように《イエス様、マリア様、ヨセフ様》と呟いた。

おお、神よ、神よ、御身はいらせられる、されど御身はこの苦しみの存在を許されておられる。老いて見捨てられし者をこれ程不当に罰し給うのは、御身に対してこの老いたる者がいかなる罪を犯したからか? 御身が我らに対しても厳しくあられるのは、我らが御身に対し何をしたからなのか? 我らが生を紡ぐ僅かな歳月の間に、御身はいかなる権利もて、我らをかくも打ちたもうや? 輝かしき御身の前に跪き、地上の我が兄弟たちのために、声高に御身に正義を求める。我らはそれ程不幸なり。我は彼らの不幸を背負わん。御身が聞き入れ給うことなく幾多の時が流れれば、我は立ち上がり、御身に抗議する。なぜなら御身が神ならば、我は人間なるが故。

その浮浪者は遠くの方から恩人を見送った。列車が動き出したとき、カスケットを持ち上げ、さようならと身振りで告げている老人にソラルは挨拶を返し、コンパートメントに入り、シートに物憂そうに腰を下ろすと、その後はもう何もわからなくなった。

荷物も持たず、帽子も被らず、暗い色の髪は乱れ、眉毛は冒瀆的で、ゆったりしたオーバーコートの中で激しく震えている背の高い若い男を乗客らは眺めていた。俳優か、おそらく。もしそうなら、明日は楽しみにしている「壮大な山々だ、若き牡鹿よ」を観られないかもしれない、と彼らは気をもんでいた。彼は歯をがたがたいわせ、呟いていた。不幸だ、僕は不幸だが、生きている、僕は生きている、僕が生きているのは今日のこの日で、僕は奇蹟に向かって進む、僕こそ一つの奇蹟なのだ。一人の婦人はその日の出費を書いていたが、途中でやめ、コンパートメントを変えるのが身のためだと思った。この若者は様子がおかしい、どこの馬の骨と旅しているのかわかりゃあしない。

彼はドアの所にいた。村の鐘楼の鐘が鳴っていた。突然大地から湧き出てきたような男たちが家路を急いでいる。彼らには隠すべきことなど一つも無く、彼らの使命は畑に穴を掘るか、ないしは他の男たちの土手っ腹に穴をあけることだ。一匹の犬が愚直に坂を上っている。動物たちが物思いに耽っているかのように未だ草を食んでいる。列車の照明に照らされた道を、ロボアム・ソラルががらくたを積んだ手押し車を押し、信仰心を高めながら歩いている。老人は神の照らしを受けたソラルを直感でそれと認め、二条《ふたすじ》の光線状に片手の指を広げて祝福した。

20

年長《とした》けたサルルは、オードが避難している部屋の前まで来て、うろうろしていた。入るか入るまいか、決めかねているサルルは眼鏡をかけてみたりはずしてみたりしていた。ようやく彼はドアを押した。涙も流さず、目を見開き、彼女は消えた火をじっと見ていた。彼は近づき、慎重に彼女の傍に座って、その手を取った。

「お前のおじいちゃんが付いているからな」

彼女は泣き崩れた。

「今は身も心も休めることだ。いろいろあるだろうが、そういうことはみんな明日考えればいい」

「ええ。私、疲れているの。おじいさま、私を寝かせて、私を抱いていって」

牧師は当惑して、上下の唇をぴったり合わせると、口ひげと頬ひげが混じり合った。失敗するのではないか、孫娘を抱き上げる力はもう無いのではないかと思うと、不安になった。時間稼ぎに磊落を装い、手を擦り合わせた。だが実際は、自分を抱きかかえ、運んでもらおうとする孫娘の癖に内心では悪態をついていた。

「さあ、抱いて運ぼうかね、私の小さな女の子を」

「私、重過ぎるかしら？」と彼女は平然として尋ねた。

「いいや、ちっとも、ひ弱な子だ、ちっちゃなひ弱な」

彼は強力な腕を持つ神の助けを祈願し、サムソンになされたように、昔の彼のたくましさを今一度、この瞬間に取り戻させ給え、と祈った。彼はオードを持ち上げ、震えながらベッドに下ろすと、自尊心から息を殺した。そして、彼女の考えを何か気晴らしになりそうなことへ方向転換させるにはどうすればよいか、と自問した。

「ベーズの未刊の原稿の中に、カルヴァンの子供時代を巧みに語っている箇所を、この私が見つけたんだよ。実に好奇心をそそられたね。我らの宗教改革者は、十歳のとき、ビー玉で遊んでいたんだよ。ふむ、私の言うことを聴いていないな、お若い娘さん？」

彼女はうつろな目をして取留めのないことを言っていた。

「一人の外国人。私が呼んだのに、彼は答えてくれなかった」

サルルは困惑した。この種の問題は彼の管轄外だった。オードを慰めるためとはいえ、センチメンタルな彼自身の不幸を彼女に語ったり、例えば、一月のある晩のこと、四十年も昔だが、自由福音教会の牧師補、これが実につまらん粗野な男で、しかも聖書が霊感を受けて書かれたものであることを信じない、そんなろくでなしにサルル夫人が色目を使ったなんてことを、この娘に告白するのもやはり気が引けた。それで彼は孫のために静かに祈ることで自分を満足させることにした。

その翌日、オードはテーブルに着き、旺盛な食欲で食べた。焼肉とシャトー・ラフィット。サルル氏はある絵の展覧会のことで彼女に尋ねた。彼女はちらちらと優しいまなざしを投げながら、すばらしい展覧会だと落ち着いて答えた。サロンではモサヌ氏がコーヒーカップを置き、ソラル氏解任のため署名してきたところだと告げた。

「昨夜は私、少し気分が優れなかったんです」と彼女は祖父に微笑みながら言った。「ご苦労をおかけして申し訳ありませんでした」

彼女が発したこの言葉の調子から、今後は何が起こったかを仄めかしてはならないのだと二人の男は理解した。牧師は心の奥底で、聖書に見る強い女性の中から選んで、その名を孫娘に付けたのだと言い、モサヌ氏は微妙な事態にいとも簡単にけりをつける我が娘を見て、鼻高々だった。

　彼女は矢庭に立ち上がると、受話器をはずし、ヴェルサイユのトゥリアノン‐パラスを呼び出して、ドゥ・ノンス伯爵を、と頼んだ。彼女は次々と抑揚を変えては自分の声を飾った。多彩な展開を見せる抑揚で、彼女の声はこの上なく優しいものになった。

「こんにちは、ご機嫌いかが？　二日前からあなたにお会いしていませんわ。ううん？　ですから、お元気でいらっしゃいますの？　早くいらしてくださいな、ええ、すぐに。ええ、勿論よくなりましたわ。では、さようなら」

　いきなり彼女は、パリは好きじゃないわ、急いでプリムヴェールに戻りたいの、それに結婚式はジュネーヴで、コロニーのあのすばらしい古い教会堂で挙げたいから、と父親に言った。サルル氏は感謝をこめて微笑んだ。彼女はドアに向かった。モサヌ氏はいくばくかの皮肉をこめて鼻をしごいた。

「それで、結婚式はいつにするんだね？」と彼は尋ねた。

　振り返りざま彼女のスカートが斜めにふわっと舞い上がった。

「できるだけ早く」

21

　ソラル氏はもう職員ではない、住所は知らないと守衛はサルチエルに言い、そいつを追い返した。
　そいつは追い返されても追い返されても、次の日もその次の日も、朝な夕なに外務省へ舞い戻った。そうしてO脚の彼は、人情の機微を知る益荒男《ますらお》たちが達観して出発の時を待っているホテルへ帰って来た。彼らはサルチエルを慰めようとして、彼の甥は愁えをいささか忘れようとして、暫く物見遊山に出かけたに違いない、だから我々も鹿島立ちとしゃれこもうじゃないか、と説くのだった。《街という街が山の上にあって、アーモンドの味がする牛乳があんたを若返らせてくれるスイスをちょっと一回りなんて、しゃれてるじゃないか、どうだろう？》
　四日目の朝、おじは心もすっかり鎮まり、永遠なる神に身を委ね、フロアボーイがびっくりするほど声を限りに、神は我が力、我が物見の塔、神は我が力、我が物見の塔、と歌った。結局は万事よし、不幸は明日の幸福の父、だ。

一時間後彼らは駅へ向かった。若返ったマイモンは元気よく歩いた。使い走りを仕事にするアインシュタインの父親が荷物持ちを引き受けた。

サルチエルは道々、ソラルがくれた金のお陰で書物を書けると考えた。彼の鳩小屋で長《なが》の歳月繰り返し思い巡らしてきたこの哲学的な一書は『世界情勢』という簡単な書名にしようと決めた。そして、この本は甥に捧げることにする。それが一番いいのではないか？　本は三百冊、いや六百冊でも売り切れるだろうし、この本から映画が作られるかもしれない。《それで、サルチエルおじが金持ちになれば、ああ、不公平に泣く諸氏よ、このわしが一騎打ちで、不公平を退治してくれるわ！　誤りはすべて正されるであろう！　わしが成さんとすることを見ていてくれ、その日には！》

彼は大喜びし、揉み手をし、威嚇するかのように通行人を睨んだ。彼はおもちゃ屋の前で立ち止まり、店に入って、子供用のおもちゃの印刷機を買った。ゴム製の活字は大作の原稿を組み上げるとき、役立つだろう。《骨の髄まで吸い尽くす印刷屋を儲けさせることはなかろう？》まず、十冊本を作り、うまくゆけば勿論新しい版を出す！《煮ても焼いても食えない外交官で、世間を知り尽くしているマキアベリストのサルチエルおじに任せて置いてくれ！》

その間マンジュクルーは皮袋が首にしっかりかかっているかどうかを五分毎に確かめ、ソロモンとミハエルに手錠を買おうと提案した。ほう、俺たち三人で三万フランになるのだな。為替取引でいろんな通貨に両替すれば、莫大な金が生まれるぞ！　盗人の策の裏をかくのが用心というものではないか、だから危険な山歩きのときみたいに、頑丈な鎖でお互いをつなぎ合わせるってのはどうだ？

駅の近くでベルクソン親父の店に入り、彼らは食料を調達し、神を介しての、新しい友人たちとの一体化について議論した。だが、発車まで六分しかない。彼らは走った。

階段。窓口。大慌て。乗客への呼びかけとコンコースでの直走《ひたはし》り。なぜ荷物をチッキにして、鉄道会社を富ませにゃならんのか？　出発ホーム。溜息。感動のまなざし、抱擁と新しい友人たちの餞《はなむけ》の言葉。機関車の点検。

マタティアスは見向きもされなかった娘レアを三等車のコンパートメントに押し込み、彼女はぶるぶる震え、彼はマッチ棒を取り出すと一本を二本に切り始めた。成り上がり者たちは一等車のチケットを手に、寝台車の追加料金を請求せよと迫ったので、車掌は警戒した。

「俺たちが払うと言ってるんだから、お前は従いさえすればそれでいい、おお、コールタールと駱駝の糞でできている駱駝の御者よ！」とマンジュクルーは言った。

「取れよ、追加の五フランだ、列車をうまい具合に運行させろよ。で、俺だが、俺の家系はな、ソラル家の分家で、名はピンハス、またの名は釘食い男《マンジュクルー》、これは我が渾名の一つだ。渾名は他にもあるぞ。青瓢簞《あおびょうたん》、屍《しかばね》、策略家、食客坊《くいしんぼう》、裁判沙汰の捏ね返し屋、それから我が消化器官に豪的に蓄えられる或る物のせいで屁こき大将、疾風《はやて》とも言われる。渾名はまだあるぞ。事後の調停者、千三屋《せんみつや》の親分、〝誓ってもいい〟、垢光り親父だ。我が祖先は美男王フィリップの時代からこの国に住んでいたのだぞ！わかったらもうつべこべぬかすな！」

限りなく満足して、益荒男たちは青いビロードに身を沈め、刺繡を施した透かし織りに頭をもたせかけ、東洋風に胡坐《あぐら》をかいた。

列車が動き始めた。頭にターバンを巻いたマイモンは嬉しくて小さな歓声を上げた。マンジュクルーは注目されたくて、乗客が一人でも通路を通ろうものなら、咳をした。時々列車のドアまで行き、無頓着を装いながら、一等車に乗る貴族とはこういうものだと、鉄道労働者に大見得を切った。疲れてコンパートメントに戻ってくると、買い物籠が開けられており、フィアスコが揺れていた。

益荒男たちは固ゆで卵やオリーヴ、魚の燻製、空豆のボール、牛の胃のトマトソースかけ、大蒜入り茄子、チーズ入りミルフイユ、肉のパテ、チーズパイ、ヘーゼルナッツ入りクッキー、蜂蜜入りミルフイユ、胡麻のクラクラン、砂糖漬けのシトロン、蜂蜜漬けヘーゼルナッツ、葡萄入りブリオッシュで腹ごしらえをした。彼らはワインは少し、水をしこたま飲み、こういう食べ物を造り給いし神に感謝した。

ビロードの上に座ったマンジュクルーは気前よくおくびを出し、喜びなんてこの世には無いなどと抜かす奴らは神から見捨てられた冒瀆の輩で、くだらん背信者だ、と思うのだった。

アドリエンヌが同じ車両の通路をそぞろ歩いていた。電信線が世界中どこへでも意地悪な人の署名を送信し、固い約束、死や愛を運ぶ。アヌシーで彼が見つかるかしら？　ごく僅かな手がかりを拠り所に、私は向こうへ行く。もし彼が見つかれば、理性を忘れた彼の人生を償い、オードとソラルが一生を台無しにするのを防ぐ。結婚式が迫っているとソラルに言おう。式まで四日間しかない。弟は特別許可をもらっている。ジャックが私に何を言ったのか、よくわからなかった。これから何をすべきかはいずれわかるわ。


　サルチエルはヴァルドンヌ夫人だとわかった。彼は立ち上がると軽く会釈し、口ではなく、表現力に富んだ目に語らせて、フィレンツェでの未成年者誘拐を詫びた。叔父として果たすべき義務をほのめかし、微妙な過去を持つ婦人に出会うとき、一等車に乗ろうという紳士はどうすべきかを自分は心得ているのだと、彼という人間そのものを使って表した。彼女はその見知らぬ小柄な老人が彼女に何を求めているのか理解できなかったし、なぜ彼が示し合わせたような合図を彼女に送ってくるのか、その理由もわからなかった。益荒男たちはどういうことかと問い質し、そのお姫様は誰なのかと聞いた。

「色恋沙汰と不義密通だ」とおじは紐タイを調整しながら言った。「諸君、これ以上は聞いてくれるな。名誉のための守秘だ、秘められた私的な情事《アヴァンチュール》だ」

　ソロモンは顔を赤らめた。あのおじさんにどうしてあんな下品な言葉が言えたんだろう？　不義密通だの秘められた情事だのって、あんな淫らな言葉を聞いたことがあったかな？

　旅行者に痰を吐くことを禁じる公告は自分一人に狙いをつけたものだと思ったマンジュクルーは、夢想家風に、誇らかに、一心に、物憂げに、たっぷりと痰を吐いた。痰を吐くと、彼は挑発するように公告に目を凝らした。

「俺は一等車の旅行者であるのか、ないのか？」と検札係が通りかかると尋ねた。「そうであるなら俺をそっとしておけ。そうして、四十年このかた、虚弱で、しばしば痰の放出を要求する俺の気管支炎を尊重することだな」

　ムラン。兵士たちだ。ヨーロッパの無分別な人たちはなぜ殺し合うのか、戦争というものはすべてなぜ起こるのか、ソロモンにはどうしても理解できなかった。

「兄弟のように愛し合うほうがよっぽどいいんじゃないの？」と彼は言った。「それでもし誰かがあんたを侮辱するなら、我慢するんだ。侮辱を許すんだ、ちょっと肩をすくめてね」

「そいつは侮辱したことで、後に苦しむことになると思え」サルチエルが言い足した。

「それでもやっぱ強烈な侮辱の言葉ぐらいそいつに浴びせてやるんだな」マンジュクルーが言った。

「侮辱の言葉ならね」ソロモンは心を痛めながらも譲歩した。「でもそのときは僕の心の中で言うんだ、心の中でだよ、その人が少しも腹を立てないように、手荒なパンチをお見舞いされないように、痛いからね。それに、おお、一等のコンパートメントの僕の友人たちよ、ヨーロッパの男たちは勇猛果敢で、戦いの時にはでっかい短刀をこんな風に腹に突っ込み合うって聞いたことがあるんだ。僕にそう言ったのは友達だ。これは中傷だと思ってる。ヨーロッパの男たちは、そうはいっても人間だし、彼らも僕たちの十戒を信じてる。だから、彼らの隣人を敢えて殺そうとするのはどうしてなのかなあ、わかんないよ」

「彼らはやってのけるんだ」とマンジュクルーは語気を荒めて断言した。「彼らは人間じゃないからだ、とりわけドイツ人はな」

「なんてことを言うんだ、僕に何を話そうっていうんだ？」

マンジュクルーはぞっとするようなしかめっ面をし、ソロモンに近づくと、秘密を一つ耳元で囁いた。《ヨーロッパの人間は血に飢えた鰐なんだよ》と。驚きで目はまん丸、額髪がぴんと立ったソロモンは後ずさりした。

「わわにゃ？」

「わわにゃだ！」

「戦争で殺すことを拒否する人たちがいるのは確かだよね？」

「そういう連中は銃殺されちまうのさ！」マンジュクルーはきっぱりと言った。

ソロモンは身震いし、隅っこで身を縮めた。そして、パリで買った花の何本かを彼は兵士たちに投げ与えた。この神の創り給いし小さな穏やかなものを見れば、軍人たちは、もう武器は使わないと突然誓うかもしれないし、少なくとも相手に負わせる傷はとても小さなものになるだろう、《士官が怒らないように、腕にちょっと》。彼は脚をぶらぶらさせながら、裂帛《れっぱく》の気合でじっくり考え、ひげの無い兵隊たちを見詰めた。突然彼は反撃を開始した。

「一体あんたは僕になんてことを言うんだ、マンジュクルー、わわにゃだって！　あの人をご覧よ、母親の子供って顔だよ、わわにゃじゃないよ」

「わわにゃ共、わわにゃ共だ！」厭世主義のマンジュクルーは頭《かぶり》を振りながら、陰気に、執拗に繰り返した。「わわにゃ共だ、これは確かだ！　わわにゃ共、この俺がお前に請け合うんだからな！　お前が賭けたいと思うものを賭けろよ、わわにゃ共に！」

サルチエルはピンセットで小さな活字を並べ、ものしようとする書冊の第一章を書き始めたが、目を上げた。

「静かにしてくれ、お前たちのわわにゃが邪魔になって、わしは本の構想を考えられんのだ。わわにゃもいいだろう。だがもうたくさんだ」

「わわにゃ共！」突然目を覚ましたマイモンは金切り声で言った。「わわにゃ共！」いびきをかいているミハエルを揺すりながら、彼は繰り返し言った。

サルチエルは喋り手の溜まり場から移動した。隣のコンパートメントに陣取ると、彼の印刷機を膝に乗せ、中世のフリーメーソンはフェニキア人で、領主たちの城砦を築き、それと引き換えに領主たちはフリーメーソンの同業組合に特権を与えることで彼らに報いたのだったと活字を並べた。

印刷の仕事で間もなく疲れたサルチエルは、その続きを鉛筆で書いた。曰く、《大聖堂もまたフェニキア人により建設された。聖人たちを揶揄する悪魔やシリアで崇められていた大したこともない神々が、ガーゴイルと名づけられるのだが、彫ることで彼らの信仰の痕跡を残した。》だが、歴史家はそのテキストが何の役にも立たない代物だと思ったから、更に発展させることに疲れ、二巻目の各章に題だけ付けて、それでよしとした。遂に彼は最後の巻に跳び、締めくくりの文章を印刷した。

こうして彼の著作を終えると、父親や友人たちに読み聞かせ、彼らはそれぞれの簡易ベッドに座って聴いた。一晩中、五十本の利口そうな指を動かしながら益荒男たち五人は世界情勢について大胆に議論した。

22

電柱は再び真っ直ぐになったり、低くなったり、斜めになったりを繰り返していたが、その間隔が次第に開くようになった。アヌシーだ。列車が停まった。雨が降っていた。

　何をしなければならなかったのかしら？　ああ、そうだわ、ホテルへ片っ端から電話することだったわ。電話ボックスの窓ガラス越しに、子供にキスしている女性を目にすると、帽子も歪み、この檻の中で気も狂わんばかりになっている自分が取るに足りない哀れな恋人に思えてきた。どのホテルのドアマンも誰一人その名に心当たりがなかった。

　彼女はようやくアンペリアル・パラスで彼を見つけた。またもやロシアの服を着、ブーツを履いている、なぜかしら？　彼女は自分の旅の目的を忘れ、愛人《エーメ》の生き生きした声、間をおいてごく軽度の斜視になるその美しいまなざし、礼儀正しく、冷静なその顔、不意に止める歩み、見せ掛けの驚き、心ここにあらずの愛情表現を慈しんだ。

「どうやって僕を見つけ出したんだ？」

「それがまるで小説みたいなの、私の愛しい人《モン・シェリ》。お年寄りがヴェルサイユに来て、あなたにお礼の手紙を書きたいので、宛先を教えてもらいたいと言うの。あなたが彼に渡した財布にトゥリアノンの住所があったのよ。私、丁度その時ヴェルサイユにいたの、あなたが窓口でアヌシーって言っていたような気がするって、その人が私に言ったのよ」

「もういい、いいよ、それで充分だ、この馬鹿な年寄りにはうんざりだ。それで娘は？　死んだのか、生きてるのか、自殺したのか？　あの娘、オード・ドゥ・モサヌは？」

「そのことであなたにお話ししたいと思っているの、ソル」

「別の日にしてくれ、今日は結構だ。もっと大事なことがある、君がここを片付けることだ。ルームボーイはカラブリアの悪党で、カラブリアでは痩せた少女を何人か強姦したにちがいない、そして象もだ、多分。少女たちは元気でいる、象は守ってやれると思う。君、空腹じゃないか？　ほら、僕はこの衣装を買ったんだ。この服僕によく似合うだろう。そうなんだ、ロシア人が僕に進呈するって、この衣装を持ってきてくれたんだ。このきれいな指輪もその男から買ったんだ。サファイア、ダイヤモンド、ルビー、好きなんだ。どの指輪も美しすぎるから、僕は好きなんだ。僕は度外れが好きなんだ。好きなんだ。僕は何であれ、惚れ込み過ぎるんだ」

　ホテルの従業員が入ってきた。ソラルは呼び鈴を押した理由を忘れてしまっていた。

「出て行け。金持ちになったら引退しろ、僕のスーツケースの中を探ったからだ。よく見ろ、此の部屋は散らかっているだろうが」

「どこがでしょうか、ムッシュー？」

「床にマッチ」

　従業員はヴァルドンヌ夫人を見詰め、彼女を受難の証人にした。正義の味方ぶる心ここにあらずのソラルが見詰める中、一本のマッチ棒を蠟燭のようにかかげて、ひどく侮辱されたその男は出て行った。

「夕食をなさいませんか、親愛なるお友達《シェーラミ》？」

「いいえ、結構よ、私のソル」

「では、あなたは何をなさりたいのですか？　いつここを出られるのですか？　私は孤独が大層気に入っているのです」

「一時間後に出直してもいいのです、二時間後でも。私、いつ戻ればよろしいのでしょう？」

「お戻りにならなくて結構です」彼は慇懃に微笑んで言った。

「私はじきに発つわ、それは確かだと思ってくださっていいわ。少し、一日か二日でいいわ、私をここに置いてくださらない？」

　彼は答えず、アストラカンの縁なし帽を取って、両目が隠れるまで深く被り、それから左耳だけ隠して肩をすくめた。彼女はスーツケースを持ち、出ようとした。

「六年でも七年でもいいから、ここにいろよ」彼はかなり恥じている風に言った。「その代わり、僕の退屈を紛らわせるんだな」

「何をしなければならないの？」

「そうだなあ、何よりもまず、陰気であってはならない。だから、頭を縦に振り振り、ゆっくりした足取りで墓場へ向かう馬みたいに陰気で退屈じゃあ駄目なんだ」

「私が陰気じゃないってことは確かよ。私の子供を楽しませるには、私、何をすればいいのかしら？」

「そもそも僕は子供じゃない。僕は思慮分別をたっぷり備えた老人だ、クリーム和えのアリゲーターだ。それから、それは扨措《さてお》き、君も楽しまねばならない。君も僕のように、幸せの余り我を忘れることだ。死ぬことを禁じる。陰気であることを禁じる。だめ、だめ、近づくな、僕をほっといてくれ。僕の部屋近くに一部屋取ると言いに行け。もっと気のきいた服を買って来い。最高に美しくなれ、体を洗って、一時間後にここへ来い、その時、私のものになってくださるよう、あなたにお願いいたします」

一人になると彼は鋏を取り、力をこめて胸に押し当て、深い切り傷をつけてオードを思う自分を罰し、鋏を放り込んだ引き出しの中にスティック状の化粧品を見つけた。ソムリエが夕食のテーブルを押して入ってきた。

「親愛なる偉大な友よ」ソラルは憂愁の色を濃くして彼に言った。「すまないが芳馥、芳醇のワインと夢想にふける佇《たたず》まいの棕櫚《しゅろ》を持ってきてくれないか。急いでくれ、そしてこの世での私のあらゆる悪行を大目に見てくれ」

従業員は直ちにと言ってもよいほど速やかに戻ってくると、ワインを注いだ。客は気前よくチップをはずんでくれそうな顔をしていたからだ。

「神が、もし間違いから存在しているのなら、お前を祝福し給わんことを！　大公ソラルがお待ちだとヴァルドンヌ伯爵夫人に言いに行け。夫人は敬仰すべき心の高貴さを備えているのだ、我が友よ。事の経緯《いきさつ》はお前には明かさない、お前は腹黒い男だからだ。僕のオーバーに金があるから、取れ、そして僕のために祈れ」

すぐ後でアドリエンヌが入ってきた。彼女は有終の美を飾ろうと決めたのだ。そのために丹精を凝らすと紫色の目の輝きが蘇った。そのイヴニングドレスはすばらしかった。

「たくさん食べろ、これはとても旨い。飲め、僕の命よ。君はブロンドで美しい。その豪華な馬具一式の下は裸か？」

彼は的確に彼女をむき出しにしていった。その後でスティック状の化粧品を見せ、片目をつぶった。彼女は服従という対価でその夜を自分のものにしようとした。死が近づいていたし、ワインが彼女をほろ酔い加減にしていた。

時が過ぎていった。外は小夜時雨、永の別れの泣き言を言っているように。彼女は化粧し、何枚もの布を使って変装した。一晩中、驚くべき創意工夫で部屋はあらゆる国からやってきた女たちで一杯になった。おべっか使いの女、手練《てだ》れの女、初《うぶ》な女、苦悩の色濃い女、ぎくしゃくした動作で酒を飲む女。朝明《あさぼらけ》、女たちが消えると、二人の男が大きな鏡の前で薪の燃え盛る炎に照らされて、はめ狂っていた。

疲労困憊の時期が過ぎると彼は起き上がり、気のなさそうにアドリエンヌの乳房に触れた。

「気に入ってるの？」そう尋ねた彼女は不可解にも母の顔をしていた。「ほら、見て、垂れ下がり始めているのよ。私はおばあさんになってしまった。（若きライバルを思い浮かべながら、彼女は乳房を押し潰し、下げた。）こうするほうがまだいいでしょ。（彼女は笑った。）私、年齢を感じるの。歯医者には段々足繁く行かなければならなくなっている、とかね！　すべてそうなの！　関節はぎごちなくなるし、髪は乾燥するし、午前四時でも、あんなにみずみずしかった肌もね。吐く息だってそう。あなたに辛い思いをさせて申し訳なく思っているわ。お気の毒なあなた、嫌気がさしているのよね」

彼女は笑った。ソラルは聞いていなかった、オードのことを考えていたのだ。父親と一緒に彼女が入ってきたとき、僕は一層激しく体を前後に揺すって、忌々しいったらない、その動作を際立たせ、彼女のことなど覚えていない振りをしたのはなぜだ？　僕は狂ってなんかいなかった、僕はあの時、正気だったのだ。あの時、僕よりもっと強いどんな悪魔に魅入られていたのだろう？　もう彼女に会うことはないだろう。おお、彼女のまなざし、盛大な婚約式の夜の、あのぎごちない仕草やはにかんだ微笑みが本当の彼女なのだ。どんな悪魔に背中を押されて、僕は肩をすくめたり、怯えたように笑みを浮かべたりしたのだろう？　ヨーロッパの娘を前にして、オリエントの男二人が恐れで死にそうになりながら体を揺する、胸がむかつく光景を今でも彼女は心に抱き続けているのだろう。

彼は思いという思いを完全に消し去り、自分が何をしようとしているのか知りたいとも思わずに、引き出しを開けた。だが、彼女の方が素早かった。彼の手と手にしていたピストルを摑んだ。弾は額をかすめ、血が流れた。彼は倒れた。

裸の女はその膝の上に裸の男を抱き上げた。彼女は二つの傷口にキスをして彼を鎮め、夜が、ずっと前から彼女の目に見えていたその夜が訪れたのだと思いながら、彼を揺すった。今日のこの夜も、過ぎ去ったいくつもの冬の夜、彼女が居なくなってからも巡り来るいくつもの冬の夜となんら変わるところのない夜だ。

彼女は傷ついた美しい肉体を食い入るように見て、余りに生き生きと生きていたから、人間たちに打たれ、有罪を宣告され、破鏡再び照らさずの大敗北を喫し、今は気を失い、無責任に横たわっている大きな息子を膝に抱き取っているように感じるのだった。彼女は自分自身の挫折した人生を考えていた。私は自分を愛させる術《すべ》を知らなかった。何一つ知らないできた。多分私の父親のせい、子供時代に私が父親に抱いていた極度の恐れでそうなったのかしら？　この無感覚、この消極性。他の女性たちは、自分を愛させる術を心得ている女性たちは、上辺だけの人間。私もそうなれたでしょう、でも私は隷属の方を好んだ。思春期の人が私の寝室に忍び込んだあの射干玉《ぬばたま》の夜からこの最後の夜まで、私はずっと端女《はしため》だった。今更やり直しはきかないわ。彼を獲得するのは他の女、オードだわ。オードが勝ちを制するのをもう一人の女が邪魔しなければ、万事旨く行くはず。彼は本来のソラルとなり、偉大な男になるわ。その時一人として私の墓に最愛《エーメ》の男の勝利を伝えに来てはくれないでしょう。けれども誰よりも先に彼の勝利を見越していたのはこの私。実際にはすごく純朴で、善良で、純粋で、笑いと風変わりな言動の下に純真さを秘めている、この男の期待と希望を疾うに見抜いていたのはこの私。だから、もし私の眼鏡違いで、彼が他の男たちと同じ一人の男にすぎないとしても、それならそれで最後まで自分の見当違いのままでいよう、私の勘違いを正しに来てくれる人などいはしないのだから。

　彼女は愛する息子の体を少し起こしてベッドに寝かすと、彼が目を覚まさないように長い間身じろぎもしないでいた。ようやく彼女は目を開け、時計を見た。もう五時だった。彼女は自分の部屋へ行き、片隅に脱ぎ捨てられていた旅装束を忘れ、イヴニングドレスで戻って来た。彼のそばにできるだけ長く留まりたかったのだ。彼を起こしてはならない、絶対に。もう一度彼にキスしないで出てゆくのは耐え難かった。意地悪な人、そうかもしれない。いいえ、不幸な人。お馬鹿さんか狂《たぶ》れ人《びと》のこの不思議な微笑。最後の瞬間まで私は彼のことがわからなかったのだわ。結局、私は彼を愛していなかった、そうかもしれない、静かに眠っているこの外国人を。彼女は落ち着いていて、少し疲れていた。そう、とりわけ疲れていた。彼女は何を語ったのか？　臨終の人は自分が何を言っているのかわからないのだ。行かなければ。早く。姿が見えない同伴者の女が彼女の手を取り、この偽りの世界に軽蔑のまなざしを投げてから、彼女に言った。いらっしゃい、私のお友達、さあ、ここを出ましょう。

　消えかかっている火の前に跪き、彼女は一枚の紙に書いた。彼女はゆっくり落ち着いて読み直し、数語書き加えた。生きている人は眠っていた。彼女は立ち上がり、用心して歩き、その紙を封筒に入れて丁寧に封をした。死者たちはもう誰も愛さない。眠っているこの男の何が彼女には大事なのだろう？　彼女は、忘れたか、失くしたか、財布が無いことに気が付いた。この百フラン札があれば旅をするには充分だ。彼女は首飾りをはずし、彼が眠っているベッド近くのテーブルに置いた。靴のせいでできる靴だこがあった。幾度彼に靴下をはかせてやったことか！　彼女は明かりを消した。窓ガラスが灰色になっていた。鏡の中の彼女の顔。舞踏会用のドレスを着、慌てて髪をまとめた可哀想な物狂いの女だ。彼女は肩をすくめた。ああ、オーバーを忘れてきた。寒くても暑くてもどちらでもいいじゃない？　これだけ着ていれば、街中で逮捕されることはないわ。ソル、私の最愛の人、私、ここから出てゆくわ、私、これから死ぬの、あなたは知らないでしょ。

　彼女は静かにドアを開け、最後に優しく微笑んだ。この優しさがあるからこそ、彼女は神の御前に出て、神から永遠の恩寵を賜るのだ。廊下の鏡に、年取った気狂い女の目や唇を生き生きさせていた化粧の跡が映っていた。彼女は無意識に拭い、ハンカチに付いた青や赤の名残を見詰めた。彼女の人生がそこにあった。彼女は洟をかんだ。数分のうちに死のうとしている時でさえ、洟をかまねばならないのだ。

彼は目を覚まし、彼の額は、彼がよく知らなかった女、彼にとっては今日の今日まで殆ど現実の存在ではなかった女、彼が愛し始めた女の肩を探した。

「どこにいるんだ、愛しい人《シェリ》？　マドリエンヌ《僕のアドリエンヌ》」

　彼は飛び起き、手紙を見た。

「さえない婆め、ずらかりやがったか！」

　彼は大急ぎで服を着た。オーバーが服装の乱れを覆い隠した。彼は衿を立て、走った。駅の前では、手押し車の中で赤ん坊が眠っていた。

　ソラルはアドリエンヌに気が付いた。窓口の前で背を丸め、ゆっくりした動作で差し出された釣銭を寄せ集めていた。彼はあえて近づこうとはしなかった。彼女はうつろな目をして、筋をつけてある銅板を拭い続けていた。彼女の後ろでは一人の旅行者が痺れをきらし、彼女は金を磨いていて、寄せ集めようとはしないんだよ、と言った。《銅をぴかぴかにしてるのさ、家事をやってるんだよ！》ともう一人の旅行者が言った。彼女はゆっくりと列車に向かった。今朝はなんてひんやりしていて、しかも澄んでいて、静かなんでしょう。

　通路の窓に肘をついていた彼女は、不意に愛人を見て、髪に手を遣り、乱れを直した。彼は下車するようにと、懇願した。乗客係が車両のドアを閉め、あくびをした。

彼女は瞳を据え、微笑んだ。

列車が動き出した。彼女は幾度か優しく否定の身振りをし、重々しく手を差し出した。彼はその手を摑んで口付けし、次第に速度を増してゆく列車について行った。乗客は苦笑していた。かなり困惑していたのだ。彼は止まった。結局のところ、どうしようもないのだ。近々彼女にはまた会えるだろう。一ヶ月か二ヶ月のうちに。

彼女は後退りし、もう彼を見たくなくてコンパートメントに入ると、彼女の荷物を探した。ああ、そうだった、荷物は持っていなかったんだわ。通りかかった検札係に、次の駅までどのくらい時間がかかるのかと尋ねた。一時間だ。

彼女は通路を行ったり来たりし、若い男女がキスしているのを盗み見た。隣のレールが反対方向へ疾走し、細縞は時折ピカリと光る。電信線が上がってきては遠ざかり、やがてたった一つの塊になり、暫く間隔があく。この繰り返しはいつ終わるともなく、喜びと勝利を歌い続けていた。彼女はレールの間に敷かれている尖った石に心を奪われていた。

列車が停まった。彼女は降りた。停車時間は五分しかないと、検札係が彼女に注意を促した。彼女は以前のような凜とした語調で礼を言い、ゆっくりと駅のはずれまで行った。気品がこの不幸な女を包んでいた。

彼女は誰にも見られていないのを確かめると、歩度を速めた。レール、レール。生き物。さくらんぼを持つ幼子。彼女は転んだ、立ち上がった、走った。ここでいい。彼女はレールの間に敷かれた尖った石の上に身を横たえた。私の競争は終わった、と思うと嬉しくて、彼女は待った。主よ、我らを憐れみ給え。

23

彼は帽子も被らずに、歩いている。服は茨で破れている。彼はアドリエンヌが置いていった真珠の首飾りで遊んでいる。この手紙を開けたって何になる？　彼女が行ってしまってからもう三日になる。今、彼女は何処にいるのだろう？　シミューにでも行っているのだろうか？　彼は巻き毛の豊かなぼさぼさ髪に指を入れ、その指をとくと見て白髪が一本絡み付いているのに気付いて身震いした。寿命が三日ちぢまった！　彼はただちに手紙を開封した。《あなたが聞き煩うことになると思うと心苦しいけれど、あなたにお話しなければならないの。彼女はあなたに愛されていないと思い込んでいるわ。彼女はコロニーで水曜日に結婚するの。お願いだから、取り返しがつかなくなる前に、彼女のところへいらして。お式は十時頃よ。愛しているわ。アドリエンヌを忘れないでね。》

ジュネーヴ、ジュネーヴってどこだ？　世界のもう一方の端っこにジュネーヴを置いた奴らは呪われちまえ！　車が一台通りかかった。彼は運転手に合図した。

「今日は何日だ？」

「水曜日」

「で、今何時だ？」

「八時三十四、三十五分」

「三十四、三十五分か。ジュネーヴまでどのくらい時間がかかる？」

「どこだって？」

「ジュネーヴだ」

「場合によるね。いい車なら四十五分で行くよ」

ああ、八時三十四、三十五分プラス四十五分か。絶対無理だ。

「僕を乗せて行くんだ」

「できないね、予約の車だから」

「五百フランでどうだ。結婚式に呼ばれてるんだ」

「そんなら行こう」

彼は座り、鏡を見た。そのとおり、彼は若くロシアの服がよく似合っている。豪華な指輪をほっそりした指にはめた。

「神よ、キャブレターを護らせたまえ。いい車でジュネーヴまで四十五分かかるのに、こいつは婆さんだ、こいつを作った奴は呪われよ！」

　チップは速度を一キロ上げるごとに増額された。使い古した車は息切れし、跳ねた。彼は心配そうにスピードメーターを注意深く見守った。だが、突然エンジンが叫び声を上げ、臨終となり、お陀仏となった。

「どうしようもないね」と運転手が言った。「あんたのせいだ。修理代は払ってもらうよ」

　万事休す。道路標識にはジュネーヴまで二十キロとある。運転手の腕時計は九時四十五分を指している。そうしてあの忌々しい女は十時に結婚だ！

　馬を跑足《だくあし》気味に走らせている男との距離が狭まった。ソラルは千載一遇の出会いを逃してなるものかと駆けてゆき、大きなゼスチュアをした。男は馬を止め、身を屈めた。ソラルはその男を馬から引っこ抜くようにして具合よく地面に下ろした。その男から乗馬鞭を奪い取り、指輪を一つ抜いて男の手に置き、馬に飛び乗ると、彼は三銃士で、その指輪は一千ピストールの価値があると所有物を取上げられた男に言った。彼は左手で挨拶し、動物に鞭を入れた。助かった！　このロシアの服とブーツにしたのはおあつらえ向きだ。冬の太陽が美しい。オーバーが邪魔だ。鞭を口にくわえるとオーバーを脱ぎ捨てた。

　散歩を楽しんでいる人たちは、埃に塗れ笑みを浮かべて、凄まじいサイクロンのように走り去る狂気の韋駄天を見ようと振り返った。指にはめた煌びやかな指輪の一つ一つが、冴え渡る日の光の中で青白く光っていた。彼は拍車を入れ喜びで叫び、飛び翔ける愛しきものに優しい言葉を言った。

　美しく善なるジュネーヴ。スイス。親愛なる国。頑健なる体と廉潔な心。悠揚迫らぬ山の男たちの純朴な偉大さ。彼らのまなざしはまっすぐでその言葉は信頼できる。

　彼はプリムヴェールの前で止まった。動じやすいサルル夫人は今度も諸々のことで精神的に参ってしまい、今しがた市役所へ向かったオードと三人の男には同行しなかった。酢が浸みた細布を額に貼り、リクライニングチェアに物憂げに横たわっていた。精神を強勒にする詩篇を彼女に読み聞かせていたルッが眼を上げた。青天の霹靂、湯気を立てている馬の背で輝いている人はソラルだった。

　牧師さんの車は五分前、十分前かもしれないけれど、出て行ったよ、と子供たちがソラルに教えた。怒りで眼をぎらぎらさせ、馬の鼻孔を激しく打ったから、馬はいななき、後ろ脚で立ち、前脚を高く上げ、下げると、今度は後ろ脚を跳ね上げ、たじろぎ、両耳を寄せ、これ以上罰を与えられては適わないとばかりに突っ走った。

坂をゆっくりと苦労して上っている車をようやく見つけた。彼が投げた真珠の首飾りは優雅な弧を描き、美しい首を取り巻いた。彼女は振り返りざま春の訪れを目にした。青蛇と黒蛇がとぐろを巻いているような髪、憮然とした顔のソラルだ。彼は両腕を伸ばして、彼女を抱き上げ奪い取ろうとした。自分の運命に従うべく彼女は立ち上がり、両腕を差し出した。

第三部

24

午後五時だった。新聞社のロビーでは、北部の県の社会党元老院議員選挙団の三人がいささか不似合いなスモーキング姿で、同党の国民議会議員でもある、創刊されたばかりの日刊新聞社主を待っていた。彼らはホールを歩き回っていたが、余りにも長く待たされているのを恥ずかしく思っていた。彼らの顎は震え、口は開いたり閉じたりし、ぶつかり合う歯の音は通りすがりの記者たちを振り向かせた。

社主の車のクラクションを聞きつけ、身体障害者の守衛が大急ぎでドアを開けに行き、社主殿の書類鞄を受け取ると、社主は主人の権威を笠に着る犬に慇懃に微笑み、うんざりした様子で名刺を読み、明日会うと言った。

執務室に入ると、国民議会議員は衿がアストラカンの豪奢なオーバーを脱ぎ捨て、美しすぎる指輪、それからラペルホールに付けたレジオン・ドヌール五等勲章の略綬である赤リボンをじっと見て不思議な薄笑いを浮かべ、四日前に届いた大型の封筒で遊んだ。彼は封印をはずし、大文字を金色の花文字で書いてある羊皮紙に視線を巡らせた。

《冬日烈々の一月二十一日、海が洗うケファリニアより。我が親愛なるソラル、パリ。我が親愛なるソラルこの手紙の目的はわしが金持ちでありお前についてもわし同様金持ちであるよう願っているのをお前に知らせることだお前が見てのとおりわしはもう羊皮紙にしか書かないし大文字と句点は金色のインクだ！

我が親愛なるソルお前の父親は病気だったが、ある薬のお陰で病は克服したもののその薬が血液に甚大なる悪影響を与えもしたお我が大切なる子供よお前がケファリニアを訪れたのは三年前だがその後のお前の暮らしぶりが何一つわからずラビは悲しんでいるしかし彼は高慢故手紙は書かないがすっかり老い込み苦しみに身を震わせている。わしも少々爺むさくなっただから手紙を書いてくれ然もなくば彼はパリへ行くとわしは思っている。お前のことでは何か言い知れぬ不安を抱いているからだそれがこのわしに戦慄を覚えさせる。

　このわしだが我が愛しきソルわしは用事で数ヶ国を旅していたそういう訳で音沙汰無しだった、お前の住所も知らなかったしな、だがわしは正義という名の新聞を読んだ立派な名称だそうしてこの新聞社の社主は無論お前でお前はその上言うまでもないがフランスの下院議員でもあることがわかった、この奇蹟の国の利益になるよう活動してくれ！　だが妬み深い奴らには用心することだ！　鳩は鳩同士そして大蛇は小蛇と共に！

　五千フランの横線引き小切手をお前に送る！　恩義に忘恩で報いるのはわしの性に合わないからしてその昔の援助に礼を言うためである！　その政治路線は知る由もないが真面目《まとも》であると確信している新聞の宣伝活動の一助にもなればと思ってのことだ迫害を受けている我らが兄弟たちにも良かれと思うことをお前がやってくれるものと期待している。彼らが支払う税金は高すぎるとわしは思っておる！　我らが兄弟たちをお前が助けてくれるとわしは信じて疑わない、お前は骨の髄までユダヤ教徒だからでわしは毎日ユダヤ人共同体の世襲統治者《エグジラルク》にそう繰り返し言っているのだが彼は杖で床を叩きまなざしでわしを激しく非難しわしの手は震えるインクの染みがついてしまったがなんてことはない羊皮紙は高価だからかき削るわけにもゆくまいて。わしも寄る年波には勝てぬのだお我が息子にして甥よ！　昔の剣今の菜刀もうかつてのきびきびした文体はわしのものではなくなってしまった！

　ところで三年前お前がわしにくれた金はコンゴの猿の取引ですっかり失くしてしまった病で苦しむ人類のため動物実験用に猿を売って儲けたいと思いコンゴへ行ったのだ！　しかし猿というものは卑しい被造物で肝も興も醒めてしまったそれで収益をあげるどころかお前からもらった金は雲散霧消！　わしの心はすっかり萎えてしまった！

　わしがお前に送る小切手は忘れないで現金化し不注意にもその金をズボンのポケットに入れるような真似はしてくれるなわしは監視者だからな！　猿なんてものはコサックよりも性悪だから呪われるがいいそして猿は栄光に包まれた主に決して見《まみ》え奉《まつ》ることのなきように！

　そういうわけでコンゴから故郷の島に戻るとわしはまたぞろ陰気で悲しげで甚だ払底素《す》寒貧《かんぴん》啞然として工場の前に立ち自らをかこちわしを裏切りおった

猿どもを呪い全能の神にすべてを委ねた！　だが落ち着け！　わしは救われた、奇蹟！　が起こりわしは金持ちになったから他にも小切手が何枚か届くだろう！

　これから何が起こったか包み隠さずお前に話そう。わしはだから座ってソロモンの末っ子のために作っているところだった、喜びもなく作っていたのだ、わしのような男が！　くだらんことに喜びを見出せようか！　かなり独創的な小さなおもちゃだ続きを聞け。このおもちゃについておおよそのことを摑んでもらおう。親愛なる我が愛する甥よ一匹の猿が紐を使ってよじ登り律法の巻物が静かに眠っている聖櫃に入るここまで順調に運んだら人が紐を数本引っ張る猿は聖櫃の帳《とばり》を持ち上げ後ろの扉から出てくる。そこに話の面白みとわしの秘密の仕掛けがあると思え。猿が出てくるとき猿は美貌の輝くばかりの若者に変えられているのだ！　神は親密なる友モーセに道徳律を授けられその間おぞましい人々は金の子牛を拝んでいた、このおもちゃは律法の験奇《げんき》特《どく》につながるのだ！

　さて、我らにとってはかつての奴隷の家エジプトでは有名なモーセ・ドゥ・レヴィ・パシャ男爵閣下がお前の父親の病気見舞いに来られた閣下はソロモンの生まれたばかりの小さな子のおもちゃを見た！　この敬神の思慮深き男は尋ねた！　三歩歩んでは転ぶ脂肪の塊のような幼子がわしの名を彼に答えた！　この銀行家は商品化する価値がある、また宗教の面から見ても価値がある！　と言ってわしの作ったおもちゃに夢中になった！　その前日人間性についての哲学と世界情勢についての我が著作を彼に読んでやったがその時彼は目に涙を浮かべて聴いていた！　銀行家は！　そのおもちゃに感嘆した彼はそれを、そのおもちゃ！　を商品化する権利！　をわしから買ったのだ！　誇らしくて感動するのも当たり前わしはもう何が何だかわからなかった！　親愛なる最愛の甥よ彼は第一回分としてわしに一万フラン支払ってくれたのだ！　サルチエルなんて使い物にならないと皆が言っていたんだからな！

　コンゴの猿で失敗したことを閣下が知り同情してわしの発明が面白いと思った振りをしただけさと妬み深い連中は言い募った！　奴らはびっくりして口もきけないだろうよ！

　わしはまさに我らが聖なる言語で二編の詩をものしているところでその詩句はすべてアルファベット

の一番始めの文字で始まり終わる、詩句は思いっきりいたずらっぽいもので我が騎竹の友マンジュクルーに狙いを定めているが恩知らずに親切を施すってわけだ！　あの妬み深い偽弁護士め！

世の終わりまでそしてあらゆる国の死者たちが地面の下を移動して一人残らずエルサレムに集うそのときまでお前の叔父の祝福を受けるべし！

サルチエル・デ・ソラル！

多種多様な職から拒否される求職中の男！》

《うん！　追伸は教養人の慣わしだ！　わし同様発明家でもあるらしいアインシュタインというスイス国籍のドイツ系ユダヤ人のことを話しているのを耳にした！　彼は時間に関するちょっとした理論を構築したというのだわしには判断できないが科学に関わる事件なら最新情報を仕入れたいからわしは彼の本を読むことにするわしの脳の中でふつふつと数々の発明が湧き出ているからこの辺でペンを置く。既述のＳＳ》

《うん！　愛しい我が子よわしの手紙の真の目的を今ここに記すわしはお前に会いに行くため数日後に出発するがお前の邪魔にならないようにするお前の父親が気がかりだ彼はお前の夢を見るが見る夢は皆悲劇的なものばかりで彼はそれが正夢だと言う、お前に手紙を書いてもらうにはこのことをお前に知らせておくほうがいいと思う彼は毅然とした性格だ彼は苦しんでいる誰が彼を支えそして慰めるのか？

既述の！》

《彼はお前が送っている今の暮らしの途方も無い秘密を知っているらしい、彼は暫くは黙っている。》

ソラルは手紙を放り投げ、壁に取り付けてある地図に近づいた。合理的に配置された四大河川が流れるフランス、アジアの細腕の見張り番、奉仕に値するフランスをとっくりと見た。三年前大変な苦労をしてこの新聞社を創設したのも彼の新しい祖国によりよく奉仕するためだった。唸りをあげる輪転機、その轟音を聞いていると瞬く間に権力を手にしたことが思い出される。彼が国民議会議員になったのは六ヶ月前だ。今二十五歳だからフランスで一番若い国民議会議員だ。彼は社会党のリーダーの一人と見做されている。

狂人が一人社屋に闖入し、かんかんに怒っている、と守衛が知らせに来た。

　守衛が知らせに来たその狂人だが、彼が新聞社の前で足を止め、食料を詰め込んだバスケットと紐と針金で縛って開かないようにした鍵なしのトランクを地面に置いたのは、十五分前のことだった。

　手をかざして大理石の階段に感嘆し、絨毯に鼻を高くしたところで中に入ることにした。ポケット鏡を見、ネクタイ代わりの細紐を調整し、エスカルパンの埃をハンカチで拭い、洟をかみ、ビーバーのトック帽を直し、ルダンゴトのリヴァースをきちんと折り返し、磊々落々を装って入っていったが、心臓は早鐘を打っていた。

「プッ！」

　守衛が振り返った。小柄な老人は人差し指を口に当て、内密の話がどうしても必要だと説明した。

「わしは彼に会いに来たのだ」と彼は小声で言った。

「もし彼が著名人或いは有力者と話している最中なら邪魔するな。お前の腕が切り取られた所で痛むことのないよう願っている。あんたに言っておくがね、わしは気がかりなんだよ。彼の父親、つまり我らがガマリエル殿がわしと一緒に来ておる。だから何がおっぱじまるか、わしには皆目見当がつかんのだよ！　行け、我が友よ、サルチエルが来ていると彼に言いに行け」

　厚紙製のトランクを眺め、それに貼ってあるラベル（ワルシャワ。モンテビデオ。船乗り御用達ホテル・ペンションーブラザヴィル。カイロ。オスロ。〝検疫所へ行くこと〟。サイゴン。）から、食い詰め者と決め付けた守衛は狂人を摑み、回転扉に放り込み、扉を押した。

　めまいがする檻の出口を見つけようとして走っている我らが小柄なおじは、回転運動を加速するだけだった。五分後勇気を振り絞り、自分に可能な跳躍をあらかじめ計算して、まさに年寄の冷水だ、若者のように跳び、大理石の階段上に落ちた。顎の骨が音を立てた。老人はやっとのことで立ち上がり、よろめきながら埃を払い、彼の迫害者に焦点の定まらぬ視線を投げ、手を叩いた。記者たちが駆けつけた。気絶しないだけの力は残っていたから、びっしょり濡れた額を止血栓で乾かすと急にぐったりして、いきなり倒れた。

　意識を回復すると、ソラルの優しい目に出会った。椅子の回転速度が緩み、はっきり見えるようになった。椅子の回転がとうとう止まったのだ。サルチエルはにっこりし、口ごもりながら言った。

「お前の近衛兵はもう一本腕を持っているが、わしには見えない。然るにこの腕が存在するのは確かだ。だからその腕はお前の金庫の中なのだ。幸いにもわしは来た。

老いぼれサルチエルを許しておくれ、こいつは自分が何を言っているのかわからないのだ。こんにちは、我が愛する者よ。（顎を触ってみたら、砕けていた。）階段は美しいが、少々固いな。この世界は広いし、ひどく恐ろしい」

突如元気を取り戻し、起き上がると甥の手を握り、それからトランクの紐を確かめた。

「この結び方はわしの発明になるものだ。わし一人が結べて、わし一人が好き勝手に解ける。ところがあの近衛兵は上手に結びなおせるのだ。だから、彼が銀の鎖を首にかけているのを黙ってみているのはどうしてだ？　少なくとも夕方社を出るときには鎖を返してゆくのかね？　それであの泥棒めはなんという名だ？」

「ジャン」

「何て名だ！　そんな名は聞いたことがないがね？」

「あなたの商売に満足ですか？」

「ああ、我が息子よ」と老人は俯いて言った。「勿論だ」とちょっと間をおいてから、言い足した。

「あなたの小切手をお返ししなければならない、そうでしょう？」

「ありがとう、子供よ。わしは年甲斐もなくすぐに熱くなる。愚かな年寄りだ。閣下が報酬を下さったのは同情からだ。あのおもちゃは他愛ないものだった」

ソラルがドアを開けた。機械がうなっていた。サルチエルはため息をついた。いろいろなことを聞いたり、褒めたりする時間がなかった。それなのに、彼はもうわしを追い出そうとしている。その日の夜にもう一度会えないものかと彼は聞いた。ソラルは夜は外務省のレセプションに出なければならないのだと説明した。羨望がサルチエルの顔に皺となって現れた。彼はガマリエルから託された大事な使命を忘れた。

「レセプションを見る手立てはないものかね？」鼻に人差し指を置きながら、彼は尋ねた。「考えてみてくれ、権力者たちのパーティーを一度見てみたいと思ったのは三十年も前のことだ。老人の最後の望みを叶えてやってはくれまいか、経帷子《きょうかたびら》を着せられる前にこの喜びをわしに与えてくれ」

いささか躊躇ってから、ソラルは一通の招待状を叔父に渡し、正装してくるようにと忠告した。

「正装？　燕尾服ということか？　勿論だとも、ソル。燕尾服だな？　わかった、ソル、燕尾服を手に入れる。まかせてくれ、お前の叔父に。燕尾服でか？　わかった、ソル。お前に恥はかかせんよ、見ていてご覧」

サインしなければならない手紙が何通かあるので、程なく戻るとソラルは言った。サルチエルは座り、守衛には高飛車に出、かぎタバコを嗅いだ。それから感じがいいと思えた二人の若者に微笑んでみせた、二人ともジャーナリストなのだろう。自分の招待状で扇ぎながら会話をし、パリの社交界に知り合いを作ろうとして二人に近づいた。だが、二人がソラルのことをひどくけなしているのを聞き、やりきれない思いがつのった。叔父がその二人の見下げ果てた奴らに宣戦布告しようとしていた所に、甥が戻ってきた。二人の若者は尊敬をこめて社主に挨拶した。

「どうしたのですか、叔父さん？」

「なんでもない、我が愛しき者よ、なんでもない」とサルチエルは二人の中傷家に聞こえるように大きな声で言った。「二匹の蝮《まむし》がしゅーっという音を出していた。だが、百獣の王たる獅子が栄光に包まれて通るとき、罪から生まれた二匹の蛇は小鳥の歌を歌ってみせる。おお、我が息子よ、ここは実に恐ろしい世界だ。戦いに備えよ、且又《かつまた》用心せよ！」

ソラルは一つ穴の狢《むじな》を尻目にかけた。叔父は喜ぶと同時に震えた。この悪党どもが仕返しをしはしまいか、灰色のオーバーを着用に及び、夜陰に乗じて甥を暗殺しはしまいか？　それ故全面講和を図って、二人のジャーナリストに微笑もうと努めた。

目で執拗に調べてからようやくサルチエルが同意したので、新聞社の社屋まで無駄に運ばれたバスケットとトランクを、老人が指定する場所へ持って行くようにとの命令に従業員の一人が応じた。そしてソラルは腕を叔父の腕の下に通し、二人は歩いて行った。

十五分後、彼は歩みを止めた。

「これがお前の家か？」とサルチエルは聞いた。（彼は内心でこう呟いた。≪一般的に館《やかた》とはどういうものを言うのか、お前わかっているのか、おお、マタティアス？　シェフェール通り五十一番地にお前住んだことがあるか？　それなら黙っていろ。≫）

「じゃあ、今夜」

「たっぷり食べるのだぞ」とサルチエルは言った。

彼は悲しく思いながらその場を立ち去った。なぜソルは中に入るようにと勧めてはくれなかったのか？

ホテルに着くと、ガマリエルは置いていったときのまま、腰掛け、杖で顎を支えていた。ラビは義弟に気付くと眉を顰め、口を開け、話を待った。父親がパリに来ていることをあえてすぐさまソラルに言わなかったのは自分が悪いとサルチエルは思った。だが今更この恐ろしい人にどうして本当のことが言えようか？　暴力シーンは願い下げだ、政治家たちの饗宴に行けなくなるかもしれないからな。ソルは父親が来ているのを知ってとても喜び、駆けつけようと支度していたところ、何の前触れも無く高官中の高官が来訪し、来られなくなってしまったと破廉恥にも嘘をついた。

「それならこのわしはどうでもよい人間なのか？」ラビは立ち上がりながら、むっとして言った。

　サルチエルは後退りしながら、ソルは明日の朝必ず来ると断言した。ガマリエルは再び腰を下ろして目を閉じた。彼の顎は黒檀の杖に一層重く圧し掛かった。叔父は姿を消した。

　彼は古着屋へ行き、シルクハットと夜会用の燕尾服を借りたが、大きすぎる燕尾服は彼をペンギンに変えた。二つの握り拳を左右の腰に当て、鏡に映る己が姿を立派だと思った。それから床屋へ行った。

「ひげを剃ってくれ、後で髪も切ってくれ、我が友よ！」

栄光に酔って、ガマリエルを思いっきり虚仮《こけ》にした彼は、洗髪を承諾し、ローションの塗擦を要求した。彼はチップの箱に十サンチーム入れながら、激しく咳をして彼の気前のよさが顧客係に及ぼす効果の程を確認し、ハンカチを髪の上に乗せ、注意深く帽子を被った。こうして芳香がハンカチに沁み込んだ頃に取り出せば、レセプションでいい印象を与えられるだろう。彼は安物のオリーヴを食いながら、外務省《ケ・ドルセー》へ向かった。シルクハットが顎の動きのリズムに合わせて揺れていた。

　外務省に着くと、レセプションは九時に始まることになっていると言われた。もし後で行って、席はもう無いと言われたら？　今すぐ中に入るほうがいい。来客はボリビアの総理大臣に相違ないと早合点した守衛長は、がらんとした広大なサロンの両開きの扉を開けた。

　たった一人、有頂天になり、興味津々なれどどうしてよいかわからず、チェックのハンカチで汗を拭いながら、ヴォルテール河岸でさっき買ったばかりの時代遅れの代《しろ》物《もの》『宮廷人作法便覧』を読んでいたが、壁に張り巡らした鏡にはそんな叔父が二十四人、六十分間も映し出されていた。最初に数人の招待客が入ってきたとき、サルチエルは恭しいお辞儀の稽古の真っ最中だった。

　彼はサロンの隅っこに走って行き、かなり長い間そこを動かずにいた。だが、人々のいぶかるような視線を感じると、彼は行動を起こし、権力者たちに合流すべきことを悟った。しかし絨毯、金色の家具、ぶんぶんうなっている会話、微笑、音楽、花にダンスがサルチエルの心を極度の恐れで満たした。彼は自分が微粒子よりも小さく感じられた。

孤影悄然の不名誉隠蔽戦略を彼は思い描いた。一時間彼が誰とも話さないのは時間が無いからで、誰かを探しているかのように忙しそうな様子で、一団の人々を掻き分け掻き分け速足で行った。使用人たちは見知らぬ男の好戦的な行ったり来たりに注文を付けずにはいなかった。じっとしている勇気を得ようとして、彼はシャンパンを思いきって飲んでみた。すると急に体が熱くなり、勇気凜々、殆ど酒を飲まないこの老人は上品ぶってハムサンドウィッチを指差した。

「この牛の舌をくれ」

自分はモアブの息子に騙されたのだと思うことにし、禁じられた肉を玩味しながら、彼は酔ってへべれけになった。歌姫がオペラのアリアをコロラトゥーラソプラノで、コケコッコーと鶏が鳴くように歌い終わった。人々は喝采した。あんなに肌を露出して、警察がよく逮捕しないものだと驚きながらも、彼も手を叩いた。結局彼の人生ではすべてがうまくいっているのだ。そして回転する絨毯、突然撓む壁は独創的な発明なのだ。彼はよろめき、日本人女性にぶつかった。

「失礼、素敵なムスメ！」

彼はトルコ大使館の館員にスルタンの消息を尋ね、無視されたことに驚き、彼の知人の中からトルコ人を抹消した。元気は良いが朦朧としている彼は、ジョージ・ノーマンド卿にセント・ヘレナのことは水に流すと断言した。コロナ皇女に微笑んでみせ、椅子を勧めると、スイスの公使があっと言う間に横取りして座ろうとしたから、彼は言った。

「失礼ではございますが、閣下、プリンセスはお疲れでいらっしゃいます。プリンセス、どうぞお気がねなく！しかし私はお邪魔でしょう、ご迷惑でしょう、すばらしく魅力的な貴族よ？」

彼はお辞儀をし、自分は政府筋の優雅な社交界の寵児だと確信した。だが、二人の使用人のせいで、その確信はもろくも崩れた。相変わらず愛想のいい微笑を浮かべている老人の腕を取り、吊り下げるようにして、品のよい自動車たちが目の輝きもなく眠りを貪っている中庭へ押しやった。この強制退去でサルチエルはずっと楽になり、自分がこの社交界とは縁も所縁もないことを悟った。

彼がこのことに思いを凝らしているとき、車から降りる甥にふと気がついた。彼は甥に駆け寄り、夜会はすばらしかったし、招待客たちはとても愛想がよかったと言って、彼を安心させた。

二人は河岸沿いに歩いて行った。

「父があなたと一緒に来ているのですか？」遂にソラル

は尋ねた。

「そうだ」

サルチエルはぞっとするような笑みを浮かべるソラルを見詰めた。恐ろしさで肝が潰れ、彼はソラルの腕を摑んだ。

「そういうことはするな、してはならない！　信仰を捨てるようなことはするな、ソル！（彼はベンチに頽れるように座ってしまい、その両膝は震えていた。）お前の手を握ったままでいさせておくれ、我が可愛らしき者よ、我が青ざめし者よ。ユダヤ人であることは一つの不幸だ。この不幸を捨ててはならない。おお、我が息子よ、お前にはエジプト人が誕生する前から存在する民族の混じりけのない血が流れている。メシアの降臨は明日かもしれない。メシアが現れた時、お前がやりたいと思うことがやれるのだ。（彼は立ち上がり、再び歩き始めた。）我らはアブラハム以来、我らがエルサレムの神殿の聖所の前で、神への愛から身を震わせる。ではなぜお前の両手では震えが止まるのか、おお、我が甥よ？　我らが民族はすこぶる古く、微塵も混じりけがなく、その聖性は際立ち、並外れて忠実だ。お前は異教徒の娘を娶った。よかろう。運命の問題だ、どうしようもないじゃないか？　そうだ、わしには察しがついていた、勿論だ。それにお前が三年間も父親に手紙を書かないでいたわけもわかっておるわ。心配するな。お前のお父さんは彼女を愛するだろう、わしは彼女を愛するだろうし、彼女も我々を愛するだろう。そうしてすべてはうまくゆくだろう。わしを信じろ、わしは世間と言うものを知っておる、亀の甲より年の功といってな、甲羅を経ているから、わしの判断もかなりのものになった。うん、我が息子よ、わしに笑っておくれ、わかるな、善良な心、上品な物腰、成るに任せる磊落さを持っていれば、すべて簡単、難しいことは何一つない。お前の父親を敬うのだ、明日彼に会いに来い、そうしてお前の妻を彼に紹介するのだ、さすれば神も嘉《よみ》したもう。義務を果たすことは大事なパスポートだ。ソル、空をご覧、我が愛しき者。一つの星を見ると傲慢極まりないと思うだろう？　だが、星たちを長い間見詰めていると、星たちはそれぞれ己が務めを誠実に果たしているのがお前にもわかってくる。どの星も他の星の邪魔はしない。皆愛し合い、それぞれが父である太陽の傍近くに自分の居場所を持っていて、星たちは得をしようとか、成功しようとかで一つところに殺到したりはしない、そういうことはしないのだよ、律法に、道徳の律法に、心の律法に従順で、物静かな星たちは成るに任せる磊落さを持っているのだよ。それから、お前は死を免れないこと、塵になることを考えるのだ。成るに任せる磊落さを会得するにはよい方法だ。お前はいつの日か死ぬのだと心得ていれば、小事は消え、大事だけが残るだろう。わかっているだろうが、人の苦しみの源は唯一、それは傲慢だ、傲慢な人間だけがいつまでも生きると思っている。このわしはな、死ぬときには穏やかに微笑んでいたいから、この人生をかなり善良な、汚れのない人間として送らねばならないのだと自分に言い聞かせておる。そうしてこの死に臨んでの善き微笑みの力はな、わしらの人生行路の出発点から終着点まで及ぶから、そんなにも強い力を持つその微笑を知る者は生前でさえ神の王国を知るのだ。だから、人間がこの真理を理解したなら、人間は皆善良になるだろう。しかしメシアだけが『善の書』を書いて、この真理を人々に知らしめるのだ。だからお前はお父さんを敬わなければならない、その父親を苦しめる者のせいでメシアの足取りは重くなるからだ」

空を見上げた彼の目は真理で興奮していた。彼は宿痾の心臓病とナポリの医師の不吉な予言を忘れた。

「これがシェフェール通りだ。お前の妻と近づきにならせておくれ。お前がまだ小さな子供の時分、城砦近くでわしが笛を吹き、お前が踊ったときのことを彼女に話してやろう。彼女に会えばわしたちはわかり合えるだろう。だからお前の叔父がやりたいようにやらせてくれ。（彼は爪先立ちして背伸びし、甥の肩にキスをした。）これがお前の家かい？　立派な家だよ、我が息子よ」

ソラルは叔父を見詰め、大好きだったからその言うことを聞いた。階段、扉、金持ちの家の匂いがする。

人気のないサロン。勿体をつけ気取って入ってくるとサルチエルは軽くお辞義をし、肘掛け椅子の端に腰を下ろした。一人残された彼の心は高尚な気分に満たされていて、個々の家具や家具類全体の値踏みをしようなどとは考えなかった。真っ直ぐな上半身、捩れた脚、預言者風な手に置いた考える人の顎、彼は高尚な夢想に耽った。ソラルの妻をうまく改宗させられるかもしれない、あり得ないことじゃない。

三十分後、ドアが開き、来るようにとソラルが彼に言った時、彼の企ては正気の沙汰ではないことがわかった。首相の娘は彼をからかおうとしているのだ。

一瞬逃げ出そうと思ったが、自分の義務を果たそうと決め、燕尾服のボタンをはめ、手袋を探したが、ケファリニアへ忘れてきたのだった。脹ら脛を湾曲させ、死刑を宣告された人のように顔を上げた。優雅さ、機転、障害物を避ける自在さ、世界について含蓄する所大なる博学多識に基づく見解をうまく取り合わせる社交界のしきたりに精通していることを知らしめるため、サルチエル叔父は血の気の失せた唇に笑みを浮かべて、爪先を滑らせながら絞首台へと向かった。

25

非の打ち所がない薪が三本、炎立つこともなく燃えている暖炉近くの絨毯に寝そべり、フォンダンを入れてある飾り鉢を傍らに置き、騎士であり王であるエルミトが攫って来た知恵なし姫の世話係を務める、リボンをつけた薔薇色の動物たちがたくさん登場する十二番目の短い童話を書きながら、オードはソラルの帰りを待っていた。エルミト王が、冷厳な演説をしながら、物語の語り手が彼に注ぐ淫靡なまなざしに応え、己の淫らさを厚かましくも解き放つところで書くのを止めた。彼女は顔を赤らめながら読み直し、チョコレートを一つ食べ、絨毯の真ん中に身を置いて空中を飛翔する自分を想像し、目を閉じ、彼が車に乗っていた彼女を奪い取り、馬に乗せて連れ去ったあのすてきな朝、その時から流れた三年の歳月を振り返ってみた。

略奪の後、二人はシシリアへ行った。だが、二週間後には金が尽き、ジュネーヴに帰らざるを得なくなった。ある晩ソラルが眠っているとき、彼女は機を逸することなくプリムヴェールへ赴いた。今更非難したとて詮無い事、モサヌ氏はモノクルが外れたのも気にせず、強奪者がイサクソンとかグッゲンハイムという名もあり得たのに、そうでなかったことに慰めを見出したに相違なく、それで結婚に同意したのだ。《しかもですよ》と彼はなかなか理解できずにいるサルル氏に言った。《しかも二人は二週間も一緒にすごしたのですからね。》その若い男が神の選民に属しているという考えが善き牧師にとってある種の慰めになってはいても、その一方で妻の落胆やグラニエ嬢の憤慨に思いを致すと、やはり腹が癒えないのだった。グラニエ嬢はその遺憾な知らせを聞くや否や、友達であるサルル夫人を伴ってツェルマットへ発った。そこなら彼女の精神的なショックを癒せるだろうと期待したのだ。

　保守的な階層には強裂な印象を与えた。婦人たちの中には名実相伴うそそのかしとは信じず、オードの勇気とその父と祖父が示した寛大さを讃える者もいた。極右はジュネーヴの退廃を予言し、その希望のすべてを宗教の覚醒に託した。だが、大多数は驚き、神に委ねた。結婚式に先立つ二週間は宣教を目的とする会合がとりわけ頻繁に開かれた。この前代未聞の結婚の心理面、道徳面を議論しながら、人々はお茶に有頂天になっていた。サルル夫人の八人の友人たちが、暗く沈んだ結婚式の日には黙って微笑みながら、酷い目に合った人の手を力強く握ろうと決めたのも、そんな会合の一つが開かれている最中だった。二人の振る舞いは顰蹙を買っていたのだ。

　結婚式の後、モサヌ氏は娘と義理の息子を抱擁し、車を駅へ向かわせた。彼を政治と情事へ連れ戻す寝台車で、オーデコロンで摩擦しながら、世間的な体裁は一応整ったが、面目を灰に塗したと呟いたに相違ない。

　夫妻はそれからエジプトへ行った。帰ってくるとソラルは、彼に期待をかけている社会主義的傾向の銀行家たちと長い間会談した。一ヶ月後彼は新聞社を創設、社主となり、社会党のリーダーの一人となった。

　ドアが閉まる音を聞いたオードは彼女のノートとボンボン入れを隠し、部屋着が透けるほど薄いのを思い出し、暖炉の前に立った。ソラルが入ってきた。彼は微笑んだが、目は眠そうで、オードの額に軽く唇を触れた。彼女は不満を漏らした。なぜもう愛してくださらないの、なぜこんな冷ややかなキスをするの？

彼は座り、身振りで彼女を黙らせた。彼女はヴェネチア製の鏡の前で、ソラルの傍に跪いた。この従順な女の姿は固い蕾を思わせた。

「どんな座り方が素敵に見えるか彼は心得ているの彼は背が高く筋骨逞しい彼が眠っている間にあれを目の当たりにした私はとっくりと見たの私はあれが好き以前は彫像にあれを見ると醜悪だと思ったし女性のほうがずっと美しいと言っていたの女性の方が綺麗なのは本当だけどでも彼はエーメ《最愛の人》その顔の線は一つとして動かない彼は以前ほど生き生きしていないけれどその仕草の一つ一つは現在の方が印象に残る計算してやっているのよ彼が昼間活動している時には彼の動作は寸分の狂いもない機械みたいだけれどそんな時彼は生きているように見せ掛けているだけ私が彼を観察しているのは先刻御ご承知なの見たところあなたに追いつくものはなにもないように思えるあなたは嘘をつくあなたはあらゆるものに傷つく私本当は彼が怖いおおとても怖いへえそうなのオード彼は私に細かく気を配る彼の友人たちは彼のことを立派だと思っているでも彼は生きていないのきっと何処へ行けばいいのかわからずに道に迷い不安に苛まれている不幸な人なのよ実は彼は嫉妬深いの男性が私に話をしているとき彼は無関心を装っているけれど実際は心配を覆い隠しているの私の子供よ私に意中を打ち明けてちょうだい私はいつまでもあなたを愛することができるわ私が侮辱の言葉を吐くのは安心するためなのあなたはよく知らない人私があなたと話すときあなた《チュ》「tuは家族、友人など親しい間柄や子供に対して用いる二人称単数の主語」と言わないようにしているのあなたのご両親のことをどうしてあなた《チュ》は私に話してくれないの私は何を愛し何を嫌うべきなのか知りたいの私が待っているのをわかってちょうだい私はソラルという名なのよ私のエーメ私に教えてちょうだい私子供のときキリストが嫌いだったって私あなたにこの前言ったわねキリストが怖かったのあなたが私を殴るんじゃないかって思えたのよ昨日キリストを賛美しているとあなたに言ったらあなたの目は嫉妬していた今日愛しているものをあなたは明日は叩き潰すだから私にはもうわからないもし私が今あなたに話しかければあなたは立ち上がり私はもう決《げっ》して決《げっ》して明日の朝ば《ま》であなたには会えないでしょう私はお馬鹿さんになってしまったわタラララタラ私はあなたの本当のあなたソルをとても知りたいのあなたには何か尊んでいるものがあってそれがぼろぼろになってしまってあなたが幻滅の悲哀を味わっているってことは私にもわかるわでもそれが何なのか私にはわからない私が言っていることはわざとらしくて真実味がないあなた本当は傷つきやすいのよねあなたは私のお殿様私そう宣言するわ彼は悪魔何でも知っている何でもできるなんでも軽蔑する彼は私を愛していない彼は誰も愛さないでしょうそして明日《あした》あのいつもの微笑を浮かべて彼は永遠に私の元から去って行くでしょうあなたエーメ何を考えているのあなたを愛しく思う人はあなたが話してくれるのをあなたが目覚めるのをここで待っているの背の高いエーメややこしくするのはやめましょうあなたが私を愛しているのはわかっているのあなたの美しい目を閉じたままでいないでさあそんなに長い手足を見せつけなくてもいいのそんなに取り澄まさなくてもいいの私あなたを愛するわよ気取り屋さんあなたは芝居がかった振る舞いがお得意の偽善者で悪太郎で礼儀知らずでごろつきよ冒瀆的な言葉を吐いちゃったけれど仕方ないわよね私にもちょっぴり自由があってもいいでしょ白馬に跨って何処ともなく旅立つのがあなたの夢なんでしょうそのときあなたの小さな女の子を奪ってゆくのかしらそれとも砂が指の間からさらさらとこぼれ落ちる砂浜にあなたはその子を置き去りにするのかしらわざとらしい気障《きざ》な言い方をしたけれどこれもあなたに気に入られたいからあなたは聞いていなくてもあなたは子供で優しい人なのよ党の命運を語るときのあなたはとっても変梃な人に見える社会主義者よりもっと変よあなたは憂いを帯びた気品を備えていてもとても子供っぽいあなたは自分の言っていることを多分信じているのよねでもそんなことはどっちだっていいの私を見てあなたに言ってるんじゃないのよジャック取るに足りない犬さあ伏せ来い来い彼はエーメはお前を叩き潰した赤ん坊みたいにむにゃむにゃ言うメヌエットを踊る奴をあなたすばらしいソル私がどんなに美しい女か見て少なくともとても美しい私の胸をあなたに見てもらいたくて身を屈める私を軽蔑してあなたの口が私の乳房に長い長い間触れていると私の肌は染みになるのああ彼の髪を引き抜いてやれたらそして彼が叫び声を上げるならこの男がアドリエンヌは可哀想に機関車に轢かれてしまった私だってあなたに焼餅を焼いているあなた何処へ行くの何をしているのなぜいつも私と一緒にいてくださらないのあなたの成功なんて私にはどうでもいいことよ私より他の人は欲しがらないであなたには大勢女がいることは確かあなたの目には限ができているものあなたは女たらしの淫らな男父のあの浮気の蒲焼女優でさえその中の一人なのよあなた恥ずかしくないのおお子供私には子供を引き受ける権利があるわこの私は神のごとき人と結婚したけど安心なんて程遠いあなたは神の息子私がそう言ったってどうなるものじゃないわ誰も私の言うことなんか聞い

ていないもの彼はユダヤ人によくみられるとてつもなく優れた頭脳の持ち主だから微笑んでいるけれどその微笑の後ろでは私が何を考えているかお見通しなのそういうことともかく実際に彼は新聞社を経営しているし社会主義政党の代議士なのよ父は社会党の代議士になったのはけしからんと言ってかんかんになったけれど今では彼の言いなりなぜなら私の夫は権力者だから私の夫は香水のようなものあなたを掻き乱すの彼は傷つけられるのをいつも恐れているそうなのよでも彼は変身する日を待っているの変身って美しい言葉咲きいずる花ジャンヌ・ダルクみたいにあるときぱっと私ジャンヌ・ダルクも好きだけど毎夜ちがった愛人を相手にする皇后も悪くないわねご免なさいご免なさいエーメ本心からそう思っているんじゃないのあなたのことだけ私たち二人のことだけしか考えていないわこの男性《ひと》はとてもよく知っていたわ彼が熱い深いまなざしで私を見つめるとき樹皮が芯まで剝がされた木みたいに私は自分を曝け出す私にはそんな才能があるあなたの舌もうあたかも所有されているかのような感じになるのおおいいわそれっていいわとてもいいわ本当はあなたソルあなたはひどく清純なのねでもありがたいことにいつもそうじゃない臆面もない行為に及ぶときは凄まじいのそういう時私は海よりももっと開けっぴろげで待つの私はオードだったテニスをしたり尊大に構えていた鯨《セタセ》もうそんなのたくさん《セタセ》でもどうしちゃったのソルあなたは動かないあなたは大理石でできているのそれとも眠っているのええそうよ私の知らないことがあるの夫たちは彼らの妻たちに説明するその人は説明なんてしないの何にも絶対に大立者さん思い通りにおやりになって私は何にも知らないいつも暗闇の中だからどうするのかさえ本当に知らないの私も恐ろしい悪徳や快楽のことを知りたいのソル茎陰［verge＝陰茎のことを逆さに言っている］について書かれた医学書を買うわ私あなたに事前にお知らせしておくわね私あなたなんか怖くない元秘書のあなたなんかそうして私は全部知ることになるのそうしたらルツに話してあげるの私が知らないのはこの目で見ていないことだけ私は永遠なる悪徳の人彼の下になって死にたいの以前の私は男性が犬のように思えて男性と聞くと拒絶反応を起こしていたのおお彼はどうやるのか知っていたのあいつはご免なさいエーメ私あなたを尊敬しているのよ夜私は彼の下になって四回か五回私私その言葉をあえて言わないけれど私が読んだ本では悦びを得るという言葉になっていたわでも彼が昇天しちゃうと私は悦びでひどく興奮して何が何だかもうわからなくなっちゃって誇らしくて彼を見つめるの悦びを彼に与えたのはこの私だもの今

も多分彼は私に欲望を抱き私の唇と舌を欲しがっているかも知れないけれど私にはわからないしかも私が彼を見守り私が彼を欲しいと思っていることを彼が知らないということもまたいいものよおおその昔の無垢おお庭での跳んだり跳ねたりおお澄んだまなざしと仕草あなたが私を愛していると確信できればそんなことは余り考えたりはしないわでも彼は変身を待ちながら私と気晴らしをしているだけ御人好しの優しいジャック大使館付き陸軍武官モロッコで何遣ってるの絵でちょっとばかり成功したそうねよかったわねでも私彼の描く絵は好きじゃない可哀想なジャックあなたには欠けているのよね私ディコ［dico＝学生用語で dictionnaire辞書のこと］で覚えたのいろんな言葉を知ってるわ液精《メスペル》［精液＝spermeを逆さに言っている］とかでも一番大事なものはソルあなたの善良な目だから私はあなたのために純粋で純粋でいるでしょうしいつまでも忠実で誠実でいるわあなたは私の全部を所有するお殿様お身も心も全部彼が国民議会のこととかスピノザについて私に話しているときでさえ私はそのことだけしか考えていないの彼が私の頭をそのことで一杯にしてしまうの堕落した性《しょう》もない娘でも女は皆私と同じ皆そうなのよ触れて強く力いっぱい抱いて重いって感じさせて意地悪で権力者で独裁者抵抗できないわ彼が命じると私は逆らえないの初夜以来ずっとあなたのためにとてもよく準備してあるの入ってよソルは私の愛人私が何でも許す熱愛する夫さかりのついた雌目も胸も渇き飲む打ち負かされた女奴隷吹き出る血よかった白い血で殆ど遣ってくれないのは何故砂漠にある干乾びた塔のように渇き期待している可哀想な私のために大いなる秘儀を執り行うことに彼が同意するとき私はそれが毎晩いつももっともっと死ぬまでそして天国でも天国がまだあるならなければだめだけど遣って欲しいのおおあちこちに流れ出る溶岩流じりじりして吐く熱い熱いため息あぁぁ彼を貪り食ってしまいたい全部私のもの私のものよ首を噛むそんなにも高く上げられた脚が胴を締め付けるなんという地獄何ですって皆やってることじゃないそれがどんな悪いことだって言うの私は考えるだけで遣りはしないわ可哀想なオードあぁぁあんまり脚を高く上げるものだからたっぷりと我慢することになるの今度はざらざらした舌そして全部食べちゃうのひどいでもちゃんと残っているのよ何という誘惑おお私を祝福し給わんことを彼の肌はビロードのようでもとても重いのよ私も一度彼みたいにやってみたい男たちが男冥利に尽きるって感じているかどうか知りたいのよ私たちは熱愛していてさえ裏の顔では敵に対するように微かな軽蔑の笑みを浮かべている実際は蛇のようなものよあれが大きく

なり始めるときってすごいのよでもやはり一番美しいのはその胸それよりももっと美しいのは笑ったり許すときの彼の目おお最愛のエーメ私はあなたの目の救いにしがみついているあなたは領主の権利であなたの可愛らしい女奴隷をオードを使って性的快楽を味わいたいのね私には生きる喜びが一番今が潮時なの高く伸びた草の間に長々と手足を伸ばしているヒマラヤ杉のような腿の若き神を千もの口で銜えとるでももっと高く伸びた草が一本私を見つめている私の心から一筋の大河がそこまで流れて行って渦を巻き恐怖に緊張を高めてゆく両岸を戦かせる私文学的になりすぎているううんそうじゃないのよ欲望過剰なのよそれなのに彼はわざと私を見ないようにしているはだけた部屋着嫌味な人ねえ見てよ私よりもきれいなお尻の持ち主なんていないんだから私の肌という肌は欲望で破れてしまいそう恥を知れええそうよ今夜私は破廉恥なのいずれにしても私には権利があるそうなのよねあなたはたまにしか私を抱かないでもどうして毎晩じゃだめなの毎夜だっていいじゃないあなたが私を抱くときそれはもう凄まじいんだから本当よ私はなんていやらしい女になってしまったのかしらでも私は純粋それは私自身が一番よくわかっているのあなたの仕草あなたの沈黙あなたの冷然とした様子気乗り薄が私を半気違いにさせるの神様私が罪を犯すならそれは愛ゆえですあなたの端女《はしため》オードをお許しくださいおおソル来て来て来てもっと早くもっとそして我を忘れて突いて永久にいつまでも私には必要なのよすてきなミルクで一杯にしてあぁぁぁあなたの目森の中での死エーメエーメエーメおおおおでも彼にはわかってもらえなかったとても疲れたわおおとてっかれちゃったとてもいいわその目は美しさを湛えたままさあソル終わりにしましょうこの沈黙には私もういい加減うんざりし始めているの私こういう勿体ぶった謎々物語は嫌いなのよあなたがエレガントな大貴族だってことは皆知ってるわよ私の夫に首っ丈私の夫私口の中で言うわこれからは命令するのはこの私だってこと。

　彼女は哀願するように片手を前に出した。

「あなた」彼女は語調を変えて謙虚にいった。

「何ですか」彼が威厳をこめて言ったから、彼女は素敵！　と思いながらもいらだちで我を忘れた。

「なんでもありませんわ、ソル。火の前で丸裸の小さな子供が遊んでいればあなたの心を乱すでしょう。お怒りにならないでくださいね、ソル、何も言うことはありませんわ」（彼女は大昔から設えられている場所、つまり夫の肩に頭を乗せた。）

　主人にちらっと目をやってから顔を上げ、気まぐれにひどく恐れているように目を真ん丸にし、自分の裸足と遊んだ。

「ねえ、ソル、ロシアの素敵な衣装をあなたご存知よね。（彼女は夫の胸に顔を付けた。）あなたがアヌシーからいらしたあの日、（彼を見つめて、顔を赤らめた。）あなたにとてもよく似合っていたあの衣装よ。私あの服を三着作らせたの、とても美しいのよ。あれと同じものよ。家でお召しになるとよろしいわ、そうでしょう、ね？　お怒りになってはいや、ソル。（彼女は夫の胸にその手を置いた。）私のお殿様は私のお殿様への貢物をお納めくださいますか？　私があなたに進呈するものを」

彼は立ち上がった。

「ありがとう、礼を言います」よく理解もせぬまま、彼は言った。「あなたに私の叔父をご紹介します。彼はここに来ています」

「どうしてこんなにも長くお待たせしたのですか？」彼女は突如声音を変え、殆ど社交界風な口調で言った。

「申し訳なく存じますわ。私とても嬉しゅうございます。支度をして参ります」


サルチエルは小サロンに入ってくるとお辞儀をし、よろしくと呟いて、ソラルのくすくす笑いにこの家の女主人はそこにはいないことに気がついた。彼は立ったままで、惨憺たる展開になるのではないかと心配しながら、白髪の房にふくらみをつけ、心臓の上にぴったりと手を置き、おかしくてはしゃいでいるような意地悪な目で彼から目を離さないでいる甥にはあえて話しかけずに、待った。オードが入って来た時、彼は社交界風の挨拶（《あなた様に於かれましては、あなた様の親しきお仲間とさせてくださり、ことのほか嬉しく存じます》）の練習に余念がなかった。彼は後退りしたかと思うと前に進み出、寝台車に乗る紳士として若い女性の手に口付けし、細心の注意を払って準備していた麗しき文言を空しく探した。

「嬉しく思います」と彼は無理して上品な笑顔を作って言った。

彼の脳は上を下への大騒ぎで、世にも稀な美しい被造物が彼に言っている言葉を理解する余裕がなかった。悠然とたばこをくゆらせている甥に時折目をやり、日頃の多弁、雄弁は何処へやら、元気も愛想もよいのだが、どこか遠慮がちで、無意味な動作をしてみたり、日本風のお辞儀をしてみたり、靴底を滑らすようにして歩いてみたり、顔面に皺を刻んだりしていたが、サルチエル叔父に祝福あれかし、絶えず熱のこもった真摯なまなざしをオードに注いでいた。気の毒になったオードは、リキュールをお持ちしましょうか、それとも、やはりシロップの方がおよろしいかもしれませんわね、とかなりぎごちなく聞いた。

「はい《ウィ》、ムッシュー」と彼は答えた。

「ベネディクティン酒がお好きかどうかお尋ねしてもよろしゅうございますか？」

「ありがとうございます、マドゥモワゼル」

彼女はソラルの方へ向き直り、叔父への助太刀を促し、最近の到来物にオリエントのリキュールがあるけれど、叔父様はこちらの方がお好みではないかしら、と聞いた。ソラルは自作のスペクタクルを人知れず楽しみながら抱いていた懸念も忘れ、この奇妙な出会いの結果をさした る関心もなく待っていた。彼はオードに答えるつもりはなかったから、彼女は真っ赤になった。

「ラキ［アニスで香りを付けたトルコ産の蒸留酒］ですか？」とか細い声が尋ねた。

「ええ、ありがとうございます、奥様」

ようやく会話の糸口を摑んだことで満足したサルチエルは、思い切って甥を見た。それがかえってよくなかった。

「じゃあ、叔父さん、あなたはどちらがご所望なんですか、ラキですか、それともベネディクティン酒ですか？　あなたは両方受け入れたんですよ。あなたはお茶がお好みです、僕にはそう見えますが」

「そうとも、お茶をいただくことにしよう」お茶が大嫌いだった不幸な叔父は顔を拭いながら言った。

オードはソラルに向かって、叔父様のことお願いしますよとまなざしに強い調子で言わせて、出て行った。サルチエルは、帰るほうがよくはないかと抑揚のない声で尋ねた。ソラルは彼を安心させ、彼の方へやってきてその両手を握り、万事至極順調だ、妻の目にあのような好意を見るのは稀だと言った。

「じゃあ、お前は、ソル、わしはそれほど悪い印象を与えなかったと思っているのか？　彼女は天使だ、我が息子よ、まるでマスカットのようだ。だがなあ、我が子よ、わしはお茶は好かんのだよ」とサルチエルは優しい非難の語調で付け加えた。

呼び鈴が鳴った。こんな時間に一体誰が来るというのだ？　モサヌ氏が入ってきて詫び、非常に重要な知らせを持ってきたと告げ、風変わりな人物に気付くと眉を顰めた。彼がその強制退去を目撃した人物は肘掛け椅子の後ろで念を凝らして絵画鑑賞をしている振りをしていた。ソラルは紹介した。総裁は大変嬉しいと口綺麗に言ったが腹に据えかねていて、義理の息子をサロンの一隅に引き立ててゆくと、小声で彼に話した。

現在の姿勢をよしとしながらも、もっとエレガントになれないものかと絶えず格好を変えているサルチエルが若妻と語り合っている間、モサヌ氏はこんな夜更けに遣って来た理由をソラルに打ち明けた。

「私の親愛なる者よ、ストライキを打って騒ぎを起こしている連中は私にはかなり厄介な存在だ。無論あなたのグループだ、ついでながら言っておくが、あなたが自分を社会主義者だと思い込んでいる理由が私にはさっぱり飲み込めないのだ、要するに、手短に言えば、あなたのグループが近い内に私を野党に転落させるだろうということだ。私は下野《げや》はご免だ。それで我が内閣の閣僚を務める右派の数人を更迭しようと思っている。私は大統領官邸からここへ直行したのだ。大統領は私に同意した。あなたのグループの、ふむ、協力を取り付けてもらいたいのだ、あなたには補佐官のポストを提供する。或いはむしろ、そうだ、労働大臣に就任してもらおう、そうしなさい、不満なのかね！　二十五歳の大臣だ。では承諾だな、ありがとう。それから、私がここに来たのはだな、腹蔵《ふくぞう》なく言えば、もう一つ別の理由があってのことだ。なあ、私の娘に話しているあの礼を払うべき人物は、先程外務省でおかしな奴との印象を与えた。彼の珍妙さは人の目に突き刺さった。だが要は、フランス滞在の外国外交団に貸衣装の燕尾服を見せびらかし、誰かは知らないが、その人に、ユダヤ教の教義について、どの点かは知らないが、彼が見解披瀝に及ぶことができたのは偏《ひとえ》にあなたのお陰だったということが、もし人の知るところとならなかったら、彼はフランス国家により、もっとこってりと油を絞られることになっただろう、ということだ。それだけならまだしも、この御仁はな、我が親しき者よ、善き叔父として、あなたが誕生したとき大蒜をあなたの唇に擦りつけたと与太を飛ばしたのだ。守衛たちは腹を抱えて笑った。あなたは招待状を彼に渡して子供じみた過ちを犯したのだ。人の口には戸は立てられないが、今は箝口令を布いておいた。しかし、図に乗ってはならない。今夜の些細な出来事は繰り返されてはならないのだ。無論私はあなた個人の信条は尊重する。あなたの本懐が成功にあるなら、今まで私にはそう見えていたがね、《繰り返されてはならない》と私は言おう。あなたが志を遂げようとするなら、執るべき姿勢は一つ、旗幟を鮮明にすることだ。何方付《どっちつ》かずはだめだ。フランス人であること、専らフランス人であること、それがすべてだ。あなたは嫉妬されている、用心することだな。帰化すること、社会主義者であること、そうすれば明日は大臣だ。これがあなたの幸福を願う一人の男の忠告だ、彼の娘の幸福もだがな。私の言うことをわかってくれ、《ソラルの奴が梃摺る家族の厄介ごと》とか《叔父、南京虫共とモサヌ新内閣》などという見出しの新聞記事を読む悦びを私に与えないでくれ。アテネまでの、いや、大臣候補の甥がいないところならどの首都でもいい、ともかくそこまでの一等の切符を彼にやりなさい。これでもうこのことは話さないようにしよう」

　無邪気なサルチエルはオードの優しさに勇気付けられて伊達男を気取り、右手で絶えずお茶に砂糖を入れ、左手に持った角砂糖挟みをかわいらしく振り上げ、すばらしい事業がどのようにして失敗するのか説明していた。

「もう一度言う」とモサヌ氏は締め括った。「あなたの親族を愛するのだ、だが遠くからだ、後生だから、遠くからにしてくれ！　気を悪くしないでもらいたい、我が友よ、秘中の秘に属すことなのだが、あなたに話させてくれ。私の曽祖母だが、そうだ、生粋のアルザス人だった。だから私がいかなる偏見も持っていないことがわかるだろう。しかも私の一番の友人たちもだ。まあそれ程純血種ではないがね〔モサヌの祖先にユダヤ人、或いはユダヤ系の人間が居たことをほのめかしている〕」

彼はサルチエルの方を見遣りながら終えた。サルチエルは砂糖を入れるのをようやく止め、疑いを持った。

　モサヌ氏はソラルの決断を待っていた。その間、半ば本気で憤って娘を打ち見、部屋中を歩き回り、闖入者に怒りの顔を向け、それから両手をポケットに突っ込み、天井の匂いを嗅いだ。

　サルチエルは感付いた。彼はやけどするほど熱くてひどくまずい飲み物を一気に飲み干し、立ち上がった。オードは流れ出しそうな彼の涙を見て、彼を引きとめようと務めた。だが、モサヌ氏の無礼な言動に傷ついたサルチエルはソラルの沈黙にも心に深い傷を負い、若い女に堂々たると言い得るお辞儀をし、二人の男には素っ気無い挨拶をし、決然とドアを開けた。使用人にこう言うことで、彼がすべてをぶち壊してしまったのは事実だ。

「ギャルソン、わしの持ち物を」

　それから間もなくモサヌ氏が帰っていった。ソラルは無性に体を洗いたくなった。一過性の自殺願望がなくなると、彼は口笛を吹きながら石鹸で洗い、オードに聞かれたのではないか、彼女が結婚したのは真摯な男ではなく子供だということがわかったのではないかと心配になって、口笛を吹くのを止めた。彼が大好きなクリスタルの湯船の縁に腰掛け、唯一の真実は人生は不公平だということだが、人はその人生を進み、創造し、破壊してはまた進んで行くのだと考えていた。ドアがノックされたから、彼は赤のバスローブを着た。怒りを抑えて彼女が入ってきた。

「ソル、ああいうことはよくないわ。あなたの気の毒な叔父様をあんな風に帰らせてしまって。明日私たち二人で彼に会わなければならないわ。何をしようと思っているのですか、あなたは？」

「あなたを抱こうと思っているのです」

　彼女は抗おうとした。だが、赤のバスローブは落ちた。二人の人間は、男は女を知りたいと思い、女は男を知りたいと思った。生きる女、死に、眠りに身を委ねる男、この二人の人間が発する偽りの恍惚のうめき声。


　通りでソラルを呼ぶ声。彼女は静かに窓を開け、後退りした。街灯の前に彼に似た三人の若い男がいた。

　彼は目を覚まし、起き上がると恐怖の笑みを浮かべてドアを開けに行った。彼女は足音を聞いた。ソラルの声を四回聞いた。それから喧騒。階段で金切り声が一つ。二つの笑い声とすすり泣きが一つ。

　彼が戻って来た。年をとり、侮辱され、大騒ぎで皺が刻まれていた。この三人の男は一体誰？　と彼女は尋ねた。彼は何か含むところのある笑い声を上げ、三本の指を、それから一本の指を見せ、それは三位一体の玄義だと言った。彼女は更に詰問した。彼は答えなかった。

　彼女は彼が眠っているのに気付いて恐ろしくなった。片一方の手はまだ上げたまま目を閉じ、彼は微笑んでいた。

26

浮き立つ大サロンでは、ダイヤモンドが煌く肩にシャンデリアが腐った乳色の光を注ぎ、香水の匂いが踊る男とやわらかな踊る女の間に芽生えた欲望を紙テープのように結び合わせ、オーケストラが彼らを煽っていた。新しく労働大臣に就任したソラルは彼のスタッフに満足気に目を遊ばせていた。毛むくじゃらの下院議員たち、艶出しワックスを塗布したかのような外交官たち、将軍たち、銀行家の面々、それに大急ぎで買い整えた煌びやかな御仕着せを身に着けた家僕たち。オードは窓のカーテンを少し捲くると、鉛色の通りをもう一人の老人と一緒にうろついているのがサルチエル叔父だと見て取った。

ソラルは考えていた。《叔父からは手紙も来なければ電話もない。二人はケファリニアへ戻ったに違いない。仕方がない。自分が第一だ。僕は生きる。生きるのだ、僕は。》

彼はこの新しいショウをどっしりと構えて見ていた。ここに集まっている有力者たち、勲章を着けた腹黒いいたずら小僧どもはロボアムとともに歩んできた放浪者の家にいることに何の違和感も感じていないようだった。銀のスパンコールで飾ったドレスに身を包んだオードは雅やかで華やぎ、あらゆる段階、種類の微笑の一揃いを備えていて、新参者には新参者用の微笑という具合に彼女の好意を公平に分配していた。そしてこの立派に体面を保っている被造物は一時間後には裸で彼の奴隷となり、見事なまでに苛まれるのだ。

男が一人、そいつは使用人用の階段から潜り込んだに相違ないが、小サロンに侵入し、大臣殿に大至急お目にかかりたいと言っている、と使用人が彼に伝えに来た。

「お前は随分趣味の悪い制服を着ているな。成金趣味の制服だ、そうだろう、ジョージ卿？」

彼はたばこに火をつけ、小サロンへ入って行った。そこにはサルチエルが居て、立ち上がりざま話し始めた。

「喜びで心もはちきれんばかりのわしがお前に会いに来たのは二週間前だった。お前は来ると約束したが、全然来ないじゃないか！　お前の父親の喜びようといったらなかった、あの晩の翌日のことだ。朝八時から彼はお前を待っていた、哀れな年老いた父親は祭服を着てな！

それなのにお前は来なかった。わしたちはお前を待った、待ったんだよ！　その晩、彼は発作を起こした。二週間というもの、わしは彼の世話をした。わしは彼が眠っている間を利用して、お前に手紙を書いた。梨の礫だ。お前のところの使用人らがお前の家に入ろうとするわしを邪魔しおって、わしを、お前のもう一人の父親だったわしを、お前を我が腕に抱いたわしを、月曜日にはいつも一緒に城砦まで散歩したわしを、お前に希望を託した、何もかも、すべてを託したこのわしを。お前の使用人どもは、異教徒どもはお前の家からわしを追い出したのだ！　この年寄りをだぞ！　お前の父親は閉じこもっていた部屋から出たがった、それで今お前に会いたがっているのだ。ソル、この大都会で迷っている年寄り二人を苦しめるのは罪だぞ。おお、ソル、息子の心を持ってくれ、そして罪を犯すな。お前の父親を受け入れよ。老人は老い先短いのだ。おお、ソル、神がわしを鼓舞し給わんことを！　二人の老いたる者とは、わしらのことだ、彼とわしだ、昨夜暗い部屋で手を取り合って泣いた。おお、ソル、我に返るのだ、お前の聖なる民族に戻るのだ、選ばれし民族に、おお、我が息子よ！」

「神の選民の話なんてもうたくさんだ。神に選ばれた民族なんてうんざりだ。僕には時間がないんだ。選民、確かにそうでしょうよ！　しかし何に選ばれたんですか、臆病な鼠のろくでもない群れとしてですか？　そんな鼠なんて誰も必要とはしませんよ、それなのにその鼠どもときてはアルタバン［ラ・カルプルネードの小説「クレオパトラ」の主人公。そのひどく誇り高い性格は〈アルタバンの如く不遜〉という諺にもなっている。］を気取って誇り高いんだ、他の人間たちに混じったりするものか、と彼らはのたまう！　なんと拙劣な笑劇《ファルス》なんだ。動物だって笑わずにはいられませんよ。選民の話を猫に語ってみるがいい、すると猫はおかしがって、うおっほっほと吼えるでしょうよ、で、犬は逆立ちしてぐるぐる回るんだ！　預言者の子孫たちは年に一度断食して神の許しを得る仲介者じゃないんですか？　ああ、神に選ばれし立派な民族か！　追い詰められる鼠のように、あなた方は互いに体をぴったり寄せ合っているんです。あなた方は他の民族に混じることを禁じられている、そして滑稽にも空威張りにしか見えませんがね、この大風呂敷を広げる鼠どもは、やれ彼らの純粋性だの、やれ不撓不屈だのと言って、そこから栄光とやらを引き出しているんだ！　それであなた方の預言者らは凡俗の企及するところにあらずといったようなことをしましたか？（彼は欠伸をした。）ギリシア人は偉大な一時代、晴れやかな知勇の一時代を世界史に刻んだ。あなた方だが、あなた方は並外れたうぬぼれを以って拙劣な十の、ブルジョワたちの行動の基本である十の規律を作っただけじゃないか！（彼の文句の一つ一つは彼の人生そのものから発せられた唯一本質的なもののように思えた。）あなた方はまだこの崇高なでっち上げに驚きが治まらないのだ！　モーセの律法！（彼は鼻をしごいた。）隣人の牛をみだりに欲しがるべからず、なんと立派な箇条だろう、全く見上げたものだ！　とは言い条《じょう》、あなた方は隣人の牛を形に取るのだ、隣人の牛を！　そしてもしあなた方が隣人の牛の群れをがつがつ食い尽くしてしまえるなら、あなた方は大喜びするのだ！（彼は自分の才知を自在に操る喜びを感じ、大股で部屋の中を歩いた。彼は若者らしく自分は頭がいいと思い、真理とされるものに反証するタルムード学者の喜びを感じていた。）それで、十のあの不幸な戒律だが、あれはオリエントの残忍さを聖書の中に誇示したものだ！　あなた方の申命記《しんめいき》には死刑の宣告は馬に食わせるほどある。エピクテトスはもっとうまくやった、しかももっと謙虚に。それで、あなた方が生み出した偉人は誰ですか？（彼は自分の胸を聴診した。）あのスピノザ、世界を氷室《ひむろ》に放り込んだ男か、或いはあのドイツの社会主義者か？　或いは凡慮の及ぶところでない難解な理論を推し進めた或る物理学者か？　自分たちが選ばれた民族だと思い込んでいるから滅多打ちにされ、《正義を！　正義を！》とがあがあ騒ぎ立てる蛙の如き民族だ。或いは誰だろう、ハイネという奴だ。この肺結核に罹った猿、上等な言葉を吐くむっつりやか？　たくさんだ。（陰険に眉を上げ）あなた方は善きキリスト教徒に自分たちは並外れた民族だと信じ込ませ、彼らは善意の人たちゆえにあなた方の言うことを無邪気に鵜呑みにした！　イスラエルという国名を聞いただけで、僕はげんなりする。（サルチエルは聞くまいとして両手で耳を塞いだ。）しかも仮にそれが本当だとすると、この選民の物語のことですよ、選民という特質を失って変質してしまった者たちは何故生きているのか、その理由を知る必要がある。将来何が変わるんですか？　人間が作ったきのこ栽培用の地下室では、数百年もたたないうちに、冷たい中身が空っぽのペポカボチャが空間をころころころがっている、そうではないんですか？　その時ペポカボチャは何かの役に立つのですか？　メシアの君臨も一時的なものではないですか？　その時にも烏滸《おこ》の沙汰は山を成すでしょうよ！　メシアが降臨するとき、誰も彼もが可愛らしい幼児になるでしょう。そう思うとうんざりする。正義のほかは何もない。正義がすべてなのだ。何だってこのしみったれた平安のためにそれ程熱狂するのですか？　私は背教者だ、ありがたいことに、ユダヤ人のラビにそう言ってください、そして僕のことなら一切かまわないでおいてください。あなたには何もたずねません。僕にも何も聞かないでください。僕はラビを家に入れません。さあ、もう行ってください」

ソラルは長持ちの中を探って祈りのときに用いるショールを取り出し、叔父に見せ、窓から投げ捨てた。風の流れがサロンの扉を開けた。歌姫に急霰《きゅうさん》のような拍手が送られていた。サルチエルは仰天し、サロンを出た。

ソラルはあの男も《その同種の》もう一人の男も家に入れるなと使用人たちに言った。数分後のこと、すばらしいご馳走を振る舞う愛想のよい主人役の彼に司教が礼を述べ、彼がお辞儀をしていたその時、叫び声、物争《ものあらが》いとガラスが割れる音が聞こえた。大騒ぎのうちに扉が開き、老いたガマリエルが入ってきた。

使用人たちが開けさせまいとした扉のガラスで手に負った切り傷を覆っているのは、ソラルが泥の中に投げ捨てたユダヤ教のターリットの切れ端で、血が滲んでいた。ラビの身に着けている祭服には雪片が付いていた。息遣いも激しく、目はうつろで、彼は扉の縁枠で身を支えていた。音楽家たちは笑い、カップルは離れた。

オードがガマリエルに近づくと、彼はその女性を押し戻した。彼は息子を探したが、光で目が眩み、見つからなかった。彼は息子を呼んだ。出席者は動き始め、本能的にソラルから離れ、ソラルはその周りにできた空間を進んだ。豪華な植物は微かに揺れ、動物の支配する所となった。レイディ・ノーマンドはリア王を思い浮かべた。彼女の義弟はいかにも人道主義者といった風な髪と現実主義者らしい口ひげを撫ぜ、モノクルを手にした。ギリシア公使は異常に肥った上半身を包む上着の左右のポケットに小さな両手を突っ込み、出てゆくと、二人のポーランド人が彼の後に従い、気持ちよさそうに洟をかんだ。

ガマリエルは息子に気付くと、少々頭がおかしいのではないかと人がいぶかしむほど大きく笑って見せ、優しく彼を見つめた。近くに来るように、お前は我が愛する息子で、一方的に非難されたのだから、何も怖がることはないと仕草で言った。一人、また一人と招待客たちはこっそり立ち去った。彼が両手を差し出すと、抑えていた布が落ちた。

彼を笑い者にし、苦労してようやく築いたキャリアをぶち壊し、厚かましくも彼に微笑むという愚劣な芸当を衆人環視の中でやってのけたこの男を、ソラルは悪意のこもった目で睨み付けた。恥をかかされ、我を忘れた彼は殴ろうとして近づいた。だが、突然閃くものがあり、やめた。悪意が燃え盛るぎらぎらした目をし、無上の悦びを以って、ゆっくりと十字を切ったのだ。モサヌ氏から直接発せられた命令で、大柄の家僕がラビの服に手をかけたが、ラビは身を振りほどき、一瞥もくれずに家僕を斜めに押したから、彼は頭を壁に打っ付けた。その時ガマリエルは彼にとっては死んだも同然の息子を見据え、息子の黒服の衿を摑んで引っ張って破り、息子に罰を与えることで神を讃えるように両腕を上げ、出て行った。

27

「起きろよ、僕を一人にしておいてくれ。今朝は労働省へは行かない」

甘ったるい眠気を引き摺りながら彼女は部屋着を羽織り、浴室で三十分を過ごすとすっかり活力を取り戻し、サロンへ行った。彼女の心は嘆きの色に染まっていたが、その体は悦びで満たされていた。彼女は大きなピアノの前に座った。このすばらしいピアノは夫からのプレゼントだ。殆ど毎日、彼は贈り物をしてくれる。毛皮に本にエメラルド、年代物の日本のコナラの盆栽とか。《昨夜の降って湧いたような出来事。考えないこと。このドイツの音楽はもっと生き生きしたタッチで弾く《ジュエ》べきだわ。最も大事なことにジュエという動詞を使うのは何故かしら？　音楽を演奏しないなら、死んだほうがましよ「jouerには演奏する、演じるの他に遊ぶ、ゲームをする、賭けるなどの意味もある」。》

一時に扉が開いた。鈎型に曲がった高い鼻がサロンの様子を伺い、ムーア人のような睫毛がいらつくように、恥じらうように下がった。裸足のソラルは音も立てずに歩を進めた。彼は波型模様が煌く部屋着の紐を締め、耳を傾け、口笛を吹こうとしたが、なよなよした小心者に見られるのが急に恥ずかしくなった。彼女は振り返り、驚き、思わず笑みを漏らしたくなったが、抑えた。それにしても何て変梃な人なの。ブロケード地のターバンを巻いたりして、気が知れない！　この布をどこから探してきたのかしら？　冷ややかな女だ。彼は妻をじっと見て、苛立ち、サロンを歩き回った。

　出エジプトだ。サロンを脱出した彼はサルル氏から贈られたカルヴァンの胸像に出会い、彼の頭を飾っている大量の布を真面目な面持ちで少し持ち上げ、かなり好感を抱いている改革者に挨拶した。それからロボアムを伴って歩き続けて数世紀後。彼はアムステルダムで足を止め、オードに弾き続けるように言い、家具を数え上げ、壁に掛けてある絵を見て回り、額に皺を寄せてサロンを興味深げに眺めた。

　けったいなものだ。アパルトマンか。しかしこのアパルトマンは彼のものだ。笑える。そしてこの女は横にしたアコーディオンの上で跳んだり跳ねたりしている。どっちがより素頓狂なのだろう、この女か、厳しい気候から自分を守り、迫害の日には小脇に抱えて持ってゆけるささやかな金色の布を頭に巻いている彼の方か？　肘掛け椅子。暖炉用の小さな箒。彼は物持ちだ。マルセイユでオレンジの荷揚げ人夫をしていた男が今はグランドピアノの持ち主だ。この動物の尻尾［グランドピアノはpiano à queue＝尻尾のあるピアノ］はどこにある？　性的快楽を味わい、ムッシューの執務室のことを話しながらしびれるこの愚かなメイド。据え付けられたこれらすべての家具。鍵盤の上をあちこち指を飛び跳ねさせている女もこれらの家具は彼の物だと思っている。人々は真面目だ。噴出したくなる。この前の晩、委員会が開催されたとき、《党の理論家》ソラルの言うことに皆厳粛な面持ちで聞き入っていたが、彼は笑いを殺すのに苦心惨憺した。《そのとおりです、大臣殿》と言う者もいた。この女は自分の所有権は確固たるものだと思っている。彼は彼女の夫だからだ。とすると彼は最早ソラルではなく、一人の夫か？《僕は何処にいるのだろう、誰が僕を騙しているのだろう？》彼は快哉を叫びたかったから、ジャックとの結婚式が十五分後に挙げられることになっていたから、馬が旨くギャロップで疾駆したから、彼女を攫ったのだ。そしてもう一人の真面目な女は、彼の女になり、月の光に照らされて恍惚となって彼の心を痛ませた。なぜ彼女たちは皆結婚という湿疹を患っているのだろうか？　彼女は彼の妻にしてもらえることを信じて疑わなかったから、彼は彼女と結婚したのだ。言うなれば彼は妻の信頼を裏切らないために結婚したようなものだ。言うなれば彼は信頼の濫用の犠牲になったのだ。

　結婚とはそういうものだ。そして今、彼は彼女と一緒に立方体の中に閉じ込められている。彼は一時に、そして八時に食事を貪り食いに家に戻ってくる。巣穴の真ん中にはシャンデリアが吊るされ、その下に在る二体の骸骨は咀嚼する。にぎやかに、にぎやかに噛もう、そうして夫婦揃って歯を磨こう。無論彼は彼女を養い、肉だの野菜だのを持ってきて、彼女と交尾する義務がある。しかも後後《のちのち》口で巣を作り、その上に座って小蛇たちを暖め、雌に暇つぶしをさせてやるためにむにゃむにゃ言ったり、小さな貪欲な者たちに餌を与えねばならなくなるのだろう。番《つがい》になったものは、そういうことはすべて当たり前だと思うのだ。彼らは寄り添って暮らし、彼らの巣穴から一緒に外へ出て、二人とも同じ動きで彼らの足を前に出す。

　彼はピアノを弾いている彼女を見た。動物の咀嚼器そのものの鍵盤の前で、うがいのような騒音を出すのは何故だろう？　ピアノを弾くという作業、その作業から出てくる音は何か実益を産んでいるのだろうか？　それは卵をぽこぽこ産むことにつながるのだろうか？　そうしてあの時あんな風に喚くのはどうしてなのか？　そして二拍子の退廃の舞踏を思いついたのは誰なのだろう？　彼は激怒して眉を搔いた。音楽というものが皆目わからない彼は、音楽を聞くと動揺し、その無理解を恥じた。結局のところ、この異教徒の女が騒音を出しているのも、雌蜘蛛たちが音楽を好むからだと遠慮がちに観察し、彼は自分を励ました。なんだって、強い酒でも飲んで、僕がコラール風器楽曲でも作曲するっていうのか、なるほどこのコラールはクロラール［催眠剤］としても使えるんだ、こいつは驚きだ！

　ムッシューから恭しく挨拶された使用人は、奥様、お食事の用意ができました、とマダムに言いにきた。テーブルに着くと、ソラルは威嚇するように微笑して人参のクリーム煮を断り、妻の言うことに耳を傾けていたが、ぼんやりしていて聞こえていないのは誰の目にも明らかで、彼はマスタードのタルチーヌを作った。彼女から非常識な食べ方を非難されると、彼女にヘブライ語で答えた。彼女はいらいらした母親のように口の筋肉を緩めた。彼は公共事業部門の同僚との会談を切れ味鋭く語って聞かせた。彼女は笑った。彼は彼女を食い入るように見て、その賞賛の笑いの理由を見破った。彼女が笑ったのは、とりわけ彼の中にある肉体的社会的強さを賞賛したからにほかならないのだ。

「役所へは行かないのですか、今日の午後は？」

「役所？　僕はもう全く訳がわからないんだ。行かない、役所へは」

　無論彼は今何もかもわかっている。昨夜、彼が窓に身を屈めたとき、追い払われて、二人の老人が雪の上を行くのを目にしたのだ、よろめく体を互いに支えあって絶望した二人の老人が歩いて行くのを。

《過ぎにし昔、父は僕が眠っていると思って僕の寝室に入ってくると、僕の額にキスしたものだ。そして小柄な叔父は金曜日の晩はいつも僕への新しい贈り物を持って現れた。そんな晩小柄な叔父はめかしこんで、銀梅花の小枝を両手に挟んで擦り、〈良き一週間でありますように〉と歌った。今日は金曜日だ、だから僕にとってもまた良き一週間になるだろう。おお、僕のソル、この民族はとても古い民族だ、十字軍の参加者なんて昨日、今日の話だ、すごく純粋で、すごく高貴で、それにすごく忠実な民族なのだ。可哀想なソラル、お前はお前の魂を売ったのだ。ガマリエルの足許にひれ伏して許しを請うのだ！》

　彼は良き一週間の歌を口ずさみながら出て行った。おお、明るく灯されたランプ、善良な微笑み、清潔な服、そして皆が繁栄を望んでいるこのサバトの日、メシアの降臨がいささかなりとも感じられる。

　夕方、戻って来た彼は決然とし、夢見るようで、愛想がよく、まるで新たに生まれ変わったようで、彼女はその表情に驚いた。彼は心ここにあらずの体で礼を言った。いや、腹は減っていない。彼は自分の両手を見て、微笑んだ。城を一つ買ってきたところだ、と彼はようやく告げた。

「紀元十六世紀のものだ。我々の悠久な歴史に比べればあなた方の歴史は浅いものだが、それはなぜだろう？　この城の名は〈コマンドリー《騎士分団長の館》〉だ。サン－ジェルマン近くの田舎にある。書類にサインした。三百万だ。三百万僕に貸してください、お願いします。貸してくれれば感謝します。あなたが所有するオランダとアメリカの株を抵当に入れればいいでしょう。スマトラにはあなたの為にくたくたになるまで働く下級労働者たちがいます。僕は一ヶ月以内に金を返します。公証人に手付金を支払いました。二十四ヘクタールだそうですが、一ヘクタールは何メートルなのか、僕は知りません。そこには草叢や樹木があるはずです。それにこの城が乗っかっている地面も我々の物となるでしょう」

怪訝に思い、びっくりして目を擦ったが、嬉しそうな彼を見ていると自分も幸せな気分になり、不安を追い払おうとして新しい住まいのことを詳しく話させ、服を着ながら彼と一緒にいろいろな計画を練り始めた。彼はもう出かける準備はできたかと絶えず尋ね、すばらしい脚や腿、それに尻などをぼんやりと愛撫した。肉体が美しい女は気持ちがいい。その女は結婚しているから、見せ掛けで拒絶したり、乙女を気取ったり、開闢以来の惨めな仕事のために媚態を見せたりしないのだ。

車中で彼女はその家屋敷の購入について、彼を質問責めにした。彼は、疲れていて田舎や静けさが必要だと言い、そうして眠ってしまった。

サン‐ジェルマン。車は一本道に入ると水溜りで跳ね上がり、ヘッドライトが格子門を照らした。

枯れ枝に躓きながら、彼らは暗い小径を歩いて行った。彼は城の門を開け、家僕に、蠟燭を二本灯し、マダムに渡すように頼んだ。彼らは入った。数体の鎧が監視している警備室で、湿り気を帯びた風が蠟燭の一本を消した。蝙蝠が慌てているこの荒れ果てた部屋部屋を見て、その心を満たした悲しみを追い払おうとオードは務めた。使いにくくて不健康なこの十五の巨大な部屋。

帰路の車中で、彼女は、さっき壁から剥がれた石がもう少しで彼女に当たりそうになり、危うく難を逃れたことを考えていた。愛情をこめて整えたシェフェール通りの家はとても住み心地がよい。一年後に変えるなんて狂気の沙汰。彼は彼女が全く欲しがりもしない贈り物を彼女にし、結局その代金を支払うのは彼女なのだ。三百万。これで彼女は一文無しだ。

シェフェール通り。車が止まった。オードは柔らかな絨毯が敷かれ、古色を帯びた一体の天使が照らしている大理石の階段をゆっくりと上った。毛皮を脱ぐのを手伝ってくれた使用人の女性に心なごむ仕草で礼を述べた。

その翌日、ジュネーヴへ行っているのがいいだろう、引越しで彼女を疲れさせたくないのだとソラルは妻に言った。彼女は従い、出発した。

三十日後、住まいの準備が整ったからコマンドリーへ来て貰いたいという電報が彼女の許に届いた。

ベッドに横たわって体を休めていた彼女は、その館の阿房くささとそこで始まる彼らの新しい暮らしを苦い思いで考えた。小径に食み出ている茂み。崩れた道。この出費全部。苛立って当てこする使用人たち。そして十五部屋の内、家具が調えられているのは四部屋だけ。

テーブルで、ソラルはこれから提案する社会保障に関する法案について潑剌と語った後で、義父とのいざこざを話した。義父は怒りっぽくなり、独裁者風に話し、自分をリシュリューに準え、愛人の為に豪奢な車を注文したと言った。彼は突然話すのをやめ、時間を見て立ち上がった。

一時間後に彼女を来させると座ってくれと言い、穏やかだが厳《いかめ》しやかな微笑を浮かべて、どうも体の具合がよくない、医者たちはこれまでにない厳格さで、一人で静かにしていることと彼に命じたと彼女に告げた。彼女は心配になり、正確に話してもらいたいと頼んだが、部屋へ戻ってもらえれば嬉しい、そして使用人たちに、（彼は躊躇してからひどく陰気な冷たいまなざしで）彼の部屋に吊るしてあるドラが鳴ったら、いつもその後は家の中を歩き回らないようにと命じてもらいたい、と言うにとどめた。大体は夕食後のはずだ。彼がある種の頭痛に苦しんでいるときには行ったり来たりの音は耐え難いのだ。彼女の返事を待たずに先を越すように礼を言い、立ち上がることで会見の終わりを彼女に告げた。彼女が話したいと思っていたら、彼は微笑し、馬鹿丁寧に彼女の手にキスをすると、ドアを開けた。

彼女は使用人たちにこの新しい命令を伝え、自分の部屋へ戻った。寒さで憤りを増し、冷たくなった両肩に手を置いて歩き回った。彼らがこのとんでもない家に来てからというもの、彼女が昼間彼に会うことは殆どなく、夜は全く会えなかった。ぼろぼろに崩れたこの家で、頭が混乱し、何が何だかわからなくなった彼女は、彼女の夫と言われている一人の男と何をしているのだろう？

ドラの音。彼女は従うまいとし、自室から出て彼の部屋へ行き、彼が何をしているのか、秘密を暴いてやろうと思った。しかし彼の冷酷なまなざしを思い出し、怖くなった。

彼女はドアに鍵をかけ、歩くのをやめ、くまのできた目、飛び出した頰骨、優しい面持ちにさせる唇を鏡の中で注意深く観察した。彼女は自分の体に見惚れた。彼女は愛されるに値する、それなのに夫は見向きもしない。

彼女は地べたに座り込み、自分の無力さにうめき声を上げ、歯を食いしばって歌を口ずさんだ。腕時計の時を刻む音で少しだけ孤独を紛らわした。彼女は長い間その音を聞いていた。それから怒りが悲嘆の長い溜息に溶け出して行き、自分自身に向けられた皮肉っぽい笑みが彼女を平静にした。誰もが彼女はすばらしい結婚をしたと信じ込んでいた。けれど、若き輝かしき大臣は実は狂人。

この孤独の中で一体何をすればいいの？　できることで楽しむようにしよう。彼女は夢想に耽ろうとした。ツッ。夢想に耽る、若い娘じゃあるまいし。今は喜びにもなりはしない。この不幸の種は全部あの年寄りのラビが蒔いたのよ。あの晩からソルは変わってしまった。

彼女は衣服が脱げるにまかせ、ベッドの中で身動きもせずにいた。明日考えよう。今はもう終わりにして、眠ることだわ。彼女はコマンドリーでオリエントの歌が聞こえてくる夢を見た。

彼女は庭園を歩き、何事か呟き、小石にぶつかり、ひどく悲しくなってその小石を蹴った。霧のせいで水溶きの小麦粉を塗布したような趣を呈する草原《くさはら》に、夜が落ちてきた。もう二週間、いや三週間、彼らはここサン＝ジェルマンに居る。ソラルとのすばらしい結婚はもう終わった。

彼はひどく変わってしまった。今は音楽さえ彼女に禁じるのだ。音楽は交尾の一種で、忌まわしいものと不必要に繰り返す彼のしつこさにはほとほと疲れてしまった。彼女が秘めている罪を表に引きずり出し、男や子供、樹木や若い農婦にちらっとでも目を遣れば、意地悪く解釈して嬉しがるのだった。それは無意識の裏切りだと言って彼女を非難するくせに、彼自身はその無意識の裏切りに浸っているのだ。《正義、正義》と題目でも唱えるように四六時中言っているし、隣人愛に対する理屈に合わない憎しみを耳にするのはうんざりだし、退屈極まりない。彼女が百も承知のことをわからせようとして、無駄な時間を費やす。ご苦労様なこと、まるで竹藪に矢を射ているようなものだわ。

おまけに今では彼は金の話をするようになった！　そしてこの世界を軽蔑し、痙笑を絶やすことがない。折に触れ意地の悪い老人の目になるのだが、そんな時彼の目には誰も彼もがペテン師か愚か者に映るのだ。彼が語る律法のほかは何もかも無意味で偽善だと狂ったような目つきで、これ以上開ければ顎が外れるほど大きく口を開けて語るのだ。彼女が結婚したのは幸せになるためで、こんな腑に落ちない暮らしをするためではない。部屋は十五もあるのに使用人は一人もいない。

ああ、そうそう、もう一つ抜本的な改革がある。通いの家政婦を一人頼むことにしたのだ。今はこの人の他には誰もいない。何もかもが乱れている。もう滅茶苦茶だ。なぜ使用人が一人もいないのだろう？　スパイは嫌いだと彼は答えた。食事中も彼は殆ど話さなかったし、話せば話すで彼女は一層落胆させられた。いつも死のことでなければ、すべての人間にある恥ずべき生理的な行動についてだった。それでもやはり人生には明るく美しいものがあるのだ。それなのに彼はそういうものは一切評価せず、絶え間なく奈落の底へ向かっていて、恐ろしい悪魔の輪舞を踊り続けているのだ。一人よがりもいいところ。いいえ、そうじゃない、それはむしろ、舞台装置、見せ掛けの舞台装置で、そこには真実にたどり着くための何の取っ掛かりもない。一昨日、彼はスピノザを激賞し、ミケランジェロをぼろ糞に言った。そして昨日、スピノザは〈超退屈な奴〉に成り下がっていた。

　それにしても国民議会議員への彼の影響力は大したもの！　彼が登壇すると水を打ったように静まり返り、彼は、当然のことながら、真摯でひたむきな愛情を以って労働者の暮らしぶりを語った。《優しい浮かぬ顔のフランスは仕事に励む汝の子等に汝の澄んだまなざしを注ぐべし。》感動し、誇らしく思いながらもかなり困惑している下院議員たちを彼女は思い出していた。

　それから彼女は奇病に襲われた父親のことを考えた。医師たちは彼女が望むようには彼女に情報を与えず、数日前には病院へ移送せねばならなくなった。

《座って、おとなしく、礼儀正しい。その手にはモノクルがしっかり握られていて、無理に取上げることはできない。父は私を見ると立ち上がろうとする。おなじみのカスケットをちょっと持ち上げて挨拶しようとする呆けた人のふらつく脚。両手で胸にぴったり当てたミルクの椀。新内閣でソルがそのまま大臣の椅子に座り続けるのではないかと議員たちは心配しているに違いない。お父様、総理大臣失格でも、エレガンスは持ち続けていらっしゃるのね。私を先に通そうとするこの老いて耄碌した人。でも彼は私が誰だかわからない。ねえ、パパ、もうじきよくなりますよ——そうあってほしいものです、奥様。父はほんの僅かなことで満足する。彼は微笑み、いくつかの新聞を折っては拡げる。礼儀正しさ、ゆとりのある生活、気品、礼儀作法の精華、私たちにはとても大事なこと。》

　彼女の嘆かわしい城の門の近くで、彼女は立ち止まった。何かしら？　叫び声、それとも歌かしら？　地の底から突然湧き上がってくるような感じ。一語一語つかえるように発せられる文言、それから早いテンポの歌が力強く立ち昇ってくる。幻覚かしら？　こういう暮らしを続けるわけにはゆかない。彼を邪魔しに行くことはご法度だが、彼女は彼の仕事部屋へ入っていった。

　彼はなんと無愛想な顔をしているのだろう。この冷酷なまなざし、世の中の人という人を軽蔑しているのだ。

彼女の存在に気付かず、彼は電話をし続けていた。

「そうだ、三月五日までオプション取引だ。それで、ゴムだが、もう一つ別のシンジケートを作り上げるしかないだろう。良き土曜日を、ルベン」

　彼は目を上げると、そこで何をしているのだ、なぜ彼を邪魔するのだと厳しく詰問した。彼女は床に置いてあるたくさんの札束を啞然として見詰めた。

「そうだ、そのとおりだ、この矢車菊やコクリコは僕の物だ。投機的な売り買いを何回もやって苦労して得た四千万フランだ。僕は社会主義者だが、銀行業もやる。僕は人間が好きだし、大金も大好きだ。吾が仏尊《とうと》しだ。（彼はヨーロッパの五ヶ国の言葉でそう繰り返した。）僕は既に七つの地方新聞を傘下に収めている。だが、これはまだ序の口だ。じきに彼らは僕を憎むようになるだろう。ありがたいことにな！」

　赤いビロードの部屋着姿の殿様は立ち上がると、両腕を拡げ、力の象徴を裸足の足で寄せ集め、大儲けしたんだと告げ、若者特有のかなり傲慢な態度で紙幣の草地を歩き回ると乾いた音がした。

「僕は二本の煙突とディーゼルエンジンを備え、装飾は金の網目模様の、少々女性的だがなかなか気の利いたヨットの上を歩いている。僕は素っ裸でよこたわるブロンド、褐色、ブロンドの三人の公爵夫人の上を歩いているんだ。お前、金が好きか、ソラル・デ・ソラル？　僕はあいつが好きだ、ルベン・デ・ソラルが。さようなら、オード。僕たちは、君と僕は今夜は会わない。パリへ行き、サル・プレイエル［ピアノ演奏会場］でタムタム演奏でも聞いてきなさい」

「ソル、聞いて。もう終わりにしなければならないわ。私に何を隠しているのか言って」

「私に親しげな口の聞き方をするこの女は誰なんだ？　それで、どんな権利があって彼女は私のことをソルと呼ぶ？　君と私の間には何があるのだ、おお、女よ？」と彼は権力を見せつけ、人を怯えさせる陽気さで尋ねた。

「あなたはここで何か禁じられていることをなさっているのです、私に知られたくないと思っていらっしゃることを。私、ここでは本当の一人ぼっち、私もう耐えられないのです」

「この僕は耐えているのですよ。あなたは僕にどうして欲しいのですか？　僕は良き夫です。一番奇妙に思えるのは、僕があなたを愛していることです。自尊心を満足させる物はすべてあなたに与えました。だから、後はもう僕を放っておいてください。無論僕は特別な生活を送っています。それが僕の喜びだからです。あなたが教会や他の場所へ行くことを妨げはしません。金が欲しいですか？　拾いなさい。高慢の鼻を高くして喜びたいのですか？　パリの美容室へ行きなさい。ミハエルのような輩があなたにこう言うでしょう。あなたを見ると皆一様に言葉を失い、あなたを羨顔《うらやみがお》で見詰めることでしょう、と」

「エーメ、素直になって、真面目になって、第三者があなたの言うことにいつも聞き耳を立てているような話し方はやめて。私はあなたの妻なのよ。あなたはあなたの生活のことにしか関心がないのよ。その生活がどんなものか私に言って、私の手を取って、そしてあなたの生活に私を参加させて」

　彼は、明晰に話し、問題の基本が何処にあるかを知っている彼女にほとほと感心した。彼女はいつも聡明なのだ、この女は。彼は情熱の後押しがなければ自分の考えを見事に表現することはできない。彼の妻、やはり明白な事実だ。彼女は鋭敏で、真面目で、愛そうとし、信じようとしている。彼の目は善良そのものになった。彼女は希望で微笑んだ。だが、彼は自分を取り戻し、数百万フランを暖炉で燃やし、気晴らしをした。

「それではこの暮らしはこんな風にずっと続くのね？　私は夜、自分の部屋でたった一人、怖いのよ。私に付き添ってくれるたった一匹の犬さえいないのよ」

「犬か！　なぜ浴槽で鰐を何匹か飼わないんだ？　僕の祖母は真向かいの異教徒の家で飼っている猫を見ると、急いで手を洗いに行った。けれども彼女は僕に猟犬の群れを見せようとして僕を連れ出そうとした。明日は、信仰に照らして正当だとされれば、キリンを見に行くことにならないともかぎらない。僕は（若者らしくひどく顔をしかめて）動物が大嫌いだ」

　疲れと苛立ちと怒りで、彼女は両腕をぶらんと下げた。彼女は彼の顔になにかその辺にあるものを投げつけてやりたい欲望に駆られた。彼女は自分の人生を守ろうとしているのに、彼は、その彼女にキリンの話をするのだ！

「あの音、あのドラが鳴ると、あなたは何をするのですか？　誰に会いに行くのですか？　あなたは家にいるのですか？」

　退屈を紛らわすため、彼は告白という破滅をとっくりと考えた。

「いや、いない」

「それならあなたは何処へ行くのですか？」

「巣窟へ行く。死者たちの王国だ。身の毛もよだつ微笑みの国だ」

　彼はドアを開け、王のような、しかも恭しい仕草で、彼の妻を引き取らせた。彼女は出て行った。

　彼女はスーツケースを開け、服一着と数枚のハンカチ、それにブラシを一本放り込んだ。それから暖炉の傍にごろっと横になり、火掻棒で火の消えた薪を復活させ、自分が一人ぼっちで、小さくて無防備だと思った。誰にアドバイスをもらえばいいのかしら？　祖父母？　だめよ。アドリエンヌ。もし彼女が未だ世に在ったなら、アドリエンヌだわね。彼女は弱くて誤りを冒したけれど、いい人だった。アドリエンヌの美しい体の上を走り去った列車の車輪。アドリエンヌのまなざし、とても穏やかだった、彼女が本を閉じるときのまなざしは。そして今、彼女は髪の毛のある頭蓋骨といくつかの骨片だけになってしまった。

　ドラに驚き、彼女は飛び上がった。単純な男だこと、この楽器が彼女にそう命じるからといって、彼女がおとなしく自室に閉じこもったままでいるとは限らないのに、想像力が乏しいのよ！

　彼女は音を立てないようにしてドアを開け、階段の手すりから身を乗り出し、警備室へ入って行くソラルを見た。秘密を暴いてやろうと決め、彼女は降りていった。その部屋の扉を開けると、誰もいない。まるで狐につままれたようだった。

　鎧だけが何体か壁にぴったり身を寄せて身じろぎもせず、立っていた。でも彼はどこから消えてしまったのかしら？　部屋にはこのドアより他に出口はない。もし外出したのなら、廊下で彼の姿を見たはずだ。窓から？　無理だわ、窓には鉄格子が嵌っているし、窓格子も取り付けてある。揺すってみたがびくともしない。彼女は絨毯を持ち上げ、石をひとつずつ調べ、床を叩き、鎧を動かした。何も見つからない。あの悪魔のような男は、じゃあ何処から消えてしまったの？

　彼女は自室に戻って二重に鍵をかけ、ランプというランプをつけ、自分を勇気付けた。

　明け立つ頃、彼女は目を覚ました。服を着たままだった。彼女は鏡の中に永遠の友であるオード・ドゥ・モサヌのやせこけた顔を見た。彼女は服の皺を伸ばし、いきなりヘアブラシで髪を整えた。彼女は清潔で上品な自分を見て喜んだ。勿論彼女は出発する。でもその前に、あの姿が神隠しにあったように忽然と消えてしまったのはどうしてか、その秘密を暴こう。その他のことは察しが付いていた。ええ、そうよ、もう随分前から見当はついていたのよ！　多分彼は自分の部屋にはいないわ。見に行かなくては、きっと何か手がかりがつかめるはずよ。

階段。二階。彼女はドアを開けた。

彼は眠っていたが、その顔つきは同じように大理石のように冷ややかで、厳格そのものだった。その手は一本の鎖を握っていて、鎖の先端には金色の鍵がぶら下がっていた。どうしてそこに考えが及ばなかったのかしら？　そうよ！　すべての秘密はここにある。とても簡単。彼女は鍵を付けてある環をそうっと開いた。彼女は部屋を出た。

　鎧の部屋に入ると彼女は盾形紋のついた大きな食器戸棚の方へ行き、金色の鍵を使って開けた。しかし必ず見つかると確信していた出口は見えなかった。彼女はその内壁を探り、割れ目にも注意深く指を這わせ、両開きの扉を開けたり閉めたりし、戸棚の下の方にある引き出しを無意識に開け、再び閉めた。何にもない。

　彼女は窓ガラスに額を付けて、ここが思案の置き所とばかりに脳味噌を絞り、食器戸棚に戻り、両開きの扉を開けて、引き出しを引っ張り出した。遂に見つけた！　引き出しの底は地面に穿たれた階段の降り口を覆い隠していたのだ。彼女は耳を済ませた。誰もいない。戸棚に入り込むため彼女は身を屈め、階段の一段目に足を置いた。

　五十段ほど階段を下り、暗い通路を辿ってゆくと、突き当たりに蠟燭が一本灯されていて、その炎が次々と変化する影を作り出していた。飾り鋲《びょう》を打った扉を少し開けると、太い柱が支えている放射状の穹窿がいくつもある部屋が見えた。部屋の奥には四角や三角の文字が刺繡してあるビロードの幕の前に七本枝の燭台が輝いていた。

　初めの頃ジュネーヴへ行っているようにと言われたのはこういう訳だったのだ。彼はこの地下室を随意に、秘密裡に整備したいと思ったのだ。声が聞こえたので、彼女は扉を閉めた。しばらくしてから時々眺めることにした。

　男たちは立っていて、しゃっくりをしている肩とターバンしか見えなかった。右側には欄干で男たちと隔てられた女たちの横顔が見えた。ビザンチン帝国の皇后のような女が彼女の湿疹を掻いていた。リンパ気質の女は落ち着きのない肥満型の女に宝石を見せていた。赤茶けた鬘を被った老女は賛同の印に頷きながら顎を動かして読んでいた。老人たちは彼らのショールを若い男たちの上に広げ、彼らの子孫を祝福していた。一つの民族が彼らの幕屋を開け拡げていた。

　彼女は足音を盗むようにしてソラルの部屋に入り、鍵を元の場所に戻そうとした。しかし彼はすぐに目を覚ました。

「君は彼らを見たのか？」

　彼女は仕草で肯定し、待った。彼は思春期の少年の目覚めのように両腕を拡げ、話した。

「僕は父上の膝元に身を投げ、詫びを入れたが、この慈悲深い男は僕を許してくれた。彼はヨーロパにある僕の家に秘密の住まいを作るようにと僕に命じた。僕は言うとおりにした。――彼は賢明な男で、僕には続けるべきヨーロッパの生活があることがわかっていたのだ。――僕はソラル家の者を来させた。ケファリニアにいるソラル家の人間や他の場所にいるソラル家の人間を。聖書にあるような町の住人が閣下の住まいの下にひしめき合っているのだ。昼は労働省、国民議会へ行き、党の集会に参加する。そして夜は僕の国へ行くのだ。昼の生活と夜の生活、僕は悲しい、とても悲しい。これもまた秘密だが、昼間彼らは眠り、僕が来るのを待つ。ドラが鳴って僕が来るとき、なんとそうぞうしいことか。彼らは僕の方に走り寄ってきて、僕に忠告する。彼らは僕の成功を喜び、僕の不幸を生かすことを僕に教えてくれる。そういうことだ。彼らは地下室で暮らしている。中世の人間は何もかも至極うまい具合に按配した。たくさんの部屋だ。君がジュネーヴへ行っていた間に家具を運び入れ、食料を持ち込んだ。そうするしかなかった。そういう次第だ。クッションの上にオリエンタル風に四肢を伸ばし、フランス共和国の大臣は朝まで彼の兄弟たちと一緒に打ち解けて話し合う。――僕はフランスが好きだ。フランスは美しい」

「ソル、どうして私に何も言ってくれなかったの、この私に、あなたの妻に？　それにしてもあの人たちを私と一緒に、日の光の中で暮らさせてあげなかったのはどうして？　あなたのお父様やあなたの親類を説得することはあなたにはできたはずです」

　彼は不安げな目を彼女に向かって上げた。彼は本当の秘密を彼女にあえて言おうとはしなかった。彼を含めて彼らユダヤ人の偉大さを見抜くにはまなざしには知識、心には知性が備わっていなければならないことを知っていたからこそ、彼は、愛するこの女性が彼らを軽蔑するのではないかと恐れていたのだ。ユダヤ人しか見ていない人にイスラエルの美しさを説くのは如何に難しいことか。

　彼女は聖書に目を留めると、ぱらぱらと頁をめくり、ルツ記のところでやめると、一節を指差し、物笑いの種になることも恐れず、読んだ。《汝の民族は我が民族となり、汝の神は我が神とならん。》

彼は微笑み、顔を背けた。二筋の涙が流れた。彼は最愛の人を見つめ、ひしと抱きしめた。彼が長い間待ち望んでいた言葉を遂に彼女が言ったのだ。

28

オードが下りるのに手を貸した近衛兵は、彼女を先導して地下を進んで行った。彼女はもうすぐ目の当たりにする、愛する人《エーメ》が語ったすばらしい世界に思いを馳せていた。彼女は旧約聖書の精華であり楯でもある王国に敬意を表しつつ歩を運んだ。彼女は預言者たちの方へ向かっているのだ。近い内に彼女は改宗するだろう、その時初めて掛値なしにソラルという立派な名前を名乗るに相応しくなるのだ。雑用に従事する男が幕を持ち上げ、姿を消した。

土間には高価な絨毯が敷き詰められ、その上に穹窿が影を穿つ部屋にたった一人残されたオードは、慎みから周りにある物には殆ど目もくれなかった。星型の大燭台に灯された蠟燭の炎が揺らめいていた。シャンデリアが輝き、何枚もの鏡が白壁に取り付けてあった。いぼ状突起のある緑色を帯びた鋼鉄製の年代物の金庫の上では、金の燭台が輝いていた。一台のテーブルには不安からか、疲労からか口を半ば開けているもの問いたげで、未だ犯していない罪から自分を守っているような子供時代のソラルの写真が置いてあった。

ミハエルが露払いでガマリエル・ソラルが入室した。老人が盲目なのに気付いて、彼女は驚いた。(息子に追い払われたとき、ラビは背教者を生み出したことで自分を罰しようとした。ホテルの自室で鉄の刃を真っ赤にするとその両眼に近づけた。彼は自らに下した罰を誰にも告白しなかった。両眼の上の包帯が傷を隠し、サルチエルでさえ真相を疑ってみることはなかった。災いがラビを襲ったのだと皆信じ込んでいた。)老人は座り、盲いた両眼を閉じ、肉付きのよい唇を開いた。

「改宗はいつになりますかな?」

彼女はしばし躊躇の後、これ程重大な決断をする前に、ユダヤ教の教理を習得したい、しかもすぐにも、と言いかけた。彼女は自信を失って自己嫌悪に陥った。老人は疲れたような微笑を浮かべ、彼女をさえぎった。

「よろしい。我らが民族の食事を一緒にとるように。我々の食事をよく見ることです。そうしてから、あなたの決断を私に知らせなさい、あなたが言うように事は重大なのですからな。それであなたの決断が否定的なものであるなら、あなたの民族の許へ戻って行くあなたの旅を、神が祝福されるよう祈ります」と彼は立ち上がりながら言葉を足し、彼女の退出を許した。

近衛兵は彼の後についてくるようにと若い女に合図し、屈辱感に苛まれていた彼女は従った。彼は食堂の扉を押した。思いがけない人の訪れに狂喜して、サルチエル叔父は歩き回っていた。

すっかり元気を取り戻していた老人は、彼の姪に用意した小さな花束を包んでいる角笛方の紙に鋸歯状の飾りを付けようと、鋏を手に奮闘した。彼は幸せで、ご満悦の態。ユダヤ教へのすばらしく魅力的な改宗者に、社交界好きで、社交界特有のくねくねした歩き方を心得、瀟《しょ》洒《うしゃ》で、世知に長け、おしゃべりで、面白みのある視点で武装しているサルチエル叔父という人間を恐れることなく見せてやろう、と企てた。それにこの隠《かく》れ居《い》の生活もじきに終わる。福者により、サルチエル叔父は太陽となるように作られているのだ!

オードに気付くと彼はゆっくりと優雅に進んだ。《この花束は大変結構だ、丁度いい、大きすぎもせず小さすぎもせず、一言で言えば品のいい花束だ。》だが、優雅でゆっくりした歩みを続けるのは至難の業で、セレモニーの統率者は上着の裾をひらひらさせて駆け出した。彼は花を長持ちさせるための、謂わば紙製の城砦で囲まれた花束を差し出した。

「喜びに耐えない叔父の敬意を込めて」(一つまた一つと最大限の微笑を三回、お辞儀を三回。)

　オードは礼を言った。叔父はまた二度お辞儀をし、後退りし、両手でルダンゴトのペプラムを少し持ち上げ、花束を誇らかに食い入るように見た。それから自在な会話をすべきだと思い、リベラルで異人種の融合のためなら何なりと役に立ちたいと願う人間であることを明らかにした。オードは貧弱な花束を、既に整えられているテーブルの上に置こうとした。叔父は彼の贈り物が心配になった。

「だめ、だめですよ、花束が傷んでしまう。わしによこしなさい、わしの膝の上で花束を守り、夕食後あなたにお戻しします。ご安心ください」

　彼は大満足で、匂いやかな微笑を浮かべてペプラムのポケットに花束を入れようとして入れられなかったが、品よく、落ち着きを失うことなく微笑んだ。彼は花束を手に持ち、気取って、されど飢えたる者には苦きものさえもすべて甘しと空腹を告白し、彼が食道楽であることを認め、卓上の魚の燻製をちびちび食べ、オードが笑いを堪えているのにも気が付かず、彼女の気を引こうとした。

　ターバンを巻いた名士三人と紳士五人を従えてガマリエルが急ぎ入ってきた。サルチエル叔父は楽天的で自信に満ちた仕草ではあるが、礼を失することなく自分用に前もって取っておいた椅子を姪に提供した。顔を引きつらせた召使たちが料理を運んできた。ラビが単調な旋律を歌いだした。会食者たちは帽子を被った。永遠なる神、イスラエルの焼餅焼きは体の露出部分を嫌悪するからだ。サルチエルは彼のトック帽を忘れてきたから、ナプキンで頭部を包むしかないと思った。会食者は非難のまなざしを彼に送った。いらいらした彼は立ち上がり、出て行った。

　祖父の物だった三角帽を手に戻ってくると、空威張りする人のように頭に乗せ、オードに微笑みかけた。わしらは仲良くなれる、と思った彼は嬉しくて揉み手をした。オードは殆ど料理を口にしなかった。サルチエルは彼女が妊娠していて、生まれて来る子の大叔父になるのだと想像するだけでもうこの子がこの上なく愛しい者となり、そんな思いに笑みもこぼれ、栄養は取りすぎなくらいがよいのだと彼女を励まし、子羊の頭の方がよいか、それとも子羊の目の方がよいかと彼女に尋ねた。

　ソラルはすでに食堂で彼の席に着いていた。彼は妻には目もくれず、不可解に思えるほどの尊敬を込めて父親と話した。溺愛と老齢でぼうっとした顔のガマリエルは息子の膝に手を置いた。オードの表情に悲しみを見たと思った叔父は、煌びやかな言葉で彼女を力づけてやろうと企てた。しゃべっている間中動かしているナイフのせいで、指揮棒を振るオーケストラの指揮者のようだった。

「今宵のわしが全然雄弁を振るえないのをご容赦ください。いつもなら会話で天賦の才を発揮してお目にかけるのですがね。しかし今夜はわしの頭の中でいくつもの発明が小走りに走り回っておるのです。六種類もの違った色のインクを同時に入れられる万年筆。左右が逆に見えない二重の鏡。自宅療養する結核患者用で、体によい空気を送る送風管。夜はピレネーの空気を遮断しますが、そのときには、この送風管を使って朝食用にスイスの牛乳を配送するという次第。それで、もし牛乳が途中で凝固すれば、おわかりになりますか？　驚くなかれ、なんとまあ、チーズになるのですからな、値段は倍、数百万が相場ってところでしょうかね」

　混じりけなしの情愛から、しかも家族の優しい絆を感じたくて、彼の愛する姪の皿にあるパンのかけらを漁って見せ、己が大いなる賞賛の的になっていると思い込み、最高の事業について語ることにした。すなわち送風機！　これで順風満帆、追い風を帆いっぱいにはらんで船が航行する、これぞ得手に帆を揚げるってことですよ、と。それからおなじみのパスポートの章に移った。

「しかし税関吏どもだが、悪評ふんぷんたる母親と下腹部が三色旗色の悪魔との間に生まれた息子たちは人情の機微と言うものを解さず、サルチエルを翻訳すればアルチュールになることさえわからぬ輩だ」とグラスの水を飲み干しながら結論を下した。（彼は微笑んで、効果の程を注視した。姪は彼に目もくれなかったから、彼は口笛を吹き、皿を叩き、深呼吸をした。）

　会食者の面面は話すのをやめ、三人の若者の出現に目を白黒させた。なんと彼らはそっくりなのだ。

　サルチエルはオードに聞かれ、この三人はラビの甥で、ナダブはベルリン大学の元教授で、姓はマン、彼は《心理学で震えの原因とされる物質を発見》したので有名だ、とオードに説明した。それから神の照らしを受けた者サウルはナダブのすぐ下の弟で、ポーランドの神秘神学に情熱を傾けている、と話した。末弟のルベンだが、叔父がこの男については話したくないと思っているのは明らかだった。ルベンは銀行家で、この三兄弟は《一般的に言えば少々精神に病を来たしている》と言うにとどめた。彼は話を逸らせた。

「ラビの傍にいる五人のイギリス人は全部が全部イギリス人というわけではないのですよ。各人が各人の国の首都にいるのです。五人ともソラル家の本家の者です。彼らは何でも売買します。だが、このわしには全く出資してくれんのですよ。彼らはこのわしを信頼していませんからな。五人の餓鬼病《やみ》共、口に入る物なら按摩の笛でも、って輩です。土百姓《どひゃくしょう》ですよ、要するに俗塵に塗れた人間なんですよ。宿命の問題ですかな！」彼は溜息をつきながらこう結論し、空想家を気取り、パンのかけらを齧った。

ルベンは食卓に着くと、一番脂肪分の多い肉やモツ、軟骨の部分や焼け焦げた部分を選び、シリア風に無上の喜びで食べていた。痙攣性の顰め面なのかチック症なのか、或いは示し合わせの笑みなのか、彼の左瞼は規則正しく閉じるのだった。飢えたように貪り食っている彼は汗をかき、そのしずくが首に巻いたウールのショールに落ちていた。うるうるした目、脂肪でギトギトの唇、彼は時々額の瘡蓋を剝がしていた。そして彼はソラルのあの美しい目と同じ目をしているのだ。

ルベンは若い女に気付くと、遠慮がちに微笑んだ。食うのをやめ、くすぶっている蠟燭の匂いを嗅いでから、今度は菓子類に挑戦し、もっとよく楽しみ味わおうとして鏡に映る己の顔に目を凝らしながら食った。ジャムの壺を空にすると、ありとあらゆる病気に深用心していた彼は数種の丸薬を飲み込み、ポケットの小銭をガチャつかせ、数字を言った。

小花模様の服を着た美人の召使が水差しを渡すと、ソラルは彼女を父親に紹介した。ラビが銀製の鉢にその指を浸すと、息子は鉢を召使に返し、召使は敬意から跪いてその鉢をソラルに差し出した。

その後で、ソラルはオードに近づいた。この男はソラル自身なのかしら、それともあの三兄弟の一人なのかしら？

「今夜は最後までここにいてください」と彼は優しく言った。（彼女は身振りで同意した。二人ともお互いになんて遠く離れてしまっているのかしら。）「あなたが何を見ることになろうとも。これから隣の部屋へ行きなさい。叔父があなたを案内します」

召使たちが扉を開けると、そこは生きることを渇望する民族でうずまり、部屋そのものが熱狂の坩堝と化し、凄まじい喧騒が渦巻いていた。手は議論し、目は情熱に燃えていた。ひととき一層激しく燃え上がった炎の如き群声《むらごえ》は外国人の入室で火が消えたように止み、そこに居る人々は唇を閉じ、ヨーロッパの女に鋭い視線を一斉に投げた。だが、水を打ったような静かさは一瞬にして消えた。この出来した変事で呼び起こされた不安感が親愛感に変わると、人々はオードを取り巻き、彼女にわかってもらおうと大きな声で、数ヶ国語で、彼女を質問責めにした。彼女は喉が詰まって話せなかったが、できる限り答えた。

　我らがマンジュクルー殿は蜂蜜入りベニエの咀嚼をやめ、群集を遠ざけて自己紹介に及んだ。耳から飛び出している毛をカールしながら、彼はフランスに於ける裁判所の機能について細部に亘る正確な説明を刑事被告人に求めた。サルチエルは三角帽を目が隠れるまで下げ、彼に黙れと厳命した。マンジュクルーはせせら笑い、おくびを出し、七個目のベニエを貪り食った。ソロモンは雅な文章や政治関連記事を書き写してある青い手帳を取り出した。そういう文章は彼がお悔やみ状を書くとき拝借するのだが、取り入れるのは容易なことではなかった。彼は顔を赤らめ、清水の舞台から飛び降りた。

「ところで、ナポレオンについてどう思いますか、高貴な奥様？」返答を書き取る準備をすっかり整えて、彼はおずおずとたずねた。

　しかしマタティアスが彼を脇へ押しやり、疑い深い目でオードに聞いた。

「フランス銀行は手形割引歩合を下げたと俺に知らせてくれた奴があった。そいつは本当かね？（彼女は答えなかった。）答えようが答えまいがそんなことはどうでもいい。俺は極上のサファイアを一つ持っている。あんたならユダヤ人同士の値でいいよ」

「忌々しい仲買い人め！」マンジュクルーは民族の名誉回復を図って、大声を張り上げた。

「お前なんぞすぐさまお釈迦になっちまえ」とマタティアスは静かに言った。「俺が論争していると、お前はいつもしゃしゃり出る。で、なんでお前は割り込んできやがる、おお、悪の男よ？　俺が商売してるときに、なんでお前が邪魔立てするのかその訳を説明してみろ」

　サルチエルおじが顔を真っ赤にして仲裁した。

「二人共黙れ、聖なる御名《みな》か《ディ》……［神《ディユー》と言おうとしたのを妨げられる。「あなたの神、主の名をみだりに唱えてはならない」と出エジプト記二十の七にある］」

「日曜日《ディマンシュ》！　日曜日」信心深いタルムードの復習教師が修正した。「日曜日、日曜日！　御名は発音されなかったのだ！　〝口に出してはならないもの〟は口に出されなかったのだ！」

　サルチエルは危険を感じた。高雅で厳粛であるべき歓迎会は彼の意図に反し、どうやら混乱に向かっているようだった。良き出自のソラル家に属する者と階級的には低いソラル家に属する者悉くを同時に地下室に来させることにこだわったのは何故か？　だから今、サルチエル一人がこれらの豹共を手懐けねばならなくなっているのだ！　ともかく彼の姪が悪い印象を持ってはならないのだ。口論する者をだまらせねばならぬ。重々しく語られる美しい伝説は彼らを静かにさせておけるし、ゆっくりした仕草で飾られる学問的な討論が起こるかもしれない。この民族の責任者は自分だと思っている彼は、民族の顔に泥を塗ることがないようにと神に祈りながら、部屋の真ん中に立ち、しゃべるのをやめるようにと手を叩いた。

「おお、よくない教育を受けた者たちよ、おお、真実無知の民族よ！」と彼は始めた。

たらふく食った一群が抗議した。

「何だと！　もし俺たちが無知なら俺たちを教育しろ！」水運搬人が甲高い声で叫んだ。

「おとなしくしろ、そうすればわしが没薬や金や香料の話をしてやろう」

下層階級の者は同意した。

「さあ、始めなさいよ、尊敬するお方！」フランス女が彼女たちに加わるかどうか、目で探りを入れながら、数人の女が叫ぶように言った。「始めなさいよ、あんたの愉快な話で私たちを楽しませておくれよ！」と太り肉の女が言い足した。

そうして自分たちの大胆さにぎくっとして口をつぐみ、自分たちの行為を恥じて笑う口元を手で隠した。かなり失望したサルチエルはオードのところへ戻り、彼女に挨拶し、座り、足を組み、話した。

「さて、昔も昔、神が御自ら選び給いし民族を今よりもずっと尊んでおられた頃に」

ソロモンは角笛形の袋を取り出し、ゆでた空豆を食い、吹き矢の矢筒を吹くときと同じ音をさせて、皮を遠くの方へ吐き出していた。その間ずっと、彼は心底すばらしいと思っているフランス人女性から目を離さなかった。（大臣殿がソラル家の大勢の子孫たちの面倒を見、彼らに食物や心地よい褥《しとね》を与えてくれているこの極楽曼荼羅の如き地下室で、ソロモンは極楽の余り風を受け、何もせずに横たわって、午前中フェヌロンの本を読んだ。彼の脳の中では低劣で泣けてくるようなメタファーがまだ彼を感動させていて、そのやる気を鼓舞していた。〈花々がちりばめられた芝生〉とか〈苦い海〉よりも美しいものに彼はまだ出遭ったことがなかった。）細めに開いた扉に身を寄せ、聞き耳を立てていた一人の召使にマタティアスは結婚指輪を見せ、これは金の指輪だが、厳しい気候で傷まないように金の上に銅を塗ってあるのだと言いくるめ、分割払いで買わないかと小声で持ちかけていた。

「さて、それ故」とサルチエルは、ドアが開き、棺が現れたのに気付かず、「モルデカイの姪……」と続けた。

「エステル！」落ち着きを取り戻した群集は叫んだ。

「そう、エステルだ、あんた方が言ったように、天晴れな方々よ、エステルは十四歳だった」

「わしは彼女が欲しい！」と思いっきり叫ぶか細い声が聞こえた。

　サルチエルは内心呻いた。これですべておじゃんだ。百害あって一利なしとはこのことだ。彼の父親が入ってきたところだった。騒々しさに目を覚まし、敬うべきマイモン・ソラルは大サロンに彼を連れて行けと召使たちに命じたのだ。彼が地下で生活するようになってからは流行の俗っぽい小説を読んでもらったり、彼の生《い》き様《よう》を語ったり、世界広しと言えど必ずや婚約者を見つけてみせると出かけたことを話したりしていた。その晩彼は晴れ着をまとい、楽園のオウムもかくやと思わせるいでたちだった。ラビはミックスソルベみたいだとソロモンは言った。サルチエルは物語を続けようとした。

「クセルクセスは、実際には、エステルを妻にしたくなかった」

「ではわしが彼女を娶るぞ！　この女がそうか？」

　死に損ないは、意気込んでオードを指差して大声で言った。

　この割り込みは顰蹙を買った。オードはこの中世のお祭り騒ぎの中で迷ってしまったように感じた。

「ああ、これが、フランク人の国に居て権力を手にし、光彩を放っているエジプトのヨセフに見做されるわしの孫息子の女房か？　わかった。お前、そこに居るのか、サルチエル、おお、わしの腰から出て来たちっこい子供よ？　ところでお前はどこからきたのだ？　黙っていろって！　わしには話しておくべきもっと面白いことがあるんじゃよ」と老いた狂人はシャンデリアの明かりに興奮して言った。「よっく聞け、おお、我が孫息子と褥をともにする女よ、一八二〇年のことだ、彼は宝くじ付き公債を持っていたんじゃよ。（この瀕死の男がその昔の死者の誰のことを言っているのかわからなかった。）彼が持っていた唯一の宝くじ付き公債じゃ、で、彼はこれを売ろうとしていたんじゃ。わしはいつだったか、ある水曜日に彼に会ったがの、もしわしが嘘を言ってるなら、わしの歳月に影が差し、朝露の如く消え去らんことを！」

　彼は話をやめ、殆ど雷鳴のような声で問うた。

「おい、女ども、このわしは嘘つきか？」

「神のご加護がありますように！」

「神のご加護なんぞわしゃ頼んでおらんぞ、わしが嘘つきかどうかと聞いておるんじゃ」

「嘘つきなんかじゃありません、絶対に」と温和なソロモンは言った。

「それならば、お前に平安を。おや、わしは何の話をしておったかの？　黙っておれ、サルチエル。それでだ、彼はこの宝くじ付き公債を売ろうと思ったんじゃ。とにかく当たれば賞金は大金だ、二万五千ディナールにもなるんじゃよ」

しんとした中で鉛筆だけが忙しく立ち働いていた。(計算している者の大部分は無邪気で、社会への不適応者、生活費を稼ぐことのできない夢想家、詩人だったから、数百万もの金を自分が取り扱っているのだと想像するだけで嬉しくなっていたことは注目に値する。）ソロモンはメモの用意をし、マンジュクルーは息を止めており、マタティアスは蒼白になっていた。胸をはだけてだらしない格好で子供に乳を飲ませていた女たちは子供から乳房を取上げた。乳児らは欲求不満でむずかった。

「しかし彼がその有価証券を売ったかどうかはわしは知らん」とマイモンはいとも簡単に言ってのけたが、そこには威厳さえも漂っていた。

「世の中の仕組みと人生の機会か」とソロモンは言うべきだと思ったが、何も理解できなかったことをくよくよ考えない彼は達観して、また空豆を食い始めた。

「だから、このことは我々皆が神の右側に居ることの証拠で、神の御前では宝くじ付き公債の数字さえひらひらと踊るのよ、神は讃えられんことを！」とマイモンは結論した。

「アーメン、アーメン、アーメン」といらいらしていたマンジュクルーは乱暴に言った。

「しかしなあ、わしは自分の死もそう遠くないと思っとるんじゃ」とマイモンは呻くような音を出した。「ところで革命のときに銃殺されたロシア皇帝のルーブルは今朝はいくらかな？　ツァーのルーブルはもはや一文の値打ちもないとわしにはっきり言う小さな豹たちは何者なのだ？　一体全体どうなるのやら？　わしはツァー時代のルーブルを七万もっているからじゃよ。ルーブルは額面どおりじゃ、若者どもよ、わしの言うことを信じよ。新聞なんざ何も知りゃしない」

「真理なる神の御名により、当籤《とうせん》した債権の番号を知ることができれば嬉しいのだが！」とタルムードの復習教師の爺様が言った。

このくだらない話を軽蔑しながら聞いていた近衛兵は、サルチエルの合図でマイモンを腕に抱いて運んでいった。百歳翁は人生を楽しみ、明かりのある所に居たかったから、暴れ、サルチエルに向かって拳を突き出し、呪い、《この蠅の中の小蠅》の相続権を奪った。興奮から覚めた小蠅はオードに近づき、立ち去るほうがいいと忠告した。彼女は意地の悪い狂ったような微笑で拒否した。彼は絶望し、恐ろしいスキャンダルを予感しながら立ち去った。

「真理なる神の御名により、宝くじ付き公債の証券番号を知りたいと思うのだが！」誰にも相手にされない復習教師は繰り返した。

マンジュクルーは彼の足を思いっきり踏んづけ、彼に優しく言った。

「三万三千三百三十三だ。今日はもう満足しただろうから、悪臭を発しないように、口を閉じないかね？」

小男のソロモンが冷笑したのにはその場にいた者は皆ひどく驚いた。

「当たろうが当たるまいが僕にはどっちだって同じことだ！　僕が買ったスペインの宝くじの券には九という数字だけがいくつか並んでいる。九というのは三ということだ。三の倍数は九だからね！」

眉毛がつながっている美少年が一陣の風の如く入ってきた。エマニュエル・ソラルで、渾名は〝びっくり仰天〟だ。彼のびっくり仰天は、五人の屈強なロシア兵が彼の姉を四十八手を尽くしてものにしている現場に立ち会ってしまった晩からずっと続いている。両親は彼をギリシアに来させ、ルベン・ソラルがその生活費を出していた。

「僕は大ニュースを知ったので、お知らせします！」と彼は大きな声で言った。「ラビの息子のお嫁さんが到着するんですよ！」

ミハエルは三脚の椅子を使って彼を閉じ込め、お前は牢屋へ入っているんだ、と彼に言った。狂人は叫び、ラビの義理の娘はラビの地下室でラビを殺そうとしているから、ラビを救うためイギリス艦隊に来てもらってくれと頼んだ。各国政府に電報を打って、艦隊に来てもらわなければならないんだ！　彼の恐怖は伝染し、すぐによくない想像をする女たちの心を揺すぶらずにはおかなかった。復習教師は気前よくしゃっくりをし、それから債権の番号を尋ねるのだった。オードは飛び上がった。一本の手が彼女の服に触れた。彼女は振り返った。ルベン・ソラルが彼女に微笑んでいた。この世界は永久に回り続け、気が遠くなるほど不動だった。蝙蝠が夢中で飛んでいた。盲目の動物たちが地中から出てきていた。

「プラチナか？」とマタティアスがオードのネックレスをためつすがめつ見て、聞いた。風邪を引いている者たちが物憂げに洟をかんでいた。一人のポーランド人が額を壁に打ちつけながら嘆いていた。ポーランド人は幾分神経質だとマンジュクルーは説明し、それから、《もしあなたが私に金を貸してくれれば、お借りするんですがね》と言った。彼は品よく礼を言い、オードの寛大さを讃え、有利な取引を彼女のために願い、肺の捻髪音《ねんぱつおん》を詳細に調べ、奔馬性肺結核と診断した。ソラルが突然入ってきて集団から集団へと移って行った。彼はよく笑い、情熱的で、彼らのように背を丸めていた。しかしこれは彼なのか、或いは三人のうちの一人なのか？　タルムードの復習教師はバグダッドのラビに聞いた。《もし一本の体毛が衣服にあいた穴を通って出てきたら、それは体の露出部分となるのですか？　そういうときには『唯一性』［『Unité』キリスト教及び哲学者の批判に対するユダヤ教擁護の著作。神の唯一性、無形性、永遠性、完全性、無謬性、絶対性を説く］を読むことは禁じられるのですか》と。チェスボードの前で疲労困憊の二人の男が金属の発する光のような素早い視線を送って計算し、歩を移動させていた。

話をしている人々の涙声、甲高い声、おどおどした声、不幸を心配する声が一塊となり、耳障りな騒音と化していた。彼らの目には幾昔からの苦悩が醸し出す高貴さが宿っていた。

思春期の少年たちには薔薇の美しさが備わっていた。その美は虹色に輝く埃にも似て、仮初《かりそめ》で壊れ易いものだ。そして彼らはある日突然、鼻は肉厚になり、両手には青い毛がもじゃもじゃ生えたいかがわしい四分領主になってしまうのだ。偽りのメシア、偽善者、幻視者が往来していた。物憂げな狂人がにたっと笑うが、彼らは恐怖に取り付かれていた。明晰な者はすべてわかっていたが、何もしないでいるのだった。

女性たちの一群は賢人たちの会話を聴いていたが、有名な貿易商が発言しているとき、森の林間空地のような空間が彼女たちの感動に生じたのか、聞き惚れている振りをして、欠伸をした。一人の母親が割礼を施したばかりの乳飲み子を揺すってあやしていたが、その勇敢な小さき者の股間に流れる血を誇っていた。

壁に取り付けられた何枚もの大きな鏡には、歩いている何人ものロボアム・ソラルの像が映っていた。この何人もの百歳翁は希望を抱いていた。

ある老人は、オリーヴの種に彫刻し終わると、その作品をオードに進呈しようとやってきた。《持っていてください、ソラル夫人。わしはこの種に純真を表す言葉を彫り、その周りに小さなライオンを配しました。あなたが改宗されたとの知らせを聞いて、わしはあなたのために仕事をしたのです。取っておきなさい、これは贈り物です、御代はいただきません、イスラエル人の心があなたに贈るのです。》自分の席へ戻ると、彼は、これから鵞ペンで羊皮紙に書き澄まそうとする不可説の存在である御方の名を汚すまいとして、長く伸ばした口ひげを肩に乗せた。彼は微笑み、想像する。種を一つ彫り終わるとその瞬間にもう一つの種が、弟が誕生する、それはサファイアでできていて、神が新規に一つ天を創り給い、その王冠にはめ込まれるのだと想像するのだった。

ソロモンは身を震わせて死を恐れた。《死者たちは生きていると僕は固く信じているんだ、親愛なるミハエル、でも彼らは長くは生きない、元気がないだけにね。》

マタティアスはズボンが傷むからと立ったままでいたが、靴底が減るのを心配していた。妊婦たちが遠慮がちに、気取ってぞろぞろ歩いていた。彼女たちのクリノリンはかさかさと音を立て、鎖はぶつかり合っていた。臨月も近そうな女たちは誇らかに自分たちの重荷を抱え、羽扇を動かし、いかにも楽しんでいるかのように勿体ぶって造花の匂いを嗅いでいた。

健康を気遣う老人たちは体温計を長い間口にくわえたまま、目盛りの線を食い入るように見詰めていた。そのうちの一人は食べ物の目方を量った。もう一人はダイヤモンドをしゃぶっていた。何人かは赤茶けたひげを蓄え、両耳近くに巻き毛を垂らしていたが、彼らが手を擦り合わせると渇いた音がして火花が飛び散った。神経衰弱者たちは髪を絶えずカールし、ぱちぱちと音を立てさせていた。彼らはひどく怯《おび》えていた。

注釈を注釈する者、指を迅速に回転させている者もいた。復習教師は女性の小指さえ見てはならないとされていると言った。額にフィラクテールをつけている骨ばった男がぱちっ、ぱちっと繰り返し指を鳴らし、発言を求めた。《わしはフィラクテールを付けておる。ところでフィラクテールは牛革で作られておる。この牛はある日、不注意からか、或いは意思的にかもしれないが、一頭の豚にぶつかったのだ。ご議論願いたいのは、禁じられた肉に触れた革に触れているから、わしは罪人か？という問題。それからもう一点尋ねたい。一匹の南京虫をサバトの聖なる日に殺すことは許されるのか？》

この民族は、染み出てくる物を体外に吐き出す、痰を吐く、咳をする、忙《せわ》しなく息をする、汗をかく、等だ。彼らは体を掻く、交換する、吸収する、拒絶する、生きる。子供たちは自分の所有物を交換する。老人たちは知識を交換する。すべてが手から手へ渡されてゆく。活発な民族は、冷笑し、すすり泣き、感情を顕わにし、恐怖に戦く。

　マタティアスの息子は背が高く、その腕の一本は健常でもう一本は半分しかなく、父親を手荒く扱っていたが、父親の方はその末息子を尊び、食わされる足蹴りを上手によけ、この活発さは結構なことだと喜んでいた。《あんたに言わせれば、これがたくさんの落花生なのかよ、おお、マタティアス、我が父親よ？　もっとおくれよ、腹が減ってるし、それに生きたいし、ちゃんと成長したいんだ。》それから、西洋すごろくの前にしゃがんでいるソロモンとミハエルが何を賭けているかを知ると、子供は（甘美な、深刻な、優しい声で、）金を賭けている、本物の金だ！　と叫び、（てんかんに襲われたから、他の子供たちは動揺し、）母親たちは飛び上がった。

　王家の血を引き、その目が並外れた知性を語っている背の高い生気に溢れた若い女性が近づいてきた。彼女の名はツィラー、ガマリエルの姪で、三兄弟の妹だと言った。そうして他のことは一切話さず、彼女の三兄弟について語った。

「昼間ナダブは考えるのです。鍾乳石が闇の中で実際に動き回るのも、歯車装置がかみ合わないのも、規則正しく流れる冷気のせいだと。夜間ナダブは生きるのです。彼の激しい怒りは幾つもの空しい高慢を明るみに出し、それらを並べ、比較し、トランプを切りなおすように位置を変え、改めて一つにまとめ、置き換え、思弁し、打ち砕きます。昼間、ルベンは、血が濃く、繁殖力旺盛で薄汚く産むことにかけてはひけをとらない脂肪太りの雌みたいですけれど、銀行やジャーナリスト、王たちに電話して叩きのめし、高見を決め込み、生き急ぎ、頑として譲らず、得意満面にしています。夜間は追跡され、泣き、恐怖を抱き、目をつけられているのではないかと心配し、痰を吐いて報復し、誇り高くあろうとし、もはや笑いも褒めもせず、恐怖が彼を歪めるのですけれど、この泥はさらさらしていて大事な幼芽を育みます。彼は信仰心は篤いのですが、臆病なのです。昼間サウルは神の番犬を訓練しています。彼らは活気に溢れ、羊である民族を明日へと導き、正義が行われます。彼は反抗し、悪を嫌います。彼の顔つきは厳しいですけれど、その目は優しさを感じさせます。夜間には疲れて、微笑み、愛し、軽蔑し、今日から神の王国たることが宣言されることを知っています。女たちは彼のことがわかっています。彼は純朴な人間なのです。彼は子供たちと一緒だと陽気で、その顔も穏やか、時折左目には茶目っ気が奔《はし》ります、彼は神の小羊なのです」

オードはこの気狂い女の言うことを聴いていなかった。三兄弟は凄まじい口論をし、今にも殴り合いが始まりそうだったが、一人がもう一人の耳元で何か言うと三兄弟は鎮まった。

復習教師がこの新参者のところへ遣ってきて、神はその選民であるユダヤ人との会話を嘉《よみ》し給うので、神は彼らの祈りを聞き入れない。もし神が彼らの願いを叶えてやることにしたなら、彼らはもう神に語りかけることはしなくなるだろうからだ、と説明した。ルベンは、彼らがこの哀れなルベンを怖がらせたのは何故かと尋ね、愚かしくいつまでも笑い続けながら、正義を求めた。

低い魅力的な声が立ち上ってきた。サウルは胸に両手を置いて善意の日の歌を笑みを浮かべて歌いながら歩き回った。この美貌のプリンスよりもっと優しく、もっと人畜無害の人は居ないと思っていた矢先、この貴人は突然シャンデリアを引きちぎってルベンに投げつけ、ルベンはテーブルに上がり、喚いた。直ちに押さえつけられ、運ばれていった三兄弟の酔狂には、地下の人たちは慣れっこになっているようだった。

エマニュエルの嘆きはそこに居る人たちに伝染した。部屋の中は、笑い声や口論、興奮した腕の動きがごちゃ混ぜになってぶんぶんとうなりを上げ、まさにその音が織りなす分厚く重いブロケードが敷き詰めてあるようだった。病み、気が滅入り、ひどく疲れ、傷つけられた民族がここ穹窿の下で生き、恐怖に震えていた。この不幸なソラルたちは痙笑し、将来待ち受けている不安を鎮めているのだった。ガマリエルは無心論者の言葉を口の中でぶつぶつ言っていたのかもしれない。大臣ソラルは横たわり、もがき、口唇からは泡を吹き出していたが、不意に立ち上がると重々しく微笑し、ゆっくりと出て行った。

部屋の奥まったところでは、突然姿を現したかのように、厳しやかな年長けた預言者たちが話し合っていた。彼らは聖なる民族の真の後裔だ。ビロードの上に座っている彼らは、若者よりも遥かに立派だった。その動作は穏やかで、口唇は力強く語り、新参者オードは彼らの目に春をもたらした。彼らの手から光が発していた。子供らは彼らに近寄っていった。老いた彼らの目は待ち受ける不幸を予想して光っていた。その目は無実だと事前に抗議しているのだった。

若い男たちはいと高き所に在《まし》す神の発する警報に耳を

傾け、瞑想し、世界とその金鍍金された神々を無視していた。彼らは眼鏡のレンズを磨き、真の律法に世界を服従させようとし、金《きん》を軽蔑していた。そしてそういう彼らこそが我が民族の真の息子たちなのだ。

　向こうで、部屋の奥で、穹窿の下の蕭寥《しょうりょう》たる闇の中で、今生きているこの場所で、情熱の炎が燃え盛る荘厳なまなざしが常しなえの未来を見据えている。蝕まれた希望、期待を胸に、遥か彼方へ向かっての疾駆、最古の民族の真の末裔の上を通過して行く数多《あまた》の時代の転換期には燃えるが如き輝きがあった。彼らが不幸に屈服することはなかった。彼らは神の選民故に輝いて進み、彼らは人間愛に根ざして虚実を尽くして戦ってきたのだ。

「神よ、我が兄弟たちの顔《かんばせ》を輝かせる日の来たらんことを、そしてその日には、彼らが悉く聖人の如き栄光に包まれた姿にて立ち顕われんことを、かつての彼らがそうであったように」「我が名によりて、我は彼らの美しさを遍く世界に示すであろう」と神は仰せられた。「我は冷水にて彼らを沐浴させせん、さすれば幾世紀もの泥の下から橙《だいだい》色の衣を纏いしプリンスらが現れるであろう」と神は仰せられた。「誠に我は我が息子イスラエルを褒め称えるであろう」と神は力強く笑いながら仰せられた。

29

彼は陪審員の評決を待つ被告人のように不安で、自室を行ったり来たりしていた。オードが入ってきた。彼は彼女の沈黙が意味するところを理解して、歩みを止め、目を閉じた。彼女は一瞬身じろぎもせず、逃げ出してきたばかりの世界のことを考え、そうしてソラルが眠っているのにようやく気付いて啞然とした。

　立ったまま、彼岸の殿様然として、目を閉じている彼の姿は彼女の心胆を寒からしめた。何て冷たい厳しい顔なのかしら。何て得体の知れない民族なのかしら。彼女はあえて彼を目覚めさせようとはせず、壁にもたれ、顔にかすかな笑みを浮かべて昏睡状態に陥っている彼をそのままにしておいた。彼女が部屋を出ると、眠っている男は放笑した。

一時間後、夜は明けかかっていた。オードは開いたスーツケースの前に膝をつき、旅支度を整えていた。彼はドアを押した。彼女は顔を上げたが、再び仕事にもどった。服をとても上手にたたむ彼女に感心し、彼は何故か幸せな気分になった。彼は抗いもせず、そんな感情が心を満たすに任せていた。

「これは荷物だ。（この単純素朴にして無用な断言に彼は満足し、嬉しがった。）旅支度ですか?」

彼女は唇に挟んでいたピンを取った。

「そうよ」

「旅に出るためですか?」

「見てのとおりよ」

「オード、あなたはあの人たちをあるがままに見ることができなかったのです。実際にあるがままに」

「そうかもしれないわ」

「あの人たちは偉大な民族です。ただ、彼らの中には不幸な人もいれば、苦悩のせいでまともでなくなってしまった人もいます」

彼女は精力的に荷造りを終えた。それから立ち上がって彼の方へ行き両腕を彼に回した。彼は自分が気弱になっていると思った。

「あの人たちか、私か、選んで。あの人たちが此処に居るなら、私は出てゆくわ。あの人たちを追い出して。あなたはあの人たちとは違うわ」

「僕はあの人たちと全く同じだ。君には彼らが見えなかったのだ、本当の彼らが、精神を重んずる人間たちが。そういう人間たちに、昨夜は本物ではない人間たちが混じっていたのだ。しかし、本物ではない人間たちにも善良さはある。なぜなら彼らは人間としては帝王にも相応しい者の息子であり、父親であるからだ。彼らは貧窮の極みにある。それから、本物である人たちもそうでない人たちも皆尋常一様ではなく、激烈だ。だから、わかってほしい。夢想家肌の民族なのだ。途轍もない民族だ。我が民族では、グロテスクもとことんグロテスクだ。吝嗇家も吝嗇を極め尽くす。浪費家も、吝嗇家より遥かに多いが、とどまるところを知らない。鷹揚振りもこの上なしだ。際疾《きわど》い民族だ。不幸、博愛、幻滅という冠を戴いた天才的な古い民族だ。暗い激動の時代を横切り、風に鳴る竪琴と偉大さと迫害の妄想を永遠に抱《いだ》いて、たった一人嵐の中を行く気が触れた古い民族なのだ」

彼は大胆になり、古代の春のような輝きを見せた。

「僕は世界一立派な、世界一高貴な、世界一夢想家の、世界一強い、世界一優しい民族の一員だ。僕を見るのだ、そうすれば君は私が本当のことを言っているのがわかるだろう。昨夜君は、直しようのない聖なる狂気が作り上げた人間の城府にいることがわからなかった。若干の奇癖、幾人かの無作法者、あなた方にとってはそういうものは重要な役割を演ずるし、体が変形した者たちは、彼らが聖人のような人たち、地上で最も偉大な、最も偉大な、最も偉大な民族の末裔であることを君が理解する妨げとなった。一部の者は、そう、金に関心を持っている。彼らはどの民族の人間もやっていることをその人間よりももっと情熱を持って、もっと創意工夫をしてやっているだけなのだ。他のどの民族もあたかも金を嫌悪しているかのように見えるだけなのだ！　そして、その上、我々の国の大蔵大臣たちは、生きること、抵抗すること、存在し続けることの聖なる原動力として、この金属を扱っているのだ。民族が存在し続けるために、子孫が生き残るために、メシアの降臨のために、だ。金は、我々哀れな追放された者、哀れなさ迷える者にとっての要塞なのだ。そして、我が民族の中で見事に金を操れるごく僅かな人たちを別にすれば、夢想家や詩人、貧民、無欲無私の人、叔父のような人、金に夢中になったことなど一度もない純朴な人、即物的な世界で狂ってしまった人が如何に数多くいることか！　本物でない人たちが今日からでも超人的な美しさで輝きを放つことだってありうるのはそういう事情があるからだ」「超人的」と彼は挑戦するように繰り返した。「偉大な民族は幾つかある。我々はその中で最も偉大な民族だ。この僕が最も偉大なのだ。誠に、誠に汝に告ぐ、我は最も偉大な民族なり、この我は、ソラルは。だから、笑うがいい、そして僕のことを嘲笑しろ、そして我々を嘲笑しろ。（間。）我々があなた方に神を与えた。我々があなた方に最も立派な書物を与えた。我々はあなた方に愛というものに最も相応しい男を与えた。我々はあなた方に最も偉大な賢者を与えたのだ。無論その人の他にも数多の賢者を。そして、この僕だ、とりわけ。将来の僕だ。そしてあなた方は我々があなた方に与えるすべての至高善と心の春を目にするだろう。まだ少々時間はかかるが、あなた方は目にするのだ。このことについてはもう充分に話した」と彼は目を伏せて言った。

「ソル、あの人たちのせいで、あなたが人生に失敗してはいけないわ。あなたとあの人たちの間に何か共通点があるの？　あなたは上品で、美男子だわ、あなたはあの虫けらどもみたいじゃないわ。エーメ、あの人たちを追い出して」

「それで、僕が彼らと、彼らとだけ、いつも下にいるなら？　もう大臣でもない。いつも虫けらなら？」

「私は随分好意的にあの人たちの方へ寄って行ったのよ。

あんなことは思っても見なかったわ。私には無理。不当にも私が改宗したと言って私を褒めに来たり、私と有利な取引をしたいと願うあの人たちを私は見たくもないし、あの人たちの言うことなんか聴きたくもないわ。(彼女は意地悪く彼を観察した。) 私は自分の家で私の夫と暮らしたいの、あのとんでもない人たちと暮らすなんて、真っ平よ」

　長い沈黙があった。ソラルの目に涙が浮かんでいた。二千年もの間けなげにも苦しみに耐えてきた結果がこれだとは！　背《そむ》こうなどとは思いもしなかった民俗。棄教よりむしろ火刑を選んだ民族。そして今日でも相変わらず棄教より迫害を選ぶ民族。虐殺や屈辱でさえ選ぶ民族。中世では皆が背教よりも死を選んだ。カランタンで、ブロワで、ブレイで、ニュルンベルクで、ヴェルダンで、ヴォルムスで、フランクフルトで、オッペンハイムで、マインツで、ブルゴスで、バルセロナで、トレドで、トレントで、そしてその他の都市でも、彼らの神を否認することなどもってのほかだった雄雄しき人々は皆自分の家に火を放ち、両腕に子供を抱え、詩篇を誦しながら炎の中に身を投じた。こういう英雄たち、神のために辱めを受けた人たち、神への憧憬を抱き続ける偉大な人たち、幾世紀もの間、飢えて彷徨う人たち。一本の剣の如く歴史を突き抜け、その堂々たる痕跡とその神を地上で彰顕した熱烈な強い民族。カナアンの地に向かって砂漠を抜け、数多の異国の地で捕囚となっても希望を持ち続けた至高の民族。彼らの聖なる部落でローマに抵抗し、最強の帝国を震撼させた民族。この神の民族。不滅の明日の民族。

　そういう民族であっても、彼の愛する人にとってはすべてとんでもない奴らで虫けらなのだ！　その言葉は二人の愛に付けられた最初のうち傷だった。彼女は彼から身を離した。別な生き方はできないことが彼にはわかっていた。彼は頭《かぶり》を振り、自分の運命をじっと見詰めた。彼は迷い、目を伏せた。狂気が彼に忍び込んだ。

　残虐非道な微笑を浮かべ、彼女に近づくと、服と彼女が身に着けているその他の布という布を引っぺがし、破った。彼はその肉体が発する力と輝きに見惚れた。彼女はベッドに近づき、ベッドカバーを剝ぎ取って裸体を包んだ。

「卑怯者！」と彼女は怒りに身を震わせて言った。

　ああ、そのとおりだ、彼女に言われなくてもよくわかっているさ！　いや、ちがう、彼は卑怯者ではない。彼は不幸で、自分が何をしているのかわからないのだ。或いは自分を罰し、オードが彼を軽蔑する本当の理由を彼女に教えてやろうと思ったのだろうか？　ああ、なぜ彼はこの女性を愛することを選んだのだろう？　彼は彼女をベッドに放り投げた。だが彼は自分の欲望を抑え、後退りした。

「君が出て行かないように」と彼はせせら笑った。「我々は君を生まれたままの状態で閉じ込めておくことにする。後で君を連れにもどってくる、僕たちは虫けらどもと一緒にエルサレムへ向けて出発だ」

　自分は狂っているという考えに酔い痴れながら、彼はスーツケースと妻の衣類を隣室に放り込んだ。彼は優雅に微笑み、お辞儀をした。

「では、近い内に、親愛なるソラル夫人。来週はエルサレムだ。君は一匹の虫けらと結婚したのだ。お気の毒様。ユダヤ女だ、なあ、お前！」

　彼は鍵を二重に回して部屋を閉め、出て行った。彼は恥じていた。

第四部

30

オードはプリムヴェールの自室の窓辺で待ち構えていた。郵便配達人の姿を見かけるや否や下りて行き、走った。彼女は俯いてゆっくり戻ってきた。手紙はない。ソラルの消息がわからない。彼は何処にいるのかしら？

彼女がプリムヴェールで暮らすようになってからの二ヶ月は、後悔の毎日だった。彼に閉じ込められていた部屋のドアをこじ開けた。まずパリ行きの列車に乗り、それからジュネーヴ行きに乗った。数日後彼女はサン－ジェルマンへ戻った。コマンドリーは蛻《もぬけ》の殻だった。ソラルも居なければ彼の客人たちも居なかった。パリでは、ソラルが辞表の受理を願った四行の手紙を首相から見せられただけだった。ジュネーヴに戻った彼女は自分の苦しみを祖父に打ち明けた。他の者には、夫は病気で安静が必要なためピレネーの湯治場へ行っている、と言っていた。

サルル氏は、彼女がサロンに入ってくると〈白い婦人〉のアリアを口笛で吹いていたのをやめ、問いかけの印に眉毛を上げた。彼女は、いいえ、とかすかな身振りで伝えた。牧師は妻の方へ心配そうなまなざしを投げ掛け、遠回りをして孫娘に近づいた。祖父と孫娘は小声で話した。そう、彼はこの不幸な若者をケファリニアへ探しに行こうと思っているのだ。彼はきっとその島に逃れたに違いないのだから。

「おや、内緒話はもうお終い？」さといサルル夫人は茶目っ気を交えて尋ねた。「お茶が冷めてしまいますよ」

牧師はポケットチーフで額を拭い、それから聖職者用の帽子で扇いだ。ケファリニアは島だ。七十八歳にもなって大《おお》時《し》化《け》の海を旅しようなどとは全くもって道に外れた考えだ。サルル夫人はビタミン入りビスケットをお茶に浸し、最近写真を送ってきたジャックのことを話し、近いうちに長い休暇を過ごしにプリムヴェールにやってくるはずだと言った。

「隊長よ！」彼女は熱くなって、大好きなビスケットを振りながら大きな声で言った。「ああ、朝の行軍演習で、癇の強い馬に跨って連隊の先頭に立つ彼はきっと素敵でしょうね！」

「大隊だ」とサルル氏が訂正した。

「私が言ったのは、そう、それよ。大隊の先頭に立って！」

優しい感情の老婦人はこの言葉［大隊はbataillon、戦闘はbataille］に戦争を思い起こして苦笑し、それから惨憺たる有様に気付いた。ビスケットがお茶にくらげ擬きに浮いていた。

「ところで私何を言っていたかしら？」

「彼が率いる大隊の先頭に立って」とケファリニアに思いをいたし、地中海の中でスプーンを陰鬱に回していたサルル氏は機械的に言った。

サルル夫人はそっと溜息をつくと孫娘をじっと見た。彼女はジャックのことを話し、ローマでの結構なポストを断り、アフリカ勤務を選んだ彼の苦悩をそれとなく言った。モロッコで立てた勲功や彼の堂々たる風貌まで夫人は讃えた。フランス軍の勲章を三回ももらったのだから、上官から高い評価を受けているに違いないわ！

「旅団の勲章だ」とサルル氏が言った。

「私が言ったのはそれ、そのことよ」と老婦人は言った。

「そうね、彼は随分落ちてしまったのね」とオードが結論した。

夕食後、彼女が自室に入ると、長椅子に四肢を伸ばして寝そべっているソラルが居た。彼はカトリック教徒が使うコンタツを弄んでいた。歓喜と恐怖に戦いて、彼女は彼の腕に飛び込んだ。

「ところで」妻の嗚咽が収まると、彼は言った。「僕はカトリック教徒だ。ウイーンで僕は天啓を受けて、ベルリンで受洗したんだ」

プリムヴェールではその翌日も喜びに沸いた。サルル夫人はがっかりした。《一度に過度の要求はしないほうがいい。カトリック教徒になったのはそれだけでもう大したことなのだ》と牧師は妻に言った。

その後の数日間は歓迎ムードがソラルを包んだ。牧師は長時間オルガンを弾いた。サルル夫人は廊下で鼻歌を歌った。ルツは彼女の友達に以前よく会いに来ていたが、その訪れも少なくなった今、食卓ではその眩いばかりの霊性を専らソラルに向けていた。オードだけがこの悦びを共にしていなかった。彼女は速やかにパリへ向けて出発することだけを望んでいたのだ。

ある晩、ソラルが戻ってきてから一週間後のことだったが、彼はオードに言った。

「ねえ、君、君が出て行った日に、僕は彼らを追い出したんだ。涙が父、いや、蛆虫の目から流れ出た。彼は目が見えないんだ、このとんでもない奴は。僕を一人にしておいてくれ。おやすみ」

彼は明かりを消したかったが、スイッチが見つからず、電球に聖書を投げつけると、電球が割れた。サルル夫人がその前日、こっそり掛けた額の中の燐光を放つ文字が光り始めた。《信じよ、然らば救われん。》ソラルは暗闇の中を歩いた。

朝明《あさぼらけ》、彼は愛用のギターを爪弾きながら、パリを出てから数週間に亘る放浪や情事を思い浮かべた。柔らか味のない尻のオーストリア皇女。ヴェネチアのオレンジ売りの女。二人のスウェーデン女。なんと骨折り損の草臥《くたび》れ儲けが多かったことか。ドレスデンでの曰く言い難い情事。それから喜んで受けた洗礼だ。だが、幻想を抱いたとて、何になる？ あのソラルとかいうグラナダの大司教はその父祖たちの信仰に戻りはしなかったか？

彼は階段を下りた。冬の庭ではサルル夫人がオードとルツに新聞を読み聞かせようとしていた。三人の女たちは彼が着ているロシアの服に内心驚いていた。彼は勿体ぶって挨拶し、精気なく遠ざかっていった。オードは彼の後を追って、彼の部屋に入った。

「エーメ、パリへ発たなくてはいけないわ」

彼はわざと下手にギターをかき鳴らしていた。彼女は彼の上品なポーズに見惚れた。彼は目を上げ、行かない、と仕草で言った。

「では、あなたは何をしようと思っているの？」

彼は目を上げた。

「何も」

彼は、あたかも快挙でも告げるかのように、喜びと情熱を込めてこの言葉を数回繰り返した。一人残ると彼は自問自答した。

「二週間前にフランスで総選挙が行われたことを知っているか？」「ああ、知っている」「お前は候補者ではなかったし、もう下院議員ではない、最早何者でもないことをおまえは知っているか？」「知っております、殿様」「お前は何をしているのか、ソラル？」「何もしておりません」「大変結構だ、ソラル。続けるがいい、ソラル」

この若い男はパリで華々しくデビューしたのに、パリでの生活を忘れてしまったようだし、ジュネーヴでの長逗留を決め込んだようでもあった。彼はロシア風の異様な身形でテーブルに着くと、一言も言わず、目を伏せたままでいた。彼の沈黙はその場の空気を重くした。自室ではいつも鼻歌を歌っていた。

間もなく彼はテーブルに着くのをやめた。食事の時間になると、使用人がドアの前へお盆を置いた。オードは夫が病気であることを家族に納得させせようとした。

彼が許可すると彼女は子供を世話するように彼の面倒を見た。ベッドの脚許に居て彼に奇妙な物語を語り聞かせた。彼は過ぎ去った時代の話でなければ、夢の国での物語しか許さなかった。

　ある晩のこと、新規の幻想物語を絶えず作り出し、語り続けることに疲れ果てた彼女はさり気なく彼に言った。

「ねえ、あなた、ジャックがジュネーヴに居ますのよ、休暇で。彼に会うのはお嫌かしら？　下に来ていますの」

「僕はその男から君を盗んだんだ、その男にか？　彼も彼だ、よく来られたものだな」

「そういうことは全部もうずっと昔のことです」と彼女は無理に微笑みながら言った。「彼はすっかり忘れています」

「彼は何かやっているのか？　働いているのか？」

「ええ」

「じゃあ、僕は会いたくないな」

　破綻が迫っているのを予測して、彼は内心でジャックの名を繰り返し言い、怯えたように妻を見た。彼女は跪いて靴を脱がせ、彼に横になるように言った。彼女は悲しげに彼を見つめた。多分彼女のせいで、彼は自分の人生を台無しにしようとしているのだ。この泥沼から彼を助け出す方法はきっとあるにちがいない。だが、彼女は嘘をつけず、彼が彼女に期待している言葉を彼に言うことはできなかった。彼に語って聞かせられる子供時代の話は何かないかしら、と彼女は探した。

「ここへヴァカンスを過しに来ていたアドリエンヌ……」

「それは誰だ？」

「まあ、あなたったら、よくご存知のくせに」

「僕は知らないな。君が異議を唱えるとき、君は僕を痛めつける」

「アドリエンヌ・ドゥ・ヴァルドンヌよ」

「ああ、わかった」彼は注意深く指を見ながら、言った。「それで、彼女はいつ来るんだ？」「彼女は死んでしまったのよ、あなたはよくご存知でしょ」

　彼は目を大きく見開いた。その目は苦悩で光っていた。

「彼女は死んでしまった。僕も死んでしまった。出て行け、何かをやっている男に会いに行け」

　その翌日、サルル夫人は夫が植物採集に出かけたのを勿怪《もっけ》の幸いとばかりに、ソラルは賄い付き宿泊料を支払いたいと思っているのじゃないかしら、こちらの体面を慮って、切り出すのを控えているだけなのよ、私にはそれがよくわかりますよ、と孫娘に言った。彼女には心配事がいろいろあり、彼女が持っている株券（彼女は〝株券〟という言葉を決まり悪そうに口に出した）の幾つかはここ十八ヶ月も配当がないのだと付け加えた。ドアの外で様子を伺っていたソラルは理解した。彼は手を叩いた。オードが駆けつけた。

「僕にはもう一ルーブルも残っていない。僕の四千万――全部銀行券だ――は改宗後残らず燃やしてしまった。それからコマンドリーだが、サン＝ジェルマンに、市、市役所にくれてやったから、その後のことは僕にはわからない。僕は君から君の金全部を借りていたのをすっかり忘れてしまっていたんだ」

「そんなことどうでもいいことよ」美しく微笑みながら、彼女は言い、それがソラルに恥と愛を募らせた。

「君が非常に上品だということはわかっている。以前君はこう言ったことがある。どこかの馬鹿か犬のことを話しながら、《彼はとても育ちがいいわ》と。君はその一時間後こう言った。《これは私たち家族の伝統なの》と」

彼女は彼の目を真っ直ぐに見た。

「それで？」

「何でもない」彼は後退りしながら、言った。「君はルベンを覚えているか？　君の従兄弟だ、そうだろう？」

彼女は出て行った。彼は自分の部屋の中をぐるぐる回った。あの人たちをなぜ地下に来させたのだろう？　馬鹿めが、大臣でいるべきだったのだ！　大臣はそれだけでも相当なものだ。それで今は、彼女はあの人たちを軽蔑しているし、彼らの一員である僕を軽蔑している。彼女はいつも《あのとんでもない奴ら》を見ている。だから僕もまた彼女の目にはとんでもない奴に映っているのだ。

恥辱があらゆる領域に蔓延し、支配していた。すべてをその掟に屈服させ、すべてを歪める恥辱は根が生えたように動かず、人を憔悴させる。ユダヤ人たちは立派だと妻が彼に言うのを彼は聞きたかったのだ。そしてその言葉が偽りでないことを欲していたのだ。善良さや憐憫の情からではなく、自然に湧き出る言葉であって欲しかったのだ。石に花咲く如き不可能が可能になることを彼は期待していたのだ、それはよくわかっている。オードは、染みは一つもないがただそれだけの善良さを彼に与えるにとどめていたのだ。

孤独に息も詰まりそうになって、彼はプリムヴェールでオードと生活を共にしたいと思ったのだ。だが、もうやめることにした。サルル夫人とグラニエ嬢が、彼のことを、犯した過ちにもかかわらず愛さねばならない罪人のように見做しているのを感じたからだ。彼にとって不運なのは、サルル氏が此処にいないことだった。彼は数日前、ソラルに暇《いとま》乞いにやってきた。彼の教え子の一人であるル・ブラシュの牧師が病に倒れ、一ヶ月間その代役を勤めることになったからだ。話の最中、親愛なる祖父の発音の欠陥が際立ってくると、突然老ジュネーヴ人は彼を抱擁した。この迸り出る善意はソラルには効いた。数時間にしろ生き返ったと彼は心底思うのだった。

　サルル夫人は本来社交的な性格で、それが夫人をちょっとしたおかしな癖の持ち主にもしていたし、堅固な道徳を備えた一種の愛想のいい拷問者に仕立ててもいた。彼女は孤独な生活を好む人を彼女の流儀で罰していた。彼女の心の乱れの元はソラルに欠けている秩序と礼儀で、甲烏賊《こういか》が墨を吐きかけるように、それを彼の眼前で口に出して見せるのだった。高い地位に就いてもいず、幹部でもない男である彼の人生にしょっちゅうそれとなく言及もした。余りに熱い心の持ち主ゆえに、彼の愛する女性と彼の愛する民族の間でどちらを選ぶか決めかね、一方に対しても他方に対しても責めを負うこの男の苦悩や精神的混乱、実生活に戻る勇気が最早残っていないことなどサルル夫人には見抜けるはずもなかった。絶対の情熱家たちにとって、実生活は残酷以外のなにものでもないのだ。

　ある日、彼は茶碗を割りそうになった。物品を熱愛し、一族に伝わるこの磁器の高貴な来歴をなぞるのが大好きだったサルル夫人の、そのときの芝居がかった動転ぶりといったらなかった。なにしろこの茶碗は、ドゥ・ノンス隊長の叔母にあたる慈善家の令嬢が曽祖父から受け継いだものだったからだ。

「親愛なるジャック、自分の歩むべき道を見つけ、その道を根気よく歩んでいる男。ふむ、そうなのよ」とサルル夫人は愛と勝利の確信ですっかりいい気分になり、にっこりとそう結論した。

　ソラルに気付くといつもこのような罪のない当て擦りを言い、チェッカーボード上の小さな歩を進めるのだった。サルル夫人は慈雨の如き優しい力の持主だった。悪意はないのだが、彼女はソラルを疲弊させた。蝕まれた人が彼女の形ばかりのキスを受けたがらず、微笑みに微笑みで答えないのに彼女は驚きを隠せなかった。社会の典型的な代表者である老婦人の皺のよった小さな唇から出てくる晴れやかでぶれない判決を、謙らんばかりにして聞いている夫を、オードは驚きの目で見つめるのだった。

　時々彼にお盆を持ってゆくのを忘れることがあった。彼は空腹を鎮めようと外へ出、雨の中を歩き回った。戻ってくると今度は自室をぐるぐる回った。彼女たちがうんざりしたのももっともだ。彼は自分が我慢のならない人間であることがよくわかっていた。何の権利があって、彼はこの家に留まっているのだ？

ある晩、彼が自室から出ると、サルル夫人の威張ったような、冷たい確信に満ちた、所有者然とした、詮索好きそうなアンクルブーツのリズミカルな断続音が聞こえた。彼は直ちに引き返そうとしたが、遅すぎた。見つかってしまったのだ。愛想のよい機関銃がにわかに火を吹いた。

「少なくともお加減がお悪いのではないのでしょう、ねえ、あなた？　あなたを食卓でお見かけしないので、私たち驚いておりますのよ」

どうすればいいのだろう？　返事をすべきなのか？　後悔しているとか、恥じているとか、彼の民族を誇りに思っているとか、オードへの愛が引き裂かれてしまったとか、或いは彼の人生を再び調和あるものにしてくれる奇跡を待っているとでも言おうか？　是非はともかく、この男は苦しんでいた。彼は答えないことにし、肩をすくめた。サルル夫人はけなげにも侮辱を耐え忍び、ソラルのために祈ろうと心に決めると彼に微笑んだが、その微笑に宿る霊性には、ソラルといえども顔色無しだった。

解放されると彼は自室に駆け込み、料理人やメイドが蠟燭を消したかどうか三階を一周して見て回るサルル夫人の乾いた足音を聞かないですむように耳を塞いだ。少し落ち着きを取り戻すと、考えた。《勿論彼女は怖い。もしこの部屋に一等のライオンがいたら、僕はライオンと折り合いをつけるだろう。ともかくライオンは微笑みはしないだろうから。彼女は自分の精神的な喜びのために、僕を破滅させるために、僕を愛するのだから、僕は彼女が怖いのだ。》彼は喉の渇きを覚え、水を探しに行きたかった。だが、老婦人に出会うのが怖くて、あえて部屋から出ようとはしなかった。

明くる朝、サルル夫人は溺れる者を捕まえると、興奮気味の身熟《みごな》しで、男らしい服を着た黒人の福音伝道者の写真を見せ、この伝道者がどんなに勤勉で、礼儀正しく、几帳面で、妻を思いやり、敬虔であるか、しかも現代風な才気の持ち主であるかを話した。その話しぶりたるや執拗で、何を言いたいのかは余所目にも明らかだった。

その年は復活祭の日曜日がユダヤ教の過越の祭の最初の日と重なった。ソラルはケファリニアでのこの楽しい祭りを思い出していた。親族や友人らがテーブルを囲み、彼の父親が古昔《こせき》の儀式の意味を説明した。苦い草と種無しパン、おお、忘却の彼方に消えた思い出。ケファリニアでは彼の兄弟たち、ユダヤ民族が宴に集っていることだろう。彼は前日手に入れた種無しパンのガレットをポケットから取り出し、ゆっくりと噛んだ。背教者は孤独の中で出エジプトを祝った。

彼はシナゴーグの周りを歩き回ったが、中に入ろうとはしなかった。プリムヴェールに戻ると、彩色を施した卵がテーブルに乗っていた。《僕はここにいる人たちの一員じゃない。しかし、今日復活するのは僕の民族の一人だ。そして僕はここにいる人たちと同じくらい彼を愛している。いや、彼ら以上に愛しているかもしれない、なぜなら、彼は僕の心にきわめて近いからだ。彼は僕の最愛の、そして崇敬する我が兄弟で、僕は絶えず彼のことを考えている。》

彼は窓ガラスに顔を押し付け、庭に瞳を据えていた。《客が十四人。ジャックがいる。そう、彼は変わった。男らしくなった。落ち着いている。若くて純情な時期もあった。その後、彼は実社会に否応なく引き摺りこまれたのだ。何というサーベルだろう！　彼は腸《はらわた》を取りだして見せ、人々は彼を褒め称えるのだ。オードは彼と話していて、幸せなのだ。二人とも顔を綻ばせている。彼らが会心の笑みを見せないはずはなかろうが？　二人は幸福者の後継者なのだから。蘇ったのだ、あの女も。彼女は勲章に触っている、嫌な女だ。拍車を舐めに行くんじゃないのか？　さあさあ、二人してベッドへ行けよ！　あんたたちはやりたくてうずうずしてるんだろうが！　二人して旨いお茶を飲みにサロンへ行き、復活祭の卵を食うのだろう。腹の虫が鳴く。》

隣人に好意を示す、或いは少なくとも隣人との会話に興味を示す愛想のよい笑い声を聞くまいとして、彼は耳を塞いだ。彼はひもじかった。彼は再び己の境遇の悲劇性を目にした。彼はもう彼の民族の一員ではないし、キリスト教徒でもなかった。一人ぼっちだ。そして彼の妻は彼を呼びに来ようなどとは考えもしないのだ！　サロンでの大笑いは自分の気を引き立てるためなのだろう。《僕が貧乏だから、彼ら二人は僕のことを悪く思っているのだ。もし僕が金を持っていたなら、僕は変わり者ということになるのだろう。彼らは僕を恨んでいるが、僕は二人を、皆を、皆を心の底から愛している。もしサルルおばさんが、僕がどんなに彼女を愛せるかわかってくれたなら！　彼女が心の中で僕の存在と僕の民族を非難しているのが、僕にはわかっているんだ、やめてくれさえすれば、僕は彼女の腕の中に飛び込み、彼女に言えるのだ。おお、おばあさま、僕を慰めてよ、すごく不幸なあなたの孫息子を慰めてよ、と。僕はその奇蹟を待っている。奇蹟を待っているときには、金なんか稼げるものか。もし僕が金持ちなら、金の子牛の尻尾の切れ端を一つでも持っていれば、彼らは僕のことを道徳的に優れた人間だとか、善意の人だとか言うだろう。それに僕は一人ぼっちだ。彼らはそれが気に入らないのだ、大部分の人は。彼らが褒めるときには、こう言うのだ。あれは《セ・》傑出した人物《タン・ティップ》だ、と。そして軽蔑する時にはこう言うのだ。こやつ《セ・タンディヴィデュ》、［individu＝社会、集団に対しての個人の意あり］と。しかも、僕は彼らを羨んでいる。死だの、孤独だのと言ってお前は彼らを不愉快にする。彼らはお前が居ないときには楽しむが、至極正しい。おや、彼らが詩篇を唱えだしたぞ。ダヴィデが作った詩篇だ。ダヴィデは血で繋がった僕の兄弟でもあるのだ。もしダヴィデが蘇ったなら、彼はあいつらのサロンで欠伸をするだろう。彼が僕の方に近づいてくるなら、僕たちは、僕と彼は、わかりあえるだろう。》

オードは、かつて退屈していたこういう祭事に進んで参加していることに気がついた。少しばかりくつろいだっていいでしょう？　ジャックは、彼の一族の起源は十三世紀にまで遡ることを証明する興味深い資料の話をしていたが、突然やめた。

切切と人に迫《せま》る熱を帯びた物憂げな声が、人間が経てきた世時《よとき》の奥底から立ち昇ってきた。強張り、凍りついたサロンでは食事に招かれた客たちが望郷の思いに充ちた言葉での悲痛な訴えを、困惑しながら聞いていた。あそこでは、彼の自室では、兄弟たちから遠く離れて、だが、典礼に規定されているとおりに置いたクッションに肘をつき、一人ぼっちの背教者が過越の日と出エジプトを彼にできるやり方で祝っていた。彼はモーセとイスラエルの末裔たちが神の栄光を歌った頌歌やカナアンでソラル家の者が幕屋で、棕櫚《しゅろ》の下で拍子を取りながら歌っていた過越の祭の賛歌を歌っていた。

ファラオの戦車も軍隊も
神は悉く海へ沈め給うた！

彼はサロンへ入っていった。食事に招待された客たちはこの男の遠慮がちな足取り、頬のこけた顔を見ると、口を噤んだ。血走ったぎらぎら光る彼の目は、大きくなった眼窩に深くはめ込まれていた。人々は彼に優しく話しかけ、お茶を勧めた。追い詰められた男は気おされたような微笑を浮かべ、話すこともままならず、ただ挑発するように列席者を眺めた。彼は人間の仲間を必要としていることを恥じ、自分の孤独に負けたことを恥じていた。

「勿論僕は勧められた一杯のお茶を断りはしません。勿論僕はそのお茶を飲みます。僕が断るはずはないでしょう？　僕はあなた方のような人間ではないのですか？　あなた方と同じ人間ですよね、オード、僕があなたの傍に座ってもいいでしょう？」

　彼は、客たちが座を取り持つように言葉を掛けてきたが、それには答えず、二杯目のお茶を落ち着きを装いながら飲み、その場に不似合いな皮肉な調子でジャックに話しかけた。隊長はモロッコでの最近の戦闘についてさり気なく語り、彼の勲章がぶつかり合った。ソラルは軽蔑から笑おうと努めながら彼の言う事に耳を傾けていたが、その唇は震えていた。座っている軍人は頼もしそうで、自分の柄に合う職に就いていて幸せなのだ。自分の同類と一緒に生きているこの男にとって人生は複雑ではないのだ。そして彼だが、彼は、ソラルはよそ者なのだ。そこに居る人たちとソラルには通じ合うものがないのだ。

　オードは夫のすっかり老け込んだ顔に一粒の涙を見た。彼女は立ち上がり、彼の腕を取った。その顔は覚悟の臍《ほぞ》を固めたことを語っていた。

31

　彼女が最善を尽くして見栄えのする住まいにしようとしていたカルヴァン通りの小さな家具付きアパルトマンに、夫と暮らし始めてから三日が過ぎた。彼女は注意を集中するかのように口元をぎゅっと締めて、帯状の目の粗い梱包用の麻布を鋲でとめて、べとつく壁紙を隠した。

　彼女は完成した自分の作品を眺めた。彼女が魂を吹き込んだばかりのこの家がもう好きになり始めていた。俗悪な絵を全部はずし、褐色の麻の上に美しい絵の複製をピンでとめた。その朝、彼女はソラルに夕方まで戻らないようにと頼んだのだった。帰ってきた彼がすっかり変わったアパルトマンを目にした時の驚きを思うと、もう嬉しくてたまらなかった。

　プリムヴェールを出てから、彼はとても優しくなった。彼は仕事を探しに出かけていた。二人はじきにパリへ発ち、そこでは以前よりもっとすばらしい成功が待ち受けていると彼女は確信していた。彼女は座り、魅力溢れる顔を傾けた。《そうして、パリで私たちは子供を持つの、もっと後のことだけど、大勢の子供を。子供たちは喧嘩をする、私が仲裁に入る。私は子供たちを愛情を込めて、でも毅然として叱るの。》

三日前のこと、孤独な人が歌っているのを聞いたとき、彼女の胸は哀れみの情で張り裂けんばかりだった。彼女はソラルに話をする術《すべ》を心得ていたから、すぐにパリへ出発すべきだわ、ときっぱり言った。改めて手紙を書くので、その時まで彼女に会おうとしないで欲しいとの置手紙を祖父母に残してきた。彼女は庭番を起こし、ホテルまで馬車で二人を送らせた。その翌日、彼女は宝石や毛皮のコートを売りに行ったが、驚いたことに買い叩かれ、五千フランにしかならなかった。商人たちに騙されたのではないかとの思いに彼女は軽い打撃を受けた。

彼女は窓辺で夫の帰りを待ちわびていた。すると幅の狭い通りに見慣れた馬と馬車が止まり、縁に丸みをもたせた円筒形の帽子を被ったサルル氏が苦労して馬車から降りてくるのが目に入った。祖母が電報を打ったに違いない。でも祖父はどうやって二人の住所をつきとめたのかしら？　多分市役所ね。

不安げにドアをノックしている。彼女はあえて開けないことにした。杖の音が聞こえた。階段を下りてゆく祖父の足音だ。心臓がどきどきする。薄暗い階段で足を踏み外しはしないかと心配しながら、耳を澄ました。彼女は細めに開いた鎧戸から眺めた。サルル氏は途方にくれて帽子を手に、五階の窓をじっと見ていた。

その少し後でソラルが戻ってきた。おどおどと微笑んでオードにキスすると、その髪を撫で、ポケットからスミレの花束を取り出し、俯いたまま、彼女に差し出した。雇ってくれるようにと頼んでおいた同宗者たちの信用は得られず、仕事に就けなかったとは打ち明けられなかった。彼女は下手ながらも心を込めて準備した夕食を彼に供した。

「エーメ、なんて素敵なんでしょう、二人きりで居るのは」

彼はこの最後の言葉に身震いし、《二人きりで居るのは》と心中密かに繰り返した。

数週間が過ぎた。彼らの愛は、愛それ自体の持つ力によって成長してゆく時期はもう過ぎていて、社会に於ける契約の一つである結婚により維持されているものになっていた。

彼女は二人の暮らしを充実させようと努め、本だの花だの珍しい果物だのを持ち込んだ。彼が、彼女と喧嘩になればいいとさえ思っていることに彼女は驚いていた。喧嘩は彼には退屈しのぎになったかもしれない。でも彼は誰に嫉妬することになるのかしら？　彼女は誰にも会っていなかった。それに彼女にはもう八百フランしか残っていないのだ。貧乏になるのもじきなのに、彼女は美術史の五巻本を買い、彼らは、二人の哀れな孤独者は夜、それを読んだ。

《僕は自分の一番いい時代を無為に過ごしている》とソラルは考えていた。《本の中で語られる人物の一人になる代わりに、大作をものし、善良、疲労、軽蔑の微笑を浮かべる人物の一人になる代わりに、僕は本を読んでいる。僕たちは教養を高めている。噴飯ものだよ、全く。僕の年頃のキリスト。僕は一人の女の上に君臨する皇帝だ。仕事が見つからないのは僕の責任だ。雇ってもらいに行くときの僕の不遜さといったら、愚かしさもここに極まれり、の態だ。キリスト教徒に話すときには自分ででっち上げたヘブライ人の名を彼らに立て続けに言う。ユダヤ人に話すときには、自分はキリスト教徒を妻にしていると得々として言う。おや、彼女が本を読むのをやめたぞ。》

「そう、そうだ、オード。素朴派の画家たちだ、オード、素朴派だ」

「外へ出なくてはいけないわ、ソル」

「そう思うの？」甘ったれた調子で彼は聞いた。「ここカルヴァン通りの家はとても住み心地がいいよ」

「ねえ、ソル、子供を一人持ちたいとはお思いにならない？」

彼が苦悩の色濃い微笑を浮かべたので、胸が締め付けられ、その秘め事はまた彼女の胸の奥深くにしまわれた。

二人はコンサートに行った。社会生活にほんの少し近づいただけだったが、彼らに喜びが戻った。彼らは幸せだったから、彼らのアパルトマンも別物に思え、二人は嘗てのように結ばれた。

その翌日、彼は思った。《この道を歩き続けるべきだ。しかし、誰に会う？　彼女ゆえに僕はもう僕の一族に会いたいとは思っていない。僕ゆえに彼女はもう彼女の一族に会いたいとは思っていない、或いは会うのが恥ずかしいからかもしれないが。彼女に罪はない、僕にも罪はない、誰にも罪はないのだ。》二人は一日中一緒に居た。彼女は取って置いた彼女の愛をアパルトマンを輝かせることに使った。彼は彼女の働き振りを冷淡に目で追っていた。

「ソル、あなたのためにウフ・ア・ラ・ネージュを作ったから、食べてみてよ」
彼は身震いした。彼は俯いて食べ、こっそりと彼女を盗み見た。《彼女は今では僕に親しい仲間同士《チュト》の言葉使《ワイエ》いで話す。もう敬語であるあなた言葉《ヴヴォワイエ》は使わない。パレスチナ・ドラクマの下落だ。ねえ、ねえ、一緒になっちゃおうか！》
夕食後、彼女はボッティチェリの一章を大きな声で読んだ。近くのアパルトマンではアコーディオンの伴奏で陽気に歌っていた。市役所の職員が国の祝日を祝っているのだ。この山国の人たちの歌には溢れるほどの精気があり、自由でしかも連帯精神があった。だが、彼ら二人は呪われていた。《ああ、こういう人たちと同じであったなら。最愛の人は至極善良だ。彼女はできることは何でもしている。結婚指輪は太すぎる。かわいそうに指が痩せ細ってしまったのだ。孤独な者たちの不幸！ 彼らは笑っている、向かいの人たちは。彼らは大勢で、満足していて、まなざしには輝きがあり、彼らの目は愛し合っている。それで僕たちだが、僕たち二人は死ぬほどうんざりするボッティチェリの読者だ。ソラルとオードは二人とも社会からひどく嫌われてしまったのだ。不幸に苦しんでも何ということはない。だが、不幸は人品を卑しくする。これは公正ではない。》
「あの人たちは大嫌い、向かいの人たちは！」と彼女は言った。「あの人たちには我慢できないわ」
「あっ、あっ、白状したな！」彼は喚いた。
彼はまた意気消沈した。《諸君、愛というものは社会と繋がっていることでしか生き延びられないのであります。諸君、社会のみが生きてゆくことを輝かせるのであります。我妻は最早楽しんではおりません、諸君、比較対照ができないからであります。昼間、他者と接触したときにしか、夜二人だけで居ることを心地よく思わないのです。》
彼女はピアノを弾き始めた。たった一人、彼の傍で、指を鍵盤上で飛び跳ねさせているその女を彼は見つめた。（彼はこっそり酒を飲んだ。）《私は立って、彼女が曲馬師を務めるのを見物するのです。可哀想な妻。すべては僕の退屈を紛らわすためなのです。ピアノを賃借りしたのもそのためです！ 心得違いもいいところです。我々はもう駄目なのです。》
彼女はピアノを止めた。
「外へ出ない？」
頭を両肩に埋め、目はあらぬ方を見詰め、なんとも不可解な遣り方で承諾した。最後にちらっと鏡に一瞥をくれた彼女を見たとき、彼はどんなに悲しかったことか！

ということは、彼女はまだ彼に好かれたいと気遣っているのだろうか？　それも長続きはしないだろう。

彼らはグラン・テアトルの前を通っていた。彼女は以前の友達二人に見覚えのない振りをし、外見だけの浅薄な暮らしを送っている人々を軽蔑した。ソラルは立ち止まり、劇場の明かりや社会に確固とした居場所を占め、楽しもうとして劇場に吸い込まれてゆく人たちを食い入るように見た。彼は額を掻いた。彼女は彼を見て、一種の屈辱を堪え、彼の腕を取った。彼らはアルヴ川沿いに散歩することにした。だが、二人には互いに交わす言葉がなかった。彼らの共通項はまだ辛うじて生きている彼らの愛だけだった。


青十字［アルコール中毒者やその家族の救済・支援を目的に、一八七七年、ルイ－リュシャン・ロシャ牧師がスイスに設立した非営利社団］の会員である職長は、穴の開いた靴をはいている不幸な男に憐憫を覚えた。ソラルはどこで働いているのか妻には言っていなかったが、金融関係の取引をやっていると漠然と話した。彼はそのしがない仕事を熱心に勤めた。

だが、ある日、彼は、意地悪さではなくむしろ人の心を奮い立たせると言ってもいい、古き良き習慣から言われた侮辱の言葉を耳にした。彼は立ち上がり、その侮辱した男を殴り、解雇された。彼は正午にその知らせを告げた。

「今晩は、オード。僕の首が飛んだ。時計のぜんまい工場で働いていたんだ。修理する時計があるかい？　僕はエキスパートだよ」

彼女のエーメはそんな仕事にけなげにも従事していたのに、彼女は何一つ疑っていなかったとは！　だが、彼女はわかって然るべきだったのだ、早朝家を出ていたのだから。軽蔑しながらもそんな仕事に就くことを承諾したのは痩せて、鋭くて、疲れた大臣だったのだ。嗚咽が彼女の喉元までこみ上げてきた。母性的な哀れみと感謝の嗚咽だった。彼女は夫の手にキスをした。

「ねえ、私の最愛の人《ビヤン－ネーメ》。（彼は抗議の痙笑を浮かべた。）あなたはパリであれほど成功したのよ。父はもうすっかり回復しているの――祖父が私に手紙をくれたのよ――父は、あなたがやり直すのを助けられるなら、願ってもないことだと言っているわ。そうなさらない？」

「そんな権利もないし、そんな欲求もない。第一、僕は小型歯車のスペシャリストだ」

彼女は疲れて無意識に微笑んだ。彼を相変わらず愛しているのかどうかを彼女に聞いてみたいのはやまやまだったが、彼はその気持ちを抑えて部屋の中を歩き始めた。

《だめだ、彼女が以前ほど僕を愛さなくなっていることを彼女に気付かせてはならない。彼女がそのことに気付かざるを得なくなる時が来るのを遅らせなければならない。》

彼女は、殆ど陽気にといってもよいが、顔を上げた。

「あなた、外出しましょう。とてもいいお天気だから」

「面倒くさいな」と彼は言った。（彼と外出しても家に居るのと同じくらい彼女は退屈するだろうと、彼は考えていた。）

彼女は寝乱れたベッドに横になった。

「何をしてるんだ？」

「寝てるのよ」と彼女は答えた。

彼女は目を閉じて眠ろうとし、もう考えまいとした。しかし、太陽が部屋の中に入ってくるし、その男は場違いにも気の向くままに歩いている。彼女は頭痛がした。

彼女は起き上がった。

「私たち、別れるほうがいいと思わない、あなた？」

彼は苦悩の目で彼女をじっと見た。

「いいえ、あなた、いいえ、ここにいるわ」

なんと尊大な物言いを彼女はするのだろう！　疳《かん》の虫封じには、その効き目は一瞬にしろ、もはや方法は一つしかなかった。ともかくこの悪意ある呪文を封じ込めねばならない。彼はオードの衣類を急いで調べた。彼女はするがままにさせておいたが、面くらい、恥ずかしく思っていた。圧し掛かる人生の重みが束の間軽くなった。惨めな御祭騒ぎはじきに終わった。

なぜ彼はこの部屋に、この世界にいるのかもうわからなくなり、再び歩き始めた。遂に彼はドアを開け、言い放った。

「宗派の異なる者同士の結婚の総決算だ。つまり破産ということだな。僕は僕の一族と君の一族に憎まれている。君は君の一族と僕の一族に憎まれている。そして僕たちは憎まれることで憎み合っている。さようなら《アディユー》。僕はもう君のところには戻らない」

「コートを着て行って。外は寒いから」

ははあ、彼女は僕が真剣だってことを毫も思っていないのだ！　じゃあ、見ていろ！　ドアがばたんと閉まってもオードは何も感じなかった。彼女は窓辺に行った。これが私の人生、これが私の取り分、あの不幸な男は狭い路地に消えた。

その日の午後、彼女が一番恐れていた人物の来訪があった。モサヌ氏は腰を下ろし、干してある洗濯物を眺め、手袋を脱ぎ、口ひげをしごき、その先端を尖らせた。話をしている間中、彼はオードと彼女の丸くなった背、寒さで凍りついたような睫毛、容色の衰えた顔に出る錯乱の表情を観察していた。

「すぐにこのアパルトマンから出ることだ」と彼は結論した。「この私がソラルを納得させ、すぐに離婚の手続きを取るようにさせる。だから、私の子供よ、行こう」

　彼女は微笑み、唇を震わせて言った。

「でも、私はここを出たいなんてちっとも思っていないのよ」

「お前の運命に満足なのか？」

「ええ」と彼女は重々しく言った。

　モサヌはため息をつき、鼻をしごき、空気を吸い込み、万が一のために用意してきた小切手の入っている封筒を取り出した。（彼女は俯いて考えていた。）彼はその封筒を暖炉の上の、山のように積まれた紙類の傍にそっと置いた。彼は咳をした。

「お嬢ちゃん、プリムヴェールではお前を待っているんだ、そのことを忘れなさんな」

　彼女は真っ直ぐに、誇らかに立っていたが、泣き出したいのを、父にキスしたいのをじっと堪えていた。この老練な政治家である男はしつこく言うべきではないと心得ていた。娘は遅かれ早かれ彼らの所へ戻ってくると確信していた。彼は部屋を出て行った。

　その頃不幸なソラルはジュネーヴから数キロのところにあるサヴォワの小さな町アンヌマスの通りをさ迷っていた。（ジュネーヴには失業者が多く、サヴォワの方が仕事を見つけ易いと彼は聞いていた。）食料品屋の窓ガラスの張り紙が彼の注意を引いた。〈使い走りをする若い男〉を求めていた。彼は入った。

　食料品屋の御《お》上《かみ》さんはパスタ類のセールスマンとしゃべっていたが、新規の客に微笑んで見せた。しかしその男が店に入ってきた動機を知ると、彼女は眉を顰め、自分に権限があるかのようにパスポートの頁をめくってから、店の奥の部屋へ行った。病気の男の声が聞こえてきた。

「馬鹿も休み休み言え、お前はどうかしてるぞ。正気の沙汰じゃない。一目瞭然じゃないか、そうだろうが。マルセイユの連隊にこんな名前の奴が一人いたっけな、そいつとこの男は同じ信仰の持ち主なのさ。俺の家にユダ公なんて真っ平ご免だ。さっさとエルサレムへ行っちまえ。おととい来いって、奴に言っとけ」

　ソラルは外へ出て、数歩歩み、立ち止まった。

「こんな失業者の多い御時世には、同国人を選びますよ」と食料品屋の御上さんは言った。「ごもっともです、ポーランドへ戻るしかありませんね！」注文をとろうと焦っているセールスマンは同意した。「ユダのように裏切るし、ロスチャイルドのようにけちんぼだ！」異教の民の威厳のある声が店の奥の部屋で宣言した。「善行を施してみろ、後で後悔するぞ」「勿論よ」店の顧客の一人が競争相手の店の袋を持って店の前を素通りしたから、御上さんは上の空で言った。「この頃は恩知らずばかり！」彼女は声を震わせて結論した。「それで、エルムラン夫人、中くらいの太さのバーミセリ百キログラムでよろしゅうございますか？」「中くらいの太さの」と、注文したから敬意を表されるのは当然とばかりに、御上さんは最高に気取って確認した。

毎晩行くのが二人の慣わしとなっていた簡易食堂《ミルクホール》に妻が来ていた。出合いがしらに目を逸らした女友達のことを彼女は考えていた。《彼女が私から目を逸らしたからって、一向に平気よ。あと百二十五フランほど残っている。これで彼と私はそれぞれ五十回食事ができる。ここに食べに来るほうがいいわ。食後の汚れた食器洗いもしないですむもの。ここでは一人前の料理の分量は多くはない。このビフテキは筋だらけ。遠い遥かなスキタイで、風たちに愛される純血種の牝馬たち。かつて私はこの詩句が好きだったわ。》彼女は皿の上に身を屈めた。

二人は仲良く餌を食う動物のように、粗末な食い物を咀嚼し、つつましく食べた。二人は目を合わせなかった。さえない人生の姿を互いに見ることになるからだ。

彼らの傍にプロレタリアのカップルが居た。女の方は桁外れの嬉しさを表に出すまいとしながら、メニューを見ていた。《この私、オード・ドゥ・モサヌはこんな人たちと同類になってしまった。》女の連れはいつもこうだと言わぬばかりに偉そうにギャルソンを呼び、四フランの豪華なメニューを注文した。個人教授や家庭教師をして細々と暮らす教授はミルクコーヒーで昼食をしていたが、そのカップルを振り返って見た。労働者は大真面目で、見事なほどしゃっちょこばっていた。

オードブルが出てくると、労働者とその婚約者は嬉しさから思わず笑みがこぼれないように、見苦しくも思わず唇を噛んだ。女は何てすばらしいの、と叫びたかったが一所懸命押さえ、自分の爪楊枝をテーブルに投げ出すと、そんなに早すぎはしないわよね、と怒ったように言った。この豪勢な光景に感動した労働者とその婚約者は、オードブルを互いに分け合って、滅多にない優しい心遣いを相手に見せることで満足していた。男は二本のナイフを手に持って研ぐ身振りをちょっとしたが、止め、自分の皿にふうっと息を吹きかけて拭った。

オードはどうにもやりきれないと言う風に笑って、立ち上がった。ソラルは支払いを済ませ、彼女の後を追った。切羽詰まった生活をしている二人は並んで歩いた。

家に帰ってくると、彼は火を起こしてくれと彼女に頼んだ。まきが湿っていて燃えなかったから、彼女はいらだたしさからむせび泣いた。暖炉の大理石の上にある紙を、モサヌ氏が彼女の知らないうちに置いておいた封筒と一緒に摑んだ。彼女は埃の溜まった紙をしわくちゃにし、暖炉に放り込むと紙は炎を上げて燃えた。この男、この火、何もかも我慢がならない。

ソラルは二人の新婚の日々を深い絶望と起きるかもしれない奇蹟への期待を皮肉に見せかけて語った。恨みを全身に纏って、彼女は立ち上がった。

「あなたはそれさえも私から取上げようとするのね、たった一つのすばらしい思い出さえも！」

「おお、僕のフィアンセ、この前僕たちがどんなに滑稽だったか、あなたはよもや忘れてはいないでしょう、二人共風邪を引いちゃって、この部屋で、力一杯、しかし顔を背け合って、夫婦関係を持つと勝手に溢れ出て来る粘液を根扱ぎにしてやったのではなかったでしょうか。婚姻、おお、婚姻！」

「もうたくさん、お願いですから、やめてください、もうたくさん！」

その時彼女はいらいらしていたから、二人の孤独や極貧のせいで、濃麗な愛がゆっくりと消滅してゆくのを目にする苦悩を、彼が臆面もない言葉で覆い隠しているのがわからなかったのだ。彼は孤高を持することに決めた。沈黙、冷淡、彼が妻の愛を取り戻すにはこれしかないのだ。彼という人間をよく知っている彼女は、彼のこの姿勢は上辺だけだと見て取り、辛うじて沈黙を守っている彼を見ると、自然に笑いがこみ上げてくるのを抑えるのだった。

十五分後には、彼は自分の決心を忘れてしまうのだった。黙っていることで不安になり、この沈黙を破ろうとする彼は、彼女が優しく答えてくれ、奇蹟の言葉が飛び出し、突然天啓を受けて《あなたの家族の許へ行きましょう！》と言ってくれるのを期待して、無くもがなの問いを妻に浴びせかけた。彼は飽くことを知らない執拗さで、長い間繰り返した。

「えっ、何だって、一体どうしたんだ？」

彼は奇蹟の返答を待っていた。だが、彼女は何も言わなかった。彼女は他のことを、途方にくれて、危なっかしいまでに、他のことを考えていた。愚か者のように笑い、精神的な混乱から訳もなく大喜びし、オードに深い感銘を与えようとして、まだ嵌めていた結婚指輪を放り出した。けれどもそんなことはすべて何の役にも立たなかった。前代未聞のことでなければならなかったが、前代未聞のことなどもうなかった。（いつも胸に鑢《やすり》をかけている。深い苦悩は人を愚かにし、精神を矮小化し、肉体を堕落させる。そして、あなた方におなじみの知性の欠片もない詩人、その心臓に黒い血を入れて掻き混ぜるなんてことは金輪際しないたわいない痛がりや共が、苦悩の偉大さや効能を謳いに僕のところにやってくる。）

　九時、もう何もすることがなくなり、どちらもベッドに入った。彼女の体が彼の傍近くに来ると、彼はこの無縁の肉体を感じたくなくて、身を離した。二人とも自分の肉体は愛するが、他者の肉体は嫌悪の対象でしかないのだった。男は自分の肉体に対しては大度《たいど》の愛情を抱いている。昔からずっとそうなのだが、これは一つの不幸で、男が味わう幻滅はすべてこのことに由来する。

「ベッドから出ろよ、お前は邪魔だ」

　彼女は肘掛け椅子に腰を下ろすと寒さでぶるぶる震えながら、二人を救いたまえと神に頼んだ。

「釘をしっかり打ち込むのだ、我が最愛の人《ビヤン-ネーメ》よ」

　結婚前から蓄えて来た気品と男らしさという財産の最後の残りを蕩尽してしまったことを知り、彼は壁の方を向いた。

「棺桶の釘をな。出て行け！」

　一人になると、自分の罪状がわかっている彼は枕に顔を埋めて泣いた。だが、どうしようもない、お手上げだ。神の手がこの哀れな子らの上に及んでいるのだから。

　彼は寝付けず、暗闇の中で息苦しさを感じた。《僕が自殺をしないのは、自殺しそこなうのが怖いというだけの理由からだ。麻痺の可能性があるからだ。ピストルはいつもあそこに置いてある。明日考えることにしよう。》彼は彼女が必要だった。彼は仕切り壁を叩き、大いに期待して彼女を待った。彼女は全部わかってくれるだろう。これまでの悪いことはすべて水に流し、まっさらな再出発となり、万事旨く行くのだ。

　しかし、彼女が入ってくるや否や、彼は彼女を憎しみの眼で見つめ、水の入ったグラスを取り、彼女の顔にかけようとした。彼女は軽蔑して言った。

「そんなことをして何になるの？　本当に面白くもおかしくもないわ」（馬鹿げたことと敢えて言わなかったのは、彼女が余りに礼儀正しすぎたからだ。だが、彼女は考えていた。《彼は堕ちるところまで落ちてしまった！》）

「お前は何ていう名だ、言え」

「オード・ソラル」

「パリでは行き付けの店の主人に注文するとき、どんな風に言っていたんだ？　お前は音節を区切らず、不明瞭に発音していた。お前は結婚を後悔してるんだ！　私は結婚を後悔している、と言え！（彼の頬は恥ずかしさで燃えるように熱かった。）結婚前のお前の名前を言え」

「オード・ドゥ・モサヌ」

　おお、なんと彼女は旨く言うのだろう！　ゆっくりと。彼女は玩味していたのだ、その立派な旧姓を！　彼はフランスやスイスに何をしに来たのだろう？　ああ、父や叔父と暮らすことだ、益荒男《ますらお》たちと笑うことだ。パスポートの話をするときの彼ら、オリーヴを突き刺しながら、憲兵たちがどんなに怖かったかを率直に打ち明けるときの彼らといったら！　彼はとても疲れていたので、一分間眠った。

　彼は目を開け、妻の前に跪いた。オードの手は無意識にソラルの手を撫でていた。彼女はもう悲しくさえなく、どうでもよかった。苦悩を感じるにはたとえ僅かでも喜びの名残がなければならない、喜びのかけら一片でも残っていなければならないのだ。彼は希望を悉く打ち砕いてしまっていた。彼への信頼は皆無だった。彼女は気高さと約束を守ろうとして彼と一緒にいるのだった。己がやつれさせたその手を、彼は熱愛に我を忘れて見つめた。

「最愛の人《ビヤン‐ネーメ》、僕の婚約者《フィアンセ》、もう決してしない。僕は後悔している。許してくれ。最愛の人、僕たちに子供が生まれるのを僕は知っている。どうして君は僕に何も言わなかったんだ？　僕はあえて子供のことを君に話さなかった。君は僕のせいで、その子を憎んでいるのか？　あの人たちのせいでか？」

　彼は大変な苦労をして、どうにかこうにか言葉にしていた。彼はひどく不幸で、もう殆ど話すことができなかった。彼女は冷たい目をして彼の話すことを聞いていなかった。彼女は子供時代に思いを馳せ、その手を引っ込めた。キリスト教の大いなる言葉が喉まで上がってきた。《疲れた者、重荷を負う者は、だれでもわたしのもとに来なさい、休ませてあげよう。》彼女の常に変わらぬ師である主キリストが彼女に微笑んでいた。ソラルは涙で光るその顔を妻の膝に置いた。彼女はほんの少し後退りした。

「僕を軽蔑しないでくれ、僕と別れないでくれ」と彼は満足に口がきけず狂ったようにぼそぼそと言った。「僕を愛してくれ、なぜなら僕は君を愛しているからだ」

　彼は権柄尽《けんぺいずく》な態度で彼女を取り戻そうとした。しかし、彼は真剣になりすぎて失敗した。彼女の唇にキスしようとして彼女を引き寄せたのだが、ぎごちなく、二人の歯がぶつかった。彼女は彼を押し戻した。

「あなたは私の歯を折り兼ねなかったじゃありませんか」歯がぶつかっただけでも充分滑稽なのに、彼女はそう付け加えた。（そうして悪意のあるささやかな喜びを感じながら、長い間彼から目を離さなかった。）

　その時奇蹟が起こった。ソラルは毅然として立ち上がると自分を取り戻し、己の零落《れいらく》振りに憤り、ひどく激しい笑いを爆発させたから、オードは恐怖を感じた。ようやく鎮まった彼はタバコに火をつけたが、すぐに絨毯の上に投げ捨てた。

「愚かな女だ！」と彼は音節をはっきり区切って言った。

「おお、愚か者めが、僕は真摯で人の心を和らげるこの高潔な敬意をお前に捧げたのだ。跪いた僕をお前は目にしたのだ、この僕がだ！　僕は常日頃女性を下目《したため》に見ているが、それが如何に正鵠を得ていることか。拳骨や男らしい語調や名声が大好きで、隷属状態に自ら飛び込んでゆく女という被造物が僕は母の胎内にいるときから既に大嫌いだった。僕はなんと薄汚い思い出を子宮内にいるときから持っていたことか。だからお前が必要としていたのは男らしい寡黙さと男の冷淡さで、色きちがいのお嬢ちゃんたちは、身を包んでいる繻子《サテン》の服をそういう男に引っ剝がされ、耕してもらいたくてうずうずしているのだ。《とん、とん、とん、精力的で寡黙な美男の騎士です、入ってもよろしいでしょうか？》馬鹿な女め！僕は機械的にやろうなどとはこれまでずっと思ったことはなかった。僕はお前をそういう女として扱いたくはなかった。僕はお前を尊んできたのだ。けれども小さな小鳥は何一つ知ろうとはせず、素早く羽ばたいて飛んで行ってしまった！　なあ！　僕は百も承知なんだよ、透徹した目で判断すべきだったってことはな——殆ど話さない、じっと見詰める、重々しいまなざしで見据えるそんなことは朝飯前だ！——愚かな女たちをメロメロにし、侮辱されているのを彼女たちに忘れさせ、最早抱き締められ、僕の体重七十キログラムに耐えることだけしか願わなくさせる厳粛な身ごなしの男が、お前には必要だったのだ。二、三千年来、僕たち男供は大したこともない被造物に向かって声を限りに叫んでいるのだ！　気の毒なペトラルカ！　そうしてローラは竜騎兵の隊長とお寝んねだ！　お前に一つ秘密を教えてやろう。男らしくあることは難しくはない、人間であることはもっと立派なのだ。さあ、お前は何と答える？」

　管理人の女がやってきて、二人に出て行ってもらうようにと家主が言っていると告げた。あなた方には随分我慢してきましたよ、溜まっている三ヶ月分の家賃の支払いを何度もお願いしたのに、蛙の面に水、仏の顔も二度三度ですよ。家主からあなた方のスーツケースを預かるようにと命じられています。勿論他の住まいを探す時間は与えますが、三日後には又借りしている人が、ちゃんとした人たちですけれどね、主《あるじ》として納まります。無論スーツケースのうち一個は持って行っていいですよ。過ちには寛大であれと言いますからね。

　管理人は出て行った。ソラルは彼の持ち物の中で唯一高価な最後の贅沢品を数えた。ほんの数日前に買った、この上なく白く、この上なく薄いハンカチの山で、きれいに畳んであるのを好んで拡げて、並べていた。オードは鼻歌を歌った。《一体最後はどうなるの、ええ？》と。彼女は自分に喜びを与えてやろうと、角砂糖を一つかりかりと噛み、肘掛け椅子に寝そべった。ソラルはオーデコロンをふりかけながら（以前のような贅沢をしたい気持ちと成り下がることへの恐怖から）、彼女に優しく話した。妻の額を撫でようとしてその手を前に出しさえした。彼女は飛び上がり、殴打を避けようとして、片一方の腕を上げた。

　彼は口笛を吹き、ダンスのステップを踏んだ。馬鹿は楽しまねばならぬ。それは最早若さゆえの暢気からではなく、習慣になった不幸による品位の下落からだ。彼は気違いの仕草をし、カラフを床に投げたが、割らないように絨毯の上に落ちるようにした。オードは笑いを爆発させ、夫に向かって舌を出した。（蘇った彼女の子供時代が彼女を救った。）

「誰も彼も皆大嫌い」と彼女が言った。

　彼女は祖父の発音を真似て歌った。《善き少《そう》年たちよ、我らが歩《あず》みと歌《うだ》を始《はず》めようではないか。》それからソラルがはいている新品のすばらしい靴下に見入った。こんなに綺麗なハンカチだの靴下だのを彼は何処で見つけたのかしら？

「言えよ、最愛の人。僕に侮辱の言葉を言え。なあ、蛆虫どもに、我慢ならない奴らに言うあの二つの言葉だ」

「たっての願い？　いいわよ、その言葉であなたが喜ぶなら。汚いユダヤ人」

　奇妙な快感で彼はぞくぞくした。

「オード、僕は君が死んでしまった夢を見た。君は彼を愛しているのか、ジャックを？」

「多分」

「君は彼と結婚しなかったのを後悔してるんだろう？　そのことを書けよ。僕の父のことをどう思っているのかも書くんだな」

「いいわよ」

彼女は書いた。《私がユダヤ人のことを知りたいと思ったことなど一度もなかったでしょう。私がジャック・ドゥ・ノンスと結婚しなかったことを後悔しているのは確かです。》彼女は彼を苦しめていると思うと、少なくとも一度は自分と同じ苦しみを彼に味わわせていると思うと嬉しかった。

「サインが要るかしら?」彼女は静かに尋ね、書いた。

《オード・ドゥ・モサヌ》

彼はその紙を取った。彼女は気の毒に思い、その紙を取り戻したいと思った。彼は読み、彼女が妊娠していることを心に留めていたから、全身が震えた。わななく指でその紙を彼女に戻し、優しく微笑み、妻の額にキスしようとした。彼女は後退りし、彼を軽蔑の眼《まなこ》で見詰めた。

「金策に行ってくる」彼はおずおずと言った。

彼はアインシュタインに会いに行った。学生たちの引越しの手伝いを生業《なりわい》にしている男だ。数年前のこと、陽気にはしゃいでいた日、彼はこの男に千フランくれてやったのだ。アインシュタインは全財産である四十フランを彼に返し、彼を美術学校へ連れて行った。思いやりから数時間モデルとしてポーズをとることになり、二十四フランになった。六十フランほどあればなんとかなる。家に戻ると妻はまだ逃げ出さずにいたから、驚いた。

彼らはアパルトマンを出た。アインシュタインがスーツケースを一つ持った。ソラルを先頭に、何も気に留めず、心の中に不可解な計画を描きながら歩いている若い女が続き、その後ろからアインシュタインがついて行った。カルージュ通りの肉屋の店頭に、貸間有り、と張り紙がしてあった。彼らは店内に入った。

前腕を細い丸髷で可愛らしくし、金髪の鬘をつけた痩せぎすの肉屋は、柄付き眼鏡を振りながら、なじみの女性客を前に長広舌を振るっていた。クリュ夫人の右側には羊三兄弟が吊る下がっており、左側には脂肪を取り除いて整形し、青物で飾った健康ではち切れんばかりの牛の枝肉があった。その界隈で最近執り行われた結婚式を非難するクリュ夫人の唇からは、まるで口笛でも吹いているかのようにひゅうひゅうと音が漏れ出ていたが、話を止め、みすぼらしい身形《みなり》の彼らをじろじろ見、それからサンドウィッチの残りを上品に噛み砕きながら、彼らの要望を聞いた。

「部屋代は三十フラン。それに当然だけど電気代がかかります。でもこぎれいな部屋ですよ」と彼女は子牛の頭の耳を優しく反《そ》り返らせながら、付け加えた。「それからご承知でしょうけれど、家賃は前払いですよ」

　爪楊枝が厄介払い仕切れなかった肉の小繊維を吸い込みながら、クリュ夫人は夫婦の先に立った。彼女はこの二人の僅かな荷物にかなり嫌気が差していたから、偉そうに歩いた。

　二人は鉄製のベッドに腰を下ろした。オードは洗面台のブリキの流し、広告文の入っている鏡、それから彼女の大きく膨らんだ腹をじっと見た。彼は思いやりを込めて妻の腕に触れ、まなざしで許しを乞うた。この腹には彼の子供が宿っている、彼の心は彼女への尊敬と愛情で一杯になった。彼は恐怖を抱いて彼女を見つめ、おずおずと待った。

　彼女は不意に立ち上がると、ドアを開けたまま出て行った。彼は目を開かれた。彼は立ち上がり、よろめき、階段の手すりまで苦しげに歩いてゆき、呼んだ。返事はない。彼の精神は痛手を受けた一隻の大型船のように航路を逸れ、傾いた。彼は部屋を横切って歩き、敗北だ、敗北だと鼻歌を歌い、胸を叩き、顔を痛めつけた。しかし、彼は明晰で、この出し物を演出し、監督することで自分の狼狽振りを覆い隠し、紛らせ、あるいは慰めたのだ。

「彼女はもう二度と戻りはしないだろう。当然の報いだ」と彼はどもりながら言った。

　そして彼は倒れた。床に横たわり、両腕を拡げて十字架を形作ると、長い間そのままでいた。一時間後立ち上がり、再び希望を抱き始めた。彼女はじきに戻ってくる。彼女は彼を罰しようとしたのだ。だが、彼女は戻ってくる。もう一度、彼女は耐え、優しくなってくれるのだ。

「彼女は戻ってくるのだから、部屋を片付けておかなければならないんだ」

　血迷った眼をし、自分が何をしているのかもわからずに鎧戸を閉め、テーブルの埃を払い、椅子を並べた。髪に櫛を入れ、指の長い手を長い時間をかけて洗った。

　陽が沈んでから一時間たった。暗闇の中に座ってソラルは妻が戻ってくるのを待ちながら、小声で話した。

「僕の最愛の人は髪の毛がとても美しい、すごく美しい髪の毛なんだ。彼女は最高に綺麗な服を持っている、イヴニング・ドレスなんだ」

　彼が絶対に手放したくないと思っている軽《かろ》やかな衣装がスーツケースの中にあった。彼は凛として輝く銀ラメのドレスをベッドの上に広げ、愛撫した。

「彼女は金褐色の目をしている。以前はいたずらっぽかったその目。すごく美しい、すごく美しい目だ。彼女は低い声だったが、それが時折すこぶる艶めかしく繊細《あえか》になる。えも言われぬ声だ。オードはじきに戻ってくる。彼女がじきに戻ってくるのが僕にはよくわかっている」

　夜が下りてきた。部屋は冷たく暗かった。太い紐が一本カーテンの傍にぶら下がっていた。彼はその紐を引き抜くと、首吊りのための輪を作った。彼はためらった。

32

夜と夜明けの間《はざま》の冷え募る時分だった。村の長《おさ》は自分の小屋から外へ出た。入植者たちはまだ眠っていたが、彼は沐浴をし、ポンプに掛けた鏡の破片にわが身を映し、はしばみ色のルダンゴトは実によく似合っとる、と笑壺に入った。数ヶ月来、彼はここパレスチナで野良仕事を指揮しているのだが、畑に出るときにもルダンゴトで身を固めた。《結局、我が友よ、サン‐ジェルマニック、じゃないな、何という名だったか覚えているかい、わしは忘れてしまったが、あの町よりこのイスラエルの大地に居る方がどれほどよいか》と彼は心の中で言った。

　無残な思いでサン‐ジェルマンを発った後、サルチエルはモロッコ北部のリフ山地でハープを売りさばこうとし、それからローマへ行った。ローマでは、ヴァチカンの前で彼を待っている益荒男《ますらお》たちをびっくりさせようとして借りた豪華な四輪馬車から降りる瞬間、彼の全く与り知らぬ、説明には時間がかかりすぎる一連の誤解のせいで、教皇との私的な謁見を許されて訪れることになっていたシオニストの要人と間違えられた。

優雅な高位の聖職者が馬車から降りるサルチエルおじを助けているではないか。おじはちょっと驚いた風だったが、されるにまかせ、その案内役の後について行きながら、ヴァチカンの権力者たちが見せる極め付きの洗練された礼節を高く評価した。《神の御心のままに、後でどうなることやら！》

司教や枢機卿たちが入れ替わり立ち替わり彼をリレーのバトンのように、赤く塗られた扉の前まで、部屋から部屋へ渡して行った。その扉の前で、彼らの一人が、聖下のミュール［mule＝十字架が刺繍された教皇の白いスリッパ］に口付けするのを忘れないように、と彼の耳元で囁いた。おじは瀕死の人の目で、言うことを聞かない四足の動物［mule＝ミュールには雌ラバの意味もある］を探した。

十五分後、彼は外へ出た。勝利に歓喜し、その顔は百合の花のように美しかった。

ホテルで益荒男たちと合流すると、部屋のドアの鍵を二重にかけて閉め、友人たちに祈るよう、それから彼を抱擁するよう厳命した。最後に《教皇とは何かを概ね理解したか》と彼らに尋ねた後、彼らを何度も立たせたり座らせたりしてから、彼は聖下に天使のように話し、話している間はいつも活気に溢れ、巧妙で、真摯で、感動し、感激し、才気煥発で、愛国心に貫かれ、教皇は御自身がシオニズムの運動に共感を抱いている者であると宣言された、と話した。《教皇に神のご加護を！》喜びで舞い上がった益荒男たちはそう叫び、尊き老人のために夜を徹して祈った。

暁時、サルチエルはイスラエルの命運を賭けて舵取りする心構えをした。しかし、シオニストは、教皇がサルチエルに宣った宣言は彼へのものではないとして自分たちのものにし、彼のことを横領者だと責め威した。おじは政治をやるには疲れていたから、くよくよ考えなかった。彼の狙いは大成功だったから、彼にはそれだけで充分だった。エルサレムの征服者の勝利を記念する凱旋門の下へ行って、ティトゥスとちょっと話し、人生の黄昏時に何か有益なことをしようと決心して、彼はケファリニアへ帰った。教皇と話をしていたとき、彼には祖国があることに気付いたのだ。

彼の熱意に負けて、父親は得心した。マイモン師は――ドブロン［昔のスペインの金貨］、ポンド、オンス［一オンスは一・三〇五九四グラムの金］、デュカ［昔ヨーロッパ諸国で使用された金貨］、ペソ、グルダン［ハイチ共和国の通貨」、そしてフロリン「十三世紀フィレンツェで発行された金貨」でかなりの金額を金庫にしまってあったから——息子を長い間呪った後で、金貨を二千枚渡した。

サルチエルはそのお陰でヤッハとガザの間にかなり広大な土地を買うことができた。ロシア出身の三十人の青年と十人の娘子が彼に従い、新しい村作りを始めることにし、おじの上辺だけの抗議にもかかわらず、彼らはその村を〈カファル・サルチエル《サルチエルの村》〉と命名した。村の設立者の好意と熱心さと不器用さは村民に敬慕の念を抱かせた。

カファル・サルチエルの誕生を知ると、益荒男たちはパレスチナ再建の決意を誰彼無しに告げ、農業、剣術、牧畜を学び、出発の準備をした。

最初に準備態勢を整えたのは、全財産を失ってしまったばかりのマタティアスだった。イギリスの行政機関はまとまった金の提示を要求していたから、マイモン師が彼に貸してくれた百ポンド紙幣をヤッハの役人らに見せて、税関を通った。カファル・サルチエルに着くと、その銀行券をマンジュクルーに送り返し、マンジュクルーは十日後に、シルクハットを被り、壁土色の山師が羽織るようなケープをゆったりとまとい、その裾の一方を顔の上まで持ってきて目だけを見せるべきだと思い込んで、下船した。マンジュクルーはすぐさま例の紙幣をミハエルに送り返した。この紙幣を媒介にする同じ遣り方で、大金持ちの子孫たちが数え切れないほどやってきた。とりわけソロモンは妻と子供たちを亡くしたばかりなのに、彼を妻子のようには死なせずにおいてくれた神を讃え続けた。

マタティアスとミハエルは真面目に仕事にとりかかった。マンジュクルーとソロモンは、野良仕事をする誠実なパレスチナ人に相応しい服装を巡って議論し、数週間を無駄にした。ソロモンは遂にスイスの牛飼いの服装をすることに決めた。マンジュクルーは短めの半ズボンにカーキ色のシャツというボーイスカウトの制服の方が好ましいとしたが、彼のおなじみのシルクハットは相変わらず着用に及ぶことにした。益荒男たちの新たな呼び名である〈無資格の労働者たち〉は僅かの間にかなり広大な湿地を干拓した。

日の光が野の百合を目覚めさせ、一瞬赤紫色に染まる海辺の椰子は伸びをした。（いつの日か、お前はこの国を見るはずだ、我が娘、私の愛するミリアムよ。）サルチエルは、彼の所有地で初めて作った牧草を今日の日に刈り取ろうと思った。昨夜ミハエルが研いでおいてくれた刈り取り用の長柄の鎌の刃をびくびくしながら確かめに行った。

歌声が響き、若き開拓者らは村長を取り囲み、村長は感動の余り喉が詰まった声で、鎌を取るよう命じた。

「前へ進め！」

太陽と風で黒くなった若鹿の群れは勿体ぶったルダンゴトの後に続き、既にミハエルが槌を打っている鍛冶場の前を真面目に縦列行進していった。マンジュクルーは彼のあの咳とうちわ代わりのシルクハットで赤く熾った炭火を扇いでいた。入植地の会計を預かっているマタティアスは木箱の上に屈みこんで、大きな帳簿の頁を鋼鉄製の鉤の助けを借りてめくり、務めに専念していた。三人の友人から年寄の冷水と批判的な目で見られているサルチエルはその華奢な顔を上げていた。一団に加わったソロモンは鎌に巻き込まれてもがき、ふっくらした脹ら脛に深い切り傷を作ったが、笑って、全然大したことはない、と言った。

草地では牧草の栽培者たちが仕事にかかった。開拓者たちは一定のリズムで草を刈り取り、サルチエルの顔の皺も、情熱を込めた彼の手の動きに合わせるように動いていた。突然ソロモンが叫び声を上げた。大きな鎌が彼の木靴の先端をすぱっと切ったのだ。鎌の扱いがうまくゆかないのだった。彼は再び立ち上がり、にっこりすると、全然大したことじゃない、大丈夫だよ、と言った。サルチエルは子供でも使えるような半月鎌をポケットから取り出して研ぎ、馬鹿者に黙って手渡した。

汗に塗れた若き男女は時折手を休めては、顔面蒼白ながら、仕事は成し遂げられてこそ初めてよりよき評価を得るものなりとの持論を繰り返し、六十七歳の脹ら脛を反《そ》らせているコロニーの老いたおじを心配そうに見遣るのだった。心臓を患っているのに、奇蹟としか言いようがなかった。二人の若い女性が、やめてください、と懇願した。彼は断り、無分別にも程があるのに、俯いてまた刈り始めた。小さな花々の頭を切ってしまったと言っては嘆き、矢車草には恩赦を与えようと努めた。

そうこうしているうちに、ミハエルとマンジュクルーがやってきて、野良仕事をしている者たちに合流した。ロシア人たちは振り返り、巧みに草を刈り取る大柄の近衛兵を褒めた。

サルチエルが以前イタリアの列車で出会った三人の神秘主義者のポーランド人は、小さな沼地に膝まで浸かり、彼らのオーバーも濡れていた。彼らはシャベルで水底の泥をすくい上げていたが、その目を閉じ、詩篇を誦していた。

ここに居る者はかつて皆流浪の民で、自分たちの不器用さは承知していた。だが、そんなことは一考に価せず、ではないのか？　日の出と共に働き始め、彼らの子孫は肥沃な土地を手に入れる。汗に塗れ、平穏無事に働き続ける。そんなシオンの新しき息子たちを讃えよう。

唯一人、元〈裁判沙汰の捏ね返し屋〉だけが真剣さを欠いていた。しばしば手を休めては蚊を呪ったり、すっかり骨ばり血管が浮き出た毛むくじゃらな巨大な両手を見ては、そこにできているまめを、古木に咲く花に感嘆するように、いとも満足気に見入る。そうしてシルクハットをしっかりと被りなおし、欠伸を噛み殺して再び鎌を取り、俺の先祖の土地を肥沃にしているのだ、と大声で言う。そうして休憩だ。数メートル先では、キエフから来た学生たちが道に転がっている石を熱心に砕いていて、怠け者の地中海人を笑うのだった。

昼休みのとき、ソロモンは食事もせずに眠り込み、三時になってようやく目を覚ました。何が何でも仕事がしたいんだ、とがんばったソロモンは、試作用に残してある畑の一隅に空豆の種を蒔くよう命じられた。しゃがんで、人差し指で小さな穴をあけ、その一つ一つに種を突っ込んだ。この種は病気に罹っていないかとか、《祖国に》その種を蒔いてさしつかえないかとか、オデッサで診療所長を務めていたヤロチェフスキーに時々聞きに行った。ミハエルに向かっても時折叫んだが、無視された。

「ここだと手が汚れちゃうよ！　爪の間に土が入っちゃってさ、それで歯が痛くなっちゃうんだ！」

そこで彼は村へ手を洗いに行くのだが、その際しばし家畜小屋に留まって、かわいらしい小さなロバとか子山羊に、いきなり手をぱくりとやられるんじゃないかと恐怖の塊となりながらも、紙にほんの少し草を乗せて差し出すのだった。そうして、いつも木靴が脱げて何処にあるのかわからなくなってしまうのだが、やる気満々で戻ってくると、《今何かやることある？　あれば僕がやるよ！》と言った。彼はもっと仕事をさせてくれと頼んでおきながら、一羽の蝶に夢中になってすっかり忘れてしまい、開拓者たちにせき立てられるのだった。

「おお、パレスチナ人よ」とマンジュクルーは豆を潰しながら、声を張り上げた。「哀れむべし！　痛々しき農民をとくと見るべし！　ロシアの奥地からやってきて、このサハラに、このポラクスチーヌに我輩をつれてきたシオニストらのせいで、知識人である我輩の両の手の見舞われし不幸をとくと見るべし！」

しかし、彼はシルクハットを被ると、かなり喜んで再び仕事に取り掛かった。

尊きマイモン師は一週間前からここに来ているのだが、午後五時に目覚めると、この世に生を受けて百五年が経過しているにもかかわらず、彼もまた仕事を要求した。息子のサルチエルは数頭の黒山羊監視の仕事を恭しく彼に差し出した。ユーカリの森近くで、バスクベレーをかぶり、山羊ひげを風が弄ぶにまかせ、魔王の持ち物である四頭の動物に向かって震え声で叫んでいるすらりとした体形のカバラ学者を彼らは目に留めた。

「どうしてお前たちはいつもいつも動き回っているのかの？　神の御名により頼むから、教えておくれでないか！　教訓話をお前たちにしてやるから静かにして、車座になって、聴いたらどうじゃ？」

数時間が過ぎていた。タルタコヴェールは反対勢力側に寝返った元シオニストのリーダーで、労働者を激励しようと時折やって来てはその小さな体を揺すって、愛国心に貫かれた激烈な演説をぶつのだが、頭髪は赤毛、顔は子ライオンのようにでかく、赤いネクタイを着け、ヒールの高い靴を履いて反《そ》っくり返るこの男には、彼らは殆ど注意を払わなかった。

マンジュクルーは斜面で夢想に耽り、両手を慈しんでいた。まめが治るまでは仕事をしないことにした。《蜜と乳が流れる地か！》コンデンスミルクが入っていた缶を足蹴にしながらせせら笑った。彼はこのコンデンスミルクから余分に栄養を摂っていたのにだ。

サルチエルおじは草刈をやめ、木とアルミの波形板で作られた仮小屋とその上に翻る青と白の小旗を心配そうに眺めた。彼は彼のコロニーを思って身震いした。数日前から気になる噂が流れていた。最近祝われた宗教的な祭りがアラブの農民たちを極度に興奮させたようで、ミハエルはアラブ人と遊牧民の或る部族の長の間で行われた密談に驚愕したのだった。

サルチエルは小さな村の周囲に張り巡らした有刺鉄線やエジプトから取り寄せた機関銃のことを考え、自分を励ました。ベドウィンの女に鼻声で誘惑の呼びかけをして、ロバ引きが通って行った。女はマンゴーにかぶりついて恥じらいの笑いをその中に埋め、逃げていった。そのロバ引きのアラブ人がユダヤ人たちに近づき、明日、お前たちの首っ玉を木にぶら下げてやるからな、とふてぶてしく言った。

日が落ちて、野良仕事を終えた彼らは草地を後にした。刈り取られた草は不揃いだったし、少し傷んでもいた。来年はもっとうまくやれるだろう。

遥か遠くの方で夢中になって百五個目の種を入れていたソロモンは、黄昏が迫り、辺りが静まり返っているのに気付かなかった。一匹のカタツムリに叫び声を上げ、恐怖で後退りした。草地には人っ子一人居ないのを悟ったのはその時だった。背後でベドウィンが彼の血を欲しているのではないかと想像するだけで無邪気で臆病な彼の心は血も凍る激しい恐怖に捕われ、我らがお人よしは何が何でも逃げ切ろうと大童《おおわらわ》で立ち去った。

　実際、ユーカリの森に潜んでいたアラブ人のスパイらはコロニーの動きを監視していた。


　月光に照らされて、友人ソロモンが居る。犂《すき》にもたれて座り、エルサレムから取り寄せたシオニズム賛歌を解読しようとしていた。しかしすぐに疲れてしまい、五本の線と黒いのもあれば白いのもあるこの呪わしい小さな音符が彼の理解を超えるものであることがわかった。彼は立ち上がり、体を掻き、もう一つ別の気晴らしを探した。彼は生まれたばかりの小さな駱駝にチョコレートの切れ端をやりに行き、自分のハンカチで駱駝の唇を拭ってやり、動物使いの資格を自分に与えて喜んだ。

　そうこうするうちに、肩帯に吊るして持ち歩いている食餌療法用のバナナの力を汲み尽くした、肺を病む偽弁護士がやってきた。ミハエルとマタティアスがその後にいた。村のもう一方のはずれでは開拓者たちが焚き火を囲んで歌い、踊っていた。

「ところでさ、今皆で何をやってるの、どんな遊びをしてるの、マンジュクルー？」とソロモンが聞いた。

「奴らが来るのは今夜だと思うな」とマンジュクルーは太いくぐもり声で言った。「かわいそうにソロモンよ、お前はこんなにも若くして死んじまうんだからなあ！　アラブはおっかないぞ、遠く離れた所からでも首を落とせるからな！」

　ソロモンは地面を足で踏みつけ、僕はこわくなんかないよ、と明言し、案じ煩い、そぞろ歩いているサルチエルのためにこう言った。

「僕はここ、僕の小さな国に居る。だから、アラブ人が来たら、そのうちの一人を殺すからね！」

　彼は鼻にひどく皺を寄せるやいなや、くしゃみをした。マンジュクルーは優しく彼の愛しい友人を見つめ、パレスチナを救うためだ、武器についての俺のお知恵拝借といかないか、と言った。第百四十一部隊の元伍長は〈粗暴な兵隊あがりの大尉〉という階級を自分に授与し、カブスカウトのソロモンに軍隊式敬礼論をぶったから、ソロモンはひたむきな真面目さで絶えず敬礼していた。

　二つの大きな突起物を所有する美少女タマルはシャワーが設置された小屋から出てきて、二人の軍人を目にすると、輝くような笑みを見せ、短い髪に宿る真珠のごとき水滴を振るい落としてから、踊っている人たちに合流した。

　サルチエルは星々の中にイスラエル人はいるのだろうかと心配し、右目の前で両手の指を丸めて重ね、望遠鏡のようにして空の神秘を探った。数え切れないほどの星があるのだから、他の世界にも大勢のサルチエル・ソラルが居て、そのうちの何人かは彼と同じようにして、同じ時に空を眺めている最中かも知れない、と彼は思った。そこには、かつては考えもしなかったが、不滅の命が一つの形となって存在しているのだと感じた。

　彼は踊っている男女に近づいた。娘たちは生脚で踊っている。青年たちの胸は風ではだけている。サルチエル翁は両手を打ち、ビーバーのトック帽を放り投げ、喉を振り絞った。

「わしも入れてくれ！」

　彼は血気盛んな青年のようにダンスの輪の中に飛び込み、誰よりも高く飛び上がって男を上げようと思ったのだ。だが、突然ダンスがやんだ。ミハエルが手を上げて、ダンスの場に向かって走ってきた。

「ユーカリの後ろに奴らが十二人くらいいるぞ！　多くは馬に乗っているが、残りは徒《かち》だ」

　炎を上げて燃えている枝に水をかけ、青年たちは方陣を布《し》いた。銃や薬莢《やっきょう》の箱を若い娘たちが運んできた。ミハエルは一週間に一度グリースを塗っていた小型の機関銃の覆いをはずし、太い口ひげをたわめ、自信たっぷりに待った。診療所長はたばこに火をつけ、サルチエルおじに安全な場所に居てくれと頼んだ。気の毒に六十歳台の男は草刈という過酷な一日に疲れ果てて一瞬気が遠くなり、友人たちに付き添われて身を震わせながら従った。

　三人のポーランド人はウプランド［袖の広いゆったりした外套］の衿を立て、目を天に上げ、か細い声で詩篇を歌い始めた。遠くの方で一発の銃撃音が突如響き、騎馬隊が襤褸《ぼろ》をまとった歩兵を従えて突進してきた。百メートルの距離まで攻め寄せてきたとき、穏やかな機関銃手は迎え撃った。腰のところで銃を構え、騎馬のアラブ人たちは打ち捲った。タルタコヴェールが倒れ、第一回シオニスト会議での彼の演説の締めくくりの文言を、最早満足にきけない口でもぐもぐ言った。両手で地面を掘り、ようやく摑み取った土を両手にしっかりと握っていた。数頭の馬が倒れていて、既に敵の姿は消えていた。従兄弟たちはじきに戻ってまた配置につく、とミハエルは告げ、怪我人と交代した若い女性たちに馬を狙えと命じた。

　調理場として使っている小屋から、サルチエルが出て来た。彼はなんとしても面目を施したかったのだ。人は一代《いちだい》、名は末代《まつだい》だ。ソロモンは死体を見て震え上がり、タマルはその上にシーツをかけた。ミハエルは、耕作用の六頭の馬に鞍を置き、いつでも乗れるように集団の真ん中につれて来るように、と命じた。しつこいベドウィン族の数人がまた攻撃を仕掛けてきた。

　ミハエルと麗しのタマル、そして四人の青年が乗った馬たちは有刺鉄線を不器用に飛び越えた。飽くことを知らぬうるさい奴らを六人の騎乗者が猛追している間に、村に残った青年たちは、敵の無茶苦茶な戦術を茶化しながら発砲し、銃を撃っている従兄弟たちの制止も聞かず有刺鉄線を飛び越えようとした。神秘主義者の一人が倒れた。二人の仲間は飛び交う弾丸の下で身動きもせずに死者の祈りを歌い始めた。

　ソロモンはミハエルの勇敢な出陣に熱狂したが、彼に狙いを定めてにやにや笑っているアラブ人に気付いて鎌を素早く摑むと、そいつをめがけて投げつけた。軍神たちはその物体が的に命中することを望み、アラブ人は落馬した。ソロモンは勝利の雄叫びは上げたものの、恐ろしさで死にそうになり、自分が何をしているのかもわからずに有刺鉄線を飛び越し、自分が仕留めた犠牲者の馬に跨った。その馬が、拍車を入れて逃げてゆく族長の三人の息子の方へ、彼を乗せたまま全速力で駆けてゆく時、彼は始めて己を厳しく非難し、馬から下りようとした。カファル・サルチエルに引き返してくれと馬に向かって懇願したが、馬の耳に念仏だ。この忌々しい動物はフランス語がわからない振りをした。キャンプは大爆笑、ちんちくりんの益荒男に皆が喝采を贈った。マタティアスは、小屋に忍び込み、火をつけようとしていたアラブ人をその鉤でひっ捕らえて縛り上げ、囚人のピストルを取上げると、手に持って無意識にその重さを計ったが、それは値踏みのためだった。

　次々に打ち立てられる勲《いさおし》に熱狂したサルチエルおじはとりわけ背徳的な顔付きのセム族の子孫を選び、投げ縄を用意するとたくみに投げたはいいが、捉えたのは自分自身だった。マンジュクルーの素早い働きがなければ縊《くび》れ死《じ》にするところだった。始めは移動看護士になるしかないと決意したマンジュクルーだったが、その彼も濃硫酸の瓶を数本増援の一団に投げつけて、恐怖を拡散させてやろうと決意した。

　哲学科の学生三人、医者が五人、反軍国主義者の美人二人がキャンプを出て駆け出し、硫酸をかけられた大勢の敵を追跡した。サルチエルはハイタカ捕獲用の投石器を素早く摑むと、力一杯振り回したから、丁度運悪く彼の後ろにいたコロニーでたった一頭の駱駝の目に石が命中し、死んでしまった。膝をついて崩れ落ちる前に、この尊大で高貴な動物は暗殺者に非難のまなざしを投げた。

　絶望し、恥じ入ったおじはサーベルを取ると、びっこを引きながら苦しげに歩いている大男のアラブ人に向かって走って行き、正々堂々と彼に呼びかけた。悲しげに振り返った巨人に、サルチエルはイスラエルの全能の神を認めると言えと彼に迫った。アラブ人が銃に弾薬を装填したから、正当防衛だと思ったサルチエルはサーベルを振り上げた。だが、彼の敵対者を痛い目にあわせ、血が流れるのを見るのが怖くなった。彼は目を閉じ、異端者の頭上にすばやく刀身を平らに叩きつけることでよしとした。敵は倒れた。このように闘った後でサルチエルは立ち去った。

　戻ってきた若者たちは汗まみれで座り、息切れがしていたが、満足気に微笑んで顔を見交わした。彼の良心に照らし合わせてもなんら外れるところがなかったから、サルチエルは箱の上に上がった。二本の指をチョッキのボタン穴に突っ込み、片方の手をかざしてオーステルリッツの戦いかヴァルミーの殺戮か、と大軍《おおいくさ》の後を眺めた。アラブ人はもういなかった。

　遠くの方に、キャンプに戻ってくるミハエルとその騎馬隊が見えた。しかし、彼らの馬がひどくゆっくりした足取りで進んでいるのはなぜだろう？　ミハエルがその腕に弾に貫通されたソロモンを抱いているのを見て、サルチエルの心は締め付けられた。

　干し草の上に下ろされた瀕死の人は生涯の親愛なる仲間、益荒男たちに最後の別れを告げた。

「僕が若くして死んでいくのは自分でもよくわかっている。もうあんたたちに会うことはない、僕の友人たちよ。さようなら、親愛なるマンジュクルー、大好きな、大好きなミハエル。サルチエルおじさん、僕に手を握らせてください、お願いです」

「で、俺には、この俺にはお前は何もいわないのか？」すすり泣いているようなマタティアスがたずねた。

　ソロモンは詫びを言い、微笑んで目を閉じ、貧しい人たちに全部あげなければとぼそぼそと言った。音楽の如き喘鳴《ぜんめい》が開いた唇からもれ、びっくりしているような子供っぽい顔の上に死がその手を置いた。

　サルチエルが気の毒な人の両目を閉じた。マンジュクルーとミハエルは背を向けて泣いていた。ようやく彼らは友人を納屋に運んだ。そこには他の三人の死者が横たわっていた。益荒男たちはソロモンを囲み、俯いて彼の遺骸を見守った。

小屋の中では、開拓者たちが干し草で覆った板の上に寝ていた。それぞれの簡易ベッドの上には、シャツ、石鹸、父親からの短い手紙や母親からの長々しい手紙、社会主義の本や聖書を入れてある袋が置いてあった。午前四時、益荒男たちの他はどのキャンプも寝静まっていた。若い顔は疲れていた。火薬で指が黒ずんでいるエステル女王が微笑んでいた。ヤロチェフスキーは悪夢でも見ているのか、彼が指導を受けた病理解剖学の教授をドイツ語で罵っていた。

　太陽が華胥《かしょ》の夢を結びに行くと時を同じくして射干玉《ぬばたま》の夜の眠りに落ちたマイモンは、四時三十分、戦闘があったことなど全く知らずに目を覚ました。彼は外へ出ると神が創り給いし万物の匂いを嗅ぎ、目で見て、神の創造物は佳きものだと思い、生きて在ることを喜んだ。その時、干し草の山の後ろで捕らわれのアラブ人が縛めを解くに至り、数丁の銃を盗もうとしているところに目が向いた。カルデア語でその男を呪う半ば透明の老人の出現に驚愕した盗人は、尻に帆を掛けて逃げていった。

　最初の奇襲から暫くして、ガマリエルが到着する日、密使がやってきて、周辺の住民たちは彼らの土地にもうユダヤ人には居てもらいたくない、この前の闘いは遊びの域を出ず、もしユダヤ人が直ちに出て行かなければ、彼らには死あるのみ、とサルチエルに伝えた。サルチエルは既に死を選んでいた。

　アラブ人が巧妙に指揮した二回目の襲撃は致命的だった。ユダヤ人はできる限り闘い、サルチエルは何度も負傷したが驚異的な働きをした。額に切り傷を負ったガマリエルは、盲《めし》いた者から律法の巻物を奪い取ろうとしたアラブ人を鋤の先で打ちのめした。このとき、隣のコロニー、リュハマから援軍が到着し、再び静かさが戻った。だが、カファル・サルチエルの入植者で生き残った者はほんの僅かだった。

　ヤロチェフスキーは益荒男たちに、彼らの長であり友人でもある人に間もなく死が訪れるのを目にすることになるから、覚悟するようにと言った。タルムードの助教員が大ニュースを携えてケファリニアからやって来た。

「おお、サルチエル大将、おお、幸運の息子よ、あんたが持っているオスマン－トルコの株が大当たりしたんだ！」

　半世紀に亘りおじは、《オスマン－トルコの株で大儲けする日》の贅沢や贈与のことを細かく書いていた。彼は虚ろな微笑を浮かべて助教員の言うことを聞き、駱駝引きの少年の消息をたずね、友人たちにこの孤児の世話を頼んだ。そして、ミハエルが摘んできた小さな花々の香りを吸い込んだ。イスラエルの花々だ。

「お前たち三人共皆ここにいるか？　我が友人たちよ、わしはじきにソロモンと相見《あいまみ》えると信じている、それがどこかは神のみぞ知る」

「馬鹿を言うのもいい加減にしろ、ここで死ぬことをくっちゃべってるのはどこのどいつだ？」とマンジュクルーはへんてこなしゃがれ声で言った。

「装甲艦を俺たちが何隻か建造するまで待っててくださいよ」とミハエルは陽気さを装っていった。「俺たちが王国を手にしている今、あなたは死にたいんですか？」

「彼の変わり者ぶりは終生変わらなかったな」と厳しく言ったマタティアスだったが、その真っ赤な目をしばたたいていた。

　彼の世この世の境をさまよう人は、青い手帳にソロモンが書き綴った詩があるから、読んでくれと頼んだ。彼は微笑み、水売りが自分の商い物を飲みながら作った初《う》心《ぶ》で、心地よい、思わず惚れ込んでしまう詩句に出会うと、途中であっても、いたく褒めた。

「社会にとってはあってもなくてもいいような存在だが、善き人間だ、小さな一粒の地の塩だ。わしたちのような。さあ、マンジュクルー、スーツケースを取ってくれ」

　ずっと酷い目に合わせてきた古馴《ふるな》染《じみ》の女友だちにも比すべき古いスーツケースに礼を述べながら、彼は小さな笑い声を漏らした。長い間数枚ある甥の写真をじっくりと見、そうして疲れた目を閉じ、彼は眠りに落ちた。

　一時間後目を覚ました彼は今際《いまわ》の際《きわ》の笑みを浮かべて、或る晩セーヌ川沿いに歩きながら甥に話したことを語り始めた。友人たちはよく理解しようとして身を屈めた。彼はまるで遺言を口述しているようだった。

「わしは随分旅をした。わしがこの目で見たものを誰か見たか？　世界について情報を得たければ、サルチエルに聞くべし、だ。フランス人には優しさがある、イギリス人はバビロニア人よりも高尚だ、イタリア人には若々しい心が宿っており、ドイツ人は涙を流させる旋律を持っている。スイスのように誠実で、自由で、独立不羈の国が他にあろうか？　我が最愛の者が愛する女性《ひと》と出会ったジュネーヴに神のご加護のあらんことを。おお、友人たちよ、わしの死後ジュネーヴへ行くことがあれば、その女性に挨拶し、サルチエル叔父からだとその女性に一輪の薔薇を届けてもらいたい。わしは一度たった一人で我が愛する者に会おうとスイスへ行ったことがある。彼は思いもしなかったろうがな。(彼は微笑み、喘いだ。）しかしわしらは神の息子だ。背くことなく、守るために炎をくぐってきた一人の高潔な老人、それが我が民族だ。人という人に言わねばならぬ、人間は善良なのだと、彼らがそれを思い出すように、な。キリスト教徒は至極善良だし、彼らもまた苦しんでいるのだ。彼らを愛するサルチエルおじからの挨拶を彼らに伝えてくれ。我が神は我が力、我が物見の塔だ。子供たちが道路を横断するときは彼らに注意を払うことだ。お前は転ぶぞ。生きたいと思う気持ちが強すぎるのだ、わしのソルよ。威勢を振るいすぎる者は嫌われるのだ。我が息子よ、お前は苦しんでいる、それなのにお前の叔父はお前と別れるのだよ。我が愛しき者よ、体が冷たくなってきたから、今日のこの日がこの世の終わりとなる。しかし一体何の印だろう、いつも敬っているわしの叔母さんなのか？　おお、わしのソル、お前は何処で何をしているのだ？」

　血が流れ出る彼の唇は唯一の神の加護を祈った。情愛の深い純朴な顔、たくさんの発明がふつふつと湧き出ていた頭ががくっとなり、終わりなき時を迎えるべく動かなくなった。愛すべきサルチエルの目は何を見ているのか驚いていて、癒されぬ悲しみを嘲笑しているようだった。

喪に服してから一ヶ月、死を免れた友人たち三人は忌明けをし、普段の生活に戻った。するとマンジュクルーは、ここを出たい、《自分の息子とも思っているこの青年たちの中でも最良の者を貪り食ったこのパレスチナは、もううんざりだ》ときっぱり言った。ミハエルは、カファル・サルチエルに二人とも残るとおじに誓ったじゃないかと指摘した。マンジュクルーはせせら笑った。

「ああ、そのとおりだ、俺たちは約束したさ。だから俺たちはまだ約束を守らにゃならんと、お前は思ってるのか？　しかし、お前を産んでくれたのは誰だ？　おお、無知な奴めが」

「俺の親父だ」

「そいつは疑わしいな。それはともかくとしてだ、誓うこと、これはこれで、一つのことだ、約束を守ること、これはもう一つのことだ。なぜ二つのことをやらなきゃならんのだ？　一つで充分だろうが」

「しかし、ロシアから来た兄弟らを見てみろ、彼らはあんなに一所懸命働いているんだぞ！」

「奴らはキュウリで、俺たちは塩だ」とマンジュクルーは謎かけでもするように言った。

「キュウリって、どういう意味だ？」

「キュウリはキュウリだ」とマンジュクルーは説明を始めた。「俺はここを発つ、おお、我が友どちよ、このパレスチナはな、お前が地面に唾を吐けば、この大地から一匹のイナゴが出てきてお前の顔をバリバリと音を立てて食っちまうのさ！　俺はもううんざりなんだよ。要するにだ、此処にはアラブ人が多すぎる、だから俺の健康のためにはよくないのさ。そういうことだ」

　ラビのマイモン師がお目覚めだ。

「おい、若造共、わしはこの土地で何をしとるんじゃ？　わしに説明しておくれ。わしはパレスチナで我が歳月の精気を徒《いたずら》に枯渇させているキリスト教徒なのか？　このわしには人が自由に動き回れる国々が必要なんじゃよ。わしは異教徒で、壁を見に来ているのか？　この嘆きの壁が本物だとわしに言うのはどこのどいつだ？」

「この年寄りはうまくしゃべるじゃないか」とマンジュクルーが言った。「ガマリエル師自身御年十八歳のシュラムの乙女とこっそりとんずらを決め込んじまったんだから、なぜ俺たちが残っている必要がある！」（――それは中傷だ！　とミハエルが声を張り上げた。マンジュクルーは肩をすくめた。）「それに」と彼は容赦なく付け加えた。「ポーランドのユダヤ人たちがここにいるのは、奴らの国では事業がうまくゆかないからなんだ。そこで奴らは考えた、《パレスチナへ行こう、しかもあそこでは神が必要な物をお与えくださる！》と。俺はそう踏んでるんだ」

　ワルシャワから来たユダヤ人は肩をすくめ、彼の長柄の鎌を研ぎ続けた。彼は自分の信仰や愛がどのようなものなのかを知り尽くしていた。彼はエルサレムを愛しているが、彼のような人間が数百万もいることを彼は知っていた。

「子供たちよ、もし俺がここに残ると」とマンジュクルーは草刈をする者に陰鬱なまなざしを投げながら結論した。「俺は反ユダヤ主義者になって、ポグロム［ユダヤ人大虐殺］をやるだろう、誓ってもいい！　ここにはヤコブの子孫が多すぎるのだ。一言で言えば、俺は物悲しい気分になり、しきりにキリスト教徒にまた会いたくなるんだよ」

「本当を言うと、この忌々しい土地、パレスチナの土地にはうんざりだ」とミハエルは力なく言った。

　そして彼は小さな花をしゃぶった。

「ここここそカナアンの地だとわしに断言する者たちがおるが、それにしては往来の少ない国だな」とマイモンは棺の中で立ち上がりながらため息をついた。「死の天使の腕の中に倒れこむ前に、他の国を見ておくのは当然ではないのか？　わしはここパレスチナの住民になって、この地に残るのか？　塩は撒き散らされねばならぬ、一つところに集まっていてはならぬのだ」

「老翁の言うことは正鵠を得ていると俺は思う」とマンジュクルーは言った。「俺たちは塩だ、俺はさっきそう言った。俺はあらゆる国へ塩を撒きに行くのが待ち遠しくてならないんだ」

「細かく語るには及ばない」とマタティアスが言った。「俺たちはわかっている。俺たちはアラブ人じゃないぞ」

「お前さん方はここに残ればアラブ人になっちまうぞ！」とマンジュクルーは立ち上がりながら、音節を区切ってはっきりと言った。「要するにこの国に居ると悪い脂肪がくっついちまうんだ。俺は、ここへくたくたになりに来たロシアや霧深き国々のユダヤ人か？　このロシア人と太陽のユダヤ人である俺との間に何か共通するものでもあるのか？　我が友よ、このロシア人たちはな、お前が彼らの鼻をテーブル代わりにしてコーヒーが飲めるぐらいでかい鼻の持ち主だ、誓ってもいい！　後でお前は奴らの鼻の影でシエスタができるだろうよ！」（草刈人がやってきて、無礼な奴の肩にどっしりした手を置くと、無礼な奴は恥ずかしそうに冷笑し、黙った。）

　その日の晩、マンジュクルーはカファル・サルチエルを去り、海岸へ向かった。道幅の広い大道には月光に照らされた彼の粗削りの影が長く伸びていた。我《われ》は我為《われた》り、自在で、異様で、滑稽なこの男は夢想し、自由の歌を鼻声で歌った。数時間歩いたとき、益荒男たちの同調の叫び声が聞こえてきた。振り返ると、彼に合図を送っているマタティアスとミハエルがいた。

　彼は二人を待った。ずっと遠くに、至極幸せそうに放浪するサルチエルとソロモンの影を見て、それが幻影だとわかると、両の目に涙が溢れてきた。

33

ソラルは目を覚まし、妻に逃げられてから数週間が過ぎているのを思い出した。彼は走るようにして鏡を見に行った。不幸が終わったことをその顔に読み取ろうとしたからだろうか？　鏡には相も変わらずの情けない男が映っていた。

　彼はベッドに横になり、ぶるぶる震えながらも掛け布団には包まろうとは思わなかった。もし二日以内に彼女が来なければ、そう、僕がプリムヴェールへ行くまでだ。彼はクリュ夫人のことを考えるだけでぞっとした。払うべき金を彼女に支払っていなかったからだ。数日前、とある街角で吹きすさぶ寒風に身を曝し、ギターを弾いているエテルネルとかいう男に四十フランやってしまったから、部屋の貸し主には内金しか渡していなかったのだ。貸主はもう一週間待つことに同意した。彼女は賃借人を見張っていて、時折聞くのだった。《ところで、あのご婦人はまだ戻らないんですか？》

　彼は起き上がり、外へ出、さ迷い、大学の校舎の前に設えられた庭園にたまたま入った。年金暮らしの四人がベンチで体を温めていた。彼は四人の傍に腰を下ろした。その中の一人が、すごく立派な葬式に参列し、目の保養をしたと言った。

「そこには名士という名士が揃っていた。サルル氏は並外れた人物だったからな。どんな人間だったか教えてやろう。ある日のことだ、俺は家に帰るところだった。向かい側の歩道をサルル氏が歩いているのを見かけた。俺は思った、あの人に挨拶はするまい、あの人を邪魔することになるし、第一あの人はお前のことなんか知っちゃぁいないんだからな、とね。ところがだ、国際赤十字社の総裁で、大学の学長だ、重要人物だ、確かに重要人物なんだよ、ところが、彼は俺がわかったんだよ、彼は片手を上げて俺に挨拶し、こう言ったんだ。ペロラーズさん、こんにちは！　あんたたちが俺の言うことを信じたければ信じればいい、俺はその時、目に涙が浮かんだよ！　そういう男だったんだ、あの人は。あの家族は貴族だ。家には金が唸ってるんだ」

　三人の子分はひゅうっと口笛を鳴らし、敬意を表すると、しんみりした。ペラローズ氏はくわえていたパイプを手に持ち、唾を吐き、夢想に耽った。彼は感動していると思い込み、洟をかんだ。だが実際は、太陽が具合よく暖めてくれ、ここ数年来年金暮らしを享受していることが嬉しく、自分はつくづく幸せだと思い、しかも話に区切りをつけるには充分に洟をかむのが何より効果的だと思ったからだ。

ソラルは身震いし、立ち上がった。祖父が死んだ。安らかに眠りたまえ、老いた祖父よ。彼は花屋に入り、薔薇の花束を求め、支払いを済ませた。

「花束はきれいですか？」無邪気に微笑みながら女性店員にたずねた。

「ええ、もちろんですとも」

「そうですか、ありがとう。美しい薔薇をもっと入れてください。この花束は祖父のためです。黄色の薔薇を、朝の涙を湛えているとても可愛らしい薔薇を」

墓地で彼は牧師の墓前に腰を下ろした。（じきにお前も埋められるんだ、それを察しているお前は思い上がりを捨て、今からは善良になるのだ。）

彼は立ち上がったが、オードとジャックが来ているのに気付かなかった。彼の近くで、晴れ着を着た男が――折りたたみ椅子に腰掛け、御影石で作られた墓標の十字架に磨きクリームを塗っていたが――その手を止め、瀟《しょう》洒《しゃ》な墓をもとのあるべき姿に戻す作業の順序を乱す黄色に染まった落ち葉を拾った。その男は幸せそうだった。今は亡き愛する人が銅製品を磨いてぴかぴかに輝かせていた頃を、彼に思い出させる心温まる作業だったからだ。巧みな鋏さばきで枯れ枝を剪定すると、小さな柳に息を吹きかけて塵を払い、十字架にはめ込まれた七宝の肖像をきちんと磨いている男に、ソラルはその肖像は誰なのかと尋ねた。

「私の妻です、妻なのです。私が退職した丁度そのときに逝ってしまいました。いつも二人で話していたんですよ、ヴェネチアを旅行しよう、とね。ところがフレグモーネ〔結合組織炎ともいう。結合組織とは、動物体の器官及び組織の間にあって繊維や基質によりそれらを結合し支持する組織〕が妻思いの私から彼女を奪ってしまったのです」

このとき、ソラルは妻の姿を認めて恐怖を感じ、急いでその場を離れた。だが墓地の外へ出ると、彼は後悔した。何だと、僕には妻に会う権利がないというのか？妻を待ち、問い質してやる。二人の罪人を僕の法廷に出頭させる。

彼は威風堂々と縦横に歩き回った。落ち窪んだ顔の筋肉が痙攣し、激しく動いた。彼は立ち止まり、ズボンの埃を払い、オーバーの衿を立てた。

「裁判官はその職務に相応しい服装でなければならな

い」と彼は小さな笑い声を漏らしながらつぶやいた。

しかし、至極上等の服を着ている二人を見ると恥ずかしくなり両手で顔を覆ったが、敵の監視は怠らなかった。

車体の長い自動車の、押し殺したような呟きにも似た音が彼を激高させた。彼は走った。若い女の手首に手を置いた哀れな下司野郎にジャックは憐憫を覚えて、その男をじっと見た。車は走り去った。ソラルは束の間走った。負けた、彼は立ち止まり、石を拾って、姿を消した意地の悪い獣に向かって投げた。彼は斜面に横たわり、両腕を拡げ、呻いた。

寒さがもたらす痛みを両肩の間に感じ、彼は目を覚ました。聖ペテロ大聖堂のカリヨンとその鐘による牧歌スタイルの舞踊曲を風が運んできた。夜の九時にはなっているはずだ。

「プリムヴェールへ行こう」


格子門の前にたどり着いたときには息が上がっていた。鎧戸は閉まっていた。彼は呼び鈴を押した。応答なし。それで、庭番の山小屋風の小屋の扉を叩いた。小さな女の子がドアを開け、パパはいないの、と口ごもりながら言い、小さなかまどに乗せて用意していたクリームを忘れた。

「オード夫人はジャックさんと小さな赤ちゃんと今夜旅に出たの」

「どこへ？　パリかい？」

「わかんない」

「確かにパリだ。僕を怖がらなくてもいいんだよ。何をしているの？」（彼はこの華奢な体に大いなる優しさを感じ取った。）

「ミルクココアを作っているの」

「それ、おいしいの？」

「わかんない」小さな女の子は微笑みながら言った。

「それで、大人たちはいい人たちかい？」

「わかんない。うん、いい人たち」

「そうだね。僕にキスして」

彼は未だはめていた結婚指輪をはずし、食器棚に置いてある数枚の五フラン銀貨とパンを一切れ取った。代りに彼の指輪を女の子に渡した。彼はパンを貪り食いながら大股で立ち去った。

「パリへ！」彼は風の中で叫んだ。

34

彼は外務省前の歩道を行ったり来たりしていた。《僕は確かに十日前からパリに居る。僕は確かにダンレモン通りの肉屋の家具付き部屋に住んでいる。貸主はまたしても女の肉屋とはどういう因縁なんだ、ええ？》彼は危険な策を弄しているらしい笑みを浮かべ、様子を伺い続けていた。義父が来るのを彼は知っていた。モサヌ氏が新内閣の組閣を任せられていることは数日前に新聞で読んだ。閣僚を作り出すとは、この男には一体どんな悪賢さが備わっているのだろうか？　彼女の住まいをこの男から聞きだせるだろう。

そのとき、三色帽章を着けた運転手に助けられて車から降りるオードが目に入った。彼は中に入ろうとした。しかし守衛がこの乞食のような男を穏やかに押し戻すと、男は抵抗することもなく、俯《うつむ》き、今入っていったあのご夫人に、ソラルはダンレモン通り四番地に住んでいると伝えてもらいたいと頼むにとどめた。

そうして彼は立ち去り、セーヌ河岸に沿って歩いた。彼はグラン＝ゾーギュスタン河岸の骨董屋の前で歩みを止めた。美しい短剣が目に留まったのだ。彼は長い間その短剣に目を注いでいたが、事を謀っているのか、にんまりして歩みを続けた。彼は真夜中に床に着いた。

その翌朝、ドアをノックする音がした。開けに行くと、グリュイエールチーズの一片を食い終わりつつある肉屋の御上《おかみ》さんが彼の前に立っていた。彼は彼宛の手紙があったかどうか彼女に尋ねた。グレール夫人はこの馬鹿げた問いを無視し、鼻先で笑い、こんな風に話した。

「ムッシュー、あんたには皆うんざりなんですよ！　あんた方の国じゃあ、あんな風に大声でしゃべるのが慣わしかも知れないが、あたしんちの国じゃあ、そうじゃないんですよ！　あんたの隣に部屋を借りてる人は物静かで、真面目で、まあそういう人なんですけどね、その人もうんざりしてるんですよ。あたしの言ってることがあんたのお気に召さないんなら、あたしへの未払い分を払って〝さよなら〟すればいいんですよ！　あんたがどんな仕事してる人やら、さっぱりわかんないんですからね。全《った》く！」

「これからはもうそういうことはしないつもりだ、と僕の隣室の人に言ってください」オーデコロンの瓶の匂いを嗅ぎながら、彼は言った。「お引き取りください」

グレール夫人はかなり感銘を受けて、引き下がった。しかし、買ったばかりの金の網目模様の食器に目を遊ばせると傲慢さが戻り、彼女はソラルの部屋の前で叫びながら、ドアをドンドン叩いた。

「がなりたければ、いつも行ってるシナゴーグで、思う存分がなればいいじゃないか」

彼は両手に驚きの目を落としながら、洗った。不思議だ。両手は一人で動いている。彼は見物人だ。十日後には彼の両手、この哀れな友人たちの運命やいかに？

「それでもこの石鹸を使い切ってしまったとき、僕は幸福になり、彼女と一緒にいるかもしれない。先のことなんか誰にもわかりはしない」

彼は外へ出た。橋。クリシー広場。通行人の流れに押し流されるように、金回りのよい家々が立ち並ぶ通りに沿って進んだ。通りは孤独を養う大河だ。彼は靴底をすべらせ、眉を上げていた。

「僕はこの河の流れに浮かんで漂う屍だ」と彼が宣言すると、ささやかな喜びが燐光を発した。

一個連隊分の兵士が通った。彼は群集と一緒になって訳もわからずに拍手し、それから欠伸をした。楽しまねばならぬ、そうして不幸に砂糖を塗すのだ。ところでオードの手紙が家に届いているかもしれない。《家へ！》彼は走った。

グレール夫人は親しくしている助言者たちと協議し終わっていた。部屋を貸しているあの業師は革命家だと今や確信していた。ああ、ご免だね！ 今こういうご時勢に警察と揉めるなんてさ！ 興奮した観客を前にして、屠殺され、切り分けられた牛の肉に囲まれて秤を前に座った女神は、高邁な精神を以って、不審人物に対する刑を執行した。彼は立ち退くべきで、どこかイスラエル人の肉屋に間借りすべしと言い渡したのだ。家無しか、家無しとはなかなか理に適っている、と思うと、彼は殆ど喜びと言ってもいいものを感じた。

スーツケースを持ってくるのを忘れた彼は夕方までさ迷った。あの美しい短剣を見ようと数回グラン-ゾーギュスタン河岸に戻った。雨が降りだした。周りの人間たちを観察していると、結局どの人も皆彼と同じように作られているのだと思われてきて、彼の心は賛嘆で一杯になった。彼は自分がすべての人《ひと》の子だと思った。

「すべての人の子」

彼は身震いし、気合を入れ、厳格さを絵に描いたような平和の番人の眼を意識しつつ、その傍らを掠めるようにして通り、霧の中を歩き回った。

午前四時、彼はリヨン駅へ寝に行った。六時に物音で目を覚ました。口をぽかんと開けて、その勤めに確信を持つ機関車を注意深く観察することに没頭した。彼の指が彼の髪の毛を探った。あれ、ひげが伸びている。今や彼の顔は別人のようになっているにちがいない。ああ、そうだ、外務省へ行かねばならないのだ。前へ進め！

彼は数時間見張っていたが無駄だった。モサヌは現れなかった。彼は橋の欄干に肘をつき、セーヌ川を眺めた。五人の見知らぬ老人たちが立ち止まり、彼に視線を送ってきて、忍耐強く彼の傍を離れずにいた。生気のない目つきでひげを根元から引き抜いてはうっとりと観察しているこの我慢のならない奴らは、彼に何を求めているのだろう。

ドゥ・ノンス少佐が役所から出てくるのを目にした時、彼は老人たちの一人に、その男の跡をつけ、何処へ行ったのか彼に知らせるようにと言った。その老人は聴従した。

老人は二時間後に戻ると、軍人はいろいろな店に入り、食べ物や高級品を誂え、それから馬を使わない車に乗り込み、サン‐ラザール駅まで車を自分で運転して行き、サン‐ジェルマンという町へ行くための切符を買ったと告げた。

サン‐ジェルマンだ、間違いない。彼が備え付けた家具がすべてそのまま残っているあのコマンドリーを市から彼女が借りたに相違ない。だから、サン‐ジェルマンへ向かって出発進行！

長の歳月の流れに汚れた恐ろしく丈の長いレヴィットをまとい、心ならずも不正な取引に従事せざるを得ず、叩けば埃の出る身で、ひげを風邪に揺らせ、足を引き摺りながら歩いてきた仲間たちに彼はほろりとさせられた。彼には見覚えのあるこの老いた兄弟たちを追い払おうとは思わなかった。かつて彼が地下室に泊めていたソラル一族の者たちだ。切ないときの神叩きにも似て、老人たちは彼なら奇蹟に類するようなことも不可能ではないと期待し、彼に目を凝らした。しかし彼らはじっくり考え、その思慮深い手は危ぶんでいるかのようなひげの幾筋かをひねっていた。

列車がサン‐ジェルマンに到着すると、ソラルは両腕を拡げて深呼吸した。遂に彼女に会いに行くのだ。彼は急いで歩を進めた。毛皮の縁なし帽を被った老人たちは、彼らにも可能な速さでついていった。

コマンドリー。彼女が、彼の血を滾《たぎ》らせて愛した婚約者がそこにいるのを彼は確信していた。彼女は彼に会うだろう、彼女は理解し、彼に両腕を開いてくれるだろう。やり直すのだ。

彼は茂み越しに見遣った。オードとジャックが日のあたる庭で座っていた。彼女は実に綺麗だ。おや、乗馬服姿だぞ。彼が、彼女の夫が数ヶ月前から彼女を探して歩き回っていたのに、彼女ときたら乗馬に興じていたのだ。すごく日焼けしたこの立派な士官との馬乗りが彼女のお気に召していたに違いない。《ジャックは一人前の男になり、ソラルは情けない奴になったのだ。》

使用人がお茶を運んできた。きらきら輝くカットグラスと鮮紅色の食器類。それに見知らぬ幼児。彼にはその顔がはっきりとはわからないが、薔薇色に包まれて眠っていた。彼の子供だ。

ジャックにお茶を注ぐとき、オードが美しく微笑むと、そのすばらしい歯が太陽にきらっと光った。庭番が二頭の馬を引いてきた。

「あなたのサディは待ちきれないみたい」と彼女がジャックに言った。「いつものとおり先にいらして。シャルムレーであなたに追いつきますから。いろいろ言い付けておかなければならないの」

彼が呼び鈴を押そうと心用意をした丁度その時、彼女がドアを開けた。彼女は眉を顰め、そうして彼を真っ直ぐに見据えた。太陽に輝くブロンドの髪が彼女を強い女に見せていた。彼女は、数百年来、〝恐ろしい〟と思ったことのない家系に属する人間だった。

「なにか御用ですの？」

彼は微笑んで手を差し出した。彼女はほんの少し後退りした。

「こんにちは」彼は無視された手がおずおずと垂れるにまかせた。

「なにか御用ですの？」

「オード、君は僕の妻だ」長い間黙して見惚れた後で、彼は口ごもりながら言った。

数日間空きっ腹を抱えて歩き続けてすっかり衰弱してしまった彼は、テーブルに寄りかかった。ティーポットが落ち、砕けた。彼はその破片を拾い、じっと見つめた。

「なんということはないさ」と彼は惨めに微笑んで言った。

「出て行ってください。お願いですから、出て行ってください」

彼は身を震わせ、指はテーブルクロスを弄んだ。彼は自らを卑下する笑みが大嫌いだったが、自然に浮かんできてしまうのだ。抑えることができないのだ。彼はビスケットを一つ取ると、心此処にあらずの態でそれを噛んだ。彼女は少し不快気に彼を眺めていた。彼はまた彼の執拗な主張を口に出した。

「君は僕の妻だ、君は僕の妻だ、君は僕の妻だ」

カップに残っていたお茶を貪るように飲み干してから、彼は茶碗を投げた。

「僕と一緒に来るんだ。僕は不幸だ。僕は惨めだ。君のせいで僕がどんな境遇に陥ったか、見るんだ」

彼女はカルヴァン通りの呪われた時期を思い出した。

「近寄らないでください」

彼は苦悩に酔って笑い始めた。何だと、僕がこの女の処女を奪ったんだ、この女の、僕はこの女の主人だったではないか、僕がこの女の膝を開かせたんだ！　彼は手を前に出した。彼女は後退りした。彼は彼女の肩を抱き、その唇にキスしようとした。彼女は荒々しく彼を押し返し、鞭を振り上げた。

蒼白の顔に付けられた一本の赤い筋。彼は彼の妻を眺め入った。この女、彼の苦しみを不憫に思ってくれるものとついさっきまで彼は確信していたのだ。苦悩の淵に沈んでいても尚挑戦しようと、彼は目に溢れんばかりの涙を溜め、恥辱を受けた頬を差し出した。彼女は、悪魔にでも憑り付かれたのか、今頃後悔しても遅いのよ、とばかりにもう一度鞭を振るい、ソラルを罰した。彼は長い間穴の開くほど彼女を見詰めていたが、肩をすくめ、そして背を丸め、今や血が流れ始めた頬に手を遣り、庭を横切った。

格子門の後ろでは老人たちが待っていた。彼らは黙って彼の後を追った。彼らの一人が辱めを受けた者の手にキスをした。彼らは一晩中森の中を歩いた。明け方、老いた兄弟らは彼を連れて駅へ向かった。

幾筋もの通り、そう、これがパリだ。彼の傍を歩いているこの男たち、裏切るこの女たち、皆死刑を宣告されているのだ。歩道を画する線がジグザグになり、家の壁は揺らめき、蝿がぶんぶんと羽音を立てて飛んでいた。彼は老人たちに立ち去るようにと言った。彼らは従うような振りをしながら、遠くから彼の跡をつけた。

フランス下院、彼はこの下院でかつて演説をしたのだ。若き大臣が登壇するときは、議場は水を打ったように静まりかえったものだ。

橋。人間たち。人間たち。この知識を身につけた猿どもは二足歩行をする。

グラン-ゾーギュスタン河岸。彼は小さな店の前で立ち止まった。店に入り、横柄に聞いた。女性店員はひどく怖がったが、あえて彼を追い出すことはせず、これは十三世紀の止めの一刺し用の短剣だと彼に言った。止めの短剣か！　彼は笑い、店を出た。彼は何処へ行くのかわからず、空腹から欠伸をし、食い物を手に入れようとさえ思わなかった。

　彼はありとあらゆる希望を抱いて、無邪気にも期待し、妻のところへ行ったのだ。そして今、彼の頬には愛の所《せ》為《い》で付けられた印、二千年来の愛の所為で付けられた二つの印が厳然たる事実として在る。腹が減っている、そう、腹の皮と背中の皮がくっつきそうだ。とりわけ寒い。あの小さな女の子のミルクココアを飲んでおくべきだった。あの小さな女の子に出会ったのはいつだったろうか？　善良な女の子だった。いや、違う、あの子だって後になれば敵となるのだ！

　彼は絶えず歩いた。通りから通りへ。疲労が彼を無感覚にし、その顔には疲れが色濃く出ていた。ひとりぼっちだ。完全に見捨てられてしまった。皆から侮辱されている。皆が、誰も彼もが振り返り、忌々しい傷跡を嘲笑う。彼は死んだのだ。人間の中で、一番死んでいる人間なのだ。おお、アドリエンヌの肩に頭をもたせ掛けて、何年も眠れたらなあ。オルガンを持っている盲人がぞんさいに旋律を奏でていた。この不幸な盲人の極貧と彼の極貧の間にはある不可解な関係が、ある因果関係があるように彼には思えた。この因果関係が彼の人生に始終紛れ込んでくるのだ。彼はまた歩き始めた。既に夜が下りてきていた。

　広場。祭り。悲しげなランプが夜の帳に開けた穴の中で、もう一台のオルガンがアセチレンランプに照らされた人々の喜びを繰り返し奏していた。誰も乗っていない回転木馬が回っていた。見向きもされないブランコのオーナーが見せかけの陽気さで客の呼び込みをやっていた。ソラルはその男を優しく見つめた。

　ノートルダムの前まで来ると、その優しさが彼の歩みを止めた。この大聖堂は善の家だ。男たちは此処に入るときは彼らの武器をはずしたものだ。それに夜だ、良き夜だ、夜は彼の姉妹なのだ。セーヌ川の水が優しく流れていた。人気の無い広場は物憂げな大きな顔で取り囲まれていた。

　彼はいつの間にか自分が踊っているのに気付いたが、ダンスは彼の慰めだった。石の王たちの前で彼は踊った。彼は生贄であり神殿だった。星たちが同情の目で彼を見つめていた。天上では彼の亡き祖先たちが彼を祝福していた。

彼は大聖堂の階段で、朝の刺すような冷気に目を醒ました。彼はぶるぶる震えながら、いつ終わるとも知れぬ放浪を再開した。グラン‐ゾーギュスタン河岸。午前七時だった。体を洗った男たちが職場に向かっている。積み木の一片である彼らはそれぞれ決まっている位置に自ら入り、自分が歯車の一つであることに満足しているのだ。そして彼だが、彼は所有権の返還を要求しているのだ。

傷跡。彼の妻が彼を鞭で打ち据えたのだ。彼の目が煌いた。そんなことははっきりしている。誰が案じ煩うだろう、蛆虫一匹鞭打ったとて、恐ろしいことだと思う者はいないだろう？　あの女が彼に味わわせた苦しみは並大抵ではない！　これからは彼女なしで生きて行かねばならぬ、彼女のまなざしも見られぬ、彼女の持って生まれた上品さが目を喜ばすこともなくなるのだ、愛されることもないのだ。ではなぜ生きている？

この皆。この呪われた連中は彼を嘲笑し、脅かす。しかも彼らは彼が誰なのかを知っているのだ。彼のことなら何でも知っているのだ。この馬鹿者どもは彼の不幸を知っているのだ。ああ、伝染病が発生し、彼らが、このきちんとした人たちが、自分の明日を確信しているこの人たちが、真っ直ぐ歩いて行けないようにしてはくれないものか！《可哀想な人たちだ。実際は、この瞬間にさえ、僕は彼らを愛している。》

空腹で身も凍りそうになり、彼は回廊に入った。運搬用の牛乳缶は実に気をそそる。しかし、彼は恥ずかしくなり、広い中庭の噴水の水を飲んで飢えを鎮めた。

彼はベンチのあるところまで行き、腰を下ろした。彼の傍らには女性が一人居た。怖がらせることなく真実を言うために、文学作品から無意識に借用した詩の断片を暗誦するように、恬然《てんぜん》と宣言した。

「私は神である」

体中をぶるぶる震わせ、着ている服も破れているこの頭のおかしい男を、女性労働者はじろじろ見た。彼は立ち上がり、急いで歩いた。街、人間たち。なんと多くの人間たちだろう。これ程多くの人間たちが地上に居るとは。皆死を宣告されているのだ。ダンレモン通り。

気をつけろ、退屈するな。苦悩は退屈という最初の裂け目から次々と入り込んでくる。楽しむために、時間をやり過ごすために、片方の眼球を押してみた。すると本物の通りは上の方に、少々本物度を欠く通りは下の、右側に本物と重なって見えた。人はできることをするものだ。

鼻歌を歌ったり、ぶつぶつ言うのはここ数週間前から彼の習慣になっていた。彼はなぜダンレモン通りに居るのだろう？　ああ、そうだ、彼はかつてこの通りに住んでいたのだ。二人の若い娘が通った。一人ぼっちでいないように、彼は彼女たちの歩みに合わせた。

「あら、イエス・キリストよ、この街に再び現れたのね」とブロンド娘の方が言った。

相変わらずこの名前だ！　ああ、そうなのだ、この町に来てから、彼はいつもそう呼ばれた。グレール夫人は嘲るように彼にその名を言った。彼のことをそう呼ぶのは彼のひげのせいなのだろう。彼は顔に生えた毛に厳かに触れた。今や彼はひげを蓄えていて、もはやかつてのひげの無い顔のソラルではないが、きっとこよなく厳かな、迫害された王の顔《かんばせ》を思わせるのだろう。彼の右手は無意識のうちに仰々しい派手な仕草をしていた。子供たちが彼の後について行き、彼の眉毛が上がったと言っては笑い、その独り言や演説家の身振りがおかしいと言っては笑った。

「よく見ろよ、イエスを！　すごくいい服を着てるじゃないか、イエス・キリストは！　あんたのほっぺた、彼女にやられたの、イエス？」

「静かにしなさい、子供たちよ」彼は色をなしたが笑みを浮かべ、振りかえりながら言った。その瞬間、突如として彼は心の底からこの小さき者たちを愛し始めた。

子供たちの一人が猛烈な勢いで投げつけたオレンジがソラルの髪もひげも汚した。肉屋の小倅《こせがれ》が〈私は頭の変な男です〉と紙に書き、哀れな男の外套にピンで留めると、彼は子供たちに微笑みかけ、彼らに幸運を撒き散らすかのように震える両手を上げた。

空腹のせいで欠伸が出る。コランクール通りのとあるカフェに入り、熱い牛乳とパン、たくさんのパンを注文した。古代フランス語でダンスパーティーの招待状を作っていた学生たちが彼に注意を払っていた。カフェのギャルソンは鞭を持っていた。苦痛はもうたくさんだ！　この人たちは皆鞭を持っている。痛い。頬が痛い。

「僕は支払いをしようにも金が無い」と威嚇的な口調で彼は言った。

「彼のために僕が支払う！」と一人の学生が大声で言った。

ソラルはその若者の方に愛のこもったまなざしを向け、どうにかこうにか立ち上がると、学生に微笑みながら挨拶した。ひげの上ではオレンジの小繊維が揺れていた。そうだ、そのとおりだ、あの小さな女の子は正しかった。人間たちは善良だ。ありがとう、我が神よ、ありがとう。オード、僕は君を許す。

「その友人のために支払おう、だが、彼が我々に演説をしてみせるという条件付でだ」「そうだ」ともう一人の学生が言った。「さあ、やってみろ、イエス、たとえ話を一つ！」

彼は牛乳のグラスを押しやり、立ち上がった。その目は怒りで火のように燃えていた。奴らはまた僕をからかったのだ！　またしても彼らは僕を鞭打ったのだ。彼は相手を痛めつける言葉を投げつけてやりたかったが、言葉が見つからず、外へ出た。彼は数歩歩き、温和な老婦人の方へ向かった。彼女は家主で、家賃を受け取ってきたばかりだったから深刻な面持ちで小型ハンドバッグの留め金を両手でしっかりと押さえていた。

「僕はユダヤ人だ、ユダヤ人の息子だ」気狂いは優しく陶然として、その老婦人に言った。「僕はユダヤ人たちの王だ、流《る》謫《たく》のプリンスだ！」

苦悩する男の跡をつけてきた老人たちは、彼の傍近くに居て、彼の言葉に耳をそばだてていた。彼は泣けるものなら泣きたかったろう、だが、彼の喉は抵抗した。彼は不幸の絶頂に居た。落とし穴にはまっていた。老人たちはこの男の人生を知っていたから、かつては権力者だったこの男は将来イスラエルの救い主になるはずだとの期待をこの男に寄せていた。

哀れな救い主は歩道に座った。太陽光線が彼の涙を虹色に輝かせていた。女たちは同情し、男たちは気まずそうに遠ざかっていった。新聞売りの女が身をかがめ、彼の肩を撫で、彼に話しかけた。

しかし、狂人は彼女の話を聞くでもなく、その顔を見るでもなかった。彼はそんな人たちや街全体を祝福していた。女が彼に愚痴を言っていたが、そういう老いた女こそ彼の仲間だ。彼の民族と連帯している彼は、彼の民族が耐えている苦しみであり彼の民族が受けている辱めの具現者なのだ。彼は追い立てられた男であり、レプラであり、恥辱を受けた男であり、鞭打たれ傷を負った男だった。だが、彼の心を占めている誇りや諸諸《もろもろ》の思いも、近づいてくる厳しやかな制服の巡査を目の当たりにしては益体無しだ。三十六計逃げるにしかず、巡査に一瞥をくれると彼はすぐさま立ち去った。

休みなく歩き続け、彼は病院の前で足を止めた。病院の中では人々が苦しんでいる。得たりや得たりや。苦しんでいるのは彼一人だけではないのだ。ああ、もう二度と鞭で傷を負わされるのはご免だ、もう今は！　じきに彼は正義を再び打ち立てて見せる。罰が下される時が来るのだ。

彼は菓子屋へ入った。皿にブリオッシュが三つ乗っている。彼は鷲づかみにすると、荒っぽいが的確な幾つかの動きで三つのブリオッシュを貪り食った。すべては彼の物なのだ。彼はすべてに魔法をかける権利があるのだ。

「もっとよこせ」と彼はくぐもり声で女の店員に言った。

この女は誰をだますのだろう、この愚かな小娘が持っている鋏の刃のように開く腿と糞が一杯詰まった腹と悪魔だけがご存知の、何処にあるのかさえよくわからぬ汚いちっぽけな心と脳を使って。結局彼は死ぬほど苦しんでいる時でさえ、楽しむのだ。彼は支払わずに店を出た。女店員は抗議した。彼は彼女を邪険に押し戻し、大股でその場を立ち去った。疥癬《かいせん》に罹った巨大な猫が壁にぴったりと身を寄せて、彼の後に付いて行った。

この猫は彼の人生そのものだ。かつての最愛の人。その女性《ひと》は彼を軽蔑した。この人たちは幸せなのだ、この人たちは皆。そして彼は、彼はこの疥癬に罹った汚い軽蔑すべき猫、汚いユダヤ人なのだ。憲兵があそこで彼を監視している。誰も彼も活気のまるでない、滅法無関心な目をしている。香水をたっぷり吹き付けたその服の下に、悪臭を放つ器官を隠しているこのおしろいを塗りたくった優雅な女たち。《僕はあなた方皆に唾を吐きかける。僕はあなた方に、あなた方の組織に、あなた方の制度に敗北した。だが、僕はあなた方より上等だ。この女は上品に感傷に身をゆだねているかのように微笑んでいるが、どこか薄暗い便所の便器に座って重荷を軽くしてきたばかりだからだ。下劣だ、すべて下劣だ。悪党どもめ。奴らは正義、愛、階級間の協力を語る。偽善者どもめが。協力だと！　貧乏人が飢えている。金持ちは貧乏人を助ける、金持ちは貧乏人の代わりに食うということで。彼らは仕事を分け合っているのだ、なるほど。一方が欲する役回りでもう一方はそれを満たす役回りを演じているという訳だ。うんざりする。二足歩行をし、夜郎自大のこういう猿どもなんて僕にはどうだっていいのだ。》

グラン‐ゾーギュスタン河岸。店内には誰も居ない。彼は入り、短刀を静かに取り、口笛を吹きながら外へ出た。二つの傷が痛かった。

彼は従兄弟のサウルに会っても驚かなかった。同情の目で彼を見つめているこの馬鹿者は彼に何を求めているのだろう？　二人は一緒に歩いた。街灯が時折彼らの顔に浮かぶ苦悩を照らした。

「お前に話している時間は僕にはない。これからサン‐ジェルマンへ行くから、列車に乗る。僕には用事がある。あそこで借りを返さねばならないのだ。お前は気違いだし、この僕だってそうだ。だから、僕はお前に唾を吐く！　どんな犯罪をお前は考えているんだ？　僕に金をくれ、僕のフィアンセに花を買うのだ」

　彼は花束を厳かに抱えて花屋を出た。何やかやと取り沙汰されるだろうが、そんなことはどうでもいい、言いたいやつには言わせておけばいい。彼はショーウインドーに自分の姿を映してみた。外套は汚れ、破れていたが、花束の花の豪華さが黒い輝きを放つ素敵滅法な髪と見事な釣り合いを見せていた。彼は薔薇を包んでいた白い紙を捨てた。裸の花の匂いは功を奏するものだ。彼はサウルに目配せし、ガス灯に照らされている葬儀屋を彼に教えた。憲兵が誰にでも向けるまなざしをこの二人にも向けた。ソラルはいたずらっぽく微笑した。

「我々はお前に話をしなければならないのだ。お前にたずねなくてはならない大事なことがあるのだ」とサウルが言った。

「明日、サン-ジェルマンに来てくれ。コマンドリーだ。太陽が昇るとき、僕はあんた方の話を千年でも聞こう」

　彼は、ぞんざいな奴と思われても仕方がないといわんばかりに、その場を立ち去った。向こうでサウルが五人の老人と話をしていた。ソラルは薔薇の花束を抱え、袖に短刀を潜ませて長い間歩いた。彼の前にはまたもやあの悪臭芬芬たる猫がいる。肺という堅固な小汚い檻の中で絶え間なく続く抑えようにも抑え切れない痙攣が、嗚咽の痙攣が喉を固くしていた。彼は振り返った。彼の従兄弟は姿を消していた。その三兄弟を見たり、彼らが話しているのを聞いたように思える時がしばしばあるが、今度もいつものように幻覚なのだろう。

　サン-ラザール駅。出札口。

「そうだ、サン-ジェルマンだ。いや、帰りの切符はいらない」（彼は冷笑した。）

　彼はたった一人で苦しんだ。ああ、その昔のように、子供になって日の光の中を走りたい、二粒の真珠を手に持って。あの幸せな日々は終わったのだ。それでも喜びというものを知ったはずだ。用心深く彼を観察しているこの人たち。何をするのだ？　と車軸が繰り返し問いを発していた。

　彼は窓辺に行き、自分の人生に対して業腹《ごうはら》を煮やし、苦悩や恐怖を喚きたてた。車掌が彼の前に立っていた。ソラルはおどおどしながら、車掌に答えた。だが、彼はポケットに入れて持っているこの短刀で、ああ、この幸福者の男が帰宅できないようにしてやることも、あいつの父親や妻、そして子供たちにも家で会えなくしてやることだってできるのだ。

　彼は行って腰を下ろした。間もなく彼がやろうとしていることを暗いコンパートメントで思うと、背筋が寒くなるのだった。

35

梯子を壁に立てかけ、彼は音を立てないようにして上った。鎧戸の隙間からジャックとオードがキスしているのが見えた。

もう見るのは止めよう。まず眠ることだ。だが、どこで？　そうだ、馬小屋だ。彼は出入り口を開け、敷き藁の上に倒れこんだ。二頭の馬がわびしげに振り返ったが、化け物の正体見たり枯れ尾花で、再び自分たちの考えに浸り始めた。

格子門の開く音で、彼は目覚めた。起き上がり、走ってゆくと、丁度ジャックが帰ろうとしているところだった。彼はもう一度梯子に登り、呪われた女をじっくり見た。彼女がケシを服用するのはなぜだろう？　彼女は不眠症に違いない。結婚したての頃、数ヶ月間、彼女は寝付けないと言って、ときどきケシを煎じて飲んでいた。彼女はみごとにケシを断ったのに。あのタイプの女たちは何事にも気を配る。彼女は一人の時も、その動作は、誰かと一緒に居る時のように美しい。彼女は自分自身のために優雅であろうとしているのだ、この異教徒の女は！

彼は家の中に入るのに随分手間取った。入り口の扉には鍵がかかっていた。彼は家の周りを一巡りし、階段を数段下りて地下室へ通じる扉を押した。錠は何の抵抗もせず、扉はすんなり開いた。彼は手探りで歩き、別の階段を幾つか上り、注意深く扉を開け、サロンに入ると明かりをつけた。

見事な模様替えだ。往時の部屋の面影は微塵も無い。では金はどう都合をつけたのだろう？　ああ、そうか、サルル翁が逝ってしまったからな。一族の肖像画、立派な肘掛け椅子、絹を張り巡らした壁。

彼は腰掛け、他の男に唇を与えたあの不貞の妻に鞭打たれて傷付いた顔に、手をやった。短刀を取り出し、肘掛け椅子のビロードでその刃の切れ味を試した。彼は決意の痙笑を浮かべ、サロンを出た。

階段を上るとき踏み板がきしんだ。三階だ。彼は以前の自室に入った。月明かりで彼のトランクがそれとわかった。彼は開けた。静かにやるんだ。音を立ててはならない。彼女を目覚めさせてはならない。それでこの化粧小箱には何が入っている？　短刀で錠をはずした。アドリエンヌの首飾りだ。すっかり忘れていた。善良なアドリエンヌ、かわいそうに。この真珠は役に立つ。骸《むくろ》となったオードは許してやり、その動かなくなった体を飾ってやろう。彼もこの最後の夜には美しくあらねばならぬ。

彼は破れた衣服を脱いだ。湯船に湯を張る。音がしすぎる。いや、オードの部屋は離れているし、壁は厚い。彼女の耳には届かないだろう。彼は長い時間をかけてその美しい体を洗った。戸棚に七着のロシアの衣装があるのに気が付いた。彼はその中の一着を取った。

「この服を着よう。気違いの僕のお気に召すかな？　あなた方に唾を吐きかけてやる、馬鹿者どもめが！」

そうだ、今はこの顔を綺麗にすることだ。彼は引き出しの中を探し、剃刀を見つけた。その頬に数度刃を走らせた。以前の顔が現れた。若さに輝いて、かつてなく美しい顔が。

ゆったりした黒ビロードのズボンに柔らかなブーツを履き、金の三つ編みの紐でブラウス風の麻地の上着を締めながら、これから犯そうとする恐ろしい行為のことを考えた。曙の始まりで、月は青みがかった乳色の光を放っていた。祈りのときのヘブライのショールを見つけると広げて両肩に掛けた。今彼は絹とフリンジに包まれたプリンスとなった。

「彼らはお前を嘲笑う。嘲笑うなら嘲笑え、哀れな奴らよ！　彼らにどうして理解できようか？」

　片方の手に真珠を、もう一方の手にきらめく短刀を持ち、喜びと大天使の挑戦を思って意気揚々と階段を降りていった。彼はソラルだ、だからこの期に及んで、彼がソラルであることを誰が邪魔立てできようか？

　彼はそっと扉を押した。オードは幸福な被造物のみに許される深い眠りに落ちていた。その閉じた目、その唇をじっと見ていると、不意にジャックの名を優しく発した。彼は美しい鋭利な短刀を取り、罪ある女、彼の不幸の源であり、彼の顔に軽蔑の印を刻んだ馬に乗る残酷な女を見つめた。だが、彼は目を上げ、鏡の中に真珠で輝く両の手や眩いばかりの美しい顔を見た。善良さは神の光であり、それがこの男の顔に眩いばかりに輝いているのだ。彼は跪き、神を讃えた。——慈愛の神、慈愛の神、慈愛の神。恐るべき慈愛の神。地上に、我が心におわします神。

　真珠の首飾りをどこに置いてよいやら、彼は自分の首にかけた。オードが呻き、いままでよりもっと静かに呼吸し、壁の方に寝返りを打つと、その裸体を顕わにした。この健康な女は素っ裸で寝るのだ。最初の太陽光線が濃密ですらりとした肉体に触れた。ケシが彼女に深い眠りを与えているのだ。

　彼はこの生命《いのち》を篤《とく》と見た。彼の目に憐憫の涙が溢れてきた。生きている人間はなんと美しいのだろう、永遠に崇めるべきものなのだ！　開け放たれた窓の前で、花をつけた枝がそこにとまっているロビンの重みで揺れている。彼は短刀で花を一輪切り取り、捧げ物としてベッドの脚下に置き、部屋を出た。

　もう二度とこの家を目にすることはないだろうし、彼の妻はじきにもう一人の男の妻となることは彼にはよくわかっていた。だが、彼はこの眠っている女を前にして、感謝という強い不思議な感情がわいてくるのを感じた。そう、彼女は僕を鞭打った。彼女は祝福されんことを。そう、僕は彼女ゆえに苦しんだ。彼女は誠に祝福されんことを。彼女は僕の人生を破滅させた。彼女は祝福されんことを、そして彼女と共に地上の人間すべては祝福されんことを。

「神よ、神よ」彼は両の手を見つめて言葉にならない言葉を呟いた。

　それでも、死ぬ前に自分の息子に会うことだ。彼はもう一つのドアを開けた。そこにはゆりかごがあった、ソラルの息子が居た。彼女がこの子にどんな名前を付けたのかさえ、彼は知らないのだ。

「我が父祖たちの神よ、このソラルの息子をダヴィデという名で御身と選ばれし民との契約に与らせ給え」

子供が目を覚まし、笑った。ソラルは慎重に子供を持ち上げると、その胸にぴったりと抱き寄せ、外へ出た。

庭に出ると、風で祈りのときに使う絹地のショールがはためいた。目を覚ました子供は短刀の柄で遊んだ。厩舎の出入り口が開いていて、白馬が上った太陽に向かっていなないていた。ソラルはその頬を馬の鬐甲《きこう》に当てた。

「お前、外へ出たいのか？ 勿論出してやる、兄弟よ。（彼は頭絡をはずした。）それがお前の喜びなら、外へ出て新たに誕生したこの日を楽しめ。僕らは友達だ、お前と僕は。神の子らだ、お前も僕も」

黙して語らぬが満足している従順な動物と男はひんやりした道を行った。ソラルは彼の子供を右腕に抱き、左手で馬のたてがみに摑まっていた。彼は放心した様子で幸せそうに進んで行った。通りすがりの浮浪者に、ソラルは首飾りの紐を切り、アドリエンヌとの遠き日を偲ぶかのように真珠を二粒残して、残りをその極貧の者に贈った。

「この真珠をやる、だから、喜びつつ生きるのだ。だが、その前に、その前に、親父さん、僕を祝福してくれ」

泣きもせず、笑って奇蹟としか言いようのない信頼の目で彼を見つめる彼の子供を一層強く抱きしめて、彼は遠ざかって行った。彼の子供、世界のことは何一つ知らず、父親とは何かも未だ知らず、死とは何か、死を望ませるほどの苦しみとは何かも知らない彼の幼子。

彼は決心し、腕を上げ、美しい花のような唇にぞっとする笑みを浮かべた。そのまなざしには反逆があった。高く掲げた煌く短刀が光線のように流れ、太陽が一気呵成に彼の胸深く入り込んだ。

武器を引き抜くと、血が数滴、滴となって滴った。脚が震え、体が軽くなった。今や歩くことで死の訪れを急がせねばならない。彼の周りを生が取り囲んでいる。太陽で温められた蜜蜂たちは活発に飛びまわり、唸っていた。あらゆる物が生きていた。木々の樹液は循環していた。爽やかな朝、幸せで気分もいい小鳥が一羽、反《そ》っくり返り、薄赤色の輝く羽を膨らませ、羽毛を整え、その小さな足にも世界にも満足していた。

娘が二人やって来た。彼は子供を胸に抱き、流れる血を隠した。すばらしい金髪の娘がベルトを締めなおし、一風変わったプリンスのまなざしを引き付け、彼女の肉体の新鮮さを告げ、彼になんか注意を払っていないことをことさら示し、処女の感動を隠そうとして笑い出した。彼は背中に激痛を覚えていた。これ以上行くのは無理だ。彼は遠ざかって行く娘たちに微笑んだ。彼女たちは森へ入り、歌った。彼女たちの歌声は生への呼びかけだった。彼女たちは森の中で彼を待っているに違いない。遅すぎた。なんと多くの美女たちを失ってきたことか。

白馬は忠実についてきた。ソラルは木の枝をもぎ取り、花を一つ噛んだ。微風が心地よい芳香を運んできていた。遅すぎた。彼は自分自身への報復を遂げたことが嬉しくて、冷笑を浮かべた。過ちに過ちを重ねてきた。幾度二の舞を演じたことか。生があり、ソラルが居て、それなのになぜ彼はソラルにある生を破壊したのか？　ようやく歩いていた彼は座り、草の上に子供を下ろした途端、幼子は眠ってしまった。

オードは飛び起き、ベッドに置いてある花を見ると、子供部屋に向かって走った。ゆりかごは空っぽだった。ピンと来て、彼女は理解した。気違いが子供を盗みに来たのだ！　息をはずませ、裸であることにも気付かず、彼女は外へ出た。あそこに、二人はあそこに居るに違いない、小さな森のはずれに。彼女は駆け出した。

ソラルは片手を上げ、身動き一つせず、ひどく蒼白だった。彼の顔には無関心と穏やかさと強さが現れていた。死が彼から余分なものを取り去ったのだ。

36

コマンドリーの最奥に秘め置かれた住処に、奇蹟を待ち望みながら住み続けていた五人の老人、三兄弟、その他の老人たち、赤貧の者たち、幻視者たち、そして女たちが、横たわるソラルを食い入るように見詰めていた。するとその時、ソラルの全身が震え、彼は立ち上がった。死んで蘇った男の神秘に目を凝らしているオードに、一人の女が裸体を覆い隠す物を投げ与えた。ソラルは傷口に手をやり、肉体のワインに指を浸し、唇へ持って行き、生命《いのち》を祝福した。どうして彼は死のうと思ったのか？　今となってはもうわからなかった。彼の心臓は鼓動している。僅かな鋼の一片がソラルのこの心臓に何ができよう？　ソラルは絶命したと彼らは思ったが、どっこい彼は生きている。そして今、太陽が黄金色に染めている裸の胸からはもう血は流れていないのだ。おお、生き続ける民族よ。

彼女の子供をしかと抱いているこの過去の女の前でひれ伏さんばかりの深いお辞儀をし、大地に口付けして立ち上がると、彼は過ぎ去った彼の人生を忘却の彼方へ追いやった。彼は新たな、より王に相応しい悲しみを抱いた。彼は別の人たちと生きて行く。もっと悲痛で、もっと気高い呼びかけが太陽の在る方角から聞こえてきた。彼は発ちたくて、生きたくて、矢も楯もたまらなかった。

その生きている男が白馬に跨るのを赤貧の人たちが助けた。彼らが彼の息子を彼に差し出すと、彼は太陽にその息子を見せた。息子の唇にキスしてから、その子を産んだ女に返した。彼は笑い、馬は従い、進んで行った。その後ろに赤貧の人たちがついて行った。彼は別の人たちと生きてゆき、別の女たちと生きてゆく。その朝、騎行する男は彼の右側を歩いているすばらしい若い娘を引き上げ、太陽の光をその娘に口移しした。命があらゆる花々のように香っていた。枝についている果物を一つもぎ取り、彼の歯が輝くと、過去の惨めさは悉く消え去った。

純真さに突如重々しさが加わった彼は、彼を何処へ連れて行くのかと付き従う者たちにたずねた。すると彼らはこう答えた。主よ、それはあなたがご存知です、と。十字路で、貧しき者が一人、飾り鋲《びょう》を打ったトランクに腰掛けて彼らを待っていた。道に沿って行くと、もう一人の男が両手を光線のように広げて待っていた。

　阿呆臭い行列とその目に希望を湛えた放浪者たちが通り掛かると、鋤に寄りかかった農夫たちがからかった。飛んできた石が上半身裸の騎行者の顔を傷つけた。この世界に狂おしいほどの愛を抱き、美貌という冠を戴き、反逆の笑みを浮かべ、明日に向かって、見事な敗北に向かって進んで行く血まみれのプリンスの涙を、太陽が輝かせた。空では一羽の鳥が翼を広げて崇高な美しさで飛翔していた。馬に跨ったソラルは、太陽を真正面から見据えた。

『ソラル』とは?――「訳者あとがき」に代えて

「一人の女性のために一冊の本を書く。あなたが本を書かれるときはいつもそうしてこられた。これは大事なことだと私には思えるのですが…」「そのとおり、愛からです。この愛がなかったなら、私は本を書かなかったでしょう、そう断言できます。『ソラル』*Solal* を書いたのは、先程お話したすばらしい女性のためです。『釘食い男』*Mangeclous* はもう一人のすばらしい女性のためなのですが、幾分かは私の娘（ミリヤム）を笑わせるためでもありました。『母の本』*Le Livre de ma mère*、これは妻のために書きました。妻は私の母を知らなかった。私の大好きだった母を彼女にも知ってもらい、二人して一緒に母を愛せたらいいな、と思ったからです。そうして、他の本も全部妻のために書いたのです。」これは「文芸誌――アルベール・コーエン特集　一九七九年四月、一四七号」(le Magazine littéraire–Albert Cohen No.147, avril 1979) に掲載されたジャン゠ジャック・ブロシエとジェラール・ヴァルベールによるアルベール・コーエンへのインタヴューの一部である。

自伝的作品を除けば、アルベール・コーエンの小説は大作『選ばれた女』*Belle du Seigneur* を含め、すべて愛が書かせたものと言っても過言ではない。作家はその本を、彼の人生に標《しるし》を付けた女性の一人一人に割り当てたのである。

「恐るべき作品である。『ソラル』の出現で、現代小説に新しい命が芽生えた。そのオリジナリティーは絶対だ」（フォシシェ・ツァイトゥンク Vossische Zeitung）。「『ソラル』は偉大な作品の持つ特性を悉く備えている。コーエンはこの作品でこれまで目に触れることのなかった人間の深奥を暴いて見せた。このことこそある作品が偉大だとされる唯一本物の基準である」（ニューヨーク・タイムズ New York Times）。「ヨーロッパとアメリカの批評家はこぞって『ソラル』は偉大な小説だと宣言した」（タイムズ The Times）。『ソラル』が一九三〇年に出版されるとドイツ、アメリカ、イギリスの批評家は絶賛した。無論フランスでも多くの批評家が賛辞を惜しまなかったが、中でも竹馬の友のマルセル・パニョルは、「文学・芸術・科学ニュース」誌一九三一年一月三日号（Les Nouvelles littéraires, artistiques et scientifiques. le 3 janvier 1931）掲載の長文の批評で、「『ソラル』はもう読みましたか？ 最近私は会う人毎にこう尋ねている。…『ソラル』は他を圧する傑作で、力強く濃密な作品である。…読んでいると血圧は上がり気味になるが、それも已むを得ない。毒素が一杯詰まっているからだ。…壮麗な生、命の象徴としての活力、明晰さを失わない陶酔、辛辣さとペシミズム、度を越す笑いと健全な陽気さが大河の如き物語の中を滔滔と流れてゆく。…」と書いた。

アルベール・コーエンが手がけた最初の長編小説『ソラル』はこれほど褒め言葉を欲しい儘にしていたにもかかわらず、多くの読者にとって、コーエンは『選ばれた女』という大長編小説一編をものした作家のままである。一九六八年に刊行されたこの最後の傑作が栄光を独り占めし、作家の真のデビューを飾った傑作『ソラル』もその巨魁の陰に隠されてしまっている。その刊行から既に八十余年を数えるが、読了時の衝撃はすこぶる強く、熱愛に破綻を来たし、最愛の女性《ひと》の命を奪おうとするその瞬間、真の愛に目覚め、愛着《あいじゃく》を断ち切り、眩しく輝く太陽を真っ向から見据え、未来に向かって前進するソラルの姿は若々しく新鮮だ。『ソラル』は正当に評価されてしかるべきであろう。

『ソラル』は『釘食い男』『選ばれた女』『益荒男たち』で構成される四部作の第一作に相当する作品なのだが、この連作が完成するのはおよそ四十年先である。だが、『ソラル』の構想時にその全体像が想定されていたわけではない。『ソラル』を一番目の作品とする連作を書き、それに『ユダヤ人の詩《うた》――ソラルとソラル家の人々』という題名を付けようと考え始めたのは一九三〇年以降である。従って『ソラル』はそれ自体完成した作品でありながら、後続の作品群に後から組み込まれ、四部作の一番目の作品となったのである。そういうことから、この四部作を順序どおりに読もうとする読者はしばしば重複や繰り返しに煩わされることになる。オードはアリヤーヌの登場を告げ、サルル夫人はドゥーム夫人の祖であり、サルル牧師はアグリッパの下絵であり、ジャックはアドリヤンにかすかな影を投げ掛けていて、アドリエンヌとイゾルド、サン゠ジェルマンの城館〈コマンドリー〉とベルリンの地下室、フランスの労働省と国際連盟とは対をなしていることから、『ソラル』に大傑作『選ばれた女』の露払いの役割を演じさせるのはその完成度から見て、忍び難い。

『ソラル』は作者アルベール・コーエンの人生でも極めて中身の濃い文学活動の最中に書かれた作品である。その個人生活におけるさまざまな試練を克服し、詩集『ユダヤの言葉』（*Paroles juives* 1921）、『親愛なるオリエント』（*Cher Orient* 1925）で詩人として、『ＮＲＦ』（Nouvelle Revue Française）に発表した『投影、或いは夜半のジュネーヴ』（*Projections ou Après-minuit à Genève* 1922）、『チャーリーの死』（*La mort de Charlot* 1923）により中・短編小説家として、『エゼキエル』（*Ezéchiel* 1927）が一九三一年にオデオン座で、一九三三年にはコメディー・フランセーズで上演され、劇作家として、アインシュタイン、フロイト、ヴァイツマンなど綺羅星の如き執筆者を揃えた一九二五年創刊の「ラ・ルヴュー・ジュイヴ」誌（La Revue Juive）の編集長として、当時コーエンは文学的にも社会的にも上昇気流に乗っていた。また、『ＮＲＦ』のジャック・リヴィエールの紹介で、アルベール・トマが事務局長を務めるＢＩＴ（国際労働事務局）の外交部に入り、経済的にも安定していた。この間、一九一九年に結婚した牧師の娘エリザベト・ブロシェが、娘ミリヤムを残して一九二四年三月二十三日病没という悲劇を除けば、概ね順風満帆であった。

　コーエンが、亡き妻の親友で、後に彼のパートナーとなる〝すばらしい女性〟イヴォンヌ・イメールに『ソラル』を口述し始めたのはおそらく一九二七年だろう。一九三〇年に出版された『ソラル』は、その完成を待たずに、一九二九年六月、三十四歳の若さで心臓発作のために逝った〝あの女性《ひと》の思い出に〟捧げられている。コーエンは『一九七八年の手帳』（*Carnets 1978* 1979）にこう記している。「五十年程前、私はすばらしい女友達のために最初の長編小説を書いた。非常に聡明な女性だったにもかかわらず、彼女は私を盲目的に賛美した。女性が愛するときは皆そうなのだが、彼女も御多分に洩れず、謂れもなく私をすばらしい男だと思ったのだ。私は彼女のそういう思いに少々うんざりしていたから、受けるに値しない過分の称賛に多少なりともその根拠となる理由付けをしようとして、彼女のために書くことにしたのだ。私は彼女に毎晩数頁口述した。それは私たちを夜毎訪れる幸せだった。それは愛されている女性《ひと》への贈り物だった。或る人は花を贈る。私は一冊の本を贈ったのだ。…死んでしまった、最愛の女性は。…私の最初の長編小説の母だった女性は。」

母ルイーズは健在、戦争もレジスタンスもユダヤ人の大量虐殺《ジェノサイド》もまだ未来にあり、世界観も未構築だった一九二〇年台のアルベール・コーエンの思想信条は、どのようなものだったのだろうか？『ソラル』から最後の作品『一九七八年の手帳』まで、信仰心の欠如、神の不在、無神論と戦い続けるコーエンの姿はその作品のすべてに見られる。「ラ・ルヴュー・ジュイヴ」誌のユダヤ人寄稿者の多くがキリスト教に改宗したか、或いは改宗途上にいた。マックス・ジャコブ（1876－1944）もその一人で、一九一五年二月十八日友人ピカソが代父を務め、カトリックの洗礼を受けた。詩人、評論家として名を馳せていた彼は画家でもあり、ブラック、モディリアーニ、ローランサン、コクトー、アポリネール、サティなどと親交を結んでいた。コーエンは一九二五―二九年にかけて「ラ・ルヴュー・ジュイヴ」誌への寄稿の他、多数のシナリオ、原稿、草稿を書くが、その殆どをイヴォンヌ・イメールの死後、彼自身が破棄するか、破棄させていた。この時期に書かれた原稿のいくつかはマックス・ジャコブに送られていた。ジャコブはとりわけ『ヴィジョン』（***Vision***――この原稿は破棄されたため、今は存在しない）に熱い感動を覚え、一九二九年四月六日、サン-ブノワ-シュール-ロワールの修道院から書き送る。「親愛なるアルベール、僕は君のことを新しい人間だと思っている。君は途方もなく大きな人間だ。君は多才だ。君は偉大だ。ありとあらゆる感情が君の中に棲んでいる。そういう人間は滅多にいはしない。君の『ヴィジョン』は将に〝天才の権化〟だ」と。（一九三六年、引退し、サン-ブノワ-シュール-ロワールのベネディクト会修道院で準修道士となっていたマックス・ジャコブは四四年二月、ゲシュタポに捕らえられ、ドゥランシーの強制収容所送りとなり、コクトーらの解放運動もむなしく、死去する。）キリスト教（カトリック教）国フランスへ移住してきたもののうまく同化できないユダヤ人アルベール・コーエンは、改宗し成功しているユダヤ人マックス・ジャコブと往復書簡を交わしていて、キリスト教への改宗に心引かれることはなかったろうか？
『ソラル』に先立つ『ユダヤの言葉』には、彼の信仰、彼の神さえ疑い、キリストに惹きつけられるが、最終的にはヘブライ人の神の勝利を謳うコーエンが見られる。

ああ、私は父祖たちのようではない。

私の心は怯えと良心の呵責に苛まれている
私の心は不安で一杯だ
私の言葉は沈んでいる
苦い
私の心には何もないからだ。（四）

メシアよ

私はわが同胞《はらから》の目にあなたを探した
あなたは応えなかった
メシアよ（十六―八十）

神を渇望し、空しく終わるのがこの一節である。

あなたの服を私の両手に摑ませてください。

その房べりを私の両手に握り締めさせてください
その房べりに私の唇を触れさせてください
穏やかな目をした兄弟よ
すばらしき敵よ

イエスよ
異教徒たちの救い主よ。（十三）

ここではキリストは彼の兄弟となり、そのポートレートが讃辞で綴られる。

私はあなたの目を見た
あなたが身を屈めるとき
あなたが子供たちの足を洗うとき。
私はあなたの仕草を見た
邪心皆無のあなたの仕草を。（十三）

イエスはこの上ない善意の人である。善意と言えば、コーエンの小説の登場人物の一人であるソロモンがその体現者なのだが、コーエンにとって善意は母の本質、母そのものなのである。イエスは母の愛のイメージ、いやもっと幅広い、コーエンが生涯探し求めた愛と善意のイメージではあるまいか。

『ユダヤの言葉』ではイエスは兄弟であり、一人のユダヤ人であるという考えがライトモチーフのように繰り返される。イエスと繋がることはユダヤ民族への裏切りではなく、旧約、新約聖書に書かれている本来のメッセージを再発見することにあるとする。

ナザレのイエスの名で

このナザレのイエスの名でガリラヤで説教する
するとその甘《うま》し声は
熱心に聞き入る澄んだ湖を震わせる。（三）

イエスはアブラハムやイサク、ヤコブのような族長たちの地で生きたユダヤ人である。このナザレのイエス個人に傾倒し、改宗まで視野に入れていたのではないかと思われたコーエンだが、ヨーロッパのキリスト教とオリエントのユダヤ教のシンクレティズムには向かわない。『ユダヤの言葉』には三つの戦いがある。無神論との戦い、イスラエルの神のための戦い、そしてキリスト教への誘《いざな》いとの戦いである。

私は長い間彼らと食卓を囲んできた。

彼らは口元に優しい笑みを浮かべていたが
ある日私は気がついた
私の心のなかにずっしりと重いものが
昔《いにしえ》の言葉があることに。

誠に
誠に
あなた方は私を改心させた

慕わしき兄弟たちよ。

この詩句には、キリスト教徒である外国人の間をさ迷っていたユダヤ人の改悛と同胞の許への回帰が謳われている。

私の神が私に言った
行け。
それで私は従い
そして私は進んだ。

私は故郷に居る　そこでは何事も起こらない。
そして過ぎにし日々、好きだったあの声はもう響かない。

私が戻ることはないだろう　あなたの声を聞くために
あなたが私を呼ぶ声を。
神にして王
おお　敗北せし神よ［キリスト教徒の神をさす］（二）

ヘブライ人の神の最終的な勝利が謳われているのがこの詩句である。これは『ソラル』の主題そのもので、蛹が蝶になるように、この詩句が変態して小説『ソラル』になったと言えないだろうか。キリスト教国フランスに居るユダヤ人、即ち外国人とそこに住んでいるフランス人との間にある昔ながらの対立ではなく、旧約聖書と新約聖書の間にある対立と矛盾を弁証法的に解消しようとの試みが『ソラル』であろう。

ヨーロッパの伝統的な教養小説であり、家族の物語でもある『ソラル』は愛を巡るエピソードと宗教を巡るエピソードが絡み合いながら、オードを軸に展開してゆく。

主人公ソラルは十六歳のときケファリニアのゲットーから抜け出し、オード・ドゥ・モサヌと結婚、フランスで二十五歳の若さで大臣となり、宮廷のユダヤ人ヨセフのように時の花をかざすが、結局は根無し草にすぎない孤独な自分に気付いて、絶望する。ゲットーの家族との絆を完全には断ち切れず、新たなアイデンティティーも確立できぬまま、本来の目的である西欧社会への同化に失敗し、ヴィア・ドロローサのキリストを連想させる道行きの果てにその生を終わろうとする。『ソラル』は西欧人になろうとして失敗する男の物語で、作者はその失敗の理由《わけ》を主人公ソラルの狂恋の物語に描き出す。

犯すべからざる法度——裏切り

サン-ジェルマンは〈コマンドリー〉の地下室、〈聖書の街〉でおどろおどろしい体験をし、嫌悪感を募らせたオードは、あの〈蛆虫ども〉を取るか彼女を取るか選ぶようにと夫ソラルに厳しく迫る。《「私は自分の家で私の夫と暮らしたいの、あのとんでもない人たちと暮らすなんて、真っ平よ」／長い沈黙があった。ソラルの目に涙が浮かんでいた。》（29章）。裏切らなかった彼らを〈裏切る〉ことはできない、というソラルの気持ちが此処にははっきりと表明されている。ユダヤ人の過去と現在の運命を思うと彼らとの絶縁は不可能となり、自分はユダヤ民族の一員であるとの自覚がソラルの心に蘇る。この帰属意識は物語の通奏低音となって始めから終わりまで強弱の差こそあれ、鳴っている。

19章で、オードと婚約したばかりのソラルは訪ねてきた益荒男たちを始めは歓迎していたが、すぐに彼らがうっとうしくなる。《ソラルは心此処にあらずの態で、厳しい冷酷なまなざしをこの貧しき人たちに向けた。この男の住む世界は自分たちとは違うのだ、と彼らは思い知った。》ソラルは彼らを追い払おうとしたが、たまたま来合わせ、このグロテスクな一団に遭遇したモサヌ氏から娘との婚約解消を告げられると、その屈辱的な言葉により、ソラルと彼の民族との間に親和力が働き、俄かにこの排斥された益荒男たちへの情が湧いて来る。反ユダヤ主義のパラドックスとでも言えようか。

同化し、西欧化し、富豪のユダヤ系フランス人として政治家に転身、政党の党首となり、大臣に就任すると、相変わらず屈辱に耐えている貧しいユダヤ人たちをソラルは再び〈裏切る〉が、〈パリア〉から〈成り上がり者〉となったことに罪の意識を捨てきれずにいる。十三歳のソラルの最初のフランス領事館訪問は彼がヨーロッパ征服へと動き出す最初の一歩だったが、それはとりもなおさず迫害されたユダヤ人共同体に対する〈裏切り〉であり、連帯の断絶でもあった。排斥に加え、現在或いは過去の迫害は主人公に同化を禁ずる重要な理由の一つである。同化は常に〈裏切り〉だからだ。

律法、神、民族

《「女と美と呼ばれるものを軽蔑せよ。これらは蛇の持つ二本の毒牙だ。美しい木を見ようとして立ち止まる者に呪いを。」》（2章）。バル・ミツバの日にラビである父親からソラルに贈られたこの言葉は、ソラルにとっては西欧の美点である女性と美しいものの否定だった。《「父親か。そう、父親だ。父親なんてひげを生やしたじじいじゃないか、そいつは神なんかじゃない。」》（10章）。ソラルの反抗が始まる。

ケファリニアのゲットーを飛び出して五年、音信不通だったソラルが故郷に現れる。オードを誘惑したソラルは彼女との結婚を考えている。この突然の帰郷は異教徒との結婚の禁止を思い出したからであるが、サルチエルから知らされた父親の返事は《「我が民族の娘を娶《めと》れ。」》（14章）だった。

ソラルは我が道を行く。彼は社会党の国民議会議員で、大新聞社の社主であり、大臣就任も間近だ。父親、神の戒律、民族を否定しようとするソラルに、サルチエルは個人、文化、理性的思惟の三つからなる説諭を試み、懇願する。ソラルは叔父への愛情からようやく応じるが、モサヌの厳命により、「罪を犯すな」と諭すサルチエルにソラルは律法とユダヤ民族を誹謗する。ソラルの労働大臣就任を祝うレセプションの最中、艱難辛苦の末に築き上げた人生を目茶目茶にしにやって来た父ガマリエルを憎しみの眼《まなこ》で見詰め、ソラルは無上の喜びを以ってゆっくりと十字を切る。この劇的シーンはラビである父親に対するもっとも激しい反抗である瀆神という最大の法度を犯すことなしには主人公の西欧化、同化は成し遂げられないことを語っている。ヨーロッパでの生活を守るためにソラルは父親と宗教、即ち彼の民族を否認し、捨てる。しかしその翌日、彼は父親に許しを請いに行く。

オードが〈蛆虫ども〉と軽蔑するユダヤ人たちを、ソラルは彼らの不幸を思い、サン‐ジェルマンの地下室に住まわせる。共同体との関係は、ソラルにとっては一族や父親との直接的な関係と同質のものである。ヨーロッパ人になりたいと切望し、ヨーロッパの女性に惹きつけられるのは、父親がバル・ミツバの日に息子の彼にはっきりと述べたように、律法に違反することであり、とりわけ外婚の禁止に違反することである。これは取りも直さず父親の法に違反することである。しかもガマリエルは背教者を生んだ自分を罰するため、息子にこそ相応しい罰を自分に課し、自ら盲《めしい》となる。父親は〈文化的価値の保持者であり、その伝達者〉で、共同体とその歴史の代表者であるから、父親に対する反抗は事実上、共同体とユダヤ教を拒絶することである。ユダヤ人の共同体では父親への反抗は父親の否定であり、彼を無にすることであるから、修復不可能なのだ。ユダヤ教は何よりもまず父の宗教である。その父も厳格で、常に付きまとう過酷な仮借なき裁き手で、要するに〝超自我〟としての存在である。一神教は精神性を重視し、母親のものである優しさや愛はそぎ落とされている。同じ一神教でもキリスト教は、母の姿を神聖化し、この欲求不満を解消した。キリスト教徒、息子は母と共に居て、父は天へ追いやられている。ユダヤ人は一神教を採用することで、母との親密さを断ち切り、その自己中心的な世界観で自分を責める裁き手を自分の中に住まわせることになったのだ。

物語では一人の登場人物に禁止事項を悉く集中することで劇的対立を増幅させ、同化に圧し掛かる重みを具体的に描き出す。宗教的ないし形而上的な禁止、文化的ないし社会的な禁止（外婚）が相互に結びつき、禁止は一層強化される。ソラルの父ガマリエルは〈流謫の王〉、〈四散ユダヤ人のプリンス〉、〈ケファリニアを本拠地とするイオニア七島共同体のいと徳高き大ラビ〉であるから、父親への息子の反抗は即神の律法に違反することになる。民族と律法に対する義務を息子に思い起こさせる役回りには、ラビである父親は打って付けなのだ。

分離不能なアイデンティティー

『ソラル』の重要な章の一つである19章はマイモンのドラマティックなエピソードにすべてが収斂するように構成されている。外国人嫌いから拒絶、排除された〈グロテスクな一団〉にソラルが共感や連帯感を抱くのはあくまでも外的要因があってのことだが、この章のマイモンのエピソードには、オードとモサヌ氏が姿を見せるまでは、祖父マイモンとソラルしか登場しない。その場で起こったことはソラルにとっては説明不能で、神秘的な、極言すれば超自然現象なのだ。ここでソラルは自分の中に他者が存在している事実に気付くという空恐ろしい経験をする。初めのうちこそ祖父に惹かれるままに祈っていたソラルだが、ユダヤ人のアイデンティティーが突然頭をもたげ、——或いはユダヤ人のアイデンティティーへの回帰かもしれないが——、彼を不安に陥れる。ユダヤ人のアイデンティティー、それはソラルが拒絶、或いは忘れたかったものである。ソラルは実際マイモンに心を奪われる。ソラルは、体を前後に揺するという大昔からの父祖の動作、曲がった背が表す典型的なユダヤ人の恐怖の感情を再発見する。神秘的な、殆ど魔術と言ってもいいマイモンの行為に惹きつけられるのは、彼自身深奥ではユダヤ人のままだからだ。この劇的場面では、強力な力による外部からの禁止のみならず、堅固な絆の力があいまって、その出自から自分を切り離そうとする主人公の邪魔をし、不可能にする内奥に潜む禁止を表に出しているのだ。西欧への同化を目指す自分の中にユダヤ人のままでいようとするもう一人の自分がいる、この他者の存在は同化のために費やした長の歳月も消し去ることができないのである。

　父親を否認した後、つまり信仰を捨てた後、ソラルはその足許に身を投げ出して許しを乞い、一族郎党をサン-ジェルマンの〈コマンドリー〉の地下室に住まわせる。この地下室のエピソードはオードの視点で語られる。ソラルは、『釘食い男』の中で、高い壁をめぐらした屋敷に父親を閉じ込めたように、ジェレミーをクローゼットにしまい込んだように、自分自身を地下室に閉じ込めることしかできないのだ。

〈聖書の街〉へ下って、心理的外傷を与えられ、祖父母の許へ逃れたオードを諦めきれず、コマンドリーを見捨てジュネーヴまで追ってきたソラルだが、ここでも自分を孤独の淵に沈める。彼の持つユダヤ性の抵抗に会うのだ。復活祭の日曜日と過越の祭の第一日が重なったその日、復活祭を祝う家族から離れて自室に閉じこもったソラルは、一人過越の祭と出エジプトを祝う。カトリックに改宗し、捨てたはずのユダヤ人のアイデンティティーが伏流水の湧出のように再び現れ出る。ユダヤ人のアイデンティティーは永久に捨てられないのだ。《ソラルはケファリニアでのこの楽しい祭りを思い出していた。親族や友人らがテーブルを囲み、彼の父親が古昔《こせき》の儀式の意味を説明した。》30章にあるこの文章は、ユダヤ人社会にある人間味を端的に表現すると同時に本来のアイデンティティーへのソラルのこだわりをも表している。もうひとつは、パーティーの招待客貴顕紳士の前で父親に対して十字を切って棄教を告げた日の翌日の、ひどく混乱したソラルの姿である（27章）。主人公の思いは彼の家族から彼の民族へと横滑りしてゆく。彼の棄教は一種のペテンであるから、サン-ジェルマンの城館のエピソードに見るような、失敗に終わらざるを得ない二元性を試みることで修正するしかない。西欧でソラルは魂を失い、人間性という価値を物質的な安楽と交換するが、数ある法度の中でもそれが最重要だと作者は言いたいようだ。

　外婚の禁止も同化に重く圧し掛かる。コーエン自身はジュネーヴの牧師の娘エリザベト・ブロシェと結婚し、妻の没後はイヴォンヌ・イメールをパートナーに選んでいる。『ソラル』は小説だから、客観的事実を叙述する自伝的作品とは異なり、事実の置き場所を変え、作家の矛盾や感情、アイデンティティーの探求を劇に仕立て上げられる。アイデンティティーは根幹であり、個人と分離不可能だからこそ同化は厳禁なのだ。批評家は『ソラル』『釘食い男』『選ばれた女』へと同化は次第に〝望ましからざるもの〟とされてゆくと述べているが、コーエン自身は同化を妨げる戒禁を小説で問題にしているのではなかろうか。

　一、一九二〇年代の西欧で拡散するユダヤ人に対する否定的態度

　二、禁止の力

　三、アイデンティティーは分離不可能という不変的感情

　この三つは〝同化〟を不可能にする要因である。一と三はユダヤ人を取り囲む反ユダヤ主義をユダヤ人自らが自己の内側に取り込むものと言える。

「ユダヤ人とは他の人間がユダヤ人と見做す人間のことだ」と言うサルトルは「ユダヤ人を作るのは反ユダヤ主義である」とも言う（『ユダヤ人問題についての考察』Jean-Paul Sartre *Réflection sur la question juive*, Gallimard 1946）。サルトルの言は、ユダヤ人の特性、その歴史や文化を継承するユダヤ人社会で成長し、教育を受け、多かれ少なかれユダヤ人として人間形成された個々のユダヤ人の歴史により作り出されたアイデンティティーや意識を否定するものである。

『ソラル』においては同化の問題はすべて反ユダヤ主義にある、とはしていない。いくつもの戒禁を同化に重く圧し掛かるものと感じつつ生きてきて、行き着いたのが西欧におけるユダヤ人であることの不可能性と同化の不可能性なのであって、従って、この二つの不可能性は外部の要因、即ち拒絶とか強制、人種差別主義者の圧力に起因するものではない、とノルマン・ダヴィッド・トーは言う。西欧社会への同化を目指すユダヤ人にとって最大の妨げとなるのは、少なくとも反ユダヤ主義という外的要因ではなく、彼ら自信が切り捨てられないアイデンティティーという内的要因である。アルベール・コーエンは『ソラル』を書くことで、ユダヤ教から生まれた慈しみと愛の宗教であるキリスト教をかなり取り入れ、力が支配する〝自然〟の中で在るがままに生きるのではなく、律法遵守により〝自然〟に対抗し、真に人間らしい人間になるというヴィジョンにメシアの降臨待望を合体させ、道徳的であると同時に宗教的なユダヤ・アイデンティティーを新たに構築し、袋小路に入り込んだアイデンティティーの問題に答えを出した、ともノルマン・ダヴィッド・トーは言う。

〈同化〉の問題は古くて新しい。移民、移住者と受け入れ国の住人の間に生じるとりわけ文化的摩擦や外国人嫌いが発生源となる移民排斥が、脈々と流れる伏流水の突然の湧出のように、しばしば暴力の形をとって立ち顕われ、憎しみの連鎖を生んでいる。書かれてから既に八十余年も経つこの本を、今繙いてみるのも意味のないことではないと思う。コーエンの提起した問題は将に現代の問題だからである。

〔付記Ⅰ〕

ソラルと復活

『ソラル』は両大戦間（1918–1940）を時代背景に、フランスを愛したが、その国から追い出される一人の若者のたどる破滅の物語である。この時期、旧約聖書のヨセフを体現する小説の主人公ソラルは、彼が恋愛や政治にめぐらす策略、カリスマ的な救済策がもはや意味を失っているのを知り、自己嘲弄、自己嫌悪、絶望に陥り、異様な行動を取るにいたる。

ソラルはイエスのユダヤ性、その人間性に惹かれる。自分が属する民族から離れ、キリスト教徒からは拒絶されたソラルは、イエスに唯一の避難場所を見出す。《僕はここにいる人たち〔キリスト教徒〕と同じくらい彼〔イエス〕を愛している。いや、彼ら以上に愛しているかもしれない、なぜなら、彼は僕の心にきわめて近いからだ。彼は僕の最愛の、そして崇敬する我が兄弟で、僕は絶えず彼のことを考えている。》（30章）と言うソラルの最後の彷徨は本物の受難となり、実際のパリの街路は〝ヴィア・ドロローサ〟に変貌する。無縁の人となって敵対する妻に鞭打たれ、意地の悪い人間たち、この〈呪われた人間たち〉、彼の顔に刻まれたこの〈聖なる傷跡〉のこともわからず、この傷跡を愛することもできないこの〈愚か者たち〉への憐憫の情に溢れて、彼は彷徨する。《周りの人間たちを観察していると、結局どの人も皆彼〔ソラル〕と同じように作られているのだと思われてきて、彼の心は讃嘆で一杯になった。彼は自分がすべての人《ひと》の子だと思った》（34章）と言う彼は彼らを愛しているのだ。その時主人公は自分にはメシアという果たすべき役割があるのではないかと思う。メシア（Messiah、Messias）はヘブライ語で〝油注がれたる者〟を意味する。古代ヘブライ時代には王、祭司、預言者は頭に油を注がれたことから、後にイスラエルを救うために神が遣わす王を意味するようになる。メシアは救い主であるが、〝神の子〟ではなく、〝人の子〟である。Messiasのギリシャ語訳はChristosで、キリスト教では、人類の罪を贖うために、神自らがその子を救い主として遣わしたとする。父と子と聖霊が三位一体であるキリスト教では、救い主は〝神の子〟である。《「私は神である。」》（34章）と詩句を暗誦するかのように恬然と言ってみる。人々は帰ってきたキリストを嘲笑の中に迎える。冷やかし、嫌味な言葉で〈蝕まれた人〉、〈（貧困で）辱められた人、傷つけられた人〉を迎える。その人は今《「僕はユダヤ人だ、ユダヤ人の息子だ。」…「僕はユダヤ人たちの王だ、流謫《るたく》のプリンスだ！」》（34章）と宣言する。その人は今〈彼の民族と連帯する者、彼の民族の苦しみを体現する者、辱めを受ける者〉で、イスラエルそのもののイメージの具現者となっている。メシア来臨の希望を持ち続け、苦悩するユダヤ人の救済者になろうとしているように見えるが、ソラルはキリストとは違う。ソラルはその時最早キリストをまねる者ではなくなっている。

《「これは僕の日向ぼっこの場所だ」ここに全地上の横領の始まりと、縮図とがある。》（『パンセ』断章二九五 〝僕のもの、君のもの〟 前田陽一、由木康訳）。《自我は憎むべきものだ。…自我は二つの性質を持っている。それはすべてのものの中心になるから、それ自身不正である。それは他人を従属させようとするから、他人には不快である。なぜなら、各人の自我は互いに敵であり、他のすべての自我の暴君になろうとするからである。》（『パンセ』断章四五五 前田陽一、由木康訳）ともパスカルは言う。人は存在することで犠牲者を作る。コーエンは繰り返し言う、「生きていることは罪である」と。存在することが罪であるなら、それを超越するには自分が自分の死刑執行人になることだ。

　それでソラルは自殺をはかる。だが、ソラルの胸に入り込んだのは短刀ではなく、刃の上で光り輝く〝太陽〟だった。命の源である太陽光線だったのだ。『ソラル』における復活のモチーフは幾世紀にも亘って苦悩と殲滅、再生を繰り返すユダヤ民族の代表としてのソラルの神話作りを担っているのである。

〔付記Ⅱ〕

サン＝ジェルマンの〈コマンドリー〉

　父の命に応え、自分のヨーロッパの住まいにユダヤ人の〈秘密の街〉を作ろうと決心すると、ソラルは〈コマンドリー〉と名付けられた中世の城館を買う。コマンドリーは古くは〈マルタ騎士団の所有に属すもの〉を意味した。プルーストの『失われた時を求めて』の「ソドムとゴモラ」中で、シャルリュス男爵は、ブロック家（ユダヤ人）が〈コマンドリー〉と呼ばれる邸宅を借りたところ、ユダヤ人は城一つ買えるくらいの金持ちになると、〈小修道院〉(Prieuré)、〈大修道院〉(Abbaye)、〈教会〉(Maison-Dieu) という名の城館を買うが、これはこの民族特有の瀆聖という奇妙な嗜好だと非難する。

　ソラルの城館〈コマンドリー〉は幾つかの対立を秘めている。第一は、社会的対立、歴史的対立、神学的対立である。地上階はヨーロッパのカトリシズムともっとも伝統的、貴族的な形で営まれるヨーロッパの生活であり、地階はオリエントのユダヤ教と旧約聖書に拠るユダヤ人の生活である。しかし城館の地上階ではいかなる社会生活も営まれない、ということはそれ自体一種の過去の遺物で、その意味――社会的意味のみならず、宗教的意味もないように見えるコマンドリーの唯一の住人は、ヨーロッパの貴族とジュネーヴのプロテスタントのブルジョワジーを代表しているオードである。オードはソラルの案内でオリエントのユダヤ教との出合いをする。しかしそこに住むユダヤ人たちはヨーロッパの広大な城の下にあるゲットーで秘密裡に生きることを余儀なくされている少数派なのだ。第二は意識と無意識の対立で、昼と夜、覚醒と夢想が意識と無意識に重なっている。第三はヨーロッパの個人主義とオリエントの共同体の対立である。ここでは一個人が彼の属する共同体に復帰する過程が象徴的に語られている。ソラルは「僕との結婚は僕の属す共同体との結婚だ」とオードに言い、ソラルはヨーロッパの合理主義と個人主義に対立する。ここには〈コマンドリー〉を買うことで、西欧社会への参入と彼の出自との折り合いをつけようとする一人の人間の自我の喪失が語られている。〈コマンドリー〉はオードに体現されるヨーロッパの理性とオリエントの狂気の対立でもある。地階には〈益荒男たち〉を除いていかに多くの狂気が存在していることか。狂人たちは微笑み、笑っているが、恐怖に駆られている。迫害を受けた経験のないソラル自身も横たわり、もがき、口唇から泡を吹き、発作を起こしているときは心神喪失者のようだ。《「若き輝かしき大臣は実は狂人。」》（27章）とオードは結論する。サン-ジェルマンの地下室に居るどうしようもない連中、蛆虫どもには、すばらしい理性とすばらしい狂気が共存しているのだ。しかし、このエピソードに見る基本的な対立は生と死である。《「それなら〔夜〕あなたは何処へ行くのですか？」》と尋ねるオードに、《「巣窟へ行く。死者たちの王国だ」》（27章）とソラルは答える。地下室はゲットーと同時に墓のイメージを呈する。死の恐怖に怯えるのは、彼らが未だ生きていて、生きることを渇望しているからだ。このエピソードは〝死の中の生〟を語っているのかもしれない。

　主人公はサン-ラザール（マイモン翁はラザロ＝フランス語ではラザール＝につながる復活の姿である。）駅から列車に乗り、サン-ジェルマンで下車、ルネサンス《復活》の城館〈コマンドリー〉の近くで復活する。小説の終わりでは、城館の地下奥深くにある〈秘密の街〉に住み続けていた数人のユダヤ人がそこから出てくる。このユダヤの蛆虫どもは蝶への変態を、栄光のルネサンスを待っていたのだ。

〈コマンドリー〉はソラルの相矛盾する望み、不可能な統合を表している。即ち、彼が拒絶するユダヤ人の出自のまま、彼がけなす西欧に、キリスト教を奉じる西欧の貴族社会に自分を合体させること、即ち、彼の望みを実現させ、同時に法度を犯すことなく父親と民族に従うこと、死んでいると同時に生きていることがサン＝ジェルマンのエピソードなのだ。

キリスト教、ユダヤ教、ヨーロッパ、ドイツ、中世、ルネサンスが並存するサン＝ジェルマンのエピソードが『ソラル』の中でかくも特異な地位を占めるのは、このエピソードがアルベール・コーエンの想像力から繰り出される糸、それぞれに象徴的な意味が付与されている何本もの糸で織り上げられているからである。これはもう一義性のアレゴリーではなく、個々に提起されている諸問題には明確な回答はなされていない。すべて曖昧にしておくことで、この小説をより豊かなものにしているのだ。一種の神話だろうか。〝西洋の御伽噺〟として読むのもよいかもしれない。暴力、怪奇、夜の悪夢の如きシーンが強調されているサン＝ジェルマンのエピソードはゴシック小説の味わいも濃厚だ。

本書は Albert Cohen, *Solal*, Paris, Gallimard, 1958（一九三〇年刊行の *Solal* の改訂版で、プレイヤード叢書 *Albert Cohen Oeuvres* に採られている）の全訳である。

「訳者あとがき」の代りとして《『ソラル』とは?》を書くにあたり、D.R.Goitein–Galperin *Visage de mon peuple–Essai sur Albert Cohen*, Librairie A-G.Nizet, Paris, 1982, Gérard Valbert *Albert Cohen, Le Seigneur*, Bernard Grasset, Paris, 1990, *Albert Cohen Oeuvres*–Bibliothèque de la Pléiade, Gallimard, Paris, 1993, "Dans ma demeure d'Europe" par Philippe Zard(Cahiers Albert Cohen, No.4 Septembre 1994), "De l'inaliénabilité identitaire" par Norman David Thau (Cahiers Albert Cohen, No. 11 Septembre 2001), "Péché de vie" par Frédérique Leichter–Flack (dans *Albert Cohen dans son siècle*), Manuscrit–Université, Paris, 2003, ヤコブ・M・ラブキン『トーラーの名において』平凡社、二〇一〇に負うところ大であった。

『選ばれた女』『釘食い男』に難度では引けを取らない本書の翻訳にあたり、ミリヤム・荒夫人を始め、ご教示を仰いだ方々に深謝いたします。
この度は四部作の筆頭『ソラル』の出版を決定された国書刊行会の礒崎純一氏、担当された編集部の伊藤嘉孝氏に心からお礼申し上げます。

二〇一三年十月

紋田廣子

*

アルベール・コーエンの主要作品

Paroles juives,1921, Editions Crès et Cie. Editions Kundig

Solal (Roman), 1930, Editions Gallimard

Mangeclous (Roman), 1938, Editions Gallimard（この原稿は作者自身が破棄）

Le Livre de ma mère, 1954, Editions Gallimard

Ezéchiel (théâtre), 1956, Editions Gallimard

Solal (Roman),1958, Editions Gallimard（一九三〇年版の改訂版）本書

Belle du Seigneur (Roman), 1968, Editions Gallimard『選ばれた女（I・II）』紋田廣子訳（国書刊行会、二〇〇六）

Les Valeureux (Roman), 1969, Editions Gallimard

Mangeclous (Roman), 1969, Editions Gallimard（一九三八年版の改訂版）『釘食い男』紋田廣子訳（国書刊行会　二〇一〇）

O vous, frères humains, 1972, Editions Gallimard

Carnets, 1978, 1979, Editions Gallimard

紋田廣子（もんだひろこ）

一九三九年、静岡県生まれ。法政大学文学部日本文学科卒業。SBS静岡放送勤務後、パリ留学。二〇〇〇年七月まで画廊に勤務し、展覧会実施、翻訳、通訳に従事。

訳書に、ジャニーヌ・ヴァルノー『ピカソからシャガールへ——洗濯船《バトー・ラヴォワール》から蜂の巣《ラ・リューシュ》へ』（共訳、財団法人清春白樺美術館）、画集『アンドレ・マルロー戯画（DYABLES）』（財団法人清春白樺美術館）、『選ばれた女（Ⅰ・Ⅱ）』（国書刊行会）、『釘食い男』（国書刊行会）、豪華版写真集シリーズ『高梨豊——テキスト＝ミシェル・ビュルトー「No One」』（トルカ・エディシオン、パリ）、『荒木経惟——テキスト＝ミシェル・ビュルトー「Tin Ashes」』（トルカ・エディシオン、パリ）、『ホンマタカシ——テキスト＝パトリック・ブーヴェ「structure pulsion」』（トルカ・エディシオン、パリ）。

ソラル

2013年11月18日初版第1刷印刷
2013年11月22日初版第1刷発行

著者　アルベール・コーエン
訳者　紋田廣子

発行者　佐藤今朝夫
発行所　株式会社国書刊行会
〒174-0056　東京都板橋区志村1-13-15
TEL.03-5970-7421　FAX.03-5970-7427
http://www.kokusho.co.jp
印刷・製本所　中央精版印刷株式会社

ISBN978-4-336-05755-6 C0097
乱丁本・落丁本はお取り替え致します。